东北师范大学青年学者出版基金资助
中央高校基本科研业务费专项资金资助

东北师范大学文学院
文昌论丛

Northeast Normal University

王增宝　著

清末民初小说『艺术』身份的确认

中国社会科学出版社

图书在版编目(CIP)数据

清末民初小说"艺术"身份的确认/王增宝著. —北京:中国社会
科学出版社,2015.7

(东北师范大学文学院文昌论丛)

ISBN 978 - 7 - 5161 - 6627 - 7

Ⅰ.①清…　Ⅱ.①王…　Ⅲ.①古典小说—小说研究—中国—清后
期~民国　Ⅳ.①I207.41

中国版本图书馆 CIP 数据核字(2015)第 167001 号

出 版 人	赵剑英
选题策划	史慕鸿
责任编辑	慈明亮
责任校对	周　昊
责任印制	戴　宽

出　　版	中国社会科学出版社
社　　址	北京鼓楼西大街甲 158 号
邮　　编	100720
网　　址	http://www.csspw.cn
发 行 部	010 - 84083685
门 市 部	010 - 84029450
经　　销	新华书店及其他书店

印　　刷	北京君升印刷有限公司
装　　订	廊坊市广阳区广增装订厂
版　　次	2015 年 7 月第 1 版
印　　次	2015 年 7 月第 1 次印刷

开　　本	710×1000　1/16
印　　张	18.25
插　　页	2
字　　数	291 千字
定　　价	66.00 元

凡购买中国社会科学出版社图书,如有质量问题请与本社营销中心联系调换
电话:010 - 84083683

目　录

"文昌论丛"序言

论丛以"文昌"为名，有以说也。

其一，文昌路是目前东北师范大学文学院的坐落之所。二〇〇九年，应学校整体规划的调整要求，文学院奉命从据守二十年（一九八八—二〇〇九）的"红楼"搬迁至文昌路这座小院的三栋旧楼。学院里年长一点的先生们都记得，这里本是中文系的旧地，中文系历史上最辉煌的时候就这里缔造的。故以"文昌"为名，为了纪念文学院的沧桑历史、纪念曾在这里创造不息、为我们留下宝贵遗产的前贤们。

其次，常有同仁说文昌路是文学院的"福地"。此番搬迁，当时只道是"暂厝"，不意倏忽又六年。综观文学院的历史，重回文昌路这段时期，学院在全院教师的共同努力下，学科发展走上了复兴。而"文丛"中的作者，多数是这段时期入职学院的。从学校规划来看，文学院迟早要离开文昌路。取"文昌"之名，也有意铭记这段时期里新老学人团结进取、急起直追的历程。

最后，从字面意义上，"文昌"寄寓着文化昌明、文学昌盛、文章昌茂、文运昌隆等意涵，故以"文昌"命名丛书，代表我们对文学院、对东北师范大大学、对中华文明的祈愿。

东北师范大学文学院的前身，是中国共产党在东北建立的第一所高校——东北大学的国文系，从一九四六年至今，她已走过了七十年。七十年中，历代学人在这片沃土上耕耘奋斗，把文学院建成了人文学术与教育的关外重镇，在国内有着较高的影响力。

十年前，在建院（系）六十周年之际，学院组织出版了《东北师范大学文学院语言文学论集（一九四六—二〇〇五）》，这部煌煌一百四十万言的大书，为院史上最重要的成果进行了文献总结。去年，王确教授开始主持编选"东北师范大学文学院学术史文库"，把学院历代学人的学术代表作重新编订，统一装帧出版，首批出版著作十种近三百万字，这些都展示了这座古老学院的丰腴成就。近年来，文学院有了许多新的气象和变化，"文昌论丛"必然是这一页历史的见证之一。这套书首批推出八部著作，与历史巡礼式的文献编纂和学术史文库式的代表作展示的思路不同，"文昌论丛"着力助推新生代学者。丛书的诸位作者，年龄最大的四十岁，最小的三十二岁，半数以上属于"八〇后学人"，而且其中绝大多数是在最近三年才加盟文学院，他们的才思与文笔代表着文学院的未来。近年来，文学院形成了一种共识：前贤们深厚的积淀是我们事业发展的土壤，但未来的持续发展，要依靠源源不断的新生力量。这个共识正在逐渐升华为一种"尚少"的文化：无论从观念上，还是从管理上（比如科研奖励向青年教师"倒挂"的激励机制），学院都有意向年轻人倾斜，以期更快更好地促进青年教师成长，以承担起文学院的未来。这一文化已在文学院近年的发展实践中产生了积极效应，在校内外产生了良好反响。当然，我们知道，若没有文学院这些前辈和中年学者们的理解与支持，就不可能培育和形成这种文化。"文昌论丛"的推出，既受惠于这一文化，反过来也验证这一文化，并丰富它的内涵、为它积累经验。集中推出三十多岁青年教师的著作，这在东师文学院历史上还是首次。正是在这一意义上，我们希望这套论丛能兼具"导夫先路"的作用：随着目前新生代的持续成长，以及未来新生力量的不断融入，论丛会不断增加品种、扩大规模，最终形成我们的学术品牌。

　　"文昌论丛"是文学院青年一代学人的检阅。从作者的学缘结构来说，他们分别在法国戴高乐大学、中国社会科学院、清华大学、南开大学、吉林大学、东北师范大学等学校和科研机构取得博士学位，这反映了学院目前的师资学缘构成更趋向于多元化，人才结构上的新变及其背后蕴含的开放和包容精神，必定对文学院的发展产生积极的促进作用。从学科角度看，"论丛"涵盖古典文献、语言学、古典文学、近现代文学和文艺美学，基本囊括了文学院的主干学科。从研究水准来说，由于多数是以博士论文为基础形成的专著，经过了严格遴选，并非一般性概论或入门式作品，所以都聚焦于学科的前沿问题，形成许多独具个性的观点。

东北师范大学社科处为丛书的出版提供了有力支持，学科建设办公室提出了指导建议，王确、刘雨两位老师对丛书的出版非常关心，徐强、陶国立为丛书的策划出版做了许多实际的工作，这套丛书在不同出版社统一装帧出版，各家出版社的责任编辑对丛书给予了极大的理解和支持，在此一同表示谢意。

必须指出，丛书中的多数著作是作者的第一部书。起步之作，难免稚嫩，深愿学界高明之士能够有以教诲。你们对这些著作及作者的批评与指教，就是对东师文学院的莫大支持。我在东师文学院求学七年，回国后又在这里工作七年，人生中许多重要经历都与这里难解难分，我从中受益良多，也承担了师友们的许多期待，实乃人生中之幸运。藉此机会我想向这座学院和老师们表达由衷的敬意，也想以"戒骄戒躁"四字，与各位青年学者共勉。生有涯，学无涯，学问之路正长，这只是一个起点，我们还要日进、日进、日日进，方能不负时代，不负前贤。

李　洋

二〇一五年四月十日

第一章 引言

第一节 小说为什么要有"艺术"价值?

在晚清小说研究领域,流行着这样一种看法:即晚清小说"艺术"粗糙、缺乏"审美"价值。[①] 晚清"新小说"被提升到"文学之最上乘"的高位,但在今天看来,其艺术、审美价值却不尽如人意。面对这一尴尬事实,研究者向来感到遗憾。但人们在以时代限制等理由予以同情、理解的同时,却忽视了如下问题:在中国,以艺术、审美来要求小说的观念是如何发生的? 更进一步,小说是如何进入现代意义上的"文学","文学"又是如何成为"艺术"体系之一员的? 因此,认为"新小说"缺乏"审美"价值,这种观念本身就是一种复杂

---

① 如陈平原:"从纯文学角度考虑,晚清一代作家是不幸的。既没有明清小说独具一格的成熟,又没有'五四'小说前途无量的生气,即使四大名著艺术上也相当粗糙"。(陈平原:《中国小说叙事转变》,北京大学出版社2003年版,第30页)另袁进:"中国近代小说偏偏是一个令文学史家棘手的问题,作品的数量虽多,若是论起审美价值,绝大多数作品都很缺乏,这是一批艺术上质量不高的小说,许多作品就连我们研究近代小说的人,也觉得难以卒读,尤其是历来被认为是近代小说辉煌期的清末小说。"(袁进:《中国小说的近代变革》,广西师范大学出版社2009年版,第1页)黄锦珠也认为:"晚清小说的缺失,当时已有论者指出,到现代该可以看得更清楚,那就是艺术成熟较显贫乏。……种种处境与因素,最后形成艺术成就未尽令人满意的结果。"(黄锦珠:《晚清时期小说观念之转变》,台北:文史哲出版社1995年版,第381—382页)

的文学症候。问题的关键，不在于为晚清小说的"艺术"性辩护，而在于辨析用"艺术性"来衡量小说价值这种观念的产生及确认过程。这就是本书问题意识的缘起。

对于这些问题的思考，实际上就是对现代文学"无意识"即"小说是一种艺术"这种文字成规的考掘。作为文学的"小说"被认为是一种审美性创造，这当然是一种"现代"的观念，描述这种现代观念的最初发生及其与近代中国社会历史的关系，是本书的意图。

晚清小说界"时代思潮"的主流是梁启超的小说"新民"论，他以小说作为启蒙民智、改良社会的利器。小说虽然因其新的功用而被誉为"文学之最上乘"，但实际上，人们对于小说的鄙夷态度并未根本改变。吴趼人，这个晚清时重要的小说写作者，他在对英年早逝的李伯元表示痛惜时，居然这样说："呜呼，君之才何必以小说传哉，而竟以小说传，君之不幸，小说界之大幸也。"[1] 相比之下，当时明确将"小说"与"美"联系起来思考者寥寥无几，王国维、黄人、徐念慈等人因在文章中明确提及叔本华、康德、黑格尔等人名字，被认为是受西方美学影响而论中国小说的代表。论者多重视康德、黑格尔等人思想在中国的传播与影响，及中国美学学科的建立与发展。这固然是问题的重要方面，但也存在如下问题：一是将"美学"局限性地理解为"艺术和美的学科"，忽视其"社会生存之感觉学"[2] 的意义。"感觉学"是"美学"一词的基本义[3]，从这一点来看晚清民初小说理论中对于"感觉"问题的论述，可以解除那些直接从"美学"论小说的人与中国小说"艺术"观念的发生之间的自明关系，从而可在更大的社会视野之下来考察小说与美学的关系。另外，过于强调"美

---

① 吴沃尧：《李伯元传》，《月月小说》1906 年第一年第三号。

② 刘小枫：《现代性社会理论绪论——现代性与现代中国》，上海三联书店 1998 年版，第 307 页。

③ 鲍姆嘉通的"埃斯特惕克"（Aesthetica）的主题是"朦胧的观念"，"亦即以感觉形态出现并且一直保持在这种形态中的认识。"（见 [英] 鲍桑葵《美学史》，张今译，商务印书馆 1985 年版，第 240—241 页）朱光潜先生认为，"埃斯特惕克"照希腊字根的原义看，是"感觉学"。（见朱光潜《西方美学史》，金城出版社 2009 年版，第 222 页）

学"的学科意义，也容易忽视近代小说论对于情感、修辞等问题的论述，而这样的论述实际上构成了中国小说理论接受西方"美学"话语的基础。

文学的现代性是中国"现代性"问题的一个纽结。"现代性"作为一种具有强烈的意识形态背景及欧洲中心主义倾向的特殊知识，几乎被普遍性地用来描述中国社会各个领域的变化，并意图成为一种关于价值判断的标准。在这种情况下，如何在反思中探讨所谓"现代中国"，是一个复杂的问题。在当今这个对于革命的 20 世纪逐渐陌生的时代，在这个自觉将其自身接续在现代社会形成、扩张之历史的时代，思考"小说的艺术"这样的问题，似乎也是对于渐趋保守的社会文化氛围的呼应，极容易被看成是对于自由主义之"美"的缅怀，但这种印象绝不是我所希望的。本书将在现代社会合理分化的理论视野下，分析中国传统小说论的理论资源从"经学话语"向"美学话语"的转变，分析此过程中小说的自律要求及其与现代"美学"的关系。但这并非把中国经验作为对于西方现代性理论和西方小说历史线索的例证，而是用一种不断怀疑自身的方法，力图展示历史的复杂性。即在小说艺术论与"泰西""东瀛"小说理论经验的交互比较中，在与晚清小说思潮主流的相互参照中，在小说与晚清社会历史的关联中，探讨这种被视为文学现代性表征之一的小说"艺术"观的发生语境。

第二节　作为理论预设的小说"艺术"观

由于"五四"的现代性要素几乎都可以在晚清发现，曾经作为"近代文学"被安置于中国古代与现代文学史之间的晚清文学，渐渐得到了学界的重视。王德威"没有晚清，何来'五四'①"的观念，对于晚清小说的重新思考产生了很大影响。对于晚清种种文学实验被压抑的历史，王德威感到惋惜，他试图发掘晚清小说"现代性"开

---

① ［美］王德威：《被压抑的现代性——晚清小说新论》，宋伟杰译，北京大学出版社 2005 年版。

端时的多种可能。同时，他也指责"五四"所塑造的"单一的现代性"面孔。不过，这样的思维却有压抑"五四"而理想化"晚清"的倾向。而且，对于"现代性"的知识型本身的反思，也并未得到足够的重视。

关于"近代小说"的研究由来已久。20世纪20年代初期小说专学兴起，形成了以白话小说为研究重点的学术传统①。历史梳理，资料考据，人事索隐，小说研究蔚然成为正式学术。目前公认的中国第一部小说史是鲁迅的《中国小说史略》，其中有对"清末之谴责小说"的研究。这部著作显示出，作者已经具有了以小说为艺术的现代观念②。鲁迅的例子具有代表性，"五四"以来在许多小说研究著作中，小说是一种"艺术"的现代观念经常作为理论预设在发挥作用。

分析古代或晚清小说之"艺术性"的文章不在少数，但多把小说的"艺术性"作为自然前提，而少有对这一前提形成本身的历史性研究。如叶朗《中国小说美学》认为"小说美学，就是对小说这门艺术作哲学的、心理学的、社会学的研究"③；孟昭连、宁宗一著《中国小说艺术史》（2003）从史前的小说因素与小说技巧始，依次分析了魏晋志怪、唐传奇、宋元话本、明代章回、清代世情与近代的"小说艺术"；吴士余《中国小说美学论稿》（2006）着重探讨中国传统文化母体与中国小说"美学"及其思维机制的关系；同类著作另有刘上生《中国古代小说艺术史》（1993）、韩进廉《中国小说美学史》（2004），等等。虽然其重心不在于小说艺术观念是如何产生的，而只是将它作为前提，但这些著作可以向我们显示，在西方现代文学观念的影响下，中国小说理论是如何用"美学""艺术"的观念重新回溯并塑造其历史，如何将那些小说技巧论转化为"艺术"手法。

在晚清小说理论研究中，研究者多关注中国小说理论的"现代性"或"近代转型"，具体体现为对中国小说叙事模式及小说观念之

---

① 潘建国：《中国古代小说书目研究》，上海古籍出版社2005年版，第90页。

② 关诗珮：《唐"始有意为小说"——从鲁迅的〈中国小说史略〉看现代小说（fiction）观念》，《鲁迅研究月刊》2007年第4期。

③ 叶朗：《中国小说美学》，北京大学出版社1982年版，第2页。

变化的研究。

对叙事模式的研究，研究者多运用现代叙事学理论来分析晚清小说。例如，米琳娜的《从传统到现代——19 至 20 世纪转折时期的中国小说》(1991)，对晚清小说结构类型与叙事模式进行分析；韩南对于吴趼人（"晚清小说家中在技巧方面最富有实验精神者"）① 之"叙事者"实验的分析；陈平原《中国小说叙事模式的转变》（2003）则同时注意到西方因素与中国诗文传统对晚清小说叙事模式转变的影响。从小说叙事技巧角度来探讨中国小说现代性，这种研究方法的有效性渐被学界质疑。关诗珮《如何重探"小说现代性"——以吴趼人为个案》一文认为"单单从叙述技巧方面来说不能充分反映中国小说现代化的含义"，"中国小说的现代性除表现在叙事技巧上，亦可能体现在叙事内容上，甚至小说的社会地位以及小说与其他文类之间的关系上"②。这种质疑本身虽然仍处于"现代性"话语场之内，但对于那些"以西例律中国小说"的研究而言，也是一种必要的警醒。

小说观念变化的研究，则多重视小说理论的"近代化"，即小说从"小道"提高为"文学之最上乘"的过程。虽然对于小说获得这一崇高地位的方式——即承继了传统诗文的"载道"功能——有所不满，并因此更加重视以王国维为代表的美学论，但关于小说"艺术"这一问题的研究，目前未见专著，只有若干散论，分布于各研究著作之章节中。

其中，在方法和问题意识上比较新颖的有两种，一是马睿的《从经学到美学：中国近代文论知识话语的嬗变》（2002）。她分析了中国近代文论的知识谱系从"经学话语"到"美学话语"的变迁。在这个过程中，清代朴学训诂考定中对于语言形式的重视，产生了解构杂文学体系的潜在可能性，而清代今文经学的微言大义与经世致用发展到

---

① ［美］韩南：《中国近代小说的兴起》（增订本），徐侠译，上海教育出版社 2010 年版，第 149 页。
② 关诗珮：《如何重探"小说现代性"——以吴趼人为个案》，《汕头大学学报》（人文社会科学版）2006 年第 22 卷第 4 期。

极致，也促使传统经学的消亡。美学话语的进入恰逢其时地呼应了这种内在变化。在经学话语裂变与传统文学危机之时，作为文论之一种的小说论，从边缘崛起，并最早在小说论中确立了美学话语的地位。马睿的论述虽然重在"文论"，兼及小说论，但她的问题意识及研究方法与本书的研究相当契合。

二是关诗珮的博士论文。关诗珮在英国伦敦大学亚非学院获得博士学位，其论文题目是：*The Transformation of the Idea of Xiaoshuo in Modern China* (1898—1920s)。(《中国小说观念从晚清到民初的转变 (1898—1920s)》)。论文选择梁启超、吕思勉及鲁迅所代表的三个阶段进行分析，讨论了晚清民初中国"小说"观念的变迁，即作为"小道"(small business) 的小说，是如何逐渐获得 fiction 或 the novel 的意义，并成为现代"文学"四种主要文类之一的。作者对小说"艺术"论在西方、日本、中国三者之间传播过程作细致考察，是一篇问题意识独到、论述扎实的"影响"研究论文。论文除结论外，共有四部分，其主体都已经翻译成中文发表：

1.《如何重探"小说现代性"——以吴趼人为个案》(《汕头大学学报》2006 年第 22 卷第 4 期)。此部分是对方法论的反思，认为仅从叙事技巧革新角度来讨论小说现代性这种方法是不充分的。

2.《移植新小说观念：坪内逍遥与梁启超》(香港中文大学《中国文化研究所学报》2006 年 12 月，总第 46 期)。作者认为梁启超受明治时期坪内逍遥的影响，间接把现代西方的 novel 观念输入中国。

3.《吕思勉〈小说丛话〉对太田善男〈文学概论〉的吸入——兼论西方小说艺术论在晚清的移植》(《复旦学报》2008 年第 2 期)。文章标题就是对其内容的最好概括。

4.《唐"始有意为小说"——从鲁迅的〈中国小说史略〉看现代小说 (fiction) 观念》(《鲁迅研究月刊》2007 年第 4 期)。文章认为，《中国小说史略》重要的价值，在于展现西方现代小说观念怎样从晚清开始，经由日本传入中国，再到民国被消化吸收的过程。鲁迅在《中国小说史略》中据以为标准的，已经是现代小说观念：即小说是一种虚构的 (fictional) 文字，它源自一位"作者"(author) 的"想象"（imagination）和"创造"（creation）。

综合分析目前有关小说"艺术"论的研究著作，可见出其基本特点：

一、研究者目光多集中于那些明确提及"美"的人，如王国维、黄人、徐念慈、吕思勉等。这些人用现代"美学"观念对小说本质进行思考，固然意味着重要的历史变化。但后来的研究者以现代学科为标准的做法，实际上是"冲击—回应"历史观在小说研究中的体现。西方美学话语对中国文论的影响固然重要，但也不能忽视"美学"一词的"感觉学"本义。晚清小说论在接受西方"美学话语"的同时，其内部也发生着特别的变化，如对"感情"、"趣味"等个人性感受的重视，而这都是作为现代的"美学"学科所无法概括的。因此，需要一种更广阔的视野，在晚清中国社会的整体变迁中来思考小说观的变化。

二、关于小说"艺术"论的意义，论者多从它与"新民说"之关系的角度考虑，强调审美现代性对于启蒙现代性的"纠偏"作用。也就是说，强调用艺术自律观念来补救小说功利性要求的弊端。如下观点具有代表性："王国维的《红楼梦评论》可以说是一道逆光的清泉"①；小说美学论与晚清风行的社会功能观相对峙，"稍事修正社会功能观的偏颇倾向"②。将小说"艺术"论与流行的功利论联系起来，当然是正确的，但这种二元对立的态度却有失偏颇。以小说的美学意义为"正"，以其社会功能为"偏"，明显是以现代西方文学观念来衡量中国问题的表现，这样的观念背后是启蒙现代性与审美现代性的二元对立，所以仍囿于现代性思维方式的内部。

在艺术性/政治性问题上，中国现当代文学史有过长期痛苦的经验。新时期以来，这种经验激发出一种反意识，即以"纯文学"为理由来拒绝文学的政治性。将文学视为阶级斗争的工具当然不对，但不能否认文学与政治之间的必然联系。袁进先生在其《中国小说的近代变革》中，以个性本位、人类总体性、人性、内向性、"文学是人学"

① 康来新：《晚清小说理论研究》，台北：大安出版社1990年版，第213页。
② 黄锦珠：《晚清时期小说观念之转变》，台北：文史哲出版社1995年版，第239页。

等现代文学观念为标准，对中国近代小说的艺术性充满遗憾。同时，他认为"以小说治国""觉世"等功利性观念是小说"艺术的祭坛"①，是小说艺术近代化过程中的负面因素。这种以现代小说观念来打量晚清民初小说的态度，并未真正做到对历史的同情式理解。在晚清社会语境中，艺术价值作为一种观念，并没有高于政治价值的必然理由，它们都是小说观念结构中的平等要素。美学与政治总是纠缠在一起，连王国维恬静雅致的形象背后，都是强烈的政治性②。对于中国现代小说观念来说，"三千年未有之大变局"深刻影响了其变迁过程，并成为它必须正视的内在结构要素，而绝非消极的、应该排除的不利因子。正是在晚清时势与文学、政治与"美术"相互交织的过程中，小说作为"艺术"的观念才得以孕育、发生。只有这样复杂的话语关系才是真正值得触摸的历史。

第三节　方法：晚清政治文化语境中的"美学"

晚清小说"艺术"粗糙，缺乏"审美"价值，这一惯常的评价方式究竟意味着什么？如果我们对于自己所赖以进行批评的文学标准有足够自我意识的话，就应该思考这种评价的症候性意义。晚清也有时人对于充斥社会之新小说的批评，如"开口便见喉咙，又安能动人?"③"议论多而事实少，不合小说体裁"④，"殊未足以动吾之感情"⑤，"病在于尽"⑥，诸如此类。但是，这些批评与"艺术"性的要求是否基于同样的理念？表面上，古今评价何为"好小说"的标准可

---

① 袁进：《中国文学观念的近代变革》，上海社会科学院出版社1996年版，第147页。
② ［美］王斑：《历史的崇高形象——二十世纪中国的美学与政治》，孟祥春译，上海三联书店2008年版，第一章。
③ 公奴：《金陵卖书记（节录）》，载陈平原、夏晓虹编《二十世纪中国小说理论资料》（第一卷），北京大学出版社1997年版，第65页。另见中原浪子《京华艳史》第一回，《新新小说》1905年第五号。
④ 俞佩兰：《〈女狱花〉叙》，载陈平原、夏晓虹编《二十世纪中国小说理论资料》（第一卷），北京大学出版社1997年版，第137页。
⑤ 《〈月月小说〉序》，《月月小说》1906年第一年第一号。
⑥ 浴血生：《小说丛话》，《新小说》1905年第十七号。

能有相似之处，如人物描写的方法，篇章段落、结构布局的技法规则等，但在深层意义上，它们可能基于迥异的理念原则。

如果说，现代"美学""艺术"观念是现代小说批评的理念基础，那么，这种将小说视为"艺术"的观念是如何发生的？它与传统文化结构的近代变迁有何关系？它与传统理论所积累的小说"文章学""技术学"有何关系？它与晚清强调功用的"新小说"有何关系？它与中国现代审美领域的发生有何关系？它在晚清以来逐渐发生的现代学科体系中处于何种位置？对这些关系网络进行揭示的冲动，成为本书的缘起。因此，我不把小说"艺术"论当成一种本质主义的预设并以之提炼、化约历史；而是试图以一种结构主义历史化的方法，把这种小说观念置入多重文化、多重政治的复杂关系中，进行区分、衡量，进而确定它的相对位置

"五四"时期，小说是一种"艺术"或独立的学术对象的观念，已经成为文学常识，人们据以批判道德功利性及游戏消遣的文学观念。但是一种观念的兴起不是突兀的，虽然"五四"人对晚清文学整体上持鄙夷态度，但"五四"时期小说艺术论有其历史性的内在基础，晚清民初的小说理论构成了其前身。尽管从现代学科的角度可以发现历史的延续性，但本书要避免局限于所谓"文学"本身式的资料收集、线索梳理的"内部研究"方法，而力图以一种反思的态度，在小说与文学、经学等其他社会话语的关系中，在中国小说与世界文学、文化的关系中，来思考中国小说在中日战争前后至文学革命前这一阶段所经历的那一场变化（而非简单地称之为"现代化"）。

意图以更广阔的视野来考察小说艺术观念的兴起，韦伯的现代社会合理分化理论可资借鉴。哈贝马斯认为"现代社会所特有的意识结构，源于文化合理化，包括科学和技术、艺术和文学、法律和道德三种价值领域随着现代从传统的宗教——形而上学世界观（希腊传统，主要是犹太教和基督教传统）中脱身出来，而发生的分化"[①]。神圣的宗教性世界图景"脱魅"，这导致世俗"此岸"人间的形成，于是，"审美"

---

① ［德］哈贝马斯：《哈贝马斯精粹》，曹卫东选译，南京大学出版社 2004 年版，第 10、12 页。

出现，为现代凡俗社会的感性个体提供意义支撑①，由此产生了艺术自律、文学自治的要求。进而，文学中的小说以"美学"为理由，要求独立，进而形成"小说的艺术"，这似乎是一个圆满的叙事。不过，我们要警惕这一理论的西方中心主义色彩，它毕竟是以西方现代性的普遍意义为前提的。中国的近代史是否可以用这种合理性分化来解释？如果能，中国小说"艺术"观是这一分化的必然结果吗？

马睿在《未完成的审美乌托邦：现代中国文学自治思潮研究：1904—1949》一书中，认为包括小说在内的"文学自治思潮是以现代知识体系、现代学科分类原则为基础，与美学学科的确立、审美独立意识的产生以及狭义'文学'概念的出现相生相随的一种文艺思潮"②。这就是用价值领域的分化理论，来思考中国文学的历程。不过，分化理论自身的逻辑，导致作者以"美学"学科的建立发展为标准，来衡量审美独立意识的发生，因此偏重德国美学思想在中国的传播和影响，而未能充分注意到中国文学内部那些后来被视为"审美"本质的感性、小说技术和"文章学"的论述。晚清小说理论中充满了大量对人的"感情""感性"问题的论述，但并不能轻易将此视为西方美学影响的结果。如果充分重视"美学"的"感觉学"本义，也许值得思考这样一个似乎反历史的假设：如果没有西方美学的输入，中国小说观念将会走向何方？中国传统社会内部是否会产生一股以"美"来要求小说本质性冲动？而如果没有这一冲动，人们在小说领域中接受西方美学、艺术论的理念基础是什么？

这样的思考，表面上类似于所谓"内发现代性"的寻找。但本书意图表达的，并非对于普遍的现代性叙事模式的焦虑，而只是想严肃地面对历史——即小说"艺术"观在晚清发生时的诸种话语关系。在中国传统文化观念中，小说素为"小道"。"小说界革命"将小说提到"文学之最上乘"的高度。但"五四"以来，人们却经常

① 刘小枫：《现代性社会理论绪论——现代性与现代中国》，上海三联书店1998年版，第300—301页。
② 马睿：《未完成的审美乌托邦：现代中国文学自治思潮研究：1904—1949》，巴蜀书社2006年版，第2页。

批评"新小说"艺术粗糙，缺乏审美价值。现代人为什么会用"艺术"标准来要求小说？在以小说"新民"的功用论成为时代主流声音的氛围中，怎么会发生小说作为"艺术"的观念？围绕这些问题，本书的章目安排如下：

第一章，引言。提出问题，即在清末民初小说观的诸多研究著作中，小说"艺术"观几乎成为一种自然的理论预设，而关于小说"艺术"身份发生和确认过程的研究显得不足。

第二章，从内部分析清末民初小说理念基础从"道"向"公性情"的变化。小说"新民"论将小说的合法性建立在人类"公性情"基础上，主张"因人情而利导之"。这种"人性"基础与西方现代"文学观念"是一致的。小说提供"同情之友"，使"国民"在"合群"的想象中增强"自信力"，这是传统社会及伦理秩序解体后个人认同的崭新方式。"小说界革命"试图以"阴性"力量来干预社会变革，这意味着中国社会结构的变迁。对于"情感"的重视，构成了晚清小说论与传统乐教及现代"美学"论的相通之处。

第三章，从外在的图书分类法角度，考察小说著录形态从古典目录学到近代图书馆学的变迁。"结构性位置"变迁的背后，是小说理念基础的变化，即从经学到作为现代学科之一的"美学"。

第四章，在现代社会合理分化的宏观视角下，以王国维为例分析小说"艺术"观与现代中国审美领域的关系。王国维认为小说要关注普通人的日常境遇，这正是现代小说的"美学"原则。

第五章，讨论当时人对于"新小说"的反思和批评。黄人、徐念慈、周氏兄弟等人，已经从现代"美学"的角度来思考小说。而成之所谓"近世的文学"，则将小说置于西方小说艺术论的全新视域当中。

第六章，从"议论""细节""结构"三种实际写作技术的角度，分析作为"小道"的小说与作为"艺术"的小说在修辞观念上的区别和联系。

第七章，讨论小说"艺术"观在晚清与"五四"新文学之间的关系。清末民初小说艺术身份的确认，实际上隶属于更大的现代中国小说的发生这一问题。《狂人日记》作为公认的现代小说的开篇和典范，一方面是讨论晚清民初小说观念的惯常终点，另一方面也构成了"现代性"叙述模式之有效性与盲区的双重隐喻。

鉴于小说是一种"艺术"的观念在今天已经算是文学常识，本书竭力避免把晚清的历史看成是向着当下的发展，而力图触摸那一段历史本身的质感（阐释的历史性使这种努力异常艰难）。因为，如果没有这样不断地重返，历史不就过于简单地变成今天的模样，而我们对历史观念财产的继承，不也就过于武断了吗？

第二章　小说界革命:"公性情"基础上的 "新政治"

　　小道可观、劝善惩恶、化俗导愚、讽戒警世,诸如此类的观念表明:中国文化传统中,对小说社会功用的期待并不是新的事情。在以诗文为主导的文类等级结构中,不管小说的地位如何低下,作为某种文化政治结构中的一个因素,它总会被赋予特定的功能。在很多场合下,教化功能的宣传仅仅是文人小说写作的一个堂而皇之的借口,或是书肆商贾出于销售利润考虑而打出的招牌。但这并不能改变如下事实:在绝大多数时间中,强调教化功能,都是小说向以经史为主导的文化结构寻求存在合法性的最好方式。这既可以说是对小说与"道"的结构性关系的阐释,也可以说是对于屈身"小道"者的心理安慰。教化观念根深蒂固,晚清梁启超强调"小说为文学之最上乘",但其"新小说"观不过是传统教化论的变体。梁启超的小说功用观与传统一脉相承,这一点在晚清小说研究已经成为常识。但是,相同的语素在不同的结构中有不同的意义,同样,小说功能的相似表述在不同的历史语境中当然也有不同的意义。由于晚清历史时空变幻的剧烈程度,小说功能论的新"变"已经使"新小说"走出了传统的范围。

第一节　从"道"到"公性情":晚清小说观理念基础的变化

　　这种新"变"的发生与梁启超相关。作为对照,可先体味一下蠹蠢勺居士《〈昕夕闲谈〉小叙》（1872）的传统遗韵。在这篇"小叙"
中，作者基于小说"入人必易""感人必深"的特点，发出了"谁谓
小说为小道"的感慨。这样的言论视为晚清小说革命的发端，似无不
可。但稍加分析，即可发现，蠢勺居士对于小说功用的强调，仍囿于
传统思维方式内部：

> 予则谓小说者，当以怡神悦魄为主，使人之碌碌此世者，咸
> 弃其焦思繁虑，而暂迁其心于恬适之境者也。又令人之闻义侠之
> 风者，则激其慷慨之气；闻忧愁之事，则动其凄宛之情；闻恶则
> 深恶，闻善则深善，斯则又古人启发良心，惩创逸志之微旨，且
> 又为明于庶物、察于人伦之大助也。①

小说当以"怡神悦魄"为主，这种观念强调小说的娱乐及审美慰
藉功能，强调小说与个体生活之间的亲和性。但仿佛是对于这种"消
遣"论感到不安似的，蠢勺居士马上回到了传统教化论的思维世界当
中：他仍要借小说阐发圣教、劝善惩恶。这意味着其小说理念的基
础，仍是传统文化结构的核心价值："道"。梁启超的小说观念在形式
上延续了这种思维结构，但实质却发生了重大变化：小说不必再通过
与"道"的关系来确立其位置了，新的理念基础已经产生。

如同蠢勺居士的例子所表明的，以小说来消闲娱乐、愉悦性情是
一件非常自然的事情，但传统文人总是对此感到不安。政事之余的消
遣，本是最能接近个人性情的活动，但豆架瓜棚之下的闲谈，终究
"情不逾礼"，因此总打出"有益于世道人心"的招牌，总是不无生硬
地试图与"道"（宇宙天理、帝王之道、政教得失、经世济民、内圣
外王等与"小道"相反的内容）发生关联。这种小说观念体现出忧国
忧君的士大夫传统。如果说"新民""新国"的政治追求仍然是"道"
之变形的话，那么，梁启超的小说观仍然是"载道"的。而且，随着
晚清小说界革命的发展，"新民""新国"的政治诉求如同传统的"有

---

① 蠢勺居士：《〈昕夕闲谈〉小叙》，载阿英《晚清文学丛钞：小说戏曲研究卷》，中
华书局 1960 年版，第 195 页。

助风化"论一样，也越来越像是一个空洞的招牌。即使如此，梁启超的"小说"观中仍然有一种全新的东西，即他不再为小说与个人性情之间的联系而感到不安。甚至相反，他正式地将"新小说"的理念基础确立为"公性情"。

在"小说界革命"的宣言《论小说与群治之关系》中，梁启超以提问方式引出话题："人类之普遍性，何以嗜他书不如其嗜小说？"在接下来的论述中，梁启超使用了诸如"人之性""人之恒情"这样的带有普遍人性论色彩的词语。所谓"熏、浸、刺、提"四种力，虽有浓厚的佛学色彩，但也是强调小说对于人之脑筋情感的支配作用。而且，梁启超还用"心理学"这样的现代科学理论来支撑自己的观点："小说之为体易入人也既如彼，其为用之易感人也又如此，故人类之普遍性，嗜他文终不如其嗜小说，此殆心理学自然之作用，非人力之所得而易也。此天下万国凡有血气者莫不皆然，非直吾赤县神州之民也。"① 将小说提高到"文学之最上乘"这样的高度，其理论依据，已经不是"赤县神州"传统中的"圣道"，而"天下万国"人类所分享的"心理"共性。

梁启超的影响深远，12年后，成之仍极力赞成：

> 昔有人谓小说可分为英雄、儿女、鬼神三大类，此说吾极赞成之。盖从心理上具体的分之，不过如此。英雄一类，所以描写人之壮志；儿女一类，所以描写人之柔情，属于情的方面；鬼神一类，所以餍人好奇之性，属于智的方面。其余子目虽多，皆可隶属于此三类中也。②

成之所言之"昔有人"，即梁启超。心理学是晚清民初西学东渐过程中进入中国的现代学科之一。③ 把人的心理活动按照知、情、意的划分进行解释，这是完全不同于中国传统理气心性之学的现代思

---

① 梁启超：《论小说与群治之关系》，《新小说》1902年第一号。
② 成之：《小说丛话》，《中华小说界》1914年第五期。
③ 熊月之：《西学东渐与晚清社会》，上海人民出版社1994年版，第675页。

想。梁启超所说的"血气"正是心理学的科学基础。

用现代自然科学知识来解释小说，梁启超并非始作俑者。在晚清小说理论界的另一篇重要论文《本馆附印说部缘起》（1897）中，作者亦将小说的存在理由奠基于英雄、男女两种"公性情"之上：

> 凡为人类，无论亚洲、欧洲、美洲、非洲之地，石刀、铜刀、铁刀之期，支那、蒙古、西米底、丢度尼之种，求其本原之地，莫不有一公性情焉。此公性情者，原出于天，流为种智。儒、墨、佛、耶、回之教，凭此而出兴；君主、民主、君民并主之政，由此而建立。故政与教者，并公性情之所生，而非能生夫公性情也。何谓公性情？一曰英雄，一曰男女。[①]

作者从远古之时，人在山林箐泽中与禽兽争存开始谈起，一直讲到人类文明、不同肤色种族之间的竞争，用《天演论》中"适者生存"的自然逻辑，阐明了在竞争时代中"英雄之性"对于"争存"的必要性；并以动物、植物学中"雌雄相待之礼"来阐明"男女之性"对于"传种"的重要意义。英雄、男女两种"公性情"，是一切时间、一切地点、一切种族中的人类所普遍具备的特性，几乎是"词赋之

---

① 阿英编：《晚清文学丛钞·小说戏曲研究卷》，中华书局1960年版，第2页。据《新小说》第七号（1903年）专栏《小说丛话》，梁任公透露此"雄文""实成于几道与别士之手"，作者是严复与夏曾佑，但谁为主笔，谁为润饰，尚存争议。夏志清认为夏曾佑不通西文，但该文引用西方历史颇多；另据《民国名人图鉴》载夏氏传略，有严复请夏氏为之润饰翻译文笔之事；且夏氏于1902《绣像小说》第三期撰《小说原理》，观点多与上文不同。因此夏志清在引用该文内容时仅提严复名字。姚春树在《理论倡导与译介实践——严复与晚清"小说界革命"新探》（《福建师范大学学报》2010年第5期）一文中，亦认为作者是严复。黄霖、韩同文选注：《中国历代小说论著选（修订本）》（下册），江西人民出版社2000年第3版，第6页。从文章语气判断，认为似出于夏曾佑之手，严复稍加润饰；另，王栻根据《缘起》的文字风格及文中作者自述身世经历的话"生平孤露，早迫饥驱"判断，此文可能出自夏氏之手，因此王栻主编的《严复集》（中华书局1986年版）中不收此文。陈业东的专著《夏曾佑研究》综考众说，另提新据，肯定了王栻的结论。见陈业东《夏曾佑研究》，澳门近代文学学会2001年版，第263—267页。皮后锋与杨琥亦认为作者只有夏曾佑，严复只是提供素材，见《〈国闻报〉所刊〈本馆附印说部缘起〉之作者考辨》，《明清小说研究》2011年第3期。

宗""礼乐之本"。其根本性意义，如同自然科学中的"电气"："观乎电气为万物之根源，而电气可见之性情，则同类相拒，异类相吸，为其公例。相拒之理，其英雄之根耶？相吸之理，其男女之根耶？"① 用"物理学"的知识来解释人文社会，明显带有新时代的特色。这种论述方式在晚清民初也比较普遍，它源于人们对于现代"科学"与"文明"的信任。而小说所记，正是英雄、男女之事，所以能够震动一时、流传后世。这也是《本馆附印说部缘起》的作者希望以小说来开化民众的最根本理由。

虽然直到1902年的"小说界革命"，新小说的写作、出版与讨论才蔚为气候，但其鼓吹者梁启超显然没有忘记《本馆附印说部缘起》对他的影响。梁启超延续了"公性情"的思维方式。在《中国唯一之文学报〈新小说〉》一文中，梁启超在介绍"写情小说"时，明确："人类有公性情二：一曰英雄，二曰男女。情之为物，固天地间一要素矣。"② 1903年，梁启超还极力称赞《本馆附印说部缘起》这篇"雄文"："余当时狂爱之，后竟不克裒集。惟记其中有两大段，谓人类之公性情，一曰英雄，二曰男女，故一切小说不能脱离此二性，可谓批郤导窾者矣。"③ 事隔多年，梁启超唯独对此"雄文"中的"公性情"记忆深刻，这表明双方对于当时较为流行的"公理"叙述方式普遍认同。

不仅如此，梁启超又在"英雄"、"男女"之外，又加入一种新的内容——"畏鬼神"，他认为"以此三者，可以该尽中国之小说矣"④。鬼神的概括，或许来源于对庚子事件中诸如神灵附体、老祖师兄等迷信内容的反思。"畏鬼神"，是根据中国现实经验而总结出的人性特征，但梁启超仍将之归于人类"公性情"之下。在某些批判性的言论中（如梁启超本人），英雄、男女、鬼神是中国旧小说导致"群治腐败"的罪恶证据，因为它们正好与海盗、海淫、语怪一一对应。但在另一种建设性的声音中（同样是梁启超），作为普遍的

---

① 阿英编：《晚清文学丛钞·小说戏曲研究卷》，中华书局1960年版，第9页。
② 《中国唯一之文学报〈新小说〉》，《新民丛报》1902年第十四号。
③ 《小说丛话》，《新小说》1903年第七号。
④ 同上。

人性公理，这三种特性又成为创造"新小说"的理念基础。

"公性情"的论述方式在晚清民初相当普遍。署名为"解脱者"的《小说丛话》有这样的话："男女两异性相感，心理学上之大则也。故文学一道，无论中西，皆以恋爱居其强半。此不必为讳，亦不足为病也。"[1] 成之认为，英雄、儿女这两种小说"原素"，是"人类正负两面性质之代表"[2]。黄伯耀亦将"英雄""男女"作为小说鼓吹风气、转移社会的感情基础：

> 小说时代，或章回或短构，腾现亦夥矣。然崇拜豪杰，爱慕美人，实人类原有之特性。自图腾社会进步后，人类观感，犹于须眉巾帼之伟迹，称道弗衰。则今之欲挺笔濡墨，而移易社会感情，于小说时代中别高一帜者，其惟义侠小说与艳情小说乎！夫亦曰人情之相近者，斯其感情为较捷耳。[3]

黄伯耀根据"相近者能相入"的道理，认为：在小说中的忠爱悃忱与"人类普通社会性情"之间，存在着相近的关系。因此，小说能够通过对英雄怀抱与男女浓情的书写，在读者心里产生感情认同，从而起到革新政治、助成新世界的作用。

黄伯耀的弟弟黄小配，也对"情"持有一种普遍性的预设："然小说之能事，不外道情。于己之情体贴入微，即于人之情包括靡尽。于一人之情，能由以相近，即于普天下人之情，能平以相衡。"[4] 从"一人之情"到"普天下人之情"，这种论述方式已经颇近于康德"共通感"的观念。[5] 因此，在以小说来促进人群进化、风俗改良的意义上，"泰西"与中国是一致的。黄小配在这种一致性的基础上，将中、

---

① 解脱者：《小说丛话》，《新小说》1905 年第二年第四号，原第十六号。

② 成之：《小说丛话》，《中华小说界》1914 年第一年第五期。

③ 伯（黄伯耀）：《义侠小说与艳情小说具输灌社会感情之速力》，《中外小说林》1907 年第一年第七期。

④ 亚荛（黄小配）：《小说之功用比报纸之影响更为普及》，《中外小说林》1907 年第一年第十期。

⑤ 康德：《判断力批判》，邓晓芒译、杨祖陶校，人民出版社 2002 年版，第 74 页。

西写作者置于同一"小说"场中：俄国的托尔斯泰、法国的福禄特尔、英国的昔士比亚、日本的柴四郎、德国的墨克，与我们中国的金圣叹、施耐庵、曹雪芹等人一样，"皆以小说名重于时，则其受社会上之欢迎，与其为社会上之转移，则已中西无间，实为普天下人之所公认"①。而"中西无间"的基础，正是"公性情"。

　　管达如用几乎同样的逻辑，来解释小说势力风行于社会的理由："英雄、儿女、鬼神，为中国小说三大原素。"② 他也认为小说与社会心理有一种对应关系，小说是社会心理的反映，社会又是小说的反映，两者实际上"一而二，二而一"的关系。其中原因仍是"公性情"："天下惟本为其心理所造成之物，则其契合也，愈易而亦愈深。小说之所以能具有魔力，即是道也。夫人类之心理，不甚相远者也。……人类之喜怒哀乐，初不甚相异。"③ 管达如用"公性情"的理论解释了中国传统文论的"不平则鸣"，同时以"小说者，亦著述之一种"为理由，将"小说"纳入与传统诗文相同的"文学"空间当中。他认为，迫于专制之淫威，所以有了《水浒传》；感于婚姻之不自由，所以出现了《红楼梦》。这两种小说因为与人类性情相契合，受到社会的欢迎。

　　总之，"公性情"这个本质主义的前提，成为晚清民初许多小说论述的理论支撑。这意味着，虽然当时许多小说观还带有传统的影子，甚至与"载道"的旧小说观念没什么区别，但在表面相似的论述之下，却有不同的理念基础。时代以及人们对于时代的看法都发生变化了，黄伯耀如此判断小说所面临的历史："二十世纪开幕，环海交通，小说之风涛，越太平洋而东渡。有新小说之腾播，而后有新世界之智慧。"④ 道统和圣教，仅局限于一国一地，它们慢慢退出了对于中国小说观念的辖制。在以民族国家并存、竞争为特点的现代世界体系当中，普遍主义的"人性"取代"道"，成为小说的理念基础。这

---

① 亚荛：《小说之功用比报纸之影响更为普及》，《中外小说林》1907年第一年第十期。

② 管达如：《说小说》，《小说月报》1912年第三年第七期。

③ 同上书，第八期。

④ 伯耀：《小说之支配于世界上纯以情理之真切为观感》，《中外小说林》1907年第一年第十五期。

种变化是伴随着晚清国门洞开、中国被动纳入世界新秩序的过程而发生的。中国不再是作为天下中心的天朝上国，而是被"地方化"为一个地域，它仅仅是世界万国中的普通一员，甚至面临因"落后"而被文明潮流所吞没的危险（梁启超的《过渡时代论》是这种急切心理的典型表达）。

《〈扬子江小说报〉发刊辞》这样表达作者对本国传统学术的失望，以及对世界"公理"的急切体认："嗟乎！欧风凛冽，汉水不波，美雨纵横，亚云似墨。怜三家之学究，未谙时势变迁；笑一孔之儒林，难解典坟作用。……统地球之是是非非，毕呈真相；据公理而褒褒贬贬，隐具婆心。"① 敌人是最好的老师，在追赶世界文明的潮流中，作为公法的文明标准尤其被落后民族所欣羡、认同。因此，被委以重任的"新小说"必须建立在新的"公理"基础上。

新的理念基础不仅为"新小说"做诠释，在小说观"新变"的时代语义场中，人们也以此种理论话语，对中国小说历史进行重新叙述，如黄人所言：

> 语云：南海北海，此心同，此理同。小说为以理想整治实事之文字，虽东西国俗攸殊，而必有相合之点。如希腊神话、阿刺伯夜谈之不经，与吾国各种神怪小说，设想正同。盖因天演程度相等，无足异者。……盖人心虽极变幻，更不能于感官所接触之外，别构一思想，不过取其收蓄于外界之材料，改易其形式质点，加以支配，以新一时之耳目。深察之，则朝三暮四，二五一十，正无可异也。②

小说本为士人鄙弃的小家珍言，神怪更是"子不语"的小道，其复合体"神怪小说"在中国文化中的地位可想而知。黄人将"神怪小说"视为与希腊神话、阿拉伯天方夜谭为同一类"不经"之物。然而，在黄人看来，这种"不经"之物，一方面是天演进化的必然阶

---

① 报癖：《〈扬子江小说报〉发刊辞》，《扬子江小说报》1909 年第一期。
② 蛮（黄人）：《小说小话》，《小说林》1908 年第九期。

段；另一方面是人心、感官对于外界的自然反映，没什么好奇怪的。南海北海，东国西国，因为"公性情"而相互关联。因此，在以西方为文明标准、并学习其现代军事、法政、文化思想的时代氛围中，晚清人士将"小说"提高到"文学之最上乘"的高度，也就是顺应天演公例与人性自然的正当举动了。所谓顺历史潮流而动，即这种向现代文明看齐的做法，而在其根本意义上，这也正是现代时间观念对于现代"主体"及其使命的召唤。

"公性情"的另一种表述，即普遍的自然"人性"。侠人以"人性"与"道德"的冲突为依据，将《红楼梦》视为"哲学小说"、"道德小说"。他认为"人性"是"自然之物"，而"道德""往往与其群之旧俗相比附"，二者终不能免于冲突，这是古今中外的普遍现象："凡开辟以来，合尘寰之纷扰，殆皆可以是名之，固非特中国为然也。吾无以名之，名之曰'人性与世界之抵触'。"① 《红楼梦》中所谓"情种"与"败家的根本"，是道德学所禁之事的代表，而"风月情浓"、"擅风情，秉月貌"，则是人性的代表。世事变化，中国社会的旧道德已经成为戕贼人性的东西，而两千年来竟无一人敢昌言修改，唯独曹雪芹以大哲学家的眼识，创作《红楼梦》，将旧道德摧陷廓清之。在以人情排斥旧道德的意义上，侠人高度评价了《红楼梦》。很明显，侠人所说的作为"自然之物"的人性，已经不尽同于中国传统性善性恶、理气二元的"人性论"了。自然人性，正是资本主义世界中"功利主义"利益原则的基础，在一定程度上有其政治法律的基础：光绪三年（1877）版丁韪良所译《公法便览》，"论公法本原"第一节即"公法以人性为准绳"。

梁启超等人将小说建立在人类"公性情"的基础上，并"因人情而利导之"，希望通过"小说"的宣传鼓动，来达到"新民"的政治功用。晚清小说理论中一个异数——王国维，批判这种将文学视为"政治教育之手段"的做法，强调文学自身价值，强调学术的独立。其《红楼梦评论》便是将"小说"视为非功利性之"美术"的一次理论展

---

① 饮冰等：《小说丛话》，《新小说》1904 年第十二号。

示。表面上，这种小说"美术"观与梁启超的小说功用论截然相反，但是即使不考虑到王国维美学背后的政治性追求，我们也能发现王梁二人小说观念的相似性，"公性情"构成了双方小说观念共同基础。

王国维在《去毒篇》中，将"美术"视为上流社会的宗教。上流社会国民的痛苦、空虚，属于情感上的疾病。情感上的疾病，须用情感来医治，"干燥的科学"与"严肃的道德"都无能为力。王国维按照康德对人类心性领域知、情、意的三重划分，将宗教、"美术"（雕刻、绘画、音乐、文学等）与"情"的领域相对应。因此，"小说"作为文学的一种，自然就具有了"情感"慰藉的功能。在《奏定经学科大学文学科大学章程书后》一文，王国维认为"美学"是"哲学"的一个分科，而文学原理只能通过"美学"来确定。因此，哲学在王国维的文学观念中，是作为统领性的理念基础存在的。"今夫人之心意，有知力，有意志，有感情，此三者之理想，曰真，曰善，曰美。哲学实综合此三者而论其原理者也。"[1] 这种哲学所要解决的，是跨越中国、西洋两界的普遍性问题，而非拘束于某个国家、某个人种、某种宗教的个别性问题，因为"知力人人之所同有，宇宙人生之问题，人人之所不得解也。其有能解释此问题之一部分者，无论其出于本国或出于外国，其偿我知识上之要求，而慰我怀疑之苦痛者则一也。"[2]"人之心意"无分国界，正是梁启超"公性情"的另一种说法。

这也意味着，在小说问题上，王国维和梁启超都持有一种"公性情"的预设，他们都已经开始在一种普遍的世界主义立场上思考小说问题。其区别在于不同的理论走向：王国维希望通过"美育"来慰藉国民痛苦、空虚的心灵，而梁启超则试图将"公性情"作为建立新政治的基础。前者充满了忧郁、悲观的气息，其政治关怀也是抽象的、形而上的；后者则是阳刚的、积极的、意气风发的政治构想。

上述诸如公性情、普遍人性、人类等宏大叙事，与作为整体（包

---

① 王国维：《哲学辨惑》，载谢维扬、房鑫亮主编，胡逢祥分卷主编《王国维全集》第 14 卷，浙江教育出版社 2009 年版，第 8 页。

② 王国维：《论近年之学术界》，载谢维扬、房鑫亮主编，傅杰、邬国义分卷主编《王国维全集》第 1 卷，浙江教育出版社 2009 年版，第 125 页。

括诗歌、散文、小说、戏剧）的现代"文学"观念是相通的。西方现代"文学"观念即建立在"人性"哲学的基础上，这种观念是在浪漫主义者反思现代工业文明的过程中建立起来的。在浪漫主义者心目中，文学的任务，就是要拯救被大机器生产所侵害的原本健康、完整、有机的人性。① 而在中国，传统文学著作多是分别就诗、文、词、曲、小说进行单独体味，而较少这种综合性、普遍性、抽象性的"文学"论述。"五四"时期周作人提出的"人的文学"，标志着中国"文学"观念基础的根本性转变，也标志着这种历史性转变已经被社会广泛接受。

在小说观念的变化中，普遍的人性观念作为基本预设，正是晚清和"五四"的相通之处。而且，这种相通之点也得到了中国现代"美学"的支撑。在萧公弼发表于1917年《寸心》杂志的《美学》长文中，他认为"审美"建立在"饮食男女，人之大欲"及耳目口行之欲望的生理基础上；并将"美学"定义为"感情之哲学"②，是"天然之科学而发于人类之良知良能"③ 者。他用"进化论"来阐释"美"："好美之情出于天性而关于物之生存竞争者大矣。"④ 这种生物学根据，更容易让人联想起《本馆附印说部缘起》的论述方式。总之，在逐渐发生的中国现代小说、文学、美学观念当中，分享着一个共同的前提：人性论。这也是"小说"从"小道"转变为"艺术"之一种的理念基础。

第二节　小说功能的重新定位："以小说立国"

一　从"一言可采"到"新政治"

如前文所述，社会对小说许以某种功能的期待，这并不是新的事

---

① ［英］雷蒙德·威廉斯：《文化与社会》，吴松江、张文定译，北京大学出版社1991年版，第60、75页。

② 萧公弼：《美学·概论》，《寸心》1917年第一期。《美学》全文发于《寸心》杂志第一期、第二期、第三期、第四期、第六期，未完。

③ 萧公弼：《美学·美学之发达及学说》，《寸心》1917年第二期。

④ 同上。

情。启发良心、助于人伦，诸如此类的标榜性言论充斥于传统小说观念当中。这种功能也为小说占有一定社会位置提供了文化政治资本。但在一个讲求圣教、道统的文化格局当中，小说是"小道"的观念始终像一个魔咒一样盘桓不去。如同《汉志》所显示的那样，小说似乎是很不知趣地强行插足于中国文化结构一个异类，士人不屑，"君子弗为"。虽然或有"一言可采"，但那些经天纬地、经世济民、以天下为己任的士大夫，谁又会在处理家国大事之时借鉴这种"刍荛狂夫之议"呢？

木铎采风，下情上达，人主观风俗盛衰而知治术之功过，古或有之。但随着经学正统地位的建立，以小说来影响上层的统治术，就真的如庄子所言："饰小说以干县令，其于大达亦远矣。"王嘉《拾遗记》记载了这样一则轶事，西晋张华作《博物志》四百卷，武帝司马炎认为"昔仲尼删诗书不及鬼神幽昧之事以言怪力乱神，今卿《博物志》惊所未闻，异所未见，将恐惑乱于后生，繁芜于耳目"。①

人主对于"小说"的态度可见一斑。虽然"帝常以《博物志》十卷置于函中，暇日览焉"，但恐怕也只是闲来无事时的私下消遣，与瓜棚豆架之下的谈论没什么大的区别。"暇日"正说明"小说"与严肃政事的距离。不会有人试图在正式的策论、奏折、庭对等公务中将"小说"作为议论的内容。而当有人无意中将这些闲暇私好呈现出来时，其不得体的行为将得到严厉的惩罚。有这样的历史资料作为例证：《大明神宗显皇帝实录》载万历三十年（1602），禁以小说俚语入奏议。《雍正上谕内阁》载雍正六年（1728），护军参领郎坤以"将《三国志》小说之言，援引陈奏"，革职枷号三月。② 这是小说不登庙堂的生动体现。

---

① 王嘉：《拾遗记（选录）》，黄霖、韩同文选注：《中国历代小说论著选》（修订本）第3版（上册），江西人民出版社2000年版，第25页。

② 王利器辑录：《元明清三代禁毁小说戏曲史料》（增订本），上海古籍出版社1981年版，第36页。据清奕赓《佳梦轩丛著·管见所及》：雍正六年，廷臣奉谕，各保所知者一人。护军参领郎坤因奏："明如诸葛亮，尚误用马谡，臣焉敢妄举。"世宗谕曰："必能胜诸葛亮始行保举，则胜于诸葛亮者，郎坤必知之，郎坤从何处看得《三国志》小说，即欲示异于众，辄敢沽名具奏，甚属可恶，交部严审具云。"此可为好引用小说者之戒。出处同上书，第36页。

人主"暇日览焉",清廷将唱词鄙俚的京剧请进宫廷,虽然有诸如此类"只有州官放火,不许百姓点灯"的事例,"但这并未动摇意识形态的主流和社会分野的基本秩序","士大夫'赏玩'的内容与其尊信推崇的内容实有根本的区分"。① 在修身、齐家、治国、平天下的伦理性道德秩序中,这种赏玩因为其"子不语"的性质,而成为士大夫羞于公开的心性领域。郎坤就是因为不小心暴露了其隐匿的内心,而触动了这个规则,他受到礼法的惩罚是必然的。

因此,传统小说论者将小说与某种社会功能联系起来,其心理原因有二:第一,许多士大夫真心喜欢读小说,但这种私衷酷好正是道德秩序所要压抑、排除的心性领域,所以就采取了将其内心的那一块耻辱阴影光明正大化的手段——与经史功能相比附,也就是将士大夫的私人空间(被道德压抑的欲望、公事之余的闲暇)道德化。第二,对小说真的是深恶痛绝,但小说却并不消失。于是,士大夫不得不面对这样一种顽固的文化成分,在整理书籍时,不得不对这种尴尬事实做出合乎道德的解释。因此,才将羽翼经史、辅佐圣道的功用与小说分享。与"道"之远近关系的衡量,这是确定一种文化因素之地位的最基本方式。而将圣道与怪力乱神联系在一起,屈尊俯就,正统士大夫多少有些不情愿。以小说家语来说,就如同《水浒传》中的朝廷,无法铲除梁山匪盗,于是便招安,然后在一种复杂心态支配下赋予后者一种正统的社会功能:征方腊。很明显,这是一种无可奈何的收编。

在这种心态支配下,不会有多少人真心诚意地将小说与事功关联在一起,因为,只有"文"才是"经国之大业,不朽之盛事"。梁启超"小说界革命"的提出,表明这种历史状况发生了变化:小说开始取代传统文类中"经史"的地位,成为新的载道者。至少在这次"革命"的初始阶段,强调小说的社会功用不再是借口。但仅此一点,并不能构成"新小说"的区别性特征。

在中国历史上,不仅有从负面角度重视小说社会作用的例子(如历代对于淫词小说的禁毁),而且也有试图从正面利用小说的例子。

---

① 罗志田:《裂变中的传承:20世纪前期的中国学术与文化》,中华书局2009年版,第15页。

咸丰三年（1853）和咸丰七年（1857），文人俞万春所作《荡寇志》在苏州先后初刊和重刊，其立意是"使天下后世深明盗贼、忠义之辨"。其续刻者钱湘更是宣称："思夫淫辞邪说，禁之未尝不严，而卒不能禁止者，盖禁之于其售者之人，而未尝禁之其阅者之人；即使其能禁之于阅者之人，而未能禁之于阅者之人之心。兹则并其心而禁之，此不禁之禁，正所以严其禁耳。"① 俞万春作翻案文章的目的，是从思想上揭露宋江的盗贼本性，否定《水浒传》中的所谓"忠义"，从而维护纲常名教。到"洪杨之乱"时期，南京、苏州、广州等地由官方出资大量印行《荡寇志》，其目的却是以小说帮忙镇压农民暴动了。② 不管这种小说救国意图的结果如何，小说这一次是真正地与家国、政治联系在一起了。但俞万春并不构成晚清"小说界革命"的先声。因为，无论在事实性的历史关联上，还是在其理念基础上，梁启超与前者都没有什么延续性。他们分属于两个不同的世界：俞万春仍然是在传统的儒学世界里试图维护纲常名教；而梁启超则处于万国竞争的世界秩序中，"新民""新政治"是名副其实的"新"。所谓"新政治"，不再是一家一姓的君主王朝，而变成了现代的民族国家，即使这个崭新的共同体仍处于被想象、被构建的过程当中。

晚清民初，中国小说观念发生了巨大变化，其中固然有文体自身的传承和瓦解因素，但其更重要的动力，在于小说与时势政治之间的互动。更为准确的说法，应该是晚清民初的社会历史对小说的征用，导致了其理念和文本形态的双重变革。从其根源上说，小说观念的变化是一个政治事件，而非单纯的文学事件。因此，从文体的跨国影响

---

① 转引自颜廷亮《晚清小说理论》，中华书局1996年版，第35页。袁进先生也认为《荡寇志》标志着中国小说与政治距离发生了变化："《荡寇志》的遭遇在当时不过是一个孤立的现象，但它说明了一个重要的事实：出于政治功利的需要，士大夫这时已经愿意承认小说的力量。并且按照他们自己对于文学功能的理解，赋予小说以'救世'的功能。这一变化，是梁启超发动'小说界革命'，能够得到士大夫广泛响应与赞同的重要原因。这也意味着，'小说界革命'的社会基础正在形成。"见袁进《中国小说的近代变革》，广西师范大学出版社2009年版，第25页。
② 袁进：《中国小说的近代变革》，广西师范大学出版社2009年版，第24页。

这一角度来看，单是西方小说的翻译，并不能形成对中国小说的根本冲击。甚至在许多时候，当许多小说论者热情地谈论西方或日本"以小说立国"这一话题，并试图刺激中国人借鉴这一域外经验时，他们只是在塑造并重复着一个"神话"①。或许连他们自己也没意识到，这一"神话"仅仅是其儒家文学观的"西学""保护带"。袁进先生充分意识到了中国文化传统对小说近代变革的限制力量："与其说是西方小说的冲击造成小说由边缘向文学中心移动，不如说是'以文治国'的儒家文学观统治了小说界，它决定了小说按传统价值标准，仰仗为政治服务而得以移向文学的中心，决定了小说界'师法西方'的方向。"② 这无疑是一种洞见。但仅仅指出晚清小说界仍被"儒家文学观"所统治，也容易引起误会，即抹杀"小说界革命"的革新性。必须进一步指出的是，"小说界革命"与"儒家文学观"仅具有表面的相似性，其内部的动力机制是完全不同的；而且，正是域外以小说立国、治国这一"神话"，部分地标志出了中国"小说界革命"的现代特征。

在梁启超之前，《本馆附印说部缘起》的作者就这样宣称："且闻欧美东瀛，其开化之时，往往得小说之助。"③ 1898 年梁任公在《译印政治小说序》中如此美好地想象"泰西"：

> 在昔欧洲各国变革之始，其魁儒硕学，仁人志士，往往以其身之所经历，及胸中所怀政治之议论，一寄之于小说。于是彼中辍学之子，黉塾之眼，手之口之，下而兵丁、而市侩、而农氓、而工匠、而车夫马卒、而妇女、而童孺，靡不手之口之。往往每一书出，而全国议论为之一变。彼美、英、德、法、奥、意、日本，各国政界之日进，则政治小说，为功最高焉。英名士某君

---

① 晚清人士多如此宣称，西方国家及日本以小说立国，陈平原称此为一个"神话"，见陈平原《二十世纪中国小说史·第一卷（1897—1916）》，北京大学出版社 1989 年版，第 4 页。
② 袁进：《中国小说的近代变革》，广西师范大学出版社 2009 年版，第 144、145 页。
③ 几道、别士：《本馆附印说部缘起》，载陈平原、夏晓虹编《二十世纪中国小说理论资料》（第一卷），北京大学出版社 1997 年版，第 27 页。

曰：'小说为国民之魂。'岂不然哉！岂不然哉！①

衡南劫火仙（蔡锷）也赞同这种观点：

> 欧美之小说，多系公卿硕儒，察天下之大势，洞人类之赜
> 理，潜推往古，豫揣将来，然后抒一己之见，著而为书，用以醒
> 齐民之耳目，励众庶之心志。或对人群之积弊而下砭，或为国家
> 之危险而立鉴，然其立意，则莫不在益国利民，使勃勃欲腾之生
> 气，常涵养于人间世而已。②

这些言论充满了美好想象，却缺乏事实证明。夏志清先生曾经对
此进行分析。他认为在日本明治维新的"开化"时期，政治小说确实
扮演了重要的启蒙角色。"但'开化'一词用来讲欧美，则不知所云。
英法二国到底何时开化？文艺复兴时？启蒙运动时？还是产业革命
时？"③ 对于梁启超来说，他逐渐知道了一些以小说助国民开化的日
本例子（如柴四郎之《佳人奇遇》《经国美谈》），但对于"泰西"经
验就相对地隔膜了。"英名士某君"，这样模糊的措辞也能体现出这一
点，梁启超对于异域小说的了解，仍是比较零散的，甚至带有想象的
成分。在大规模的小说译介活动之前，这也是当时比较普遍的情况。
但重要的问题并不在于"某君"是何人，而是这个想象中的、来自文
明世界中的模糊身份所提供给中国的"典范"。

---

① 任公：《译印政治小说序》，《清议报》1898 年第一册。
② 衡南劫火仙：《小说之势力》，《清议报》1901 年第六十八册。
③ 夏志清：《新小说的提倡者：严复和夏曾佑》，《人的文学》，福建教育出版社 2010
年版，第 70 页。黄锦珠也曾讨论过这个问题，对本文写作有很大启发，特此注
出。（见黄锦珠《晚清时期小说观念之转变》，台北：文史哲出版社 1995 年版，第
二章第二节"外国文学之借鉴"）其实，对于明治日本以小说助开化的经验，日本
人自己也不是没有批评意见。日本法学博士高桥作卫在其《与北京大学堂总教习
吴君论清国教育书》（注：吴即吴汝伦）中，曾谈及此："宜禁读稗官小说谈豪侠
事迹。……征之实事，弊邦子弟中道挫折者，多好任侠之谈。……今望一、二于
千百，以误一世之青年，非策之得者也。"（璩鑫圭、唐良炎：《中国近代教育史资
料汇编：学制演变》，上海教育出版社 1991 年版，第 192 页。）

因此，重要的不是以小说助开化这种说法的真实性，而是这一"神话"形成的社会心理：以西学为是，以富强、民主、自由的西方为文明的榜样，来挽救在民族国家竞争中落于下风的中国（日本已经先我们一步西化而进入世界强国行列）。因此，尽管很难确定此处"泰西""开化"的具体所指，但当初这些小说论者心目中所憧憬的，当是与日本的文明开化相一致的历史进程。而在当时列强环伺、丧权辱国的历史条件下，遵照世界文明公例建立一个新的民族国家，当是实现中国人富国强兵的基本途径。当然，关于如何实现这一社会政治目标，存在着不同路径选择的冲突。

在《论小说与群治之关系》中，梁启超将"新小说"作为"新民"与"改良群治"的入手点。这里的"民"已经不同于君主政体中的"民"，而是现代意义上的"公民"；这里的"群治"也不再是君王与士大夫共同治理的"天下"或"朝廷"，而是现代观念的社会①。梁启超在"小说界革命"之前，已经形成了其君主立宪的政治计划。《论小说与群治之关系》发表于《新小说》第一号，时间是光绪二十八（1902）年十月十五日，而同一天的《新民丛报》上，《新民说》已经发表到了《十六续论生利分利》。粗略地说，《新民说》是梁启超试图塑造新的政治主体的一种尝试，而这种理想人格的形成又是"改良群治"的基础。

据张灏的研究，"1902 年当梁撰写《新民说》的时候，群对他来说已明确地是指民族国家思想"②。他指出，这种民族国家思想得到了以社会达尔文主义为核心的世界秩序观的支持。在这种世界观中，世界不再是"天下大同"或"以中国为中心"的往日图景，而是由许多竞争着的种族组成的残酷的生存环境。族群竞争的结果是民族主义、帝国主义政治和经济的对外侵略。为了抵制弱肉强食的帝国主义，中国只有发展自己的民族主义；而民族主义必然需要民众的普遍参与，这就需要合格的国民。《新民丛报》的宗旨，即"取《大学》

---

① 陈友多：《研文肆言：文与中日文学研究》，汕头大学出版社 2009 年版，第 164 页。
② 张灏：《梁启超与中国思想的过渡（1890—1907）》，崔志海等译，新星出版社 2006 年版，第 106 页。

新民之义，以为欲维新吾国，当先维新吾国民。……惟所论在养吾人国家思想"。①

因此，被文学界视为"小说界革命"宣言的《论小说与群治之关系》，不过是梁启超政治构想的配套设施：即以小说为教育民众知识、培育新民德性的工具。诚如《新民丛报》为《新小说》所做的宣传："盖今日提倡小说之目的，务以振国民精神，开国民智识，非前此诲盗诲淫者可比。……其自著本，处处皆有寄托，全为开导中国文明进步起见。"②

就在同一篇文章中，梁启超提出了"祖国文学"这一概念；而在之前的《中国唯一之文学报〈新小说〉》中，也有这样的话："本报所登载各篇，著译各半，但一切精心结撰，务求不损中国文学之名誉。"③ 日本学者斋藤希史敏锐地注意到了这一问题。他认为"中国文学"这一观念是梁启超新民小说论的自然归宿，同时也是对明治三十年前后开始盛行的"日本文学"观念的反应。斋藤希史高度评价了梁启超的"文学"进化论，即《小说丛话》中所说的："文学之进化有一大关键，即由古语之文学变为俗语之文学。各国文学史之开展，靡不循此轨道。"每个民族国家都有自己的"文学史"，因此梁启超也将面临对"中国文学"的"历史"进行建构的问题；斋藤希史认为，较之后来胡适对于中国俗文学史的追溯，梁启超的意义怎么强调也不为过。梁启超小说观的立足点从最初的政治功利主义，渐渐转向了"文学史"。④ 但不能否认的是，梁启超对"小说""文学"进行重新理解的动机仍是政治性的。

对现代文明价值的渴望，影响到时人对传统小说的认知。于是，《水浒传》成为反专制、求自由的政治小说：施耐庵具有民权、民约思想，可比卢梭；具有尚侠思想，可比西乡隆盛；具有女权思想，

---

① 《新民丛报》1902 年第一号，《本报告白》。

② 《〈新小说〉第一号》，《新民丛报》1902 年第二十号，《绍介新刊》栏。

③ 新小说报社：《中国唯一之文学报〈新小说〉》，《新民丛报》1902 年第十四号。

④ ［日］斋藤希史：《近代文学观念形成时期的梁启超》，载［日］狭间直树编《梁启超·明治日本·西方：日本京都大学人文科学研究所共同研究报告》，社会科学文献出版社 2001 年版。

可比达尔文。① 于是，《红楼梦》成为"愤满人之作"②。这种解读如同今文经学对于"微言大义"的挖掘，不过，其诠释动力已经变成了现代启蒙思想。

小说写作当中，这样的例子更是多见。政治小说的基本功能，即向国民灌输现代政治观念。梁启超《新中国未来记》阐述了"君主立宪制"对于"革命排满"的正当性，而它们只是建立新的民族国家的两种不同方案。陈天华《狮子吼》则大倡民族主义，主张攘夷排满；吴趼人的《痛史》与《狮子吼》思想相近，借宋末蒙元人主中原之事，极陈华夷之辨，其仇满倾向异常明显。刘鹗《老残游记》则将列强环伺下的大清视为太平洋上的帆船，并献上"外国罗盘"这一解决方案。岭南羽衣女士的《东欧女豪杰》对卢梭、孟德斯鸠等启蒙运动时期的思想家极其钦佩，大力宣扬民主、自由、社会契约等现代思想。壮者《扫迷帚》用西方科学将中国迷信一一扫去，吴趼人的《瞎骗奇闻》讲述"算命"害人的故事，实际上都存了开通民智、增进民德的意愿。彭养鸥与吴趼人分别写了同名小说《黑籍冤魂》，其立意皆在于劝人戒烟去瘾；这与王国维的论文《去毒篇》一样，试图对"民"的身体、精神进行改造。另外，以军事小说来培养国

① 《中国小说大家施耐庵》，《新世界小说社报》1907年第八期。西乡隆盛与木户孝允、大久保利通被称为明治维新的"三杰"。达尔文的"女权思想"或不可解，不过马君武有《达尔文物竞篇　斯宾塞女权篇》（合刻）（1902）可能是这位无名作者读混了。关于施耐庵之"文明地位的提升"，另如天僇生：《中国三大家小说论赞》："生民以来，未有以百八人组织政府，而人人平等者，有之，惟《水浒传》。使耐庵而生于欧美也，则其人之著作，当与柏拉图、巴枯宁、托尔斯太、迭盖斯诸氏相抗衡。观其平等级，均财产，则社会主义小说也；其复仇怨，贼污吏，则虚无党之小说也；其一切组织，无不完备，则政治小说也。"见《月月小说》（戊申）1908年第二年第二期。又如燕南尚生《〈新评水浒传〉叙》将其捧到前所未有的高度："平权、自由，非欧洲方绽之花，世界竞相采取者乎？卢梭、孟德斯鸠、拿破仑、华盛顿、克林威尔、西乡隆盛、黄宗羲、查嗣庭，非海内外之大政治家、思想家乎？而施耐庵者，无师承、无依赖，独能发绝妙政治学于诸贤圣豪杰之前。……《水浒传》者，祖国之第一小说也；施耐庵者，世界小说家之鼻祖也。"在燕南尚生看来，《水浒传》几乎具备了所有了现代西方学说：民约、人权、公德、宪政。见陈平原、夏晓虹编《二十世纪中国小说理论资料》（第一卷），北京大学出版社1997年版，第358、359页。

② 《小说丛话》平子语，《新小说》1904年第九号。

民的尚武精神，以冒险小说来激励国民的冒险精神，以及立宪小说、教育小说等，都是从不同的角度培育"新民"，使之具备现代"国民"的资格。

二　"用情之道"：以民族国家为正轨

黄伯耀曾经作文宣扬，"义侠小说"与"艳情小说"对灌输社会感情有巨大作用。但他同时也严肃地强调，艳情小说，"非徒美人香草，柔肝断肠，导国民于脂粉世界中"。"情"必须与"家""国"联系在一起："古往今来之伟大事业，孰非本其'情'之一字造去。……降而《金瓶梅》也，《桃花影》也，人骂为诲淫之书，然苟如其情以善用之，虽家国之大，民族之繁，无不可以情通达者，即无不可以情结合者。"① 就在这同一篇文章中，黄伯耀将其小说观建立在"豪杰""美人"的"公性情"基础上。其小说的理念基础是普遍主义的，而时势却将这种人类公性引向了"与人类普通的会性情之相近者也""家国"。这也是晚清民初小说理论的一个显著特点。在千年未有之大变局中，"公性情"作为"公理"（"公例"）提供了普遍文明的标准，"泰西""东瀛"以小说立国的"神话"提供了异域的榜样和刺激。因此，小说必须加入到这一世界潮流当中来，为中国的"历史""进步"发挥作用。从"公性情"走向情感的国族化，是顺应时势的发展。

在这个过程中，吴趼人或许是个特例。他当然也意识到晚清时势的艰辛，但他的挽救的方法却与众不同："以仆之眼观于今日之社会，诚岌岌可危，固非急图恢复我固有之道德，不足以维持之，非徒言输入文明即可以改良革新者也。"② 在他看来，所谓"大改革"不过是招牌虽换、内容照旧的敷衍之举，③ 所谓"风气之先"的"风气"不过是一个"利"字。而将"人心"换了"兽心"，去当汉奸、学洋话、

---

① 伯：《义侠小说与艳情小说具输灌社会感情之速力》，《中外小说林》1907年第一年第七期。
② 我佛山人：《上海游能骖录》文末附识，《月月小说》1907年第一年第八号。
③ 趼：《大改革》，《月月小说》1906年第一年第三号。

做洋奴，表面上是输入文明，实际上都不过是"发财秘诀"。① 他的小说《查功课》②，写了这样一个故事：学生把《民报》藏在裤裆和袖子里，以此来逃避督署的突然检查。但这个短篇小说全以对话写成，作者并不发丝毫议论，作品显示出其政治态度的暧昧性。我们与其去辨识作者的思想，不如将此视为一次写作实验的产品。在整体上，从吴趼人对于"情"的态度来看，他还是比较传统的：

> 　　我素常立过一个议论，说人之有情，系与生俱来，未解人事之前，便有了情。大抵婴儿一啼一笑都是情，并不是那俗人说的情窦初开那个情字。要知俗人说的情，单知道儿女私情是情；我说那与生俱来的情，是说先天种在心里，将来长大没有一处用不着这个情字，但看它如何施展罢了——对于君国施展起来便是忠，对于父母施展起来便是孝，对于子女施展起来便是慈，对于朋友施展起来便是义。可见忠孝大节无不是从情字生出来的。③

"情"同样得到了重视，但它不是教育新民的基础，而是仍然涂抹着浓重的传统伦理色彩。这并没有走出晚明的"情论"。冯梦龙就曾经说："我欲立情教，教诲诸众生。"他同样把"情"的话语融入忠孝悌信的传统伦理秩序当中："六经皆以情教也。《易》尊夫妇，《诗》首《关雎》，《书》序嫔虞之文，《礼》谨聘奔之别，《春秋》于姬姜之际详然言之，岂非以情始于男女？凡民之所必开者，圣人亦因而导之，俾勿作于凉，于是流注于君臣父子兄弟朋友之间，而汪然有馀乎！"④ 因此，虽然冯梦龙也希望借小说来醒天醒人、警世喻世，但其伦理化的"情"论，注定了其举动只能是儒学内部事件。吴趼人同样如此，只不过由于历史的原因，他同时面对着"旧道德"与"新文

---

① 趼人：《发财秘诀》，《月月小说》1907 年第十一、十二号、1908 年第十三、十四号。
② 趼人：《查功课》，《月月小说》1907 年第一年第八号。
③ 吴趼人：《恨海》，王俊年校点，花城出版社 1988 年版，第 7 页。
④ 黄霖、韩同文选注：《中国历代小说论著选（修订本）》（上册），江西人民出版社 2000 年第 3 版，第 237 页。

明"的选择，所以也就多了一份暧昧。同时，这种历史语境也使得他对旧道德的依恋变了味道：这是一种以保守的姿态探求新文明的方式。

与吴趼人相近，金松岑对传统道德怀也有一丝温情，但他对于梁启超以小说"新民"的主张显然是赞成的。他重复了梁启超的口号："伟哉！小说之有不可思议之力支配人道也。"他也希望通过政治、外交、法律、侦探、社会诸种小说来培养国民的品性，如冒险独立、爱国、牺牲、强忍卓绝、科学艺术等精神。但对于"写情小说"，其态度却比较复杂。他喜欢其他的新小说，却对当时的"写情小说"感到恐惧。他也持一种"公性情"观："人之生而具情之根苗者，东西洋民族之所同；即情之出而占位置于文学界者，亦东西洋民族之所一致。以两社会之隔绝反对，而乃取小说之力，与夫情之一脉，沟而通之，则文学家不能辞其责矣。"写情小说为人们提供了英雄儿女的好模范，但在中国却产生了不好的结果，小说中所宣扬的"自由""平等"等思想，成为中国人伤风败俗行径的堂皇借口："使男子而狎妓，则曰我亚猛着彭也，而父命可以或梗矣（《茶花女遗事》，今人谓之外国《红楼梦》）；女子而怀春，则曰我迦因赫斯德也，而贞操可以立破矣；精灵狡狯，惑媚男子，则曰我厄尔符利打也，而在此为闺女者，在彼即变名而为荡妇矣。"出于道德的考虑，松岑对林译《迦因小传》非常不满。原小说中，迦因未嫁而先怀私孕，之前包天笑与杨紫驎合译本将这一节隐去，作"半面妆文字"，而林译则将足本呈现，金松岑认为这不适合于中国社会。金松岑对林译还比较客气，钟骏文因足本译出了怀孕一事，对林纾的批评可就激烈得多了。[①] 握手、接吻、跳舞、斗牌等欧化风俗流行，金松岑对此忧心忡忡，然而他的态度

---

① 寅半生（即钟骏文）非常不理解甚至大骂林译本："不意有林畏庐者，不知与迦因何仇，凡蟠溪子所百计弥缝而曲为迦因讳者，必欲历补之以彰其丑。""盖自有蟠溪子译本，而迦因之身价忽登九天；亦自有林畏庐译本，而迦因之身价而忽坠九渊。""今蟠溪子所谓《迦因小传》者，传其品也，故于一切有累于品者，皆删而不书。而林氏之所谓《迦因小传》者，传其淫也，传其贱也，传其无耻也。迦因有知，又曷贵有此传哉？"他进而讽刺林纾："而林氏则自诩译本之富，俨然以小说家自命，而所译诸书，半涉于牛鬼蛇神，于社会毫无裨益；而书中往往有'读吾书者'云云，其口吻抑何矜张尔？甚矣其无谓也！"寅半生：《读〈迦因小传〉两译本后》，《游戏世界》1907年第十一期。

是比较开通、达观的。他知道，六根清净或厉行专制的老办法已经行不通了。世易俗移，"今当开化之会，亦宜稍留余地，使道德法律得持其强弩之末以绳人，又安可设淫词而助之攻也！"①

因此，他主张将那些陷于情天泪海、旖旎妖艳的小说一律摧陷廓清。也就是说，"写情小说"不是不可以写，但要清除其中的毒性成分，使它们成为真正的"文明之小说"，然后才能用来更新国民脑界，进而影响社会。即只有被"新民"的政治思想所浸透的"写情小说"，才有资格成为"新小说"。在松岑那里，伦理化的"情"正在缩小自己的领域，国族化的"情感"成为小说的思想基础。而林纾所说的"拾取当时战局，纬以美人壮士"②，也成为"写情小说"的流行套路。

《恨海》（吴趼人，1906 年）描写庚子拳乱中两对恋人的悲惨故事；《禽海石》（符霖，1906 年）的爱情故事也以义和拳匪为背景；连《玉梨魂》这样的传统才子佳人气息浓厚的骈文小说，也有东渡扶桑、求学以救黄种的壮举，并给男主人公梦霞安排了一个辛亥殉国的政治性结局。《玉梨魂》实在不出"美人薄命，名士多情"的套路，张荇青的题词十分贴切："青衫沦落无知己，红粉怜才独让卿。"但在一种花落伤心、愁怨咯红的不无酸腐气的幻想氛围中，徐枕亚亦持有一种豪壮的"情"论："天地一情窟也，英雄皆情种也。……下之极于男女恋爱之私，上之极于家国存亡之大，作用虽不同，而根于情则一也。"③ 小说虽然基于人类"公性情"，但一定要与严肃的时代政治关联起来，这样才能获得其历史地位，这是由中国时势及"以文治国"的传统所造成的。

当人们的社会改造热情消退，而以小说营利的动机增强时，"写情"就转而成为了刺激读者购买欲望的商业手段。因此必须辨别"淫词惑世与艳情感人之界线"，光翟说："……所谓艳情云者，无论其为国家之大事也，个人之私情也，即极之恺切其情缘，柔妮其情态，备

---

① 松岑：《论写情小说于新社会之关系》，《新小说》1905 年第二年第五号，原第十七号。本段所有未注引文，皆出于此，在此一并注出。

② 林纾：《〈劫外昙花〉序》，《中华小说界》1915 年第二卷第一期。

③ 徐枕亚：《玉梨魂》，清华书局 1929 年版，第 133 页。

人间不可思议之密切关系，究莫不范以用情之道，而迥非无意识之举动，可得而伦比。《诗》首《关雎》，乐而不淫，即是之谓。"① "淫词"与"艳情"的区别，在于小说"注意之主脑"。但是这种区分建立在读者的主观判断上，实在脆弱，"艳情"很容易就流为"淫词"。1914 年《中华小说界》的发刊词重申小说效用，其部分原因，就是当时小说已经脱离了梁启超当年所确立的政治轨道："艳情本以醒世，而恋爱益深；神怪本属寓言，而迷信增剧。《小说界》务循正轨，取鉴前车，力矫往昔之非，稍尽一分之责。"② 直到"五四"，立意消闲的鸳鸯蝴蝶派、诋谤谩骂的黑幕小说，都还因为偏离了这一方向而成为新文化人谴责的对象。

主张通过感化人情来实现社会改造，自冯梦龙以来，这种观念在中国小说传统理论中由来已久。其中当然发生了许多历史性的变化，晚清的变化首先体现在人们利用"情"的不同方式上。甚至有人将"情"与当时的语言政治问题联系起来，《二十年目睹之怪现状》第三十四回的回评："我国语言不能齐一，最是憾事。时彦有提倡齐一语言之说，谓言语不通则彼此爱情不得达，爱情不达，则团体不坚。自是不移之论。"③ 伴随这一过程的，是人们对于"情"的不同认识。这意味着读书人情感结构的变化，而这一切的背后，是中国社会思想从"君主"到"民治"的转变。只有在"民的时代"里，小说才能得到现代"美学"的理念支撑，才能成为一种"艺术"。

第三节 另一种小说功用观："坚人自信力"与审美共通感

因为"新小说"的最终指向是"新民"，所以论其社会功用，大体不上不出梁启超在《新民说》中对于"新民"素质的设想，如对自尊、合群、尚武、冒险等基本道德的培育，又如对于自治、权利、义

---

① 光翟：《淫词惑世与艳情感人之界线》，《中外小说林》1908 年第一年第十七期。
② 瓶庵：《〈中华小说界〉发刊词》，《中华小说界》1914 年第一年第一期。
③ 吴趼人：《二十年目睹之怪现状》第三十四回回评，载《中国近代小说大系》，江西人民出版社 1988 年版，第 271 页。

务等文明理念的宣扬，如此等等。但所有这些都仅是目标而已，而正是这些明确的、先行的理念，造成了诸多晚清民初小说在叙述上过于直露。小说的理念基础虽然渐渐靠近"公性情"，但在写作实践中，梁启超所说的"因人情而利导之"却并没有被成功地实施。喜谐厌庄，确实是人之本性，这也是梁启超等人提倡小说的一个重要原因。但是，当才子佳人、英雄鬼神的传统故事中塞进了民权、自由、革命等现代文明理念时，小说曾经所具有的民间性或许就要大打折扣了。新小说的读者多是那些接受了新学说的旧文人，由此可见"小说界革命"之政治设想与实际效果的距离。不过，当"新小说"的功能从直接的政治诉求缩小到民众之"心理"领域时，其说服力就大得多了。这是小说发挥其社会功用的另一种方式，如侠人所言：

> 小说之所以有势力于社会者，又有一焉，曰坚人之自信力。凡人立于一社会，未有不有其自信力以与社会相对抗者也。然众寡之势不敌，故苟非鸿哲殊勇，往往有其力而守之不坚，久之且消磨焉，沦胥焉，以至于同尽。夫此力所以日渐灭者，以舍我之外，皆无如是之人也。苟环顾同群而有一人焉，与吾同此心，同此理，则欣然把臂入林矣，其道且终身守之而不易矣。子曰："德不孤，必有邻"盖谓此也。……小说作，而为撰一现社会所亟需而未有之人物以示之，于是向之怀此思想而不敢自坚者，乃一旦以之自信矣。①

晚清对于"富强"的追求是普遍的社会心理。而在世界民族竞争的秩序当中，挽救国家的衰落更需要强大的国力。这种国家竞争的基础，在于国民的竞争自存，对于"民"之能力的要求成为题中应有之义。小说在侠人这里被视作一种能量来源，它可以为社会中的个人提供"自信力"。个体获得这种"自信力"的方式，是在小说当中寻求"知我""怜我"的"同情之友"。有些个人感情不符合社会伦理道德，

---

① 《小说丛话》，《新小说》1905 年第二年第一号，原第十三号。

比如"流于豪暴"或"溺于床第",这都是非"盗"即"淫"的。但是如果人们在《水浒传》中遇到鲁智深、武二哥,在《红楼梦》中结识了林黛玉、贾宝玉,个人因为得到"同情之友"的支撑就变得心意坚定起来。从情感相近的人那里获取力量,而不是通过恭听师长教诲,也不是谨承趋庭之训,这意味着道德结构和社会结构的双重变化。传统伦理在这段文字中已经不能继续为个体提供精神认同、自我价值追问的资源,相反,它现在变成了个人反抗的对象,它表现为"暴君酷吏之专制""男女婚姻之不自由"。如果说,传统伦理道德的传承是通过长对幼、上对下的教化关系,是纵向的等级结构;那么,在侠人这里,"自信力"的获得,是通过平等个体之间的横向联合,或者说通过读者与素未谋面的作者以小说为媒介进行交流而获得的:"此其力真慈父母、良师友之所不能有,而大小说家之所独擅者也。"①

而且,所谓"向之怀此思想而不敢自坚者",其中的"不敢",意味着其所怀思想的异端性质。在传统道德秩序中,它们本属于情感中应该压抑的部分,而许多"子不语"的内容都由作为"小道"的小说负责收留。在伦理纲常渐渐失其所依的晚清民初,那些曾经被压抑的情感,借助西方文明的力量,开始反抗束缚它的种种建制。之前被谴责的"盗"与"淫",现在则成为反专制、尚自由的标志,正统与异端之间的关系开始发生逆转。《水浒传》"诲盗"的污名被洗清了,施耐庵被认为具有民权、尚侠、女权等思想,因此《水浒传》具有驱除鞑虏、光复汉土的现实效果。甚至也不必再为"诲盗"回护了,因为它已经成了一种值得赞赏和鼓励的行为:"耐庵固诲盗,抑知盗固当诲耶? 盗而不诲,则必为张角之盗,为朱三之盗,为黄巢之盗,为李闯之盗,为天下害。盗而受诲,则必为汉高祖之盗,为朱元璋之盗,为亚历山大之盗,肃清天下。"② 同时,男人狎妓、女人怀春,也被新的文明词汇刷新,成为恋爱自由、男女平权的时尚行为。历史的变化在个体身上的表现之一,即个人获得了一套新的语言,这套语言赋予个人生活以新的意义,并为个人的行动提供价值合法性。

---

① 本段引文皆见《小说丛话》,《新小说》1905 年第二年第一号,原第十三号。

② 《中国小说大家施耐庵》,《新世界小说社报》1907 年第八期。

而在痛心疾首的旧派人物看来，这些都不过是假借自由之名而妄为的罪恶。随着废科举、辛亥革命，以及受张勋复辟的反面刺激而发的新文化运动，正统与异端的关系彻底转换过来了。之前被压抑的个人情感被光明化，非儒、非孔、非孝的言论成为时代新思潮，而不再会导致生命危险。[1]

处于社会伦理新旧递嬗过程中的个人，因为传统的巨大压力，在新思想、新词语面前会是犹豫的。在传统秩序中，人们对于小说的态度，曾经口是心非："虽峨冠博带之硕儒，号为生今之世，反古之道，守经而不敢易者，往往口非梁山，而心固右之，笔排宝黛，而躬或蹈之。"[2] 但诱惑的力量越来越大，人们也渐渐感到无须再压抑自己了。传统本身正在慢慢失去其神圣的光环，传统的权威性消退，诸如婚姻自由之类的新思潮，正从深处打动个体情感，传统力量渐渐无法控制这些情感的公开表达。因此，以求得"同情之友"、进而"合群"的方式来增强"自信力"，这也成了个人认同的崭新方式。"群"的概念，已经不同于建立在儒家伦理基础上的传统社会结构，它不再是君臣士民的等级体系，而是由权力平等的国民经由社会契约而构成的政治共同体。

管达如在《说小说》一文中，强调小说"坚人之自信力"的作用，令人印象深刻的是，他使用了几乎与侠人完全相同的言辞。稍有不同之处，是管达如特意从"公性情"的角度强调了人的合"群"性："夫人类之性质，乐群者也。唯其乐群也，故必时时求同情之人于社会。……惟其乐群也，故苟有所怀，必不敢轻于自信，必环伺同群，求有一人焉，其所怀抱，与吾相同者，然后敢自信其所见之不误。"[3]小说同样是"自信力"的来源。小说不再是主动向经史腆颜认同的"小道"，它不再为自己无缘于主流而感到羞耻。小说与社会之间的对

---

[1] 具体例证，可参考王汎森先生对于新文化运动中吴虞命运的分析，见《思潮与社会条件》，载王汎森《中国近代思想与学术的系谱》，吉林出版集团有限责任公司2010年版。

[2] 《小说丛话》，《新小说》1905年第二年第一号，原第十三号。

[3] 管达如：《说小说》，《小说月报》1912年第三年第八期。

抗性、异质性，得到了正式确认与正面肯定："夫小说之所倡道，大抵与现社会之是非相反者也。"① 作为个体的人知道，站在社会对立面的，不仅仅是他自己一个人。许多"同情之人"构成了一个"群"，个体意识到自己处于这样的一个共同体的保护当中，从而变得坚定。

从文学典籍、历史文献中寻找知音——如孟子所论"尚友"——这在中国文化传统中是极其普通的事，因此，重要的问题在于：区别小说"坚人自信力"的独特之处。按照侠人与管达如的叙述，人们从小说中所找到的"同情之人"，不是一个可为万世立法的圣人先贤，也不是一个仰之弥高的道德榜样，而是与自己一样具有异端情感的人。如鲁智深、武松干犯社会秩序，如宝黛自由恋爱，都是对于传统礼法的破坏。也就是说，寻找"同情之人"的目的，已经不是通过征圣、宗经的方式来表达对于传统的敬仰，也不是要认同和延续这一历史；其目的毋宁说是释放那些被传统所压抑和排除的情感力量，进而打破那个束缚性的社会结构。如今，这些传统中的异端思想在西方文明的支持怂恿下，几欲变成了正面的社会价值。"言必尧舜"的礼治模式，与师长们的经验教化一样，都渐渐行不通了。不仅个体自我认同的对象发生了变化，同时，寻求自我认同的途径也不再是潜心于圣经贤传，而是通过阅读曾经被视为"子不语"的小说，这意味着晚清中国的理想人格也在变化。其基本的历史趋势即：从"圣人"到"平民"。②

管达如称，这种压抑者与反抗者相互权衡所形成的东西，即"正义"，"盖个人之对于社会也，常有一种之责任心；而社会之对于个人也，亦常有一种之制裁力。此责任心与制裁力，所附之以行者，为社会上所号称之'正义'。"③ "正义"不是一成不变的，人类具有一种心同理同的公性情，当新学说为社会所广泛接受时，旧日的"正义"观念就被废止了。显然，小说在这一过程中的功用可谓伟大。这种"正

---

① 管达如：《说小说》，《小说月报》1912年第三年第八期。
② 关于"中国近代人格理想的历史走向"问题，参考高瑞泉《中国现代精神传统：中国的现代性观念谱系》，第九章《从"圣人"到"平民"》，上海古籍出版社2005年版。
③ 管达如：《说小说》，《小说月报》1912年第三年第八期。

义"其实即"道德"或"意识形态"的代名词，而小说对于社会旧"正义"的冲击和对新"正义"的塑造，与现代文学理论的描述也十分相似："文学是意识形态的手段，同时文学又是使其崩溃的工具。"①

在强调小说教化之功用的晚清民初，既有如梁启超对熏、浸、刺、提四种力的热情宣扬，也有对小说沐浴人心、改革社会之"龙象力"②的夸张想象，甚至将小说的力量与人的情感领域一一对应起来。黄伯耀认为："读何种之小说，即生何种之感情。"③

> 推而言之，读政治小说，生其治乱的感情；读教育小说，生其道德的感情；读探险小说，生其冒险有为的感情；读义侠小说，生其豪侠奋发的感情；读一切关于普通社会开智小说，更生一切普通知识的感情。时势造小说耶？抑小说造时势耶？是二者固未可决言。④

虽然不断有人提出指责，认为侦探小说让不具有法律思想的中国人变得巧诈，而言情小说所宣扬的自由、平权则给那些逾墙钻穴之徒提供了借口⑤，但效果的偶有偏差不过是意外，它并不会改变人们对于小说之伟力的期待。按照梁启超的设想，"新小说"的任务就是通过提供各种公德、私德及西方政治意识，来教育民众，进而塑造"新民"与新国。那么，在启蒙者自上而下的教育之外，为什么民众的"自信力"的问题被提出来了呢？是因为中国人失掉自信力了吗？

在恽铁樵看来，确实如此。他认为"言情小说撰不如译"，原因之一：与西人相比，中国人失去了"信仰中心点"：

> 西人之为小说，虽无专书定其程限，要以不背政教为宗旨。

---

① ［美］乔纳森·卡勒：《文学理论入门》，李平译，译林出版社 2008 年版，第 41 页。
② 老伯（即黄伯耀）：《曲本小说与白话小说之宜于普通社会》，《中外小说林》1908 年第二年第六期。
③ 《著〈水浒传〉之施耐庵与施耐庵之著〈水浒传〉》，《中外小说林》1908 年第二年第八期。
④ 耀公：《小说发达足以增长人群学问之进步》，《中外小说林》1908 年第二年第八期。
⑤ 觉我：《余之小说观》，《小说林》1908 年第九期。

社会求之，文人供之，授受之间，若有无形规律为之遵循。作者与读者不谋而合，无肯自外此规律者。若吾中国则何有？将自附于经训乎？则忠也，孝也，或非今日所宜昌言。将取法于泰西乎？则泰西人人各有其信仰中心点，不如吾国之杌陧无定也。譬之结婚，自由乎？父母命乎？或曰自由，或曰否，皆言之成理，吾将若何主张？譬之孷妇，守节乎？改嫁乎？或曰改嫁，或曰否，亦皆言之成理，吾将孰为彰瘅？吾其揆之情理，就吾心所安者为言乎？然吾之所谓安，果天下人所谓安耶？藉曰其然，果可自信焉否耶？昔在定、哀之际，举世失其信仰中心点，孔子乃作《春秋》。或褒或贬，为世标准，天下翕然用以折衷，此孔子所以为圣。小说虽细，要不能无是非之心。安得今世之《春秋》为吾侪标准耶？惝恍失据，终不可欤！①

晚清时势呈现弱国乱象，清廷屡败于外夷。随着科举的废除和辛亥革命的震荡，中国的传统伦理逐渐失去了其制度性的依附。不仅士人开始了痛苦的身份转换，被卷入现代的普通人也因失去了一贯的伦理支撑而内心不安。雪上加霜的是，西方的各种价值观念趁虚而入，冲击着人们的内心世界。没有了"信仰中心点"，人们难以获得内心的安宁。理学式的自我修身、对道与理的参悟，已经无法起到提供价值标准的作用了。参照于"泰西"世界，经训忠孝的价值被相对化为特殊的局限性的经验。失去凝聚力、向心力而分散开来的个体，难免产生距离感、孤独感，因此需要重新取得认同。不过，新的认同的对象不可能再是中国传统伦理了，而是"天下人"（世界）共同的道德标准。一方面，因为中国人失去了"信仰中心点"，小说也失去了宗旨，所以恽铁樵试图取消"言情小说"撰写的合法性；另一方面，更多的声音则是希望以小说来"坚人自信力"，以小说为"今世之《春秋》"。种种历史性的变化意味深长。在传统光晕消失、宗教世俗化的现代"此岸"语境中，"今世之《春秋》"体现为慰藉人心的现代"美学"。

---

① 铁樵：《论言情小说撰不如译》，《小说月报》1915 年第六卷第七号。

制度与道德评价浑然一体的状态被打破了，帝王、官绅对于"天道"的承载已经不能像从前那样，为个体的道德诉求提供示范。"麦金太尔清晰地揭示了现代社会如何丧失掉道德实践的社会体制与历史传统而被迫内化为个体直觉与情感的"，而这种"个体直觉与情感"，"在现代性境况下已发酵为独立的审美情感。"① "审美"，是道德向着世俗化降格的结果。同时，"审美共通感"也成为传统宗教——"伦理共通感"解体后的一个代替品。麦金太尔所描述的，是现代性审美发生的普遍性过程，而中国的经验则有其独特性。在小说中寻找"同情之人"，这是审美的方式；而"德不孤，必有邻"，个体因为知道其感情的"普遍可传达性"而获得"自信力"，并进一步走"合群"，这就使得"审美共通感"变成了新的"伦理共通感"。而浓重的伦理感，正是中国现代美学发生时的明显特色。而小说，就是在这种审美与政治的纠缠中，经历着自己的现代转变。

最后，必须指出的是，小说所提供的"审美共通感"只是众多现代公共精神资源中的一种，或许还是不重要的一种。只是从现代学科体制角度的追溯考察，才从"文学"方面突显了其重要性。而如果从诸如政治、思想、宗教等角度来思考现代的"共通感"，小说的作用或许就微不足道了。原因在于，无论是小说新民论，还是文学救国论，都只不过是 19 世纪末以来诸多救国方案中的一种。其他不无片面的选择如立宪救国、革命救国、暗杀救国、教育救国、铁路救国、议会救国，等等。自晚清起，有一个流行的语言模式："欲救国，必自……始。"而知识分子多认为，中国积弱落后的"根本"原因，在于国民素质差，而国民性的形成，则须溯源于传统文化。因此，知识分子希望用文学来变民心、振民气、开民智，进而达于民族复兴。② "新小说"终究是带有知识人局限性的选择，而对于小说作用不无夸张的强调，也正见出其别无良策的无奈。

---

① 尤西林：《心体与时间——二十世纪中国美学与现代性》，人民出版社 2009 年版，第 41 页。下文的"审美共通体"概念也是借自尤西林先生。
② 刘纳：《嬗变——辛亥革命时期至"五四"时期的中国文学》，中国社会科学出版社 1998 年版，第 16 页。

一 "小说界革命"与"阴性的干预"

晚清民初，随着对于新的民族国家的想象和构建，创造"新民"、"新人"的风潮一时涌起。梁启超主要是出于"新民"的政治目的，才提出了"小说界革命"。"小说"因为人人深、行事远，被选中作为宣传、教育的工具性文体。晚清思想界对主体性的锻造想象，西学并非唯一的思想资源，许多人在自我锻炼、修养时，仍是回到宋明理学的传统中去寻找资源。① 不过，这种情况多适合于传统士人及正在经历身份转换的现代知识分子。对于普通民众来说，情况可能有些不同。"新小说"的理论预设改造了主体性锻造的传统方式：以小说来"坚人自信力"，以小说来作为更新民众的手段，这与向理学寻求道德思想资源的方式相比，有着天壤之别。

上文曾经提及，雍正六年郎坤因援小说语入奏议而被革职枷号。原因在于，他不合时宜地将士大夫心性领域中的隐私部分公开化了。在以"道"为中心的道德秩序中，"小说"属于那些黑暗的、被压抑的部分，即使人们发自本心地喜欢阅读、聆听那些英雄儿女的故事，他也不能将这一秘密领域任性公开。胡应麟曾说：

> 然古今著述，小说家特盛；而古今书籍，小说家独传，何以故哉？怪力乱神，俗流喜道，而亦博物所珍也；玄虚广莫，好事偏攻，而亦洽闻所眄也。……至于大雅君子，心知其妄，而口竞传之，旦斥其非，而暮引用之，犹之淫声丽色，恶之而弗能弗好也。②

晚清的黄人也曾说过同样的话："私衷酷好，而阅必背人，下笔误征，则群加嗤鄙。"③ 情感与受制于道德教条的理智之间的悖论，

---

① 王汎森：《中国近代思想中的传统因素》，载《中国近代思想与学术的系谱》，吉林出版集团有限责任公司 2010 年版，第 138 页。
② 胡应麟：《少室山房笔丛（选录）》，黄霖、韩同文选注：《中国历代小说论著选（修订本）》（上册），江西人民出版社 2000 年第 3 版，第 148 页。
③ 摩西：《小说林发刊词》，《小说林》1907 年第一期。

导致如下现象：对小说的喜好与鄙弃并行。孔子曾经感叹："吾未见好德如好色者也"，这句话并非针对小说而言，但通过"好德"与"好色"的对比关系，也可以见出"小说"在儒家思想中的位置。士人对于"小说"的喜爱，如同对于美色的追求，发自本心，但总要背负着道德理性的巨大压力，所以就有了诸如劝善惩恶、补史之阙之类的冠冕借口。即使借口如此冠冕，士大夫在个人修身养性的过程中，小说肯定无法构成备选的思想资源。也就是说，虽然本能地喜欢，但"小说"却是传统士人修身过程中的负面因素，是要被排除的阴暗成分。从"道"的角度来看，这是个人成就德性的绝对过程和必要牺牲；但就个人而言，这却是心性的灾难和情感结构的畸形。

明代钱希言记录了另一个有关这种畸形的例子：某老先生代草某官妻孺人纶诰，直用蔡中郎《琵琶记》语"仪容俊雅，德性闲出"八字，举朝无不掩口笑之。[1] 正是这种笑说明了士人情感的分裂，表明其心理结构中"公""私"两种领域相背离的矛盾。"掩口笑之"，说明大家对于其中原委都心知肚明，可见私下是都读过《琵琶记》的。士大夫们口是心非，在面子上维系着对于传统道德秩序的尊重，私下却偷偷阅读小说。这样的态度多少显得虚伪。

余英时曾经说，中国的"道"具有"向内超越"的色彩，即世间和超世间是"不即不离"的关系。这种特色给中国知识人带来一个显著特征，即重视个人的道德心性修养：中国古代"哲学突破"以后，超越性的"天道"逐渐被收归于人的"心"中。因此，知识人的修身养性，便成了"道"的庄严性和纯一性的唯一保证。不仅仅"士"志于道，修身养性的观念也打进了通俗文化与普通人的生活之中，如《大学》所言："自天子以至庶人，一是皆以修身为本。"[2]《大学》所提供的修身程序是："物格而后知至，

---

① 王利器辑录：《元明清三代禁毁小说戏曲史料》（增订本），上海古籍出版社 1981 年版，"前言"第 23 页。
② 余英时：《中国知识人之史的考察》，《现代危机与思想人物》，生活·读书·新知三联书店 2005 年版。

知至而后意诚，意诚而后心正，心正而后身修，身修而后家齐，家齐而后国治，国治而后天下平。"① 可见，"身修"的前提步骤是"格物"、"致知"、"诚意"、"正心"。按照《大学》后文的解释，"诚意"即要求"自慊"与"慎独"，要心安理得，不要自欺欺人。显然，当士人们对小说"私衷酷好"时，他们就触犯"慎独"的教条了。而"正心"则意味着使内心纯正清明，要做到这一点，除了积极地以理、道内容填充内心外，还应该去除心中那些"不正"的成分，如怨恨、恐惧、好乐与忧患。

心性的培养涉及对于人内心世界的等级划分。或许也是因为"向内超越"的特色，中国文化有悠久的言心言性的传统，这一传统提供了许多关于心性领域的划分方式，如阴与阳、性与情、性与气、理与气、理与欲、天地之性与气质之性，等等。这一系列的二项对立意味着，在士人进行修身养性的过程中，必然要择善去恶。虽然不尽是"存天理，灭人欲"那般极端，但若做到致良知，肯定要先格去心中属于物欲的部分。这些物欲在董仲舒看来，都是"阴"性的表现。董仲舒相信"天人相感"，《春秋繁露·深察名号》说："身之名，取诸天。天两有阴阳之施，身亦两有贪仁之性。……天之禁阴如此，安得不损其欲而辍其情以应天？""身之有性情也，若天之有阴阳也，言人之质而无其情，犹言天之阳而无其阴也"。又，《春秋繁露·阳尊阴卑》确定了阳阴的尊卑关系："恶之属尽为阴，善之属尽为阳。"② 后来的程朱理学延续了这种对于人性结构的等级划分：阳，仁，善，天地之性，是位尊的一边，而阴，贪，情，欲，气质之性，则属于位卑的一边。

艾梅兰称此为中国文化中的"阴阳象征主义"：

> 儒家的伦理学者们把阳的调整功能和与阴相关的易变的生殖力固定在一个等级分明的社会矩阵（matrix）中，在那里，阳的位置（作为统治者、家长、长者、男性）凌驾于次等的阴的位置

---

① 朱熹撰：《四书章句集注》，中华书局 1983 年版，第 4 页。
② 曾振宇、傅永聚：《春秋繁露新注》，商务印书馆 2010 年版，第 212、214、233 页。

（作为统治对象、孩子、幼者、女性）之上。在这一二元对立体中，阳作为实体，相当于正统的、因袭的常规，而阴呢，在被控制得当的时候，则支持并重建着元秩序。然而，当阴不能被妥当地容纳时，它仍会变成一种违反常规的力量，将那元秩序颠覆。①

艾梅兰从性别的角度，具体而言，是从"女性＝阴"的角度入手，描绘了五部明清小说中所隐含的意识形态和美学意义。而从这种"阴阳象征主义"来看，"小说"这种东西，在中国文化传统中本来就是阴性的。李舜华先生曾经提出一个类似的观点，他认为：明代章回小说兴起的一个重要原因，就是重"女教"者鼓吹通俗读物以教化女性。虽然"最终影响章回小说兴盛的，仍然是期待中的女性"②，但是，这样的历史事实恰恰证明了一点：在中国文化中，"小说"与"女性"（阴）有着近乎天然的联系。晚清民初以小说教育"妇女粗人"的言论，与此应该是一样的逻辑，但新的时代赋予这种逻辑以新的历史内容。

小说是"小道"，是浅薄迂诞的言论，是"子不语"的怪力乱神，总之，是离"道"最远、甚至离"经"叛"道"的小玩意。因此，士人若要正心诚意，修身养性，必然要疏瀹五脏，澡雪精神，以清除内心的欲望杂念——"小说"却正是这些欲望杂念的汇聚之所。相对于诗文等高雅文体对于"道"的承载能力和认同态度，小说则是一个对于"气质之性"大为宽容的领域。在"道统"秩序中，士人们虽然私下喜欢，却惮于在公开场合表达对小说的喜爱，因为小说作为"阴"，是对于"阳"之正统性的背离。于是，小说观念中就一直存在着这样一种制度性"虚伪"。也正因为这种"虚伪"是制度性的，那些士大夫才能够借助制度的掩护，在其公共角色和私人世界之间进退自如。

这种情况在晚清民初真正得到了改变。"小说界革命"用"阴性"的小说来作为"新民"的宣传工具，同时又希望以小说来"坚人自信

---

① ［美］艾梅兰：《竞争的话语：明清小说中的正统性、本真性及所生成之意义》，罗琳译，江苏人民出版社 2004 年版，第 27 页。

② 李舜华：《女性读者与明代章回小说的兴起》，《学术研究》2009 年第 10 期。

力"。卧虎浪士说:"各国变法革命,皆有妇女一席。我国今日,亦不可不有阴性之干预。"① 此处所强调的虽然是"国女"对于社会改革的作用,但仍然有"阴阳象征主义"的意义在内。"小说界革命"也是试图以"阴性"力量来干预社会变革。人们已经意识到,小说不再是"鸩毒"和"妖孽",现在它变成了国民进化的"换骨丹"和"益智粽"。② 李伯元感于时势,希望用小报、小说来唤起民众觉悟,他所使用的也是"游戏一类软性文字"。③ 以小说为新时代的《春秋》,这意味着士人情感结构的调整:小说,这一块情感世界中的阴影终于被光明化了。曾经天理监禁下的情、欲被公开地释放出来,并成为新政治的基础。没有了传统社会理性的压抑,人们就可以真正地尊重自己的身体感觉,不必再自动禁忌,也不必再偷偷摸摸地阅读小说了。

当然,这也不是感性的彻底放纵,历史的转变总有其具体的现实动力。民族国家的构建赋予了"情感"一种现代政治作用:原属"阴性"的、需要被压抑的心性领域,现在则被视为对于锻造新的政治主体不可或缺的部分。康有为听说邱炜萲有以戊戌变法为题材写小说的打算,即写诗表示赞同,其中有这样的句子:"郑声不倦雅乐睡,人情所好圣不呵。"④ 在儒家文化中,郑卫之音是淫佚的音乐。《论语·卫灵公》篇说"放郑声",因为"郑声淫";《论语·阳货》篇说"恶郑声之乱雅乐也"。康有为用郑声来比喻小说,用雅乐来比喻经史,对小说仍然含有鄙意。但"人情所好"的事实在此处得到了承认和尊重。面对君国沦亡、神州陆沉的现实,人们力图挽救,小说取代经史和八股,成为唤醒、教育四万万国民的木铎。梁启超所设想的"新民",要具有竞争、冒险、进取等德性,因此是具有力量的、充满男子阳刚之气的政治主体;因此,用小说来化育"新民",便成了

① 卧虎浪士:《〈女娲石〉叙》,载陈平原、夏晓虹编《二十世纪中国小说理论资料》(第一卷),北京大学出版社 1997 年版,第 147 页。
② 摩西:《〈小说林〉发刊词》,《小说林》1907 年第一期。
③ 李锡奇:《李伯元生平事迹大略》文末魏绍昌所作《附记》,载魏绍昌编《李伯元研究资料》,上海古籍出版社 1980 年版,第 37 页。
④ 更生:《闻菽园居士欲为政变说部诗以速之》,载黄霖、韩同文选注《中国历代小说论著选(修订本)》(下册),江西人民出版社 2000 年版,第 21 页。

名副其实的"化阴为阳"。这一历史行动的背景，是"道"的调整与新变。

中国文论中有悠久的"文以载道"的传统。按照章太炎的意见：

> 古时所谓文章，并非专指文学。孔子称"尧、舜焕乎其有文章"，是把"君臣朝廷尊卑贵贱之序，车舆衣服宫室饮食嫁娶丧祭之分"叫做"文"，"八风从律，百度得数"叫做"章"。换句话说：文章就是"礼"、"乐"。后来范围缩小，文章指文学而言。①

"文"在其根本上是外在的，是相对于本体性的"道"（质）而言的。无论是礼乐仪式的表演，还是各种文字的写作实践，作为"文"，它们都遵循着相同的逻辑，即对于"历史总体性"（道）的表达。文字相对于礼乐的独特意义，即其作为一种符号的力量。对于文字，中国人的态度是很复杂的，既有对"文"的恐惧（"仓颉作书，而天雨粟，鬼夜哭"），也有重视（"言之无文，行而不远"），又有不信任（"辞达而已""鱼筌之辨""拈花微笑"）。小说勉强算得天地间的一种文字，其在文类秩序中的地位却是极其低下的。用虚妄猥鄙的文字代替诗文，以承载宇宙之道，这种举动如果要获得一个名正言顺、光明正大的理由，肯定要经历一种历史性改造。它必有待于"道"的变化，有待于人的感情结构的调整。

晚清民族国家的想象提供了这种契机：随着大清朝逐渐被纳入现代的世界格局，天朝上国被"边缘化"为一个地域性的存在。"道"发生了变化，它不再是纵向的、天人感应式的宇宙天理，而变成了横向的、建立在人类公性情基础上的世界公理。人们认为，在对于世界公理的承载和宣传上，小说的力量要远远超过诗文，于是，传统的文类秩序就被颠倒过来了。将人性结构中较为"低劣"的部分作为营造新政治的基础，"因势而利导之"，这是晚清小说理论的

---

① 章太炎演讲：《国学概论》，曹聚仁整理，中华书局 2003 年版，第 57 页。

一个重要特色。同时，这也意味着中国社会结构中士的身份的变化，以及现代"民"主政治意识的发生。

首先，随着对于君主专制的批判及晚清的排满思潮，传统政治制度的合法性渐渐失去："道统"本身已经难以维系，更难成为新政治的基础。所以，士作为天道/道德之理想载体的传统破裂了。继之而起作为"新国"基础的，是"新民"，即农、工、商、兵丁、市侩、车夫马卒、引车卖浆之流。以小说来"新民"的计划并没有将"士"排除在外，当然，这与"士"在晚清民初的身份转化是有密切关系的。对于"士"来说，自我求新、自我锻造的方式有许多，而通过小说来学习自由、民主、宪政等思想，甚至通过小说来培养其德性，也是一种不错的选择。夏曾佑曾经对人群进行区分后明确小说的教育对象，他认为：

> 中国人之思想嗜好，本为二派：一则学士大夫，一则妇女与粗人。故中国之小说，亦分二派：一以应士大夫之用；一以应妇女与粗人之用。体裁各异，而原理相同。今值学界展宽（注：西学流入），士夫正日不眼给之时，不必再以小说耗其目力。惟妇女与粗人，无书可读，欲求输入文化，除小说更无他途。①

夏曾佑将"士"排除在小说教育对象（妇女与粗人）之外，这种观点遭到了狄葆贤的反对：

> 今日之士夫，其能食学界展宽之利者，究十不得一，即微小说，其自力亦耗于他途而已；能得佳小说以饷彼辈，其功力尚过于译书作报万万也。且美妙之小说，必非妇女粗人所喜读，观《水浒》之于《三国》，《红楼》之于《封神》，其孰受欢迎孰否，可以见矣。且小说之效力，必不仅及于妇女与粗人，若英之索士比亚，法之福禄特尔，以及俄罗斯虚无党诸前辈，其小

---

① 别士：《小说原理》，《绣像小说》1903 年第三期。

说所收之效果，仍以上流社会居多。①

　　同时，狄葆贤也认为平子与夏曾佑同是肯定"士夫"与"妇女粗人"之分，但平子对小说又作了区分，认为"善妙小说"需一定的鉴赏力，"士夫"是大的受众群。不能高估"士夫"通过译书报纸主动接受新学、西学的能力，仍有必要用小说来教育他们。在这方面，是有沉痛教训的。庚子拳乱让人们意识到，那些官员与拳民实在是同样愚昧。官与民的知识水平或有高低，但其思想感情却都受到小说的影响。拳民有神灵附体、降仙显圣的荒唐举动，诸如关圣、汉钟离、铁拐李之类的大仙都是小说、戏文里的人物②；而认可"义民"神力的军机大臣刚毅，赞誉董福祥勇如黄天霸，却也是受小说《施公案》的影响。针对这一点，后来的周作人在谈到拳乱之原因时，甚至这样说："小说教育，可以说是中国的国民教育，自天子以至于庶人一是皆以此为本。"③ 以教育妇女粗人那样的方式来对待"士"仍然是必要的。而且，"士夫"对于小说的喜爱也是发自肺腑的，这种"人情所好"，有利于小说发挥其教育效果。于是，"士"不再是天经地义的治国官员，而是变成了"新民"的后备军。或许是因为对于"小说"与"公性情"关系的强调，后一种意见在晚清民初的小说论中占据主流，即将士与普通庶民视作一个整体性的"群"而加以启蒙。如黄小配所言，小说要"合上、中、下三流社会于一炉而冶之"④。
　　其次，随着政治主体身份的变化，人格锻造的路径也不同了。"新民"的道德不再是通过"诚正格致修齐治平"的《大学》模式而获得，而是径直从"欲"入手，对其感性领域进行规训。"新民"的主体性规训与政治实践不完全同于传统士人的修身养性。在传统社会秩序中，从对于父的孝，到对于君的忠，个人与国家发生关系，不过

---

① 平子：《小说丛话》，《新小说》1903 年第七号。
② 吴永口述：《庚子西狩丛谈》，刘治襄笔记，李益波整理，中华书局 2009 年版，第 9、32 页。
③ 《论小说教育》，周作人：《苦口甘口》，止庵校定，河北教育出版社 2001 年版，第 25 页。
④ 老棣：《文风之变迁与小说将来之位置》，《中外小说林》1907 年第一年第六期。

是家庭伦理向社会延伸的结果，所以士大夫的修身与国家的治平几乎就是同一件事情在不同层面的表现。晚清民初，"国身通一"的传统格局并没有改变。用"新小说"塑造新的政治主体，通过"人"的培养而改良"群治"，这仍然具有浓厚的"《大学》模式"的色彩。发生变化的，是"国"的性质与"身"的载体：前者不再是朝廷君主，而是现代的民族国家；后者不再是传统的士大夫，而是"新民"。据王汎森先生的观察，许多近代知识分子为了救国救民的政治目的，仍然利用宋明理学的道德修养资源来促进其"人格修养"。[①] 但修身养性多是知识人有意识地、主动进行的道德自我培养，"新小说"理论并不太关注这一问题，它所关注的，是对更大的"民"的群体进行启蒙和教育。

士大夫的修养实践与清末吏治腐败之间形成了尖锐的反讽性关系，这种历史事实也加深了人们对于士阶层的怀疑。清末大量出现的"谴责小说"，就体现了人们对于官员这一群体的深刻绝望。部分知识人内省式的自我修养与知识人作为先觉者对于"众"的启蒙教育，虽然都有救国救世的共同目标，但二者还是有主动和被动的区别。"道"的来源不再是单一的"天"，而是多元化了。化育"新民"所用的思想资源，虽然不能绝对排除传统的道德成分，但主要的还是西方的政治、社会思想。在提供新的精神认同和政治动员方面，新小说提倡者比较各种力量，法语不如巽言，雅乐不如郑声，经史不如小说，阳性不如阴性。"新民"亦讲求道德，但其来源不再是"道"或"经"，而是曾经文化地位极其低下的"小说"中所载的现代政治公理。无疑，这是时代变化在小说观念上的投影。

最后，晚清小说地位的提高，与中国社会阶层关系的变化之间具有同构性。从以上的分析中，已经可以看出，在新的社会政治思想中，君民的关系已经发生了根本的变化。关于这一点，还有一个修辞变化上的例证。曾经，小说被视为不登大雅之堂的齐东野语或是"常珍"

---

① 王汎森：《中国近代思想中的传统因素》，《中国近代思想与学术的系谱》，吉林出版集团有限责任公司 2010 年版，第 146 页。

之外的"异馔"①，或是"不入宾筵"的"村醪市脯"②，或者是"佐参苓之用"的"马渤牛溲"③。总之，这些言论都使用了正统与异端/杂/邪相对立的修辞术，小说总是被赋予一种负面的属性。因此，它在主动认同经史之外，仍要时时做自我辩解，强调自己"不害于风化，不谬于圣贤，不戾于诗书经史"④。"小说"虽然也主张忠、孝、节、义，但自知作用有限，离道甚远，小心翼翼的防守语气总流露出一种自卑心理。私下的酷好被持续地压抑着，重视德性的士大夫们一直不能正视情感结构中的阴影，更别提给它一个正面的、积极的名分。直到"小说界革命"，这一块心病才算是真正治愈了。为了建立一个现代的民族国家，全民皆兵，人们开始征用向来被排斥的阴性情感领域，这也是晚清小说被提升到"文学之最上层"的最根本的心理原因。

二　"小说界革命"与中国"乐教"传统

上文曾提及康有为的诗句："郑声不倦雅乐睡，人情所好圣不呵"，这种论调在晚清非常流行，正是这种论调，为当初的小说论者打破传统文类秩序提供了心理的和事实的基础。因为在庄与谐、难与易之间的巨大距离，经史与小说分别给予读者不同的阅读感受，这种感受性的对比，成为人们为小说辩护的一个理由。不过，这种对比性的论述结构也并非晚清才出现。袁宏道曾说过："予每检《十三经》或《二十一史》，一展卷，即忽忽欲睡去，未有若《水浒》之明白晓畅、语语家常，使我捧玩不能释手者也。"⑤ 士大夫尚且如此

---

① 曾慥：《类说序》，载黄霖、韩同文选注《中国历代小说论著选（修订本）》（上册），江西人民出版社 2000 年版，第 63 页。
② 无碍居士：《警世通言叙》，载黄霖、韩同文选注《中国历代小说论著选（修订本）》（上册），江西人民出版社 2000 年版，第 231 页。
③ 李百川：《绿野仙踪自序》，载黄霖、韩同文选注《中国历代小说论著选（修订本）》（上册），江西人民出版社 2000 年版，第 463 页。
④ 无碍居士：《警世通言叙》，载黄霖、韩同文选注《中国历代小说论著选（修订本）》（上册），江西人民出版社 2000 年版，第 231 页。
⑤ 袁宏道：《东西汉通俗演义序》，载黄霖、韩同文选注《中国历代小说论著选（修订本）》（上册），江西人民出版社 2000 年第 3 版，第 184 页。

喜谐厌庄，普通百姓恐怕有过之而无不及。

晚清的小说论者重新启用了感受性对比的传统思想资源，梁启超将康有为的诗句表达得更为通俗："凡人之情，莫不惮庄严而喜谐谑，故听古乐则惟恐卧，听郑卫之音则靡靡而忘倦焉。此实有生之大例，虽圣人无可如何者也。"[①] 晚清时局促发了一种普遍性的希望，即通过对"新民"的培养而构建一个富强的民族国家。培育"新民"需要新的教育内容和教育方式，但因为时代的变化，传统的经、史已经无法继续提供有效的教育资源了。"小说界革命"试图用小说来取代经史的教育功能。在这种思想背景下，康有为的诗句意味深长。

所谓"郑声""雅乐"，在康有为等人那里，是用来区别文类等级的，即低俗的小说与高雅的经史。而在其本来意义上，雅郑之分却关联着中国文化中的"乐教"传统。

礼乐是儒家教化的重要内容。根据《荀子·乐论》："乐合同，礼别异。礼乐之统，管乎人心矣。"[②] "礼"是社会公认的行为规范，它强调差异，分别人伦，产生各种尊卑亲疏的等级秩序，如君臣、父子、夫妇、兄弟、朋友等关系；而"乐"则强调远近合和，即追求等级秩序中各个成员之间情感的合同、融洽。"管乎人心"则意味着，相对于"刑""法"的外在性和强制性，"礼""乐"更重视从内在情感角度来教养人民，希望把对于"礼"的履行变成个体发自肺腑的真诚行为。

不过，礼、乐二者也存在差异："乐由中出，礼自外作。"[③] 也就是说，"礼"作为社会行为规范，作为无形的传统，对于个体来说仍然是外在的约束；而"乐"则建立在个体的生理感性基础上。"'礼禁于未然之前'，依然是消极的。乐顺人民的感情将萌未萌之际，加以合理地鼓舞，在鼓舞中使其弃恶而向善，这是没有形迹的积极的教

---

① 任公：《译印政治小说序》，《清议报》1898 年第一册。
② （清）王先谦撰：《荀子集解·乐论篇第二十》，沈啸寰、王星贤点校，中华书局1988 年版，第 382 页。
③ 王梦鸥注译：《礼记今注今译》，天津古籍出版社 1987 年版，第 495 页。

化，所以荀子说'其感人深，其移风易俗易'。"① 正是这种顺民之情、积极教化的性质，构成了晚清小说理论与中国"乐教"传统的内在亲缘性。因为，"新小说"理论正是建立在人类公性情的基础上——"因人情而利导之"。光绪二十九年（1903）五月，李伯元主编的《绣像小说》创刊。"商务印书馆主人"这样陈述刊物缘起："夫今乐忘倦，人情皆同。说书唱歌，感化尤易。本馆有鉴于此，于是纠合同志，首辑此编。"将小说视同为"今乐"，其目的是希望小说有戏曲易于感化人心的特点，以醒民耳目，开化下愚——"裨国利民"②。可见，"新小说"理论部分地传承了中国传统"乐教"的逻辑。至少，前者有意无意中借用了后者的观念形式。

首先，所谓传承当然只是形式上的，其实质内容已经变了。传统"乐教"严格区分"乐"的道德等级。《礼记·乐记》："魏文侯问于子夏曰：吾端冕而听古乐，则唯恐卧；听郑卫之音，则不知倦。敢问：古乐之如彼何也？新乐之如此何也？"子夏的解释强调了"音"与"乐"的区别，"纲纪既正，天下大定。天下大定，然后正六律，和五声，弦歌诗颂，此之谓德音；德音之谓乐"③。"德音"也就是雅乐、正音、古音，是乐教的正统资源；而郑卫之音多是桑间濮上，男思女怨，讴歌相感，所以容易流于淫，而不能达中和之效。禽兽知声不知音，普通人知音不知乐，只有君子能知乐。新乐虽然容易满足人的官能，却危害其德性，若要培育君子，必须废弃。

但是在晚清，一直被视为"鸩毒"和"妖孽"的小说，却成了具有教化国民之功的"换骨丹"（前引黄人语）。当康有为用"郑声不倦雅乐睡"来解释这种历史变化时，他就延续了传统"乐教"的观念形式。同时，"郑声"的崛起却更新了"乐教"的内容。小说，被认为具有与音乐一样的功能。狄平子认为：

　　　　今日欲改良社会，必先改良歌曲；改良歌曲，必先改良小

---

① 徐复观：《中国艺术精神》，广西师范大学出版社 2007 年版，第 19 页。
② 商务印书馆主人：《本馆编印〈绣像小说〉缘起》，《绣像小说》1903 年第一期。
③ 王梦鸥注译：《礼记今注今译》，天津古籍出版社 1987 年版，第 511、512 页。

说，诚不易之论。盖小说（传奇等皆在内）与歌曲相辅而行者也。……而歌曲者乃人情之自然流露，以表其思慕痛楚、悲欢爱憎。然闻悲歌则哀，闻欢歌则喜，是又最能更改人之性情，移易世之风俗。[①]

狄平子不仅指出，小说与音乐相辅而行，还梳理出自周以来数千年间音乐的历史：《诗》、汉歌谣、唐乐府、宋词、元曲、明昆腔，及当时的京调、二黄、山陕梆子。他认为，小说为音乐所本，为它提供言辞和事迹。"故孔子当日之删《诗》，即是改良小说，即是改良歌曲，即是改良社会。然则以《诗》为小说之祖可也，以孔子为小说家之祖可也。"[②] 可见，因为"民"之时代的到来，连"乐教"的历史都被改变了：主张"放郑声"的孔子竟成为小说家之祖，而作为"郑声"的小说，一转身变成了"乐教"史的重要部分。

其次，在其效果上，"乐教"与晚清的小说论也是相通的。乐以求"和"："故乐在宗庙之中，君臣上下同听之，则莫不和敬；闺门之内，父子兄弟同听之，则莫不和亲；乡里族长之中，长少同听之；则莫不和顺。故乐者，审一以定和者也，比物以饰节者也。"[③] 晚清小说论一方面认为，读什么样的小说，就产生什么样的感情；另一方面，则强调这些感情之间的"合同"，诸如尚武、冒险、竞争之类的感情都要统一到"新民"的整体人格中来。所以，如前文所述，当夏曾佑把小说教育的对象划分为士夫与妇女粗人时，这种"礼别异"的举动便遭到了狄葆贤的反对。也正因为如此，才有了黄小配"乐合同"式的主张：小说要"合上、中、下三流社会于一炉而冶之"。"诗可以群"但是，"合同"的性质变化了，它已经不是治世融融、天下归仁的中和境界，而是希望进一步将民众的亲近感、共通感集中起来，进而焕发出创造新民与新国的政治力量。这也正是"小说界革

---

① 平子：《小说丛话》，《新小说》1904年第九号。
② 同上。
③ （清）王先谦撰：《旬子集解·乐论篇第二十》，沈啸寰、王星贤点校，中华书局1988年版，第379页。

命"的初衷。孔子认为"乐"不仅要"尽美",还要"尽善",即对于"乐"有道德性要求。"乐"本是治世的教化:"太平乃制礼作乐何?夫礼乐所以防奢淫。天下人民饥寒,何乐之乎?"① 而"小说界革命"的背景则是气运日衰的大清国。乱世之中的"乐教",必然更加强调其道德面向,从而具有更强的政治性。

按徐复观先生的意见,"乐由中出",此"中"即"静",即"湛寂之中,自然而感"。这需要人心去除私欲的障蔽,或者说将心中感情道德化,达到"乐"与"仁"的统一。这种心体就是"乐教"之所从出,也是孔门艺术精神的根基。② 因此,小说像"乐"一样顺民之情,进行积极地诱导、教化,其改良群治的目标是政治性的,方式却是艺术性的,如同贺拉斯所主张的"寓教于乐"。人类的好恶,容易导之以情,却很难喻之以理。对于"情感"的重视,构成了晚清小说界之美术派王国维与政治派梁启超的共同之处,也构成了晚清小说论、传统乐教及现代"美学"论的相通之处。

上述分析指出晚清小说论与中国传统"乐教"的内在相通之处,而蔡元培和严复则直接将小说教化视为传统"乐教"的延续。

蔡元培于1901年编成《学堂教科论》,他如此解释"文学":"文学者,亦谓之美术学。《春秋》所谓文致太平,而《肄业要览》称为玩物适情之学者,以音乐为最显,移风易俗,言者详矣。(希腊先哲及近代西儒论音乐关系,与《乐记》义同)"③ "美术学"即今天的"艺术",其下包括音乐学、诗歌骈文学、图画学、书法学及小说学等。蔡元培明确提及《乐记》,认为小说作为艺术,在移风易俗的作用上与音乐相通。

严复从情/理二元论的意义上来理解"美术":

> 夫美术者何?凡可以娱官神耳目,而所接在感情,不必关于

---

① (清)陈立撰:《白虎通疏证》,吴则虞点校,中华书局1994年版,第98页。
② 徐复观:《中国艺术精神》,广西师范大学出版社2007年版,第24—26页。
③ 中国蔡元培研究会编:《蔡元培全集》(第1卷),浙江教育出版社1997年版,第336页。

理者是已。其在文也，为词赋；其在听也，为乐，为歌诗；其在目也，为图画，为刻塑，为宫室……《礼》有之：安上治民以礼，而移风易俗以乐。美术者，统乎乐之属也。①

在其所译英国倭斯弗的《美术通诠》按语中，严复又以同样的方式区分了"实录之文"与"创意之文"（倭斯弗所说"抒实"与"构虚"），并将二者对应于中国传统的学人/文人："前以思理胜，后以感情胜；前之事资于问学，后之事资于才气；前之为物，毗于礼，后之为物，毗于乐。""至创意一种，如词曲、小说之属，中国以为乱雅，摈不列于著作之林。而西国则绝重之。"严复认为，虽然教育应该坚持民无弃材的原则，但中国教育应该尤其重视"创意文字"的作用，因为艺术教育是教化的极高点："孔子曰：'安上治民，莫善于礼；移风易俗，莫善于乐。'斯宾塞尔曰：'瀹民智者，必益其思理；厚民德者，必高其感情。'故美术者，教化之极高点也。而吾国之浅人，且以为无用而置之矣。此迻译是篇所为不容缓也。"②

可见，"小说"属于"创意之文"，"创意之文"属于"美术"（艺术），而"美术"又属于"乐"的范畴。因此，作为艺术的小说，就成了中国乐教传统的自然延续。这种将小说植根于礼乐传统从而提高其地位的保守做法，较之梁启超由于社会功用而将小说提升至文学最上乘的激进方式，显然更加尊重小说文体本身的特性。严复将小说置于礼乐传统的保护当中，这种思考并没有因为对小说的功利性征用而伤害小说本身的自足性，也没有割裂小说与其文化母体的联系。这是一种真正的取今复古，别立新宗的态度。但是历史的发展并不会顾及学理上的完美和严谨，而自有其现实的逻辑。而且，梁启超的小说功用论也更适合晚清时局的紧张氛围，严复这种复杂的文化迂回只能以

---

① 王栻主编：《严复集》第四册，《法意》按语，中华书局 1986 年版，第 988 页。
② ［英］倭斯弗：《美术通诠·古代鉴别》，严复译。原文载《寰球中国学生报》1907 年第 5—6 期合刊。（《寰球中国学生报》收藏于上海图书馆，搜寻颇费周折。承蒙皮后锋先生雅意，将其影印本及手录稿一并见赐。我与皮老师素未谋面，而先生古道热肠如此，中心感激，无以言表。本文他处亦引用此资料，在此一并向皮老师致谢。）

一种潜隐的方式存在。严复的美术教化论,一方面向"乐教"传统寻找思想资源,这与蔡元培强调《乐记》的用意相同。另一方面则借助西方学者的观点,强调"感情"(与"理"相对)的作用。晚清小说论、中国"乐教"传统与西方现代美学,在以情感为基础这一点上发生历史的交汇。因为西方"美学"概念的本义,正是"感性学"。

乐由中出,"中"即内心情感。不过,这"中"不是感物而动的生理欲望,而是建立在儒家人格修养基础上的"心斋"。"中"主虚静,只有具备德行的君子才能欣赏雅乐。"心斋"本是庄子的语言,不过,儒道两家的人性论具有相同之处:"其工夫的进路,都是由生理作用的消解,而主体始得以呈现,此即所谓'克己'、'无我'、'无己'、'丧我'。"① 按徐复观先生的意见,这种虚静的"中",就是中国艺术精神的源头,由此出发,既可走向对于仁义道德的承担,也可以走向精神的超越与解脱。不过,当人们希望以小说来延续"乐教"的传统时,这种艺术精神就被改变了。如前文所述,小说在晚清被政治所征用,这意味着"阴性"力量的兴起。"阴"即气质之性,它强调曾经被视为"恶"的私欲,而排斥诸如心斋、坐忘之类自我克制的行为。按照西方理性/感性的二元论,阴等同于感性。而感性,同样是一个长期被压抑的领域,最著名的例子,如柏拉图将诗人驱除出理想国,其理由之一就是:"他逢迎人性中低劣的部分……摧残理性的部分。"② 这个曾经被排斥的领域,后来却成为现代"美学"的根基:Aesthetica的本意即"感性学"。

如果中国传统艺术精神的演变可以称作"从心斋到艺术",那么,西方现代Aesthetica的发展则是"从欲望到美学"。简单地说,中国的传统艺术精神似乎更纯净,要求过滤主体内心的一切杂念、欲望;而西方现代美学之所以强调"感性"的重要,原因之一即对抗正在来临的(以理性为支撑的)工业化社会,最终却无奈地被对手所收编,成为对现代世俗化社会合理分化的辩护。伴随着现代学科体系对于中国学术的影响,小说为中西艺术精神的交汇提供了一个平台。"乐教"

---

① 徐复观:《中国艺术精神》,广西师范大学出版社2007年版,第101页。
② [古希腊]柏拉图:《文艺对话集》,人民文学出版社2000年重印版,第84页。

的内容已经从尽善尽美的"雅乐"变成了"郑声",公性情被国族化,人们情感结构中的"阴性"部分不再是恐惧的对象,而是变成了"新民"政治的出发点,变成了新道德的基础。赛金花的故事①形象地诠释了这一变化:庚子一役,那些终日讲求修、齐、治、平的士夫官员束手无策,而象征着"淫"(在传统心性结构中,这是万恶之首)的一个风尘女子却能通过瓦德西来节制联军的暴行——红颜不再是祸水。尽管难以确定这是事实,还是传说,对于赛金花的文学想象却能见出一种社会心理。

就中国历史而言,小说新民论是中国社会政治形式发生重大变迁的隐喻,无论这种历史变迁是否已经真正完成,一个属于"民"的时代来临了。中国儒家政治理论主张"内圣外王",把社会政治秩序建立在人性内在美德的基础上。"小说界革命"是建设新的民族国家的政治方案(且不论其实践的可能性与可行性)的一个步骤,从而延续了这种从人性推导出社会政治秩序的思路。但是,政治主体发生了变化:设想中的新政治,不再是建立在士人君子德性的"内圣"之上,而是设想建立在顺应"民"情的基础上。"民"读什么小说,就产生什么样的感情,而且也无法保证这些感情仍旧符合传统的道德要求(新小说在当时经常被人们指责,因为它给那些狎妓、怀春的行为提供了文明的口实);因此,所谓的"合群",就不再是君子依据道德来安排治理的形式,而是众"民"的人个利益与公共利益相互制衡的结果。传统伦理秩序的制度性载体,效力渐弱;同时西方的政治文化思想又以"文明"的名义在发生影响。失去"信仰中心点"的"民"需要以崭新的"民约"②的方式,重新联合起来。"民"在小说中寻找"自信力",以取得"合群"认同,这就是"情感"发挥其功用的现代方式。

梁启超把中国群治腐败的总根源都归结为"小说",认为中国人

---

① 刘半农等:《赛金花本事》,岳麓书社1985年版。
② 卢梭的"契约论"极受晚清小说写作者青睐。如羽衣女士《东欧女豪杰》第三回,极陈对于"独夫""民贼"的痛恨,又将契约论与"朕即国家"的思想相比对;另如陈天华《狮子吼》第三回,以"公司"来演说卢梭《民约论》。

的各种非文明思想，如状元宰相、才子佳人、江湖盗贼、妖巫狐鬼，都是由于旧小说的毒性浸渍。因此"新小说"必定要改造一新，才能够成为化育新民的理想工具，而这种改造也是先从思想下手。不过，尽管小说中开始承载大量的西方文明信息，而且文类等级也成了"最上乘"，但小说与"阴性"之间的关系还是保留下来了。"小说界革命"的政治抱负基本上没有实现。同时，也很难确定，它在宣传新知、教育民众上取得了多大的实际效果。梁启超在戊戌政变后逃到日本，提倡小说以新民，这种行为本身就是失败的表现，是从直接的政治领域向间接的文化领域的退败。就像浪漫主义者无力抗拒工业文明、因而无奈地拾起"美学"的武器一样，都属于精致的自我安慰。在这种意义上，可以说，梁启超虽然强调小说的功用性，但其利用小说的方式却是"美学"的（当然，这与主观上视小说为艺术的观念有着根本不同）。

第三章　图书分类法变迁与小说
　　"艺术"观的孕育

第一节　"小说界革命"与"小说"结构性位置的变迁

　　本书上一章讨论了小说的现代功用问题，并认为：对"阴性"（感性）领域的征用、对传统"乐教"的改造与延续——即"因人性而利导之"的小说功用方式，构成了晚清"小说"论与西方现代美学之间的内在沟通。不过，这还主要是横向的观察与比较，偏重就中西之间相似的"感性学"而言。我们虽然可以说，梁启超利用小说的方式及行为本身是"美学"的，但也应该意识到，"小说界革命"时的梁启超在观念上并没有视小说为"艺术"。要真正明晰晚清"小说"观念的变化，明晰"小说"与"艺术"如何产生历史性的关联，还要在更大的文化知识结构中进行分析。我将此称为对小说之"结构性位置"的观察。

　　所谓"结构性位置"，是一种思考观念历史变迁的思维方式，它试图把小说视为某一社会结构中多种文化符码的交织点。如果把由这些文化符码所构成的社会结构视为一个关系性网络，那么，小说就是此系统之网的一个结点。因为在这个网络中占据了一个位置，小说必然要承担一定的文化功能。这种文化功能不是由小说的内在属性决定的，而是在与其他文化符码相互区别、相互抗衡的关系中产生的。在一个文化结构中，位置决定功能，区别产生意义，这是一种结构主义的观念。用这种奠基于索绪尔共时语言学的方法来考察中国小说的实践，必须立即伴随一种重要的改造，即结构主义的"历史化"。

根据鲁迅的意见，自庄周以"大达"鄙夷"小说"，"小说"始得其名。而后世所论，自班固《汉书·艺文志》置小说于"诸子略"，至宋元"说话"四家之一，至晚清梁启超以"小说为文学之最上乘"，再到"五四"时《狂人日记》的产生，在这个过程中，仅是"小说"之名相同而已，所指相差甚远。不仅如此，传统"小说"与其他文类如诗、文、词的关系也与今天迥然不同，它们并没有根据一种共同原则而组成一个系统序列。也就是说，在这些文类之上，并没有一个概括性的"文学"概念。克里斯特勒在讨论"艺术的近代体系"问题时指出：

> 不同的艺术无疑如人类文明一样古老，但是我们将它们归类和将它们分放在我们生活和文化中的哪一位置，即我们对它们分类的惯常方式，相对而言是近代的事情。……在历史的进程中，不同的艺术不仅改变了它们的内容和风格，而且改变了它们相互间的关系及它们在一般文化体系中的位置①。

晚清历史提供了一个古今中西文化传承交汇的空间，"小说"就是在这种纷然淆乱的文化生态中重新确立自己的位置。而这个历史变迁过程又不可避免地受到了西方文化（当然包括 18 世纪产生的"艺术的近代体系"）的影响。正因为这样，现代小说研究者也面临着不同的选择，其中一种即以小说"今义"为准②，回溯、建构中国小

---

① ［美］保罗·奥斯卡·克里斯特勒：《文艺复兴时期的思想与美术》，邵宏译，东方出版社 2008 年版，第 222—223 页。

② 陈洪：《中国小说理论史》修订本，天津教育出版社 2005 年版，绪论。另如王汝梅、张羽区分出史家、文家两种小说观念，并以后者为"科学的小说观念"，以其"爱奇用虚"，不同于史家之"重道重实"。作者以虚构为标准，认为春秋战国时即有了"文家的小说"，因此他们不同意鲁迅所谓"唐始有意为小说"的观念。而实际上，他们与鲁迅的逻辑都是一样的，即以现代西方小说观来例律中国小说。见王汝梅、张羽《中国小说理论史》，浙江古籍出版社 2001 年版，第 11 页。

说的线性"历史"。此种方法仿自鲁迅,其《中国小说史略》即以"创造""虚构"为律例,以"神话与传说"为中国小说的起源,认为唐"始有意为小说"——西方现代小说观念渗透了鲁迅对中国小说史的梳理。

在这种"现代性"态度之外,也有学者坚持古今两种"小说"概念的本质区别,如有学者认为,古典目录学的"小说"概念与现代的文学"小说"概念应该明确区分开来,古典目录学中的"小说""只能命定地成为一个收容其他部类的'不入流之作'和无类可归的'驳杂之作'的'垃圾桶'"。这种先天的负面规定性决定了它的"非文体性质",因此从古典目录学的"小说"概念中无法发展出现代的文学"小说"观①。这些学者坚持这种区分的意图,是对古代小说研究中存在的混同、杂糅现象进行正本清源。但其理论重心仍是维护现代的文学"小说"概念的纯洁性,其目的是以此为标准,从所面对的历史材料中发现、挑拣符合现代条件的"小说"。因此,古典目录学的"小说"概念被视为研究工作的掣肘。这种对不同的"小说"概念进行区分的努力,是值得肯定的,这对于"小说"文本的种类辨别、书目编著工作十分必要。

但是,在考虑中国"小说"观念的整体变迁这个问题时,如果再坚持这种区分,就可能将导致割裂传统的结果。因为,虽然中国古代小说在文本形态上,可以区分出如古典目录学的"小说",和唐传奇、宋元话本、拟话本等符合现代文学"小说"观的文本,但中国古代小说观念作为一种理论形态,却并无这种严格的划分,古典目录学的"小说"观对于那些它所排除不录的作品亦具有辐射力量。而且,被古典目录学所拒绝的、所谓符合现代"小说"概念的文本,也仍然以自命为"小道"的方式,向一个鄙弃"小说"的整体性传统保持认同。"可见,只要经学话语还是定义和定位'小说'的理论基础,无论'小说'是一个文化学概念

---

① 邵毅平、周峨:《论古典目录学的"小说"概念的非文体性质》,《复旦学报》(社会科学版)2008年第3期。

还是文体学概念，它就基本上不能摆脱文化格局中的边缘地位。"①

在文本形态上，现代中国小说与古典目录学的"小说"相差天渊，但这是否能反证：古典目录学"小说"所排斥的那一面，就构成了现代中国小说的源头呢？有学者这样认为："传统的文学批评和俗文学中所出现的这个'小说'，才是我们今天文学性的'小说'概念的远源。"② 正像柄谷行人对日本现代文学起源的批判所启示的那样，现代文学一旦确立并获得合法性，首先要做的就是要建立一种遗忘机制，以此来遮蔽自身的制度化性格；它以一种"颠倒"的方式，将自己并不遥远的起源上推到古代。现代性逻辑侵入中国现代小说研究的一个结果，即造成这样一种表象：现代"小说"一目了然，它是从古至今顺流而下之"小说"长河的下游，它在中国自己的传统内部有着一个自然的起源，即唐传奇与宋元以来的"俗文学"，随后，自然发展到今天的情状。

表面上看来，确实如此，现代抒情小说受到传统文类（包括唐传奇）的启发，晚清民初一度独占文坛的通俗小说也仍是旧小说轨道的延续。但即使在充分意识到这是一种"颠倒"的前提下，也不能以这种"远源"说来解释以鲁迅为代表的"五四"主流小说。虽然不可避免地受到传统小说的影响，但这一批小说总体上来说仍是崭新的，它们对中国传统小说的文本形态和叙事模式持拒绝态度，从而体现出鲜明的西方小说特征。同时，也不能用此"远源"说来解释中国"小说"观念的变迁，因为两种不同的"小说"文体并不意味着两种不同的"小说"观念。"远源"说遗忘了中国"小说"和中国"文学"在晚清民初的复杂遭遇。

浦江清先生曾说："有一个观念，从纪元前后起一直到19世纪，差不多两千年来不曾改变的是：小说者，乃是对于正经的大著作而

---

① 马睿：《从经学到美学：中国近代文论知识话语的嬗变》，四川民族出版社2002年版，第295页。

② 邵毅平、周峨：《论古典目录学的"小说"概念的非文体性质》，《复旦学报》（社会科学版）2008年第3期。

称，是不正经的浅陋的通俗读物。"① 因此，本书力图强调这种"小说"观念的整体性变迁，无论古典目录学的"小说"观念，还是那些所谓符合现代文学的"小说"概念的观念，都包括于这一整体之中。接下来的讨论，将考察小说在古典目录学、现代图书馆学中的"结构性位置"，并分析这种位置的历史性变迁。这种变迁，是小说"艺术"观发生的基本语境。

第二节　传统目录学中的"小说"：从四部到七科

在面临"数千年来一大变局"② 的晚清，作为"小道"的小说，被当成了启发民智、开化文明的工具。小说居然能像经史一样、甚至取代经史成为达于事功的利器。这种夸张的"实学化"要求，在中国小说的历史中也许过于陌生了，小说何德何能，它有什么资格来承担这样的使命呢？因此，那些编辑、发表小说的期刊、报纸，也有为自己的文化政治实践做出合法性论证的必要。光绪二十三年（1897）十月六日至十一月十八日，天津《国闻报》上连载了一组文章，它试图从人性论和历史哲学的角度，说明《本馆附印说部缘起》（以下简称《缘起》）。

《缘起》从最古之时人在山林箐泽中与禽兽争存谈起，一直谈到中西人类文明史。这种从开天辟地一直说到眼皮底下的叙述方式，在晚清那样一个社会思潮激荡的时代，并不罕见。它来源于乱世当中的人们试图重新理解、安置自身和世界的渴求。但《缘起》一文逻辑严密，层层递进，自有其与众不同之处。它认为，英雄、男女是人类之"公性情"，并以一种天演进化的思维方式断定："非有英雄之性，不能争存，非有男女之性，不能传种也"。因此英雄、男女之事，震动一时，流传后世，不足为怪。但历史久远，人事繁多，为什么只有曹

---

① 浦江清：《论小说》，载张鸣编选《浦江清文选》，北京大学出版社 2010 年版，第 143 页。
② 李鸿章同治十一年五月"复议制造轮船未可裁撤折"，转引自梁启超《李鸿章传》，百花文艺出版社 2008 年版，第 55 页。

操、刘备、崔莺莺、张生等独传下来呢？作者以文字的记载作用，来解释人们对于小说人物的稔熟：

> 古之人则未有文字之前赖语言，既有文字之后则赖文字矣。举古人之事，载之文字，谓之书。书之为国教所出者，谓之"经"；书之实欲创教而其教不行者，谓之"子"；书之出于后人一偏一曲，偶有所托，不必当于道，过而存之，谓之"集"：此三者，皆言理之书，而事实则涉及焉。书之记人事者，谓之"史"；书之纪人事而不必果有此事者，谓之"稗史"。此二者，并纪事之书，而难言之理则隐寓焉。此书之大凡也。[①]

人类之"公性情"决定了"稗史"存在的必然性。与史相比，"稗史小说"的"五易传之故"——使用本种族语、与口说之语言近、用繁法之语言、言日习之事、言虚事——是它"入人之深，行事之远"的基础。虽然此文对"小说"开化文明的功用大力提倡，但作者仍不加区分地使用了"稗史""小说""稗史小说""说部"几个概念，而且似乎没有对这种情况感到任何不安。于是，其论述中就出现这样一种新旧并立的情况：一方面是对小说超越"经史"之功用的期许，另一方面却是对被视为"小道"的诸种传统概念的罗列。以"小说"为救国"大道"的想象诚然是崭新的，但此处罗列的诸种"传统"小说观念，在其根本上同样已经有了崭新的理论基础。

在官修史志目录中，从《汉书·艺文志》到《四库全书总目》，"小说家"多著录于"子部"（前者为"诸子略"）。《缘起》一文对于"书之大凡"的分析，沿用了经、史、子、集的四部分类法，然而"小说"一家的著录位置却明显变化，从"子部"转变到"史部"。当然，将"小说"与"正史"并列观之的做法，早已有之。中国小说观念中有强烈的"史补"倾向，唐代史家刘知几在其所著《史通·杂述》篇中，就对"能与正史参行"久矣的"偏记小说"进行了分类，并加

---

① 本段引文皆见阿英《晚清文学丛钞：小说戏曲研究卷》，中华书局 1960 年版，第 9、10 页。

以分析批评。不过与《缘起》视小说超越经史之上的观念不同，刘知几所谓"小说"，强调的是其与"正史"相对的"偏"与"杂"，其立论不出于《汉书·艺文志》范围。综观"偏记小说"之十品（一曰偏纪，二曰小录，三曰逸事，四曰琐言，五曰郡书，六曰家史，七曰别传，八曰杂记，九曰地理书，十曰都邑簿），都是有待博闻学者"择之"的刍荛之言。虽然"玉屑满箧"，但"众星之明，不如一月之光，……言皆琐碎，事必丛残，固难以接光尘于五传，并辉烈于三史"[①]。这明显是古典目录学对于"子部·小说家"的态度。

虽然同为"记人事"，且同样强调虚实之辨，《缘起》与既往通俗演义"羽翼信史"的"慕史"倾向大不相同。此处的"稗史"已经不再以"史补"的名义来寻求自己的合法性位置，它不再去腆颜附会"史"及"史"中所存的义理。现在，虽然"稗史"仍然处在"经子集史"的"书之大凡"当中，但它已经成为一个独立的文类，而不再是游离于四部之中的尴尬角色。更重要的是，它已经把自己的根基建立在人性论和历史哲学之上。在中国的知识、图书分类系统中，小说位置的变化意味深长：系统中的某一单位位置发生变化，必然与其他单位及整个系统的变动存在着深刻的历史互动。如果说四部体系之下的"小说"必然要承受着经、史诸"大道"的压力，那么，《缘起》中已经从这一体系解脱出来的"小说"又将进入一个什么样的新系统呢？新旧系统是如何实现转化的？所谓的人性论、历史哲学又是何种性质的知识？它们与这一新系统又是何种关系？

一　结构性位置与"校雠之义"

《旧约·创世记》中有关于巴别城、通天塔的记载：耶和华变乱了天下人的言语，使人们不得不停止了造城与造塔的工程，然后重新分散在大地上。人类的失败与其说是因为耶和华的干涉，不如说是因为人类自己也知道，他们终究无法达到一个共同的意义世界。所谓城与塔的建造，不仅是对一种不可能达到的意义世界的想象，更是对

---

① 刘知几：《史通·杂述》，载黄霖、韩同文选注《中国历代小说论著选（修订本）》（上册），江西人民出版社 2000 年版，第 37、39 页。

"变乱口音"后之分化世界的无奈确证。无论如何,在语言分化之后的世界里,由于生活在不同语言中,人们各自操持着相互区别的能指系统,即使有"翻译"这项工作的存在,人们也无法完全分享一个共同的所指世界。因为究其实际,语言的所指与能指一样,在其原始形态上,都是一片混沌的星云。所指并非先在的、等待能指去进行意指的对象,人们在对能指进行分割的同时,必然也对所指进行分割,这就是语言学上的"双重分节"①。

人类文明渐进,遂有文字,口语于是以物质形态记录下来。书契日繁,典籍漫衍,于是就有了图书分类的必要。但如上段所述,图书(即能指的物质载体)分类同时也必然是对于意义世界的划分。某一特定历史时空中的思想、文化所具有的一切特色、偏见(包括其意义等级)都会在图书分类中有所体现。因此,图书分类(其中当然包括小说的分类与著录)不仅是提供一份简单的目录表,这种分类本身甚至就是社会制度、社会构造在知识领域的体现。

"小说"作为一种图书类别,《汉志》录于"诸子略",在从《隋志》到《四库全书总目》的"四部分类法"中,"小说"都著录于"子部·小说家"。应该指出的是,"小说"在史志目录中的著录形态必然体现出史家的"小说"观念,但这种观念与"小说"本身的实际发展存在距离的。不过,这种"史家成见"也不能以"成见"而进行排斥,它与小说自身的发展之间的离合,正可见出中国"小说"观念的整体性、复杂性。古典目录学所体现出的正统意识,构成了中国传统"小说"观念的重要方面。

二 "七略"与"四部"体系中的"小说"

在比较粗略的意义上,可以这样概括中国典籍的分类体系:从先秦"六艺"到汉代"七略",再到晋及其后的"四部"。《隋志》是现存最早的以"四部"分类的史志目录,到《四库全书总目》,四部法蔚然大成。后世学者论"经史子集"四部的形成,多溯源于西晋的荀

---

① 赵毅衡编选:《符号学文学论文集》,百花文艺出版社 2004 年版,"前言"第 12 页。

勖和东晋的李充。清人钱大昕说：

> 晋荀勖撰中经簿，一曰甲部，纪六艺及小学；二曰乙部，有古诸子家、近世子家、兵书、兵家术数；三曰丙部，有史记旧事、皇览、簿杂事；四曰丁部，有诗赋图赞、汲冢书。四部之分，实始于此。而乙部为子，丙部为史，则子犹先于史也。及李充为著作郎，以典籍混乱，删除繁重，以类相从，分为四部。五经为甲部，史记为乙部，诸子为丙部，诗赋为丁部，而经史子集之次始定。①

整个目录系统经历的变迁当然会影响其内部某一要素的意义，不过，不管是在《七略》还是在"四部"体系中，"小说家"始终是"诸子"之一家。"诸子"与经、史之文化意义的差距，一直深刻影响着"小说"的著录形态，其中即可见出中国"小说"观念的传承和变迁。

方以类聚，物以群分，对事物进行辨别同异、命名分类、正当次序，可以说是一种既古老又基本的文化冲动。这也是一种安排世界秩序的行为，它希望使世界井井有条，以便于理解和控制。图书典籍作为人类文明的物质载体之一，其分类更是一个重要的文化事件。在这个意义上，"小说"所身处其中的"诸子"类就是一种文化区分后的结果。罗焌《诸子释名》曰："兹称诸子，对于群经诸史而言，非周礼地官之所谓诸子，亦非夏官所属之诸子也。诸子之一名词，盖行于汉初大收篇籍之时，诸子书之名称，多定于刘向之叙录。"② "诸子"这个名词，在汉初大收篇籍时获得新的意义。汉兴，大收篇籍，广开献书门路，求遗书于天下，书籍既多，就需要整理、分类、辨别次序，于是"诏光禄大夫刘向校经传诸子诗赋，步兵校尉任宏校兵书，

---

① 钱大昕：《论经史子集四部之分》，载张舜徽选编《文献学论著辑要》，陕西人民出版社1985年版，第79页。

② 罗焌：《诸子释名》，载张舜徽选编《文献学论著辑要》，陕西人民出版社1985年版，第218—219页。

太史令尹咸校数术，侍医李柱国校方技。每一书已，向辄条其篇目，撮其指意，录而奏之"。① 条目、撮意、录奏并非简单的抄录，而是在特定思想文化的支持下辨名定次的行为。如果诸子之名在这一过程中产生并流行，那么其文化意义也必定随之产生。

诸子与群经、诸史相对而言。"六经"是后起之名，《汉志》称为"六艺"。章学诚认为：

> 六艺非孔氏之书，乃《周官》之旧典也。《易》掌太卜，《书》藏外史，《礼》在伯约，《乐》隶司乐，《诗》领于太师，《春秋》存乎国史。夫子自谓"述而不作"，明乎官司失守，而师弟子之传业，于是判焉。②

"六艺"是周代官府用来培养贵族子弟的各种学问的总称，后来成为以孔子为代表的儒家的基本教科书。那么，"六艺略"为何被置于《汉志》首位？据徐有富的分析："首先，六艺略为古学，诸子略为今学"，"其次，也是汉代统治者不断尊经的结果"③。自建元五年（公元前 144）武帝立五经博士，经学成为官学，在其后一直到清末的中国历史中，虽然经历了经今古文的持续论争，经历了与其他各派及外来思想的掺和渗透，但在宽泛的意义上，经学在中国文化中几乎总占据着一个意义阐释源头的地位，它规范着中国人的伦理纲常。《汉志》这样说："六艺之文，《乐》以和神，仁之表也；《诗》以正言，义之用也；《礼》以明体，明者著见，故无训也；《书》以广听，知之术也；《春秋》以断事，信之符也。五者，盖五常之道，相须而备，而《易》为之原。"④

"六经"也是中国传统学术的根本，如钱穆所言："孔子者，中国

---

① （汉）班固：《汉书卷三十·艺文志第十》，（唐）颜师古注，中华书局 2005 年版，第 1351 页。

② （清）章学诚：《校雠通义通解》，王重民通解；傅杰导读；田映曦补注，上海古籍出版社 2009 年版，《原道第一》篇，第 2 页。

③ 徐有富：《目录学与学术史》，中华书局 2009 年版，第 9、10 页。

④ 班固：《汉书卷三十·艺文志第十》，颜师古注，中华书局 2005 年版，第 1364 页。

学术史上人格最高之标准，而六经则中国学术史上著述最高之标准也。"①《四库全书》"经部"总序则一言以蔽之："盖经者非他，即天下之公理而已。"② 因此，毫不奇怪的是，经学与政治统治之间形成了一种互动，经学或者是为现实政治制度、治国策略提供合法性论证，即"学随术变"；或者是成为对现实政治进行批判的理想资源。

在经学作为文化主干的知识系统中，"经"的确立是经过政治、文化的斗争选择的结果。与此同时，群书中的一部分文则被指认为"子"类著作。"经"与诸子相互为产生的前提，《四库全书》子部总序开篇即曰"自六经以外，立说者皆子也"③。隶籍于"子"部的"小说"，就是在与"经"的关系中衡量、确定自己的位置。

《汉志》别"诸子"于"六艺"，而

> 诸子十家，其可观者九家而已。皆起于王道既微，诸侯力政，时君世主，好恶殊方，是以九家之术蠭出并作，各引一端，崇其所善，以此驰说，取合诸侯……虽有蔽短，合其要归，亦六经之支与流裔。使其人遭明王圣主，得其所折中，皆股肱之材已。④

在班固看来，"六艺"是道术所在，诸子九家（儒、道、阴阳、法、名、墨、纵横、杂、农）之言虽纷然淆乱，但也算是去道未远，仍能起到辅翼六经的作用。作为治国之术的候补学说，诸子九家只是时运不济，欲创教成"经"而其教不行、其"经"不成。不过，他们仍然保存着成为"股肱之材"的潜力，唯待明王圣主赐予机遇而已。但"小说"作为"刍荛狂夫之议"，则不具备这种潜力。街谈巷语，道听途说，闾里小知，听听则可，如果真当成治国之术，不免贻笑大

---

① 钱穆：《国学概论》，商务印书馆 1997 年版，第 2 页。
② 《四库全书·经部》总序，载袁咏秋、曾季光主编《中国历代图书著录文选》，北京大学出版社 1995 年版，第 142 页。
③ 同上书，第 155 页。
④ 班固：《汉书卷三十·艺文志第十》，颜师古注，中华书局 2005 年版，第 1368 页。

方。班固将诸子十家中的"小说家"排除于"九流"之外，与他所引用的孔子的话略有矛盾。孔子曰："虽小道，必有可观者焉，致远恐泥，是以君子弗为也。"班固延续、强调了孔子对小道的担忧，却将"小说"的"可观"之处降到最低程度。因此"小说"与"经"的联系微弱到若有若无的境地，甚至可以说这种关联已经被斩断了。由此也就不难理解《汉志》对其所著录"小说"的辨析。在"小说家"下简略的"解题"中，多是贬损性的负面之言，如"《伊尹说》二十七篇。其语浅薄，似依托也"，"《黄帝说》四十篇。迂诞依托"。"小说家"言论浅薄，多所依托而不能"引经据典"，自然便被视为"离经叛道"了。由此也可发现，此时的"小说"更是一种文化价值观念，文体观念的比重微乎其微。

《隋书·经籍志》虽为"四部"法之始，但仍延续了"七略"中"经"与"子"相对而论的文化结构。经籍在这里，仍然是"经天地，纬阴阳，正纪纲"的圣道。但与《汉志》不同的是，《隋志》将子部十四家（儒、道、法、名、墨、纵横、杂、农、小说、兵、天文、历数、五行、医方）全部视为"六经"之流裔。《隋志》与《汉志》一样引用了《易》中的话："天下同归而殊途，一致而百虑。"但是，《汉志》是用此语来解释诸子九家的关系，而《隋志》则更广泛地用它来理解经部与子部、子部十四家内部的关系。因此，《隋志》并未将"小说"与"经"的关系彻底斩断。"儒、道、小说，圣人之教也，而有所偏。兵及医方，圣人之政也，所施各异。世之治也，列在众职，下至衰乱，官失其守。或以其业游说诸侯，各崇所习，分镳并骛。若使总而不遗，折之中道，亦可兴化致治者矣。"[1]《汉志》中"小说家"不入"九流"，《隋志》则明确提出"小说"亦是圣人之教，不过有所偏而已。《隋志》也提出了一种明王圣主的假设，在这一假设中，"小说"也有"兴化致治"进而成为"股肱之材"的潜力。

因此，此时的"小说"并非中国文化最底层的因素，实际上，

---

① 本段引文皆见魏徵等《隋书卷三十四·志第二十九·经籍三·子》，中华书局1973年版，第1051页。

《隋志》中的"小说"一家，是排在兵、天文、历数、五行、医方五家前面的。而在《汉志》中，兵书、术数、方技皆因隶属于"技艺"而区别于"道"。《论语·述而》："子曰：志于道，据于德，依于仁，游于艺。"孔子对道、德、仁、艺之先后、高下次序的安排对后世影响深远，其结果即"重道轻艺"。论者多以为，在秦汉知识系统中的诸子之学，与六艺之学一样，都是"道"术所存，与诗赋、兵书、术数、方技这些形而下"艺"相比，具有更崇高的地位①。从粗略的意义上，这样的理解并没有什么不对，不过，从"小说"的角度来看，这样的说法就失之公正了。《汉志》中，"小说家"虽隶籍于诸子十家，但并不入"九流"。"九流"是六经支裔，而"小说家"则去"经"离"道"远得很。"小说家"隶籍诸子却与"大道"无关，同时它又不同于术数、方技等形而下"技艺"，它不能由技进于道。虽然同样能观风俗、知薄厚，但"小说"之"小知"又不同于感物喻志的"诗赋略"，它不能成为言志的载体。无枝可依，无家可归，"小说"在《汉志》中的文化位置实在尴尬至极。

至《隋志》"四部法"之"子部"确立，"小说"的此种尴尬状态略有缓解。较之《汉志》"诸子略"，《隋志》的"子部"范围扩大了。从《汉志》的"术数略"（包括天文、历谱、五行、蓍龟、杂占、形法）中演变出"天文""五行""历数"三个子部小类；从"方技略"（包括医经、经方、房中、神仙）中演变出"医方"类。更重要的是这些小类与"道""艺"关系的变化。"术数""方技"在《汉志》系统中属于"技艺"范畴，但由"术数""方技"所分化出来的新的"子部"小类，在《隋志》中却同"诸子"十四家一起，全部被视为六经流裔。"小说"地位的提高即得益于这种兼容并包的文化氛围。

与中国"小说"观念的芜杂一样，"小说"在古典目录学中的地位也是屡有起落，当然，在一个共时的系统中，这种反复起落并无前进、后退的价值之别。《四库全书》"子部"录十四家，并对各家的排列次序做出了细致的解释，这能够让我们见出其中的

---

① 左玉河：《从四部之学到七科之学：学术分科与近代中国知识系统之创建》，上海书店出版社 2004 年版，第 49 页。

文化等级和逻辑关系：

> 自六经以外，立说者皆子书也。……叙而次之，凡十四类，儒家尚矣。有文事者有武备，故次之以兵家。兵，刑类也。唐虞无皋陶，则寇贼奸宄无所禁，必不能风动时雍，故次以法家。民，国之本也，谷，民之天地。故次经农家。本草经方，技术之事也，而生死系焉。神农皇帝以圣人为天子，尚亲治之，故次以医家。重民事者先授时，受时本测候，测候本积数，故次以天文算法。以上六家，皆治世者所有事也。百家方技，或有益，或无益，而其说久行，理难竟废，故次以术数。游艺亦学问之余事，一技入神，器或寓道，故次以艺术。以上二家，皆小道之可观者也。《诗》取多识，《易》称制器，博闻有取，利用攸资，故次以谱录。群言歧出，不名一类，总为荟萃，皆可采撷菁英，故次以杂家。隶事分类，亦杂言也，旧附于子部，今从其例，故次以类书。稗官所述，其事末矣，用广见闻，愈于博弈，故次以小说家。以上四家，皆旁资考者也。二氏外学也，故次以释家，道家终焉。夫学者研理于经，可以正天下之是非。征事于史，可以明古今之成败。余皆杂学也。然儒家本六艺之支流，虽其间依草附木，不能免门户之私。而数大儒明道立言，炳然俱在。要可与经史旁参，其余虽真伪相杂，醇疵互现。然凡能自名一家者，必有一节之足以自立。即其不合于圣人者，存之亦可以为鉴。虽有丝麻，无弃菅蒯。狂夫之言，圣人择焉，在博收而慎取之尔。①

"子部"十四家顺序井然，文化位置及结构性功能、意义也随之确定。以儒家为首，继之兵、法、农、医、天文算法，这六家都是为治之术；术数、艺术二家是"小道"之可观者；"小说家"如《汉志》中一般，从"小道之可观者"中被排除出去，与谱录、杂家、类书一样，仅是"旁资考者"。虽仍是"小道"，但已经无任何"可

---

① 《四库全书·子部》总序，袁咏秋、曾季光主编：《中国历代图书著录文选》，北京大学出版社 1995 年版，第 155—156 页。

观"之处。对于治术无益，在儒家的文化传统中，这是比较严厉的价值否定，它意味着真正的地位低下。现在的"小道"之可观者，仅术数、艺术两家，而这两家在《汉志》是属于形而下之"技艺"（器），现在却可以"一技入神，器或寓道"。而"小说"则只能"寓劝戒、广见闻、资考证"，"小说"连"技""器"都算不上，当然不可能因"技"寓"道"、即"器"见"道"了。

不过，虽然古典目录学将"小说"与"道"维系在一种很脆弱的关系上，但"经"的力量却总会对"小说家"产生持续的压力，"小说家"总是主动或被动地向"经""道"寻求文化上的认同。"经"不在"小说家"的场域之内，其主导性功能却渗透于其中。"小说"虽然不像诗、文那样，动辄号曰"载道""贯道""征圣""宗经"，但无论是在关于小说的谈论中，还是在小说文本中，都可见到"经"与"道"对于小说观念和写作的控制力。元末天台陶九成（宗仪）纂成《说郛》一百卷，杨维桢为之序曰："扬子谓：'天地，万物郛也；五经，众说郛也。'是五经郛众说也。说不要诸圣经，徒劳搜泛采，朝记千事，暮博于物，其于仲尼之道何如也。"[①]

《说郛》是编纂百氏杂说的书，其为用颇多，如博古物、核古文奇字、索异事、搜神怪、识虫鱼草木、纪山川风土、订古语、究谚谈，并资谑浪调笑。这种齐东野人之语、百家杂烩之体，正是古典目录学对于"小说"的理解。但在杨维桢看来，即使是博雅君子不弃的《琐语》《虞初》之流，也必以"五经""郛"之，以仲尼之道要之。这里的"征圣""宗经"，完全不是装点门面的招牌，而是认认真真的道学家言。

第三节　近代图书馆学与《四库》藩篱的冲决

自刘向、刘歆父子以后，我国图书分类法代有继承，亦不乏变通，粗略而言，由"七略"演为"四部"之历史。"四部"法始于魏

---

① 杨维桢：《说郛序》，载黄霖、韩同文选注《中国历代小说论著选（修订本）》（上册），江西人民出版社 2000 年第 3 版，第 87 页。

晋，初具规模于唐时《隋志》，可以说是中国目录学史的主要潮流。至乾隆年间开四库馆，刊《四库全书总目提要》，"四部"分类法遂集其大成。学随术变，朝代更替，政治屡迁，学术自然随时调整。学术变迁，图书分类必然也随之变化。

一 "小说"对"四部"体系的破坏

"四部"法自《隋志》至《四库全书总目》，有定于一尊的趋势。后世学者浸淫于这种"四部"世界，直到晚清欧洲与日本的书籍、学说大量输入，才有全面动摇的迹象。但实际上，在"四部"世界内部，批评甚至叛乱之声从未断绝。不依"四部"而另创新法者，也屡见不鲜。学术既日渐发达，诸说纷争，图籍繁富，如果一味执着于以"四部"成法部次书籍，肯定有削足适履的弊端。因此"四部"并非不易之法。"四部"本身就不尽然合理，它成为中国图书分类法的圭臬，有其历史必然性。然而作为一种约定俗成的法则，后世学者习焉而不察，日用而不知，天长日久，就会成为藩篱。

图书类例的本旨，在于按一定标准区分图籍，使同者同之，异者异之，使图书的部次井然，使观者方便。不过，中国历代典籍，卷帙浩繁，要以某一标准贯彻始终，类例适当而明晰，且得公认，实在难上加难。终不过是以特定惯例强为之分，削足适履是不可免的。《隋志》为"四部"法成熟的标志，但其分部、分种也有不合理之处。①刘国钧先生总结"四部"不合理之处如下：

四库类目之大弊在于原理不明，分类根据不确定。既存道统

---

① 姚名达先生认为其不合理之处："一曰《经》、《史》、《子》、《集》四部之界画并不谨严也"，"至于《子部》，则空谈理论之诸子，自'儒'至'杂'。记载实用之技艺，自'兵'至'历数'及'医方'。充满迷信之术数，'五行'。撷拾异闻之小说，混同一部，真所谓薰莸同器，不伦不类矣。""二曰各篇小类之内容并不单纯也；所贵乎部类者，以其大可包小也。四部无一定画界，犹可诿为范围太大，包摄非易。至于小类，则宜尽其所有，不遗亲属于外，亦不杂仇敌于内，庶几合理。若《隋志》之小类，则诚莫名其妙也。"依体裁分类、依对象性质分类，这两种方法"执一则不通，兼两则自紊其例。"姚名达：《中国目录学史》，上海古籍出版社2005年版，第65、66页。

之观念，复采义体之分别。循至凌乱杂沓，牵强附会。说理之书
与词章之书并列，记载之书与立说同部。谓其将以辨章学术则源
流派别不分，谓其以体制类书，则体例相同者又多异部。谓其将
以推崇圣道排斥异端，则释道之书犹在文集之前，岂谓文章之与
圣教尚不如异端乎？经史子集之大纲尚难厘然不紊，况其下者。
如是曰，明于类例，类例固若是乎。①

就"小说"一类而言，古典目录学者多持贬低态度。"小说"
并无一种正面定义，正统文化秩序中那些被贬损的文字，皆可以
"小说"视之。而且"小说"也随时变化，或泛称诸子党同伐异的
"小辩""小数""小知"，或为经史之外的"小说""小道"②。"小
说"性体屡迁，导致其分类也很难把握。郑樵曾有"编次之讹
论"，认为："古今编书所不能分者五，一曰传记，二曰杂家，三
曰小说，四曰杂史，五曰故事。几此五类之书，足相紊乱。"③章
学诚在《和州志艺文书辑略》中也认为："《七略》以小说列诸子之
末，亦取其一家言耳。然小说之体有二：叙琐屑之事，纪载之属也；
汇丛脞之谈，诸子之余也。"④章学诚将"小说"列于"纪载类"之
下，而非列于"官师失守，而处士各以所得，立言以明用"（见
"诸子类"下对"诸子"的解释）的"诸子类"下，是重"小说"
之叙"事"特征的表现。《和州志艺文书辑略》虽仿《七略》，在
"小说"观上却已不同于《七略》。这种观念的变化在其目录思想

---

① 刘国钧：《刘国钧图书馆学论文选集》，书目文献出版社 1983 年版，第 30 页。
② 陈洪先生在其《中国小说理论史》中，将古典"小说"概念的演变分为四阶段：一
  为"泛称小说"，即诸子党同伐异的先秦时期；二为东汉班固所总结的"子部小说"
  阶段；三为明胡应麟的"杂纂小说"；四为宋元之际产生的"文学小说"阶段。见陈
  洪《中国小说理论史》修订本，天津教育出版社 2005 年版，"绪论"第 6 页。我认
  为胡应麟虽然"更定九流"，但其"杂纂小说"实际上仍不出"子部小说"观念范围
  之外；另古典目录书皆不于"子部"录"文学小说"，遂此处俱不论。
③ （宋）郑樵：《通志·校雠略》，"编次之讹论十五篇"，袁咏秋、曾季光主编：《中
  国历代图书著录文选》，北京大学出版社 1995 年版，第 198—199 页。
④ （清）章学诚：《校雠通义通解》，王重民通解，上海古籍出版社 2009 年版，第
  148 页。

中的体现，即"小说"的著录位置从"诸子类"转换为"纪载类"。总之，无论是从整体的部类划分来看，还是从"小说"的类例来看，以"四部"为圭臬的中国图书分类体系，都存在着这样那样的问题，因此，历来公私目录对这一体系的冲击便是意料之中的事了。

《四库全书总目》既成，蔚为权威。嘉庆五年（公元1800），正值《四库全书总目》的威望如日中天的时候，孙星衍撰《孙氏祠堂书目序》，其分部敢不遵从四部成法，而别分祠堂藏书为十二类：经学第一，小学第二，诸子第三，天文第四，地理第五，医律第六，史学第七，金石第八，类书第九，词赋第十，书画第十一，小说第十二。可见，"小说"已经成为与经史并列的类别。孙星衍于"小说"目下说："稗官野史，其传有自。宋以前所载，皆有本末。或寓难言之隐，或注所出之书。今则矫诬鬼神，凭虚臆造，并失《虞初》志怪之意。择而取之，馀同自郐焉。"[1]孙星衍以志怪、纪实为小说本意，对于凭虚臆造者不以为然，其"择而取之"的说法，仍是不废"刍荛狂夫之议"的态度。观其对于"小说家"的著录，"小说家"不入诸子九流，表面上仍是延续《汉志》遗风。但《汉志》将"小说家"逐出"九流"，乃是贬低之意，而孙星衍将"小说家"列于"诸子"之外，则是因为重视而将其别为一类。"小说家"虽然于十二类中居末，但终是有位可居，不似在《汉志》中那样几无立足之地。

鸦片战争之后，海禁大开。清室日显衰微，西洋的器物、制度、文化对士人的吸引力大增，形成一场浩大的"西学东渐"潮流。"于是上海有制造局之设，附以广方言馆，京师亦设同文馆，又有派学生留美之举"；甲午丧师，举国震动，维新变法大兴，"中学为体，西学为用"之流行语，"举国以为至言"；"戊戌政变，继以庚子拳祸，青年学子，相率求学海外，而日本以接境故，赴者尤众。壬寅、癸卯间，译述之业特盛，定期出版之杂志不下数十种。日本每一新书出，

---

① 孙星衍：《孙忠愍侯祠堂藏书记》，载袁咏秋、曾季光主编《中国历代图书著录文选》，北京大学出版社1995年版，第620、621页。

译者动数家。新思想之输入，如火如荼矣"①。这是梁启超对"晚清西洋思想之运动"的总结。从更大的视野来看，这也是欧洲版本的"现代性"范式凭借其强权在世界范围内大肆扩张的时期，晚清帝国只是这一现代性全球扩张运动（至今仍未结束）必然波及的一个时空。因此，如火如荼的学术输入运动同时也意味着传统中国社会的现代转化过程。纵然"东海西海，心理攸同；南学北学，道术未裂"②，但作为弱势（落后、前文明）一方的中国学术，在面对代表时代潮流的西方学术时，必将感到有形无形之压力。两种学术的交融必然多有龃龉不合之处，这种不合体现在学术的物质载体——书籍上，就是：在新旧书籍并存的局面下，图籍分类已成为一个大问题。传统的"四部"分类体系面对现代"西学"，初始尚可包容吸纳；而随着西书渐多，"四部"分类法便左支右绌，不复能统摄自如了。

《书目答问》（张之洞，同治十三年，1874）于传统"四部"之外，别增"丛书目""别录目""国朝著述诸家姓名略总目"。在一个新书日出，旧的图书分类法无以应付的时代，位尊权重的张之洞给那些试图另起炉灶者提供了榜样。《书目答问》所具有的权威示范作用，给了那些在新学大潮中无所适从者以勇气，鼓励他们去冲破"四部"藩篱，寻找著录新书的合适方法。信服"中体西用"的张之洞，其《书目答问》一方面冲破"四部"成法，另一方面也谨守经、史、子、集的顺序，所以他只是对"四部"进行修订而已。《书目答问》书成后，江人度上书张之洞，指陈"四部"法的牵强之处，他说：

> 第思目录之学最难配隶适当。……然处今之世，书契日繁，异学日起，匪特《七略》不能复，即"四部"亦不能赅，窃有疑而愿献也。……且东西洋诸学子所著，愈出愈新，莫可究诘，尤非"四部"所能范围，恐《四库》之藩篱终将冲决也。盖《七

① 梁启超：《清代学术概论》，朱维铮导读，上海古籍出版社 1998 年版（2009 年重印），第 97 页。
② 钱锺书：《谈艺录》，生活·读书·新知三联书店 2007 年版，第 1 页。

略》不能括，故以"四部"为宗；今则"四部"不能包，不知以何为当？如彼方枘试圆凿，每虞其扞格；譬之算术得大数，而尚有畸零。夙怀此疑，敢以贡之左右。①（着重号为引者所加）

中国目录学自《七略》至"四部"一脉相承，至晚清西学输入时，其类例图书的方法渐渐不能延续。崭新的知识系统、学术传统及文化权力对传统目录学提出了前所未有的挑战。"四部"法与西学新书如同圆凿方枘，扞格难入，总有一些书无法纳入既有分类系统中而成为畸零，江人度对中国古典目录学在西学大潮中的命运表示怀疑和忧虑。

二　近代图书馆学与小说"艺术"观的发生

（一）新法旧意融合中的"小说"著录情状

对于中国传统目录学来说，如何处理因西学东进而引入的大量西学新书，如何以旧有部类来统摄新的知识，是一个颇为棘手的问题。而随着中国传统文化和学术的变迁，中国的传统目录学也经历了一个向西方学习的过程。梳理中国图书分类沿革、变迁，并非本书宗旨。对于本章来说，这只是一个参考背景，更为重要的问题在于，图书分类变迁过程对于小说之结构性位置的影响。

清末，随着西洋学术的大量输入，在声光化电、法律政治文化等书籍之外，也有大量西洋小说的翻译。诸种杂志、书局纷纷刊载、出版翻译小说。后来更有梁任公以小说"新政治"的呼吁，一时间，小说翻译蔚为大观。西洋学术输入，国内学术形态渐起变化，大量翻译"小说"的存在，也迫使人们去思考其在目录学中的著录形态。同时，翻译"小说"来自另外一个迥异的文化时空，在那里，何为"文学"、何为"小说"的观念也与中土截然不同。因此在象征着"文明"的西洋学术的压力下，如何理解"文学"与"小说"，如何将这种理解在图书著录中体现出来，也成为一个问题。下文将

---

① 转引自姚名达《中国目录学史》，上海古籍出版社 2005 年版，第 104 页。

依照晚清民初图书分类的变迁过程，通过分析几种图书分类法，来思考"文学""小说"位置的变迁及其历史文化意义。我们将看到，关于"小说"与"文学"的分类，新法和旧意是如何复杂地交融在一起。

传统目录学中的"小说"，与清末民初传入中国的西方"小说"，是两种不尽相同的概念。前者概念模糊芜杂，并不包括在中国传统"文学"之内，仍保留着价值判断（"小道"）的中国特色意蕴；而后者则是包括散文、诗歌、戏剧、小说在内的整体"文学"中的一种。这两种"小说"交汇于晚清语境中，给图书分类中"小说"的著录造成一定的混乱。然而，在这混乱中也有一种趋势，即"小说"与"文学"的逐渐接近。在绝大多数传统目录中，诗、文与小说并无关系，在它们之上，也没有一个统整性的类概念。如钱锺书所言："在传统的批评上，我们没有'文学'这个综合的概念，我们所有的只是'诗'、'文'、'词'、'曲'这许多零碎的门类。"① 诗、文多著录于"集部"，而小说则隶籍于"子部"。

西籍大量增长，整理著录工作势在必行。1896 年，康有为撰《日本书目志》。其分类凡十五门：生理门第一，理学门第二，宗教门第三，图史门第四，政治门第五，法律门第六，农业门第七，工业门第八，商业门第九，教育门第十，文学门第十一，文字语言门第十二，拳术门第十三，小说门第十四，兵书门第十五。其中，"文学"与"小说"各自独立为一门。"文学门"包括作诗及诗集、新体诗、歌学与歌集、俳书及俳谐集、戏曲、谣曲本、习字本等；"小说门"下则有日本古典小说、近代小说及西方的翻译小说等一千五十六种。康有为极重"小说"启迪民智的作用，其"小说门"按语：

> 易逮于民治，善入于愚俗，可增七略为八，四部为五，蔚为大国，直隶《王风》者，今日急务，其小说乎！仅识字之人，有不读"经"，无有不读小说者。故"六经"不能教，当以小说教

---

① 钱锺书：《中国新文学的源流》，《人生边上的边上》，生活·读书·新知三联书店
2002 年版，第 249 页。

之；正史不能入，当以小说入之；语录不能喻，当以小说喻之；律例不能治，当以小说治之。……今中国识字人寡，深通文学之人尤寡，经义史故亟宜译小说而讲通之。[1]

他将"小说"提高到阐释、宣教"经""史"甚至替代"经""史"的地位，甚至要以"小说"的名义来更改传统目录学的体例，欲"增七略为八，四部为五"。但是按照康有为的分类，小说有如此伟力，却仍然处在"文学"之外。经史、正史要精通"文学"之人方能懂得，而"小说"要面对的则是"文学"之外的粗人。原因在于，康有为此处的"文学"观仍是传统中国式的文化、文章之学。

在"文学门"中"文学"后的按语中，康有为如此议论：日本古无文学，至德川氏兴，崇尚孔学，儒家于是彬彬称盛。维新以来，学校遍于全国，无不读书识字者，"观日本之变，可以鉴也。……日本之强，固在文学哉"。沈国威先生根据这段话，认为"康有为在这里似乎把中国传统的'文学'一词的概念与西方近代的文学混同起来了"[2]。实际上，这种混同也是模糊的。虽然"文学门"中第一类"文学"下，录有"小说史稿"，但康有为仍然生活在传统的"文学"观念世界当中。康有为在此处将"小说史"隶于"文学"之下，这并不妨碍他在别处将"小说"排除于"文学"之外。在《日本书目志》中就已经出现了两种做法并存的混乱情状，不过，这也正是当时图书著录情状的历史反映。将"小说"纳入"文学"，并不是抬举它，而是要"小说"传承传统"文学"的社会功用；同时，将"小说门"排除在"文学门"之外，也并不必然意味着对于"小说"的鄙视。

在晚清重视"实学"，经世致用的氛围中，"文学"被看作玩物丧

---

① 康有为：《康有为全集》第三集，姜义华编校，上海古籍出版社 1992 年版，第 1212、1213 页。
② 沈国威：《康有为及其〈日本书目志〉》，《或问》第 5 号（2003 年），吹田：《近代东西言语文化接触研究会》，第 64 页。

志的词章之学，正是无用的东西。王韬《上当路论时务书》指出，天下纷然，论时务者竞尚洋务，一切尽以西人为是："一若裕民而足国，非此不可。至于学问一端，亦以西人为尚。化学、光学、重学、医学、植物之学，皆有专门名家，辨析毫芒，几若非此不足以言学，而凡一切文学词章无不恶废。"① 而"小说"得到重视，也并非因为它真是像梁任公所说那样，是"文学之最上乘"，而恰恰是因为它的"非文学"方面，即它启发民智的实用价值。

据沈国威的研究，康有为在《日本书志》中，并没有主动采用新的图书分类法，而是"直接取材于日本书肆的图书目录"。但是，沈先生也不能确定康有为到底采用了何种图书目录。他只是介绍了当时日本的目录学发展状况②。康有为可能根据当时那种并不统一的日本图书分类，来编著其《日本书目志》的。因此，他虽然采用了不同于"四部"的新的分类法，但仍不是对于西方图书分类法的明确借鉴，其"文学"观念与杜威的十进制分类法中的"文学"观念仍有很大区别，这是可以理解的了。

另外，从康有为的思想特征也可看出，《日本书目志》实际上仍是旧体系的产物，"新"的体式外表之下是康有为重建"儒学普遍主义"的努力。《日本书目志》是中国社会最早的关于日本书的目录，康有为也是较早经由日本中介转译西书的提倡者。其《日本书目志·自序》终于认识到了帝国外部知识的巨大力量："然泰西之强，不在军兵炮械之末，而在其士人之学、新法之书。"③ 不过，对于"康圣

---

① （清）王韬：《弢园文录外编》，上海古籍出版社 2002 年版，第 246 页。
② "以 Melvil Dewey 的十进分类法为基础的日本图书分类法 DNC（Nippon Decimal Classification）的确立是在第二次世界大战之后。明治 20 年代（1890），东京大学的科系、附属图书馆的图书分类已经与现在大致相同。但是，出版社、书店的图书分类还没有统一。从当时的图书目录来看，一般中分成汉、和、译三大类，'汉'即是中国的典籍（汉籍），这是当时日本知识阶层的基本书籍；'和'是传统的日本书籍，包括日本的古典诗歌、文学作品；'译'即外文书的日译本，但在当时除了翻译书外，讲授西方近代知识的新书，教科书等也放入译书一类。"沈国威：《康有为及其〈日本书目志〉》，《或问》2003 年第 5 号。
③ 康有为：《康有为全集》第三集，姜义华编校，上海古籍出版社 1992 年版，第583 页。

人"来说，"承认中国的限度、承认外部的知识并不等于承认儒学仅仅是一种地方性的、特殊的知识，恰恰相反，通过灵活的——也许是牵强的——诠释，'外部'的知识被重新纳入经学'内部'"①。康有为虽采用新的图书分类法，但其精神仍是"儒学"的，他坚持孔教的至尊地位。西方、日本的新学知识虽然是来自外部，但礼失而求诸野，本着夷夏转化以道德为依据的今文经学宗旨，西方诸书皆可与中国经义暗合，经学仍能够将这些外部知识重新纳入其内部。从这样的思想角度来看，康有为"文学"观的传统性就更容易理解了。于是，其书目中的书或是新的，"其文学"观却是旧的。这也符合那个新旧杂陈的时代氛围。

在西方图书分类法传入中国之后，产生一种新旧并行制。宣统三年（1911）有《涵芬楼新书分类目录》，分部十四：（1）哲学，（2）教育，（3）文学，（4）历史地理，（5）政治，（6）理科，（7）数学，（8）实业，（9）医学，（10）兵事，（11）美术，（12）家政，（13）丛书，（14）杂书。其中，"文学"部兼含"文典及修辞学""读本""尺牍""诗歌""戏曲""外国语""字帖""小说"。②

十四部分类已具有鲜明的时代特色，其部类名称已大不同于传统目录学。左玉河认为"这显然是以近代'学科'为标准来统摄中外典籍，将'四部'所涵盖的知识内容归并到近代学科体系之中"③。

---

① 汪晖：《现代中国思想的兴起》（上卷 第二部），生活·读书·新知三联书店 2008年版，第 751 页。

② 姚名达：《中国目录学史》，上海古籍出版社 2005 年版，第 107、108 页。姚名达认为"在十进法未输入我国以前，此《涵芬楼新目》实为新书分类之最精最详者"。实际上，孙毓修宣统元年（1909）的《教育杂志》所发表的《图书馆》，已经介绍了杜威的十进制分类法。按，"涵芬楼"是商务印书馆藏书的所在，1932 年毁于日军轰炸上海的烈火，王中忱：《探访〈涵芬楼藏书目录〉》，《中华读书报》2003年 8 月 13 日。另关于此目录"初刊"的时间，王中忱先生根据"初刊""新书分类总目"所收图书最迟为民国三年，推测初刊《目录》的编定当在 1914 年；而姚名达笼统地说"宣统三年"，并未区分"新书分类总目"与"旧书分类总目"。据《旧书编目弁言》中的"辛亥编者志"，可推测"旧书分类总目"初刊于 1911 年。但新旧两种书目，是否同年刊出，待考。

③ 左玉河：《从四部之学到七科之学：学术分科与近代中国知识系统之创建》，上海书店出版社 2004 年版，第 353 页。

而其"文学"部，则是新旧杂陈，既有用"尺牍"、"诗歌"、"字帖"等中国传统"文学"来附会新书内容的旧法，也有以"戏曲"、"小说"入"文学"的现代做法。宣统三年，距离梁启超的小说界革命宣言《论小说与群治之关系》发表已经近十年，这期间，小说刊物和以刊登小说为主的刊物大量产生，小说翻译、创作也出现空前繁荣景象。不管今天人们如何以"艺术粗糙"的名义批评这一时期的作品，骤然增多的小说作品、译著，连同从西方逐渐进入中国的现代"文学""小说"观念，必然会对当时的图书整理、著录者产生影响。《涵芬楼藏书目录》分"旧书分类总目"和"新书分类总目"两种。其新书分类如上所述，正因为其是新书分类，所以更容易受到西方新分类法的无形影响。不过，考察其涵芬楼旧书分类目录（以下简称"目录"），也同样如此。

据其《旧书编目刍言》："……谬误孔多，庶几同人随见，即赐救正，续刊之日，当得尊改。辛亥编者志。"① 可知《涵芬楼藏书目录》旧录"初刊"成于1911年。旧录兼用《四库》法及张之洞《书目答问》体例，在经、史、子、集外另设"丛书"。与传统体例相同，旧录于"子部·小说家"下杂事、异闻、琐语三类；但值得一提的是，旧录于"杂事之属"下，著录了通俗小说14部：《宣和遗事》《水浒全传》《增像全图三国志演义》《廿四史通俗衍义》《东周列国志》《东汉演义》《改正隋唐演义》《增像全图封神演义》《荡冠志》《永庆升平前后传》《绣像七侠五义》《绘图评点儿女英雄传》《镜花缘》《增补齐省堂儒林外史》。如前所述，自《隋志》首次明确使用了经、史、子、集的四部图书分类法，四部法便成了历代官私图书目录的主流。虽有多种试图冲破这一体系的各种努力，但多是蚁撼泰山，而不能破坏"四部"世界。于是，"子部·小说家"就成了文言小说的惯定著录位置。因此，《涵芬楼藏书目录》旧录在"子部·小说家"中著录通俗小说的行为，便具有了重要的象征性意义。

中国古代通俗小说的著录情况如何？据潘建国的研究，唐宋元

---

① 《涵芬楼藏书目录·旧书编目刍言》，第1页，据清华大学图书馆藏电子版。

时期，繁盛的话本小说，在当时的公私目录中，却毫无反映；至明代，通俗小说则因为历史演义小说的兴盛及其小说编撰的"补史"观念，被藏书家或目录学者将其视为"史之支派"而录入"史部"；清初的两部私家书目，常熟藏书家钱曾的《也是园书目》与山阴（绍兴）藏书家祁理孙的《奕庆藏书楼书目》，曾经对通俗小说做了微乎其微的著录，但这两部书目如昙花一现，此后的通俗小说著录几乎为一片空白。乾隆时的《四库全书总目提要》对通俗小说也是一概摒弃。这种情况在晚清发生了变化，一方面，清政府面临内忧外患，疲于应付，其小说查禁的力度、深度已经大不如前，通俗小说传播的环境逐渐好转。另一方面，随着"小说界革命"的爆发，外国小说作品及新观念的传入，通俗小说地位亦得到提高。因此，"通俗小说与藏书界的关系亦随之得到明显的改善"。① 通俗小说得到目录学者的关注与著录，虽然并不是全新的事情，但此时已经具有了不同的意义。

与明代官私目录视通俗小说为"史补"（而非"子部小说"）不同，也与钱曾和祁理孙的小心翼翼不同，晚清一些目录著作对"通俗小说"的态度已经发生了根本的变化。《涵芬楼藏书目录》旧书目录在"子部·小说家"（这原本是文言小说的惯定著录位置）著录通俗小说14部（其"续编"在同样的位置著录了数量更多的通俗小说），一方面表明藏书者、目录学者对于通俗小说的承认和接受；但另一方面把通俗小说著录于"子部·小说家"，似乎又是不能完全摆脱"四部"法藩篱的无奈之举。不过事情也不能一概而论，因为在这样表面上显得陈旧的著录行为背后，却已经有了新的"文学""小说"观念。《涵芬楼藏书目录》之《旧书编目刍言》有这样的话：

> 演义小说，四部概不著录，然六经文字初即上古之谣俗，世易时异，语音日改，今日视之，遂为高文典册矣。有宋平世，宫廷清晏，近臣乃录里巷琐事进之，文成文话，体创章回，演义之

---

① 潘建国：《中国古代小说书目研究》，上海古籍出版社 2005 年版，第 92、157、98、103、104 页。

书，由此滥觞。贩夫俗子固悦其易解，文人俊士亦籍为喁喁，是
固文学之别派，不可废也。①（着重号为引者所加）

这里对章回演义滥觞的追溯，并非新论。重要的是《刍言》已
经将"演义小说"视为"文学之别派"，即"小说"已经成为"文
学"的一种。这里的"文学"概念，仍有传统儒家色彩。在《旧书
编目刍言》中，有这样一段话："曹能始云：释道有藏，而儒独无。
蒙谓四部之书，浩如烟海，四库集其成。经传而外，下至小说异闻，
莫非圣贤之支流余裔。能始儒藏之望，亦庶几矣。"②《刍言》自谓欲
实现明代曹学佺（字能始）的"儒藏之望"，仍以"小说"为六经之
支流，此与《隋志》相同，而与《四库全书总目提要》略异。因此，
《涵芬楼藏书目录》的"小说"观仍不出那个儒学世界，不出传统
"子部·小说家"的范围。但是，将"子部小说"视为"文学之别
派"，这意味着什么？此处的"文学"又是一个什么性质的概念呢？
根据上面的分析，可以说，这其中既有视"小说"为"天地间另一
种文字"的中国小说评点传统的影响，也有西方现代整体"文学"
观念的影响。如前所述，毕竟这已经是 1911 年，小说翻译、创作的
繁荣已近十年，西方"小说"观念对中国传统"小说"观念的影响、
改变，终究是不可阻挡的趋势，以至于在对旧书进行分类著录的目
录中，也出现了新时代的标准。以新标准衡量、整理旧小说是一件
值得注目的事。

（二）科学世界中的"小说"

在新时代中，西方"文学"观念影响中国的途径有很多，既有众
多翻译作品潜移默化的作用，也有小说论者对于西方"文学""小说"
观念零星的引进和介绍。其中，有一种制度性示范的影响不可忽视，
即西方现代图书著录法的引入。

1909 年，孙毓修所著《图书馆》，连载于《教育杂志》第 1 年第
11 期至第 13 期，第 2 年第 1 期、第 8 期至第 11 期之"名家著述"

---

① 《涵芬楼藏书目录·旧书编目刍言》，第 2—3 页。据清华大学图书馆藏电子版。
② 同上。

门，未完而止。孙毓修自述其参考对象："……仿密士藏书之约，庆增纪要之篇，参以日本文部之成书，美国联邦图书之报告，而成此书。"[1] 在介绍西文图书分类法时，孙毓修介绍了杜威的十进分类法：

> 吾国学校，类以习英文者为普通。兹之分类法，本美国纽约图书馆长 Melvil Dewey 所撰之《十进分类法 Decemal Classification》一书为主，今最通行之目录也。群书报章，统分十部。十部者：一曰总记部 General works、二曰哲学部 Philosophy、三曰宗教部 Religion、四曰社会学部 Sociology、五曰语学部 Philology、六曰理科博物学部 Natural Science、七曰应用的美术部 Useful Arts、八曰非应用的美术部 Fine Arts、九曰文学部 Literature、十曰历史部 History。立此十部，更析类属。今辄述左方，以供从事于斯者之借镜焉。[2]

孙毓修的介绍，可以说是西方图书分类法进入中国的一个重要标志。杜威的分类系统第一版出版于 1876 年，此后便得到个人、商业以及专业图书著录机构的广泛应用。其流通范围不仅遍及美国，更有北美洲、南美洲、欧洲、亚洲等地的其他国家和地区，其中即包括中国和日本。到 1927 年，此目录系统已经出到 12 版。1899 年出第 6 版，1911 年出第 7 版，因此 1909 年孙毓修所介绍的，应该是第 6 版或之前的版本。[3]

与 1932 年的第 13 版相对照，孙毓修的介绍略有出入。13 版之十类分别为：0 General works（普通作品，即孙毓修之"总记部"）；1

---

[1] 孙毓修：《图书馆》，《教育杂志》第一年第十一期，商务印书馆 1909 年版。庆增，即孙从添（1702—1772），字庆增，号石芝，江苏常熟人。所著《藏书记要》，被认为"是整个十九一部向私人藏书家交代藏书技术的参考书"，至今仍对中国的图书馆发生影响。谭卓垣、伦明等：《清代藏书楼发展史·续补藏书记事诗传》，徐雁、谭华军整理，辽宁人民出版社 1988 年版，第 46 页。

[2] 孙毓修：《图书馆》，《教育杂志》第二年第十期，商务印书馆 1910 年版。其中，"十进位"之英译 Decemal 应系笔误，应为 Decimal。

[3] Dewey Melvil, *Decimal Classification and relative index*, ed. 13, Lake Placid club, N. Y. : Forest Press, 1932, p. 11.

Filosofy（哲学）；2 Religion（宗教）；3 Social sciences（社会科学）；4 Filology（语文学）；5 Pure science（理论科学）；6 Useful arts（实用技艺）；7 Fine arts（美术）；8 Literature（文学）；9 History（历史）。

而在 13 版的细目划分中，Literature（文学）类下，并列了另一个法语词 Belles‑lettres（"纯文学"、"美文学"），大概作者认为二者属于同一类事物。除了南北美洲被从其他英语世界分离出来，其他"文学"分类皆以语言分，而不是以国别分。因此，"文学"下设有：810 American literature（美国文学），820 English literature（英国文学），830 German literature（德语文学），870 Latin literature（拉丁语文学），880 Greek literature（希腊语文学）等。在各语种国别"文学"之下，又根据各种语言中文学作品的实际情况，细分为诗歌、戏曲、小说、散文、演说术等。如在 820 English literature（英国文学）下，又细分 821 English poetry（英国诗歌），822 English drama（英国戏剧），823 English fiction（英国小说），824 English essays（英国散文），825 English oratory（英国演说术），826 English letters（英国尺牍），827 English satire and humor（英国讽刺与幽默），828 English miscellany（英国文集），829 Anglo‑Saxon literature（盎格鲁—撒克逊文学）。① 可见，在这种分类法中，小说属于文学，文学等同于"美文学"，小说与艺术、美学之间的关系与今天相比，已经没有什么区别。随着杜威十进法的流行，这种图书分类法中的"文学"类例及其所体现出来的文学观，对于晚清后的中国图书著录者，产生了很大的影响。

杜威之十进法甚为流行，它给中国从事于图书著录者提供了灵感。广泛地应用十进法来类例图书，不仅慢慢消解了"四部"世界，同时，在一个以现代学术分科为基础的图书分类世界中，中国的传统"文学"观念也将发生进一步的改变。

孙毓修仍以"四部"法类例中国旧书。而对于新书分类法，认为"惟事方草创，前乏师承，适当为难耳。兹本欧美通行之类别目次，

---

① Dewey Melvil, *Decimal Classification and relative index*, ed. 13, Lake Placid club, N. Y.：Forest Press, 1932.

量为变通"。于是，将中外图书分为 22 部：哲学部第一，宗教部第二，教育部第三，文学部第四，历史地志部第五，国家学部第六，法律部第七，经济财政部第八，社会部第九，统计部第十，数学部第十一，理科部第十二，医学部第十三，工学部第十四，兵事部第十五，美术及诸艺部第十六，产业部第十七，商业部第十八，工艺部第十九，家政部第二十，丛书部第二十一，杂书部第二十二。① 其"文学部第四"下设十类：总记类、诗文类、文典类、函牍类、字帖类、戏曲类、小说类、演说类、书目类、语学类，其中诗文与函牍并举则仍是传统"文学"观念的体现；但毕竟戏曲、小说已经与诗文一样，成为"文学"了，且此"文学部"虽然其类目仍新旧杂陈，但作为一"部"，它已不再是中国传统广义的文化之学，而是更接近西方现代学术分科之一的"文学"了。

杜威十进分类法，来自一个以现代学科分化为特征的西方世界。因此，这一分类法进入中国、并在中国近现代图书馆中广泛流行，同时也是中国的知识体系逐渐分化的过程。"四部"世界下的知识秩序和学术体系中，不断有异质的因素渗透进来，"经学"之世界逐渐变成一个"科学"（分科之学）的世界。

此一"科学"世界的表现之一，即数字化所带来的方便。姚名达将图书插架之法分为二种，一种是中国传统目录学家所用之"固定排列法"，另一种是西洋数字化之"活动排列法"。两种方法相较，前者甚为不便。数字化的活动排列法之所以方便，不仅因为标记部类的位置从"厨架"变为了"图书"（如书皮），更因为这种数字化排列法分类的可无限扩展性。如杜威的十进分类法：

> 每部各分十类，每类各分十目，每目仍可再各十分，直可分至无穷。以 0 代"总部"，以 1 代"哲学"，顺推至 9 以代"历史"。无论其为单位，十位，百位，各号码所代表之意义均有一定。以百位代部，十位代类，单位代目，单位以下，隔以小数

---

① 孙毓修：《图书馆》，《教育杂志》第二年第九、十期，商务印书馆 1910 年版，宣统二年九月初十、十月初十日发行。

点，尽可增加号码以代表各项小科目。如用二位小数，即有包含十万科目。以之应付日出翻新之科学，略无拥挤慌乱之苦。……且号码次序，略有连带关系。如500为"自然科学"，510为"数学"，511为"算术"，512为"代数"，513为"几何"，大部既可包含小类，小类之毗连亦有密切之学术关系。①

当人们不是通过"子部·算法"或"子部·术数"的顺序，而是在500、510、511等数字的指引下来确认"数学""算术"位置的时候，发生变化的不仅是寻找的路径，而是某种更为本质性的东西：经由这一路径所达到的已经是一个全新的世界，这一全新的世界以符号化为特征，它是一个被数字技术化、格式化了的现代"科学"世界。

在近现代的许多学者看来，"四部"法与西方现代图书分类法之间的区别，即传统"经籍"与现代"科学"之别。顾颉刚说：

> 旧时士夫之学，动称经史词章。此其所谓统系乃经籍之统系，非科学之统系也。惟其不明于科学之统系，故鄙视比较会合之事，以为浅人之见，各守其家学之壁垒而不肯察事物之会通。夫学术者与天下共之，不可以一国一家自私。……今既有科学之成法矣，则此后之学术应直接取材于事物，岂犹有家学为之障乎？②

蒋元卿指陈"四部"法的弊端，其中一点即"无远虑。四库之法，以成书为根据，未为将来着想。新出之书，无可安插；后起之学，无所归依。经史子集非学术之名，而强为图书之目。圣道之外，不复知有科学"③。他展望图书分类法的将来趋势，也以进入"科学之途径"为尚。在中国近现代，"科学"一词并非仅指观察、实验意义上的自然科学，它的意义，也经历了从分科之学到教育领域中教科

① 本段引文皆见姚名达《中国目录学史》，上海古籍出版社2005年版，第110—111页。
② 顾颉刚：《古史辨》，第一册《自序》，海南出版社2005年版，第18页。
③ 蒋元卿：《中国图书分类之沿革》，台北：台湾中华书局1983年版，第151页。

之"科学"变迁①。

晚清民初，图书著录者以西洋图书分类法为历史趋势，也有尊其为"分科之学"的观念在内。这种以"学科"为分类标准的知识分类体系，逐渐渗透、修改了中国传统的知识体系。根据左玉河先生的研究：1903年清政府颁布"癸卯学制"，其《奏定大学堂章程》中，有八科分学方案，分大学堂为八科：经学科大学、政法科大学、文学科大学、医科大学、格致科大学、农科大学、工科大学、商科大学。这一方案，"不仅初步奠定了近代中国新学制的基础，而也初步奠立了中国近代学术分科的基础，大致划定了近代中国学术研究的范围"。而到"1912年中华民国成立后颁布之《大学令》，取消经学科，将其内容分解到史学、哲学及文学等门类中，正式确立七科分学之新学科体制，这标志着中国'四部之学'在形式上完全被纳入到西方近代'七科之学'知识系统之中。"② 小说在"四部之学"中是不入流的小道，而在"七科之学"中，则不仅作为一种学术分科进入大学课堂，也作为一种艺术形式成为学者专攻的对象。

在传统社会转型期间，学术体系的变化与图书分类的变化互相影响，而其更深层的作用、变革则发生在文化价值领域。入民国后，"经学科"的取消势在必行。这也是一种具有浓重象征性的文化、政治行动，它意味着长期盘踞于传统中国学术之上的"经学"压力的削减。同时，"科学"的价值、意义在增加。在其话语系统从"经学"向"科学"变化的过程中，小说的含义和结构性价值也在发生着巨大变化。在一个近代化的"七科之学"的世界中，某一类图书（比如小说）的著录位置，其文化意义如何确定？当"经学"已经不再能够为其文化结构中的单位提供意义时，"科学"能够作为"经学"的替代品完成这一任务吗？

表面看来，"科学"一向自诩的客观性及它对社会政治的超越性

① 张帆：《晚清教科之"科学"概念的生成与演化（1901—1905）》，《近代史研究》2009年第6期。
② 左玉河：《从四部之学到七科之学：学术分科与近代中国知识系统之创建》，上海书店出版社2004年版，第327、329页。

构成了它完成这一任务的最大阻碍。现代目录学的发展趋势不正是一点儿一点儿地脱离"经学"的影子而走向"客观化"吗？中国传统目录学一向以章学诚所谓的"辨章学术，考镜源流"为圭臬，强调对学术史的梳理，而"不徒为甲乙部次"的图书编排，因此对于"簿录式目录"多有攻击。但现代图书馆目录学对于传统目录学进行了重大的分化与改变。

刘国钧根据西方目录学知识，重新定义"目录学"，进而重新整理了中国传统目录学的发展脉络，其论断几乎与章学诚截然相反："夫目录原以纪载书籍为目的，而郑、章诸人所提倡者，乃以书中所表现之思想为对象；其所重在学术而不在书籍之本身，特因书籍为学术所寄托，乃欲以保存书籍者保存学术，编次书籍者编次学术。"在刘国钧看来，传统目录学保存、编次书籍竟是不得已之举，只因书籍是学术的载体，学术为真宰，而书籍不过是一种不得已的工具。因此郑、章诸人所提倡之目录学，为学术史之一部分，即西方人所谓"著术史"（Literary history）；而以记录书籍、便于检索者，才是所谓"目录"。现代图书馆的"目录"（即 Catalogue），其目的在于使读者检阅便利。而注重读者，这也是与近代目录学与"导读"传统息息相关的一种特色。现代图书馆的"目录"，不求学术史的辨章，只以实质之书籍为对象，"其目的在使人知大地间果有如是之一书"。①

可见，现代"目录学"排斥传统的"校雠之义"，并在这种排斥中建立起自身的合法地位。其结果，是"目录学"与"著述史"各分化为一种专门之学。深明于道术之微，赅通于学术源流，这曾经是传统目录学对于目录学者的基本要求，而现在，这项要求没有那么重要了。在社会分化、学术分工的意义上，辨章学术，是作为学术史之一

---

① 本段引文皆见刘国钧《图书目录略说》，载袁咏秋、曾季光主编《中国历代图书著录文选》，北京大学出版社 1995 年版，第 536—540 页。此文另可参考史永元、张树华等编辑《刘国钧图书馆学论文选集》，书目文献出版社 1983 年版，第 39—41 页。不过，其中有几处文字差异，但并不影响文意。现抄录如下："……凡以纪载书籍之本身与内容之情况为目的，而不限于一定之书藏者，无论其精详与否，皆所谓书志也。至于著述史则著眼于学术之发展，其所讨论者特重著者之思想，固已离开书藏之本身矣。"

部分的"著述史"的专属领域。因此,曾经像文化空气一样弥漫于传统目录学中的知识等级划分被打破了。经史、诸子、"小道"的等级制度,在以社会化、平民化为特征,以大众化读者为取向的现代图书馆目录学中,似乎消失不见了;同时,传统文人借以辨章学术得失、追溯学术思想史源流的小序、题解等目录体制,亦消失不见了。现代目录不断走向客观化。

而这种客观化,是传统目录学所没有的。在刘国钧看来,传统目录学的发展,恰恰是一个因"崇儒重道"导致其客观性逐渐丧失的过程:"刘向、刘歆父子,以为学术出于王官,故首以六艺,次以诸子,乃及其余,推寻学术所自,尚不失客观的精神。若四部类目则一变而为主观之褒贬的分类。"①而现代目录学中,图书分类的客观性,成为新的原则。在"四部"体系中,目录学者对图籍进行选择、分类,建立起经、史、子、集的等级秩序,这种文化行动如今却被视为主观的、偶然的偏见。不难觉察到:某种深刻的历史变化发生了。这种变化是否意味着小说的发展来到了一个完全客观化、平等化的语境?是否意味着小说在现代学科体系中解除了"小道"的咒语之后,从此翻身解放不再依附其他任何理念?现代小说能否承受这种无依无靠的轻盈?

在新的科学世界中,目录学的确似乎变得客观了。"不宜褒贬"的新价值观念取代了一向天经地义的"校雠之义"。而且,较之传统的叙录、大小序、解题,现代图书目录的形态确实是简单得多了。虽然如此,这种"客观"却并不名副其实。图书著录形态转变的背后,实际上是两种知识分类思想的碰撞与转换。目录学中的价值判断并没有消失,而只是改变了价值判断的合法性来源。如果说古典目录学中,典籍分类与学术思想价值的判断总是明显交融在一起的话,那么,现代目录学中,价值的判断并没有消失,它只是以客观化的图书著录形式隐遁起来了而已。

虽然中国传统学术内部也分出若干精细的门类,如孔门四科(德

---

① 《四库分类法之研究》,史永元,张树华等编辑:《刘国钧图书馆学论文选集》,书目文献出版社 1983 年版,第 24—25 页。

行、言语、政事、文学），如儒学四门（义理、考据、词章、经济之学）等，但中国学人更强调"君子不器"，讲求博通。专门之学彼此独立，各有专属，分工明确，这种专家之学是现代科学社会的特色。"小说"在古典目录学中，是相对于经史宏论的"小道"，在现代目录学中，则成为众多专科之学中的一门。不过，各科之学间并非像其表面那样是彼此绝缘的。"经学"衰落之后，新的历史关联和意义嫁接将在新的历史语境中被生产出来。而实际上，这种专科之学在中国的出现，正是现代"科学"逻辑在世界范围内构建新秩序实践的必然结果。随着"文学"由广义的文章学术变为整体性的现代"文学"，"小说"也获得了其在现代世界中的地位。

在中国传统知识系统向现代西方知识体系的转化过程中，虽然也存在对西方图书分类法的批判和超越，但最终的图书分类还是将"四部"拆散，然后将其归并到现代分科的图书分类法中去了。当现代图书分类法攻克"经部"这最后一个传统堡垒之后，以"科学"原则为根基的现代社会就降临了。小说也经历了历史的震荡之后，在新的历史结构体系中获得了一个相对稳定的文化位置。

但是，小说这种作为文学、艺术的地位真的那么稳固吗？如果说，传统"四部"法对图书的划分有不尽合理之处，那么，现代西方图书分类法同样如此，前者有"杂家"及作为"垃圾桶"的"小说家"，后者也有难以类例的"其他"类。"四部"法以"辨章学术"的名义将学术思想划出经史、"小道"的知识等级，为现代人所不齿；而"杜威之法，强类目以就数字，实有不合论理之处"①。中西学术，在传统渊源、知识形态都有不同，以西方现代图书分类法来类例中国传统学术，其格格不入，可想而知。方圆扞格固难合，正如对中国传统学术施以西方算术之法，虽然可得部类大数，但必有零余。现代的"科学"计算无法穷尽世界，总有一种不可以"科学"逻辑来计算、来解释的阴影存在，它提醒着人们"科学"世界的现代性和偶然性。而小说"艺术"地位的稳固性只是表面现象，因为这种观念正是建

---

① 姚名达：《中国目录学史》，上海古籍出版社 2005 年版，第 117 页。

立在上述零余、阴影和偶然性基础之上，犹如沙上城堡，在知识考掘面前，或者在另一场社会转型来临之时，它必将再次摇晃。

不过，随着中国传统学术的转型及现代学术体制的逐渐建立，随着现代"科学"世界的最终来临，新的感受性和历史理解也被塑造出来了，历史主体将进入另一轮"习惯化"的过程。"科学"创造了新的历史，同时，其"现代"魅力又为这一新的历史及其文化赋予了"自然化"神韵。新的"去神秘化"的工作势在必行。"科学"世界取得对于"经学"世界的历史性胜利。但值得强调的是，继"经学"思想主导的传统图书分类法之后，这一现代世界中知识体系的划分法并非客观的、中性化的。也就是说，在现代图书馆学的图书分类体系之中，小说是作为一种"文学"、进而是一种"艺术"而存在的，但这种存在并非一种客观的知识，因为它建立在压抑和排除的基础之上。

中国"小说"的近代化历程与上述以明确分工为特征的现代化趋势并不谐调。梁启超所倡导的"小说界革命"，并非源自将小说作为一种"文学"专科独立出来的冲动，而是希望扩张"刍荛之议"的效力，将传统大雅君子所鄙弃的"小道"一变而为经世济国的"大道"。视"小说为文学之最上乘"，与其说小说的地位提高了，不如说小说的社会功能被赋予了更大的期待。"小说界革命"的效果，一方面，的确使士人改变了以"小道"鄙弃小说的传统态度，"小说"开始像经史一样、甚至要取代经史成为化育人民、创造新国的工具；另一方面，却正是因为这种改变，小说与新的"道"的关系不但没有分化，反而更为紧密了。

因此，中国"小说"观念从古典向现代的转变，"小说"从传统目录学世界的解脱，并不是完全按照现代社会合理分化的逻辑进行。即，它并不是以对于"道"的反驳和背离为归依；恰恰相反，为了证明自身的独立价值，"小说"所采取的方式，正是对于"道"的主动承担。化风俗，美教化，移易人心，这些社会功用对于作为"小道"的小说，曾经或多或少是一种冠冕的借口，从而有助于"小说"在传统中国文化中的合法存在。但如今，"借口"却成了名正言顺的公开诉求。在晚清"实业救国"的时代氛围中，出现以实学思维来要求

"小说"的现象，并不奇怪。不过，尽管应该区别两种"道"（经史之外的"一偏之见"与化民新国的政治功能），我们似乎仍面临着一个悖论："小说"以主动诉求于"载道"功能的方式摆脱了传统之"道"的压力。以分工明确为特征的现代社会必定不能长久容忍"小说"对于"道"的诉求和依赖，因此，当"小说"在晚清成为"文学之最上流"，并欲图发挥启发民智、改良社会、演进群治、保种合群等诸种功用而几欲无所不能之时，对这种浮夸偏向进行反思的，已经不是传统的经史正道，不是重新将"小说"功用缩回到"一言可采"的努力。在一个逐渐孕育的科学世界中，出现了以"审美独立性"来要求文学、艺术（包括"小说"）的思想，强调小说与事功的分离。当然，晚清特殊的时势使得这种分离并不那么彻底。如同本章开头所论，在1897年《国闻报》上发表的《本馆附印说部缘起》，其立论依据为英雄、男女等所谓人类"公性情"，于是，文艺与"人性"建立起密切的、近乎本质性的联系。现代"文学""艺术"的观念的产生亦与此种意识形态密切相关。不过，这已经是将在另一章中讨论的问题了。

第四章　小说"艺术"与现代中国审美领域的发生

诗文和小说，尽管都属于天地间一种文字，但在中国文论传统中，二者从未构成一个共同的范畴。除了共享来自"道"的压力，诗、文、小说无论在内容和形式上都有严格的分野，诸种体裁并没有形成一个基于某种相同原则的整体观念。即使像金圣叹这样的评点家和曹雪芹这样的小说家的出现，也没有改变这种情况。直到晚清，文界、诗界、小说界也仍是分别"革命"，而没有一个统一的"文学革命"行动。但也正是在晚清，出现了将诗文和小说都包括在内的整体性"文学"观念。这其中固然有现实政治的原因，如梁启超（更多地出于政治原因）对"小说"与"文学"概念的重塑。但在一个以学术分化为特征的现代世界中，"小说"只有得到"美学"的支撑，才能真正在合理化的世界中获得其位置。

第一节　艺术性/政治性二元思维的历史建构

上一章中，曾经提及这样一个问题：在"七科之学"的世界中，人们如何通过某一类图书的著录位置，确定其文化价值与意义？当"经学"已经无力继续为其文化结构中的子单位提供意义来源时，"科学"能够作为"经学"的替代性意识形态完成这一任务吗？在新的历史语境中，何种新的历史关联和意义嫁接方式将被生产出来？

小说在其中又处于什么位置？

上文曾经分析过《本馆附印说部缘起》，它通过建立一种崭新的"哲学"基础，使"小说"从传统"小道"的地位上解脱出来。哲学，正是在中国传统学术现代转化过程中，从"经学"与"诸子学"中分化出来的现代学科①。不过，这里的"小说"也只是拥有了一个遥远且抽象的哲学基础而已，并没有得到明确的社会结构性定位。因此，作者赋予"小说"的"使民开化"的期望，不免给人一种筑室于沙中的感觉。和当时许多夸夸其谈的小说论者一样，此文作者也只是听闻"小说"在欧美"东瀛"文明开化中的巨大作用，却不是很清楚，欧美"东瀛"的"小说"与中国传统的"小说"是不尽相同的两种东西。更根本的问题是，这两种"小说"观在其理念基础上有重大差异。从"公性情"（英雄、男女）的哲学角度来理解"小说"，这已经将"小说"与作为"感性学"的"美学"初步联系起来了；而从"进化论"（争存、传种）的角度来理解"小说"，则又深深刻印上了应对晚清"世变之亟"的伦理色彩。

同时，《本馆附印说部缘起》对于"小说"的理解方式，仍是从"经、史、子、集"传统论述结构中开出来的："小说"是与"史"相对的"稗史"，是从"四部"衍生出来的"说部"。这种美学、伦理学及中国传统文化资源交融在一起的复杂情状，也正是现代中国审美领域发生时的鲜明特色。这也说明，至少在中国"小说"观的变化这个问题上，所谓"科学"世界的来临并非一蹴而就的；所谓"经学"与"美学"作为理念基础的交接也并非线性过渡式的，而是经历了一个共时性交织的过程。因此，"小说"虽然不再是四部体系中的一个游离角色，但它在新的"科学"（分科之学）世界中的位置也无法立即确定。

---

① 王国维认为哲学即中国的"理学"，因为"日本称自然科学曰'理学'，故不译'费禄琐菲亚'曰'理学'，而译曰'哲学'。"他并不是在否定"哲学"的现代学科意义，而是在力图说服以张之洞为代表的排斥"哲学"的那些人。因此他才将"哲学"上溯回中国传统的"理学"。王国维：《哲学辨惑》，载谢维扬、房鑫亮主编，胡逢祥分卷主编《王国维全集》第 14 卷，浙江教育出版社 2009年版，第 6 页。

"小说"位置的重新确定,有待于"作为艺术意识形态的近代美学"①　的兴起。在这个过程中,文学(包括"小说"在内)成了"艺术"的一种,而"艺术"则以"美学"为哲学基础、并且是现代"美学"学科的重要研究对象。1902 年,梁启超呼吁以"小说界革命"来发挥小说新民、新国的政治想象作用;1905 年,林纾尚在大讲小说之"伏线、接笋、变调、过脉"②　等古文家文法,还在感叹"西人文体,何乃甚类我史迁也!"③　就在这种以"实学"思维(经世致用)、古文义法来看待"小说"的氛围中,已经零星地有了对于"小说"之"美"的要求。如摩西(黄人)的《〈小说林〉发刊词》(1907)、觉我(徐念慈)的《〈小说林〉缘起》(1907)、管达如的《说小说》(1912),成之(吕思勉)的《小说丛话》等文章。当然,最著名的还是王国维的长文《〈红楼梦〉评论》(1904)。而到了"五四""文学革命"期间,"小说"与"美"、"艺术"之间似乎已经建立起了一种自然的联系。胡适在与钱玄同《论小说与及白话韵文》的通信中说:"文学之一要素,在于'美感'。"④　君实也说:"盖小说本为一种艺术。"⑤　自兹以后,"小说是一种艺术"这种观念似乎成了人们论述"文学"的一个可以不加论证的前提。甚至那个曾经极力吹捧"政治小说"之社会功用的梁启超,在 20 世纪 20 年代之后也改弦易辙,开始从事于"美文"及"纯文学"的研究。人们用这种观念来反对传统的"载道"工具论和"休闲"论,也用它来强调"小说"相对于"政治"的自律性和独立性。文学与政治、艺术标准与政治标准,审美与意识形态,诸如此类的二元对立一直延续到今天。即使在文学"沦为"政治传声筒的年代,来自"艺术"的要求也仍然隐隐构成一

---

① ［日］佐佐木健一:《美学入门》,赵京华、王成译,四川人民出版社 2007 年版,第 95 页。

② 林纾:《〈撒克逊劫后英雄略〉序》,载薛绥之、张俊才编《林纾研究资料》,知识产权出版社 2009 年版,第 104 页。

③ 林纾:《〈斐洲烟水愁城录〉序》,载许桂亭选注《林纾文选》,百花文艺出版社 2006 年版,第 24 页。

④ 胡适、钱玄同:《论小说及白话韵文》,《新青年》1918 年第四卷第一号。

⑤ 君实:《小说之概念》,《东方杂志》1919 年第十六卷第一号。

种质疑。

当然，我们不能否认，"艺术自律"观念对于"小说"地位真正提高所起到的作用，以及对于其文体变革的助益，也不能否认"文学革命"以来，直到今天中国小说取得的创作实绩。这里只是提醒对历史进行反思的必要。因为，正如"艺术"与"政党政治"是完全现代的新东西一样，我们今天所熟悉的诸如"艺术论"与"工具论"的对立，对于中国的传统"小说"观念来说，也完全是陌生的东西。

如前一章所述，因为"经学"对于社会诸领域的巨大辐射作用，小说作为"小道"，在中国古典目录学中是一个偏重于价值性判断的概念。但是，作为容纳其他部类中无类可归成分的"垃圾桶"，"小说"与"经"、"道"的关系虽是二元，却不是对立性质的。"小说"为"大道"所不屑，却因此获得了珍贵的野性和自由；它自由自在地生长，它不排斥而是广泛接纳一切不入流的东西：异闻、琐事、志怪、传奇、丛谈、辨订、杂录、笔记，诸如此类；"小说"与"大道"之间的关系也并不僵化，因为"小说"并不刻意去对抗，而只是默默地承认自己的边缘地位，甚至主动认同于主流（如劝善惩恶的教化）。

具体来说，文言小说是士大夫的专用领地，但士大夫们用文章来发表政治见解，用诗歌来抒发政治美刺，志怪传奇诸小说不过闲暇之作。话本、章回小说虽然指斥昏聩、劝善惩恶，但也不会有明确的政治目的。所以，"与政治保持距离，形成中国古代小说的传统。它一方面因此而受到士大夫的鄙视，另一方面也因此而与传统儒家思想形成距离，可以容纳一些异端，表明一些受到正统儒家思想排斥的社会生活内容"[1]。当查禁小说这类事件发生时，正是"小说"国度的自由已经发展到了冒犯某种神圣价值的时候。暂除却其"小道"地位不论，在更多的时候，"小说"与主流意识形态相处融洽："人主垂衣之暇，命教坊乐部，纂取野记，按以歌词，与秘戏优工，相杂而奏。是后盛行，遍于朝野。盖虽不经，亦太平乐事，含哺击壤之遗也。"[2]

---

① 袁进：《中国小说的近代变革》，广西师范大学出版社 2009 年版，第 23 页。

② 天都外臣：《水浒传叙》，载黄霖、韩同文选注《中国历代小说论著选（修订本）》（上册），江西人民出版社 2000 年版，第 128 页。

而随着现代民族国家的兴起，随着传统学术的分化及现代学术体制的孕育，"小说"成为"艺术"。这不仅大大缩小了"小说"的包容性，也一下子将它抛进一种紧张的二元对立结构当中。因为，现代"美学"与"艺术"的发生，本身就是浪漫主义抵抗现代工业文明的结果。中国"小说"的现代化，一方面使得它经历了一场重大的文体变革，另一方面也意味着它失去了往日的无所不包、闲适和野性。从此，如何处理美学与社会（政治）的紧张关系就成了"小说"头顶的一道紧箍咒。

在晚清民初那样一个列强环伺、国运衰落的时代，作为一种"富强"之道，现代民族国家的兴起与中国传统学术的转化是必然之事，这也是西方现代性在世界范围内扩张的结果。不过对于"小说"来说，其"现代化"的方式是否必然走向"艺术"化呢？是否必然向现代"美学"寻求其新的理念基础呢？从今天的文学观念来看，这似乎是一个伪问题：我们何曾有过"真正"的文学"独立"？难道"革命"、"政治"对于"文学"的征用还不够多吗？我们今天所缺少的不正是那神圣的"文学性"和"艺术"价值吗？从一种"艺术论"与"工具论"对立的二元思维出发，以上的这些质疑当然都是非常有道理的。文学"工具论"的传统（诸如文以载道、以政治手段解决文学问题）是这些质疑的历史基础。但是，如果我们能以一种历史的态度去贴近历史语境，去反思中国传统"小说"观念在晚清变化时的复杂性和丰富性，或许能够发现，这种二元对立思维方式形成的历史性。对这种二元思维的来源进行知识考古，对于我们重新思考如下这个问题，也许不无裨益：在一个"去政治化"的时代中，如何认识文学（"小说"）与社会（政治）的关系？

第二节　小说"艺术"观的美学语境——中国现代审美领域的发生

由于"小说是一种艺术"这种文学无意识的历史性存在，要思考"小说"在"科学"世界中的位置和意义问题，首先就要面对"美学"

"艺术"在现代社会中的发生问题。而由于中国现代"美学"的发生、发展深深受到西方现代美学的影响,因此,在讨论中国现代审美领域的发生问题时,有必要将西方现代美学作为重要的历史背景。从影响研究角度看,中西美学之间本来就有一种实然的影响关系。从平行研究角度看,在晚清中国这样一个后发现代性的语境当中,已经出现了对现代性本身进行反思批判的思想,如章太炎在《俱分进化论》对"进化论"的质疑,如鲁迅在《文化偏至论》中对于19世纪"物质文明"的批判,如王国维在《释理》中对于"工具理性"的不安。这些声音与西方的审美现代性批判实质上是异质同构的。这种历史相似性更提醒我们注意中国现代审美领域发生机制的世界性。当然,从王国维的例子也可看出,中国小说"艺术"观的美学语境有自己独特的问题和线索。

一 中国"浪漫范式"的缺失?

中国现代审美领域的发生,并非欧洲近代学术思想在中国的知识衍生,而是有其内在的历史动力与表现形态。不过,学界也存在着与此相反的观点,这种观点的特征是"以西律中",最终无法解释中国现代审美领域发生的内在原因和根本动力。

现代世界的来临与"人"的发现密切相关。但是,以科学及理性为基础的现代工业文明把人类变成没有生命的工具,浪漫主义者起而批判这一历史,要求尊重人的感情、欲望和活力。在这一逐渐职业化的批判中,产生了现代的"美学"和"艺术"。当我们思考中国问题的时候,首先要面对的一个问题就是:这种源自西方的历史经验模式,能否阐释中国现代审美领域的发生?

似乎很容易做出回答:仅凭历史状况,我们就可以知道,晚清民初的中国并没有进入"工业文明"阶段。虽然当时有对"科学"的热情呼唤,虽然现代的"诸科之学"正在形成,但"科学"还远远没有达到主导一切社会领域的程度。在这种历史情状之中怎么会有审美现代性批判的地位呢?晚清民初的启蒙现代性方兴未艾,理性对于人性的压抑、异化并未充分显出。所以,审美现代性批判的合法性理由不够充分，所谓审美的独立、文学的自律，至少在清末民初的历史语境中是难以立足的。这也是为什么王国维的"美学"在当时默默无闻的原因。

上述回答的逻辑还可以用另一种方式来表达，即中国"浪漫范式"的缺失。西方通过"浪漫主义运动"建立起"审美现代性"范式，中国虽然有"浪漫主义运动"，但"浪漫范式"是缺失的。原因在于，中国缺乏深层的内在动力机制，这使中国无法产生"浪漫"性质的批判："中国的审美现代性则主要还是呼唤、歌颂、建立启蒙和科学技术现代化……这是由中国的文明进程决定的。"[①] 从根本上看，这种说法与上述意见一致：晚清民初没有工业文明，因此不能产生"浪漫"，也就不会有"审美现代性"的合理产生。当然，这种观点并不否认中国审美现代性的实然发生，它要解释的恰恰是中国审美现代性的特殊性。不过，这种文明决定论虽然强调了中国经验的特殊性，却不能解释中国审美领域发生的原因和根本动力。

按照文明决定论的逻辑，我们可以提出这样的疑问：中国现代审美领域的发生，难道只是欧洲近代学术思想在中国的知识衍生，而没有其内在的历史动力吗？如果说一切都是西方学术殖民性移入的结果，那么，一种没有现实需求和历史基础的知识构建如何可能？如果说中国社会内部孕育了审美现代性的历史动因，那么如何解释西方美学思想对于时人的巨大影响？对于本书的写作目的而言，既然中国的文明阶段注定了"浪漫范式"的缺失，那么，如何解释晚清民初小说论述中出现的那些"美学"性追求？这一系列问题的提出，将我们的思考深深地抛入到一种启蒙与审美、中与西的二元对立中，在下面的论述中，我将尝试着突破这些充满限制的、却又是基本的二元结构。

二　美学：超越现代"时间"

在粗略的意义上说，1840 年之后的中国，已经被动地进入了现代世界体系当中。发生于欧洲的资本主义现代性，凭借其新兴民族国

---

① 寇鹏程：《中国审美现代性研究》，上海三联书店 2009 年版，第 140 页。

家的强大经济、军事力量，通过殖民扩张将现代性的逻辑延伸到世界各地。中国作为一个巨大的原材料供应地和商品消费市场，当然也不能例外。

安东尼·吉登斯这样界定"现代性"："现代性指社会生活或组织模式，大约 17 世纪出现在欧洲，并且在后来的岁月里，程度不同地在世界范围内产生着影响。"① 这种发生于特定时间、特定地理的现代性，通过种种"脱域机制"从特定时空中提取出来，从而得以延伸到其他时空世界中去，并重新组织当地社会关系。所谓"延伸"，即现代性在世界范围内的发展与扩张，其动力在于马克思所分析的资本主义"扩大再生产"本性。所谓"全球化"即指这个延伸过程："全球化可以被定义为：世界范围内的社会关系的强化，这种关系以这样一种方式将彼此相距遥远的地域连接起来，即此地所发生的事件可能是由许多英里以外的异地事件而引起，反之亦然。"② 安东尼·吉登斯给出了全球化的四种维度：世界资本主义经济、民族国家体系、世界军事秩序、国际劳动分工。这四种维度的每一个方面，都能够部分地解释晚清中国卷入世界秩序的必然性。

欧洲现代性能够在世界范围内产生影响，除了现代民族国家的强大力量之外，必然有其更深层的原因。按照安东尼·吉登斯的看法，现代性与时间问题关系密切，"现代性的动力机制派生于时间和空间的分离和它们在形式上的重新组合，正是这种重新组合使得社会生活中出现了精确的时间——空间的'分区制'，导致了社会体系的脱域（disembedding）"③。时间从空间中分离出来，这是"脱域"过程的初始条件，而种种脱域机制（如作为象征标志的货币、专家系统）则是现代性向世界延伸的基础。

无独有偶，马泰·卡林内斯库也曾经从现代性与时间的关系角度来分析现代性的五副面孔："这些受到细察的概念尽管有着不同的

---

① ［英］安东尼·吉登斯：《现代性的后果》，田禾译，黄平校，译林出版社 2000 年版，第 1 页。
② 同上书，第 56—57 页。
③ 同上书，第 14 页。

起源和各别的意义，却共同拥有一个主要特征：它们反映了与时间问题直接相关的理智态度。"而所谓两种现代性（审美现代性与资产阶级文明现代性）的对立，在其根本上是两套价值观念的不可调和："（1）资本主义文明客观化的、社会可测量的时间（时间作为一种多少有些珍贵的商品，在市场上买卖），（2）个人的、主观的、想象性的绵延，亦即'自我'的展开所创造的私人时间。后者将时间与自我等同，这构成了现代主义文化的基调。"①

现代性的扩张使得我们必须将中国美学问题置于世界语境当中："美学是在现代性的历史发展和自矛盾中产生的。从而，美学的产生和包含的问题不仅是西方文化的问题，而且是走向现代性的人类所共同面临的问题。"② 如果说，中国现代审美领域的发生也是起于对现代性历史的反应，那么，就有必要从"时间"这一根本性的角度来思考这一问题。尤西林先生的《心体与时间——二十世纪中国美学与现代性》就是这样的一部著作。作者自己也认为，此书以"哲学美学"的方法提供了一种"时间美学原理"。从"时间"角度来看"现代性"，它就是一种为了全速向前而极力追求缩短必要劳动时间的冲动。

> 严译进化论（特别是斯宾塞社会达尔文主义）不仅在中西交往史而且更是在古今碰撞的意义上，第一次向中国人完整明晰地展示了一种统摄历史目的与自然规律于一体的现代时间—历史观。它为民族国家竞争（物竞）提供了以线型进步时间——历史大势（天择之道）为本体根据的实然规律与应然价值相统一的定位。③（着重号为原文所有）

---

① ［美］马泰·卡林内斯库：《现代性的五副面孔》，顾爱彬、李瑞华译，商务印书馆2002年版，第15、11页。

② 张法：《美学的中国话语：中国美学研究中的三大主题》，北京师范大学出版社2008年版，第18页。

③ 尤西林：《心体与时间——二十世纪中国美学与现代性》，人民出版社2009年版，第28页。

这种渊源于犹太—基督教救赎和启蒙历史哲学的时间观，追求未来的无限进步，因此必然与人的自然生命节奏产生冲突。而"美学"就是对这一现代性时间—历史心态机制做出能动反应的"心体"形态之一。

与认识、意志这二种"心体"不同，"审美情感"追求对这一现代性时间—历史心态机制的拒绝和超越，它是以生命自由状态为理想、对线性时间所造成的紧张性的批判。"心体超越时间"，是审美冲动的起源，而"心体超越现代时间"，就是中国现代"美学"的发生机制。而这同时也是对现代化之全球性历史实践的一种反应：晚清民初的中国与西方转型期面临着同样的精神格局："失去实践体制的传统宗教与伦理内化为心体'心能'，并经由情感化而转变为审美。'以美育代宗教'同样是'Aesthetica'与'Art'独立问世的背景。"① 后宗教时代的精神格局，在中国的表现即传统伦理秩序的逐渐解体，这注定了"美学"发生的必然性。因此，在一个被迫进入"现代"、而科学尚不发达的社会中，以"美学"的方式对根本性的现代时间观念进行反思就是可理解的了。

同时，现代中国美学的如下特色也得以解释："美学"在现代中国的初始形态往往表现为伦理性、政治性的"美育"。原因在于，它所要拒斥和超越的是根本性的现代时间观，但对于这一时间观支持下的科学化、现代化进程却充满了渴望。这不仅仅是个体心灵中理智与情感的矛盾，更是时代精神的反映。严复说："夫士生今日，不睹西洋富强之效者，无目者也。谓不讲富强，而中国自可以安；谓不用西洋之术，而富强自可致；谓用西洋之术，无俟于通达时务之真人才，皆非狂易失心之人不为此。"② 严复的《论世变之亟》刊于 1895 年"中倭构难"之际。中国时势，本积弱不振；败于蕞尔岛国，更是奇耻大辱。在这种历史情境中，用西洋之术，复制强敌的"富强"逻辑是必然的选择。《清议报》的叙文也呼吁以"十九世纪之雄国"为榜

---

① 尤西林：《心体与时间——二十世纪中国美学与现代性》，人民出版社 2009 年版，"内容提要"第 2 页。

② 严复：《论世变之亟》，载王栻主编《严复集》，中华书局 1986 年版，第 4 页。

样："安知二十世纪之支那必不如十九世纪之俄、英、德、法、日本、奥、意乎？"① 在小说《孽海花》第四回中，同治七年戊辰（1868）科的状元金雯青在上海赴宴，席间听见众人议论风生，谈论的多是西方的政法艺学，不由得暗生惭愧；科举状元居然羡慕出洋的官员，从这种文人的弱势心理也可以看出社会的风气，"夷狄"乱华固然可恨，但若要在以民族国家为单位的世界竞争秩序中强国保种、抗拒外侮，也只有"向对方看齐"这一条路可以走。"世变之亟"，这是中国美学发生时充满"伦理性"色彩的根源。

现代时间观念追求向前、速度，这种目的理性活动以"计算"或"算计"为特征，它从一种劳动标准向其他社会领域渗透。因此它不可避免地与中国传统时间观念发生冲突，这也构成了中国现代"美学"发生的一种原因。而对于中国传统文化资源的调动，也给作为现代性批判的中国现代"美学"增添了一丝中国情韵，如王国维对"境界"说、老庄思想及佛法的引入，如现代"美育"思想对于传统"乐教"的重新阐发。尤西林先生将"境界"说与中国现代美学的开端联系在一起，这种历史性的联系也提醒我们注意一个问题，即应该区别中国传统的"向内超越"思想与现代"美学"。否则就会产生这样的误解：因为中西两种（文化）文明的冲突，中国传统文化一下子被本质化为"审美"性的了。现代"美学"之所以是"现代"的，因为它所批判的时间观念是现代的，如章太炎对进化论的批评《俱分进化论》。

尤西林先生重新阐释了 Aesthetica 的意义，认为"美学"应该称为"直觉学"："直觉学（Aesthetica）之'直觉'因而就是移'未来'于'现在'，使不可见者见，使'信仰'转化为直观（从而以审美取代宗教）的冲动。这也就是'感性学'（Aesthetica）'感性'的意义。"他虽然也使用"感性学"的名称，但其"感性"并非与理性对立的感性，也不是"感官性"，而是类似于康德所说的"本质直观"。"感性"对于精神世界（线性历史中的终极目的）瞬间领悟、直觉，

----

① 《横滨清议报叙例》，《清议报》1898 年第一册。

从而把时间空间化，这种"感觉"对于时间的扬弃，就是"最高精神境界的可感性"，也就是"美"。① 这种对于"美学"的阐释已经具有了浓重的中国色彩，它既不同于鲍姆嘉通的"感性学"，也不完全同于康德以来的"艺术哲学"。这对于我们反思理性与感性的二元对立不无裨益。

"心体超越时间"，那么"心体"是什么？它为什么和"审美"有着天然的联系？弄清这一点，对于理解"时间美学原理"至关重要。

> 在现代性分化所区分的三大心理功能中，（科学）认识与（道德）意志均有其外界对象并在外界活动中才实现自身，惟独（审美）情感不拥有"任何对象领域"而是"心"本身的纯粹机能。因此，审美情感是心体的本体。一切内化于心体并失去外界对象及实践机制条件的心理能量，其积蓄后果都趋向于情感化—审美化。② （着重号为原文所有）

按照尤西林先生的理论逻辑，"心体"之实践机制的历史性变化，也就是不断发展着的人类心灵史。从巫术、宗教、伦理、审美到民族国家的现代意识形态，其中，似乎有一种"绝对精神"在运动。而从一个长的历史阶段看来，"审美代宗教"是传统宗教——伦理制度解体之后、新型政党意识形态产生之前的一种过渡，因为处于这历史空当之间的人类心灵和精神世界需要填充。正是这种"过渡"再次让人感到一种"绝对精神"的存在。虽然尤西林先生以极其历史性的态度分析了其变迁过程，但这种"心体"观及其与自由、审美、感性的自然性关系，终究是一种启蒙哲学预设。将"感性"与"审美"打通，这也是延续了康德的思想。另外，对马克思"自由时间"的向往，正是对于那种逐渐将人及其心灵置入"牢笼"的现代历史语境的反应。可见，这种形而上预设亦是历史化的。正是历史语境决定了这种"审

---

① 本段引文皆见于尤西林《心体与时间——二十世纪中国美学与现代性》，人民出版社 2009 年版，第 50—52 页。

② 同上书，第 47 页。

美式反抗"的性质：它不是传统的老庄等非主流思想的复兴，而是现代性的自我批判，这也是"审美现代性"的"现代性"所在。不过，在中国美学问题上，这种"现代性"却经常被有意无意地忽视，这一点尤其表现在"中国古典美学""中国传统艺术"等中西合璧式的概念中。

张辉先生在其《审美现代性批判》中，深入地揭示了"中国美学与德国美学的关联域"。他认为，在本体论上中德美学有共同的主题，即以审美的方式来面对现代的普遍困境；在审美与人生关系上，二者都强调审美对于感性生命的张扬；在知识学方面，中德美学同样是"现代性的自我批判"，都采取了现代的知识形式，即以理性的思维来强调"感性原则"的重要。这就意味着，"美学"领域的出现及其对于科学、伦理领域的独立，本身就是现代知识对精神世界进行知/情/意三重划分的结果，因此这种划分"从根本上说，与人按照自身意志行事的现代性方案一脉相承，仍然具有明显的理性主义的底色。"[1]这种分析与尤西林先生的观念是一致的。张辉先生正确地指出了这一点：即中国的审美现代性问题有其内在的历史动因，而不单纯是西方学术三分法的殖民性衍生。但二者又有不同，尤西林更强调"时间"问题，因此认为"美学""现代性""艺术"是同一性结构，因此"美学"是现代的新事物；而张辉则设定了一个在我看来颇成问题的前提：中国有自己一贯的"审美"传统[2]，只是在遭遇"现代性"之后，这一传统需要更新，而德国美学思想的引入恰逢其时。中国传统美学需要外力更新，而德国美学思想则适时地拍马赶到——这两种传统在20世纪初的中国相遇，其巧合的程度简直让人难以置信。

与其惊诧于历史的巧合，并辛辛苦苦进行理论与历史的弥缝，不如老老实实地承认中国现代"美学"在中国文化传统中的异质性——它不是所谓中国传统"美学"发展的新阶段，而是一种现代的新事

---

[1]　张辉：《审美现代性批判》，北京大学出版社1999年版，第30、45页。

[2]　张辉先生曾经明确地指出这一点："在中国文化史上，把审美视为一种具有本体论意义的存在，并不是西学引进以后才发生的事实。"见其论文《二十世纪中德审美思想的现代性关联》，《北京大学学报》（哲学社会科学版）1998年第5期。

物。固然，中国传统文化中有许多今天可以称为"美的形式"或"审美特质"的因素，但首先要意识到的问题是："美学"的"现代性"。张辉先生下面这句话能够代表当今美学及小说研究领域中的某种共性："梁启超看到了小说这一审美形式与社会人生的联系。"①"小说"在这里被视为一种天然的审美形式。而实际上，梁启超重视小说的社会功用，是在对于传统"小道"观的颠覆意义上说的，是一种反向而动；梁启超并非有意地在"审美"或"艺术"的意义上来讨论问题。因此，"小说界革命"中梁启超的观点可称之为"小说功用论"，但不可称为"艺术工具论"或"美学工具论"。当然，张辉先生本旨不在分析小说问题，而是美学问题，因此这里也不是吹毛求疵，而仅仅指出一种理论的无意识。

与"近代艺术"与"艺术"的同体性一样，"现代美学"与"美学"也是同一种东西。中国传统的诗、文、画、书法、小说论述，并非现代艺术理论的天然对等物。所谓"中国文化的审美特质"或"中国古典美学"之类的说法，都是一种追溯的结果。这种追溯，在中国现代美学发生时就开始了，严复在其所译《美术通诠》中，认为中国"书法"是"美术"，其《篇一　艺术》按语：

> 中国翰札前谓为美术之一宗。观孙虔礼《书谱》与韩昌黎《送高闲尚人序》而可见。盖自治之美术，而且进于图画者也。……外国书文所不足为美术者，以其物仅为观念简号而止，不特非喜怒哀乐所可见，且无所寓其巧智焉。自秦汉以来几三千载，篆、隶、草、章，中国士人互相陶淬，代有宗工，非无故也。②

借用现代概念非历史性地回溯传统，往往会产生对于"现代"的"自然化"后果。严重一点说，也是一种自动自觉的"文化殖民"：在中国传统文化中"开辟"由现代西方学术分化所产生的"美学"的领地。

---

① 张辉：《审美现代性批判》，北京大学出版社 1999 年版，第 22 页。
② ［英］倭斯弗：《美术通诠》，严复译，《寰球中国学生报》1906 年第三期。

第三节　现代审美领域中的"小说"——以王国维为例

一　中国现代审美领域的发生

关于"美学""美术"诸概念在西方、日本与中国之间的"旅行"，相关研究已经很多，① 兹不赘述。虽然学界对审美领域的论述比较罕见，但如上关于"美学""美术""Aesthetics"诸词跨文化"旅行"的考察，以及"美学"对于"艳丽之学""美妙学""美术""审美学"等译名的最终取代，这些研究已经在知识学上为"审美领域"的研究提供了基础。

中国的现代审美领域发生于何时？其标志是什么？为历史划定一个具体的时间界标很容易流于武断。即使退一步，把这个问题简化为中国现代"美学"学科形成的时间，争议仍然存在。一种观点认为是 20 世纪20 年代："五四"之后，"美学逐渐成为'显学'，几乎当时所有的文科刊物都发表过美学方面的文章，同时美学科目也成了大多数高等学校的重要课程，加之刘仁航 1920 年出版的中国历史上第一本系统性的美学译著《近世美学》，以及吕澂、陈望道、范寿康等人分别推出的《美学概论》等书，这一系列事件的发生足以支撑起美学学科在中国的稳固地位"。②

---

① 黄兴涛的《"美学"一词及西方美学在中国的最早传播》(《文史知识》2000 年第 1期)一文可以说是这方面的开创之作，他指出，德国传教士花之安（Ernst Faber）在 1873 年以中文著《大德国学校论略》和 1875 年著《教化议》中率先创用"美学"一词；颜永京（1838—1898）在 1889 年翻译出版《心灵学》[美国牧师、心理学家约瑟·海文（Joseph Haven）著]，是最早介绍西方美学思想的中国人；"美学"一词在中国流行是甲午以后至 20 世纪初年，即从日本正式引进这一概念之后。黄兴涛提醒要关注早期教育学、心理学、哲学方面的教科书、辞典和论著中所涉及的有关美学内容。在黄兴涛之后，进一步将"美学"名词考察工作推向深入的文章有：聂长顺《近代 Aesthetics 一词的充译历程》(《武汉大学学报》人文科学版2009 年 11 月)；林晓照《晚清"美术"概念的早期输入》(《学术研究》2009 年第 12期)；鄂霞、王确《晚清至"五四"时期"美学"汉语名称的译名流变》，(《东北师大学报》哲学社会科学版 2009 年第 5 期)；贺昌盛《晚清民初"文学"学科的学术谱系——从"词章"到"美术"再到"文学"》，(《学术月刊》2007 年第 7 期)。
② 鄂霞、王确：《晚清至"五四"时期"美学"汉语名称的译名流变》，《东北师大学报》(哲学社会科学版) 2009 年第 5 期。

另一种观点则将这个时间点提前至民初教育部的壬子—癸丑学制（1912—1913），认为这一学制摆脱了经学范式，哲学、美学开始获得独立地位："如果壬寅—癸卯学制中的'美学'课程是因为抄袭日本学制和实用目的两方面的原因而得以在夹缝中存在的话，那么壬子—癸丑学制中的美学类课程则是完全现代意义上的美学学科了。"① 其实这两种意见并不冲突，因为他们所论述的一个是"美学"学科的稳固，一个是其发生。中国现代审美领域的发生就应该建立在这样的学科基础上。

单个思想家在个别刊物上的论述，不能成为审美领域发生的标志。但反过来说，这也并非意味着审美领域的发生一定需要广泛的群众基础，如前所述，"美学"变为"艺术哲学"的发展历史注定了它更偏重于一种知识分子话语。因此，我也倾向于认为，20世纪20年代是一个笼统的标界。

首先，国家教育制度对于"美育"的确立，其影响不可小视。民国元年《教育部公布教育宗旨令》："注重道德教育，以实利教育、军国民教育辅之，更以美感教育完成其道德。"② 很明显，这是蔡元培《对于教育方针之意见》中教育思想的体现。不过，虽然有教育制度的支持，"美学"作为一种新的"科学"，许多人对此还是陌生的。1915年，徐大纯在其《述美学》中，为我们描述了这种情形：

> 美学为中土向所未有。即在欧洲，其得成一独立之科学，亦仅百数十年前事耳。晚近以来，吾国人于欧洲各种科学，类已有人络绎译之，介绍于吾国学界。独美学一科，缺然未备，且其名词亦罕有能道之者。惟前岁蔡鹤卿在南京长教育时，其教育方针宣言中，有美学教育之说。维时闻者咸诧为创闻，茫然不知其所

---

① 王宏超：《学科与思想：中国现代美学的起源》，博士学位论文，复旦大学，2008年，第157页。
② 璩鑫圭、唐良炎编：《中国近代教育史资料汇编：学制演变》，上海教育出版社1991年版，第651页。

指。……今三年矣，仍不闻有提倡斯学者。[1]

正是出于对三年来"美学"传播不尽如人意之现状的观察，徐大纯才写了这篇简要介绍的文章。

其次，专业美学刊物的出现。"1920 年 4 月 20 日，中国教育会主办、吴梦非主编的《美育》创刊。这是中国第一本美育学术刊物，中国教育会也是中国第一个美育学术团体。"[2] 国家教育制度的倡导、美学课程在高等学校学制中的设置、美学著述及美育刊物的出现，诸如此类的现象表明，现代中国审美领域在 20 世纪 20 年代产生了。另外，按照汪晖先生对于中国现代思想意识结构的分析："中国科学世界观的兴起与其说是一个传统世界观的分化的过程，毋宁说是一个结构性的替代过程，即用一贯的科学世界观替代一贯的天理世界观，而不是将天理世界观分化为知识、道德和审美等有效性的特定领域。"[3] 汪晖认为，这种科学世界观作为"一贯"之理，替代"天理"成为一种主导性社会话语；而直到 1923 年"科学与人生观"论战，科学话语才逐渐失去其对其他知识领域的"公理"性意义：这也意味着审美、宗教及道德领域的真正分化，中国现代审美领域也就因此而产生。从中国传统社会文化中无法产生现代合理分化的线索，这也是上文曾经讨论过的美学之"现代性"的问题：中国"美学"作为对于现代"科学"社会的反动，它有待于一个历史前提，即中国被卷入现代的科学世界体系。

由上所述，从教育体制、美学类图书刊物及思想史角度的各种分析，都可以证明：可以将 20 世纪 20 年代视为中国现代审美领域发生的一个大概标界。[4] 接下来的问题就是，分析"小说"在现代审美领

---

[1] 徐大纯：《述美学》，《东方杂志》1915 年第十二卷第一号。

[2] 王宏超：《学科与思想：中国现代美学的起源》，博士学位论文，复旦大学，2008 年，第 312 页。

[3] 汪晖：《现代中国思想的兴起》下卷第二部，生活·读书·新知三联书店 2008 年版，第 1286 页。

[4] 聂振斌先生也曾讨论过 20 世纪 20 年代中国近代美学体系的早期建构。见聂振斌《中国近代美学思想史》，中国社会科学出版社 1991 年版，第 223 页。

域发生中所处的位置。从作为社会主导话语的"科学"角度来思考知识分化问题，固然容易体会到"一贯之理"的巨大涵盖作用；而从比较弱势的"小说美学"论角度来思考时，就会感觉到"审美领域"分化的阻力更多地来自"政治"而不是"科学"。如何理解这种矛盾？"小说美学"论提出的动力是什么？晚清民初小说理论资料中有许多对于"美"的呼求，但这些微弱的声音与科学之间、与现代审美领域之间，是否存在历史性的关联？接下来，我将尝试通过对王国维美学的分析来探讨这些问题。

二　《红楼梦评论》："通常之人"的"美术"

讨论中国现代审美领域的发生与"小说"的关系，王国维是一个关键的切入点。这不仅是因为他对于"纯文学"和"美术之独立价值"的呼吁，更重要的是，他的长文《〈红楼梦〉评论》体现出"小说"与"美学"之间意味深长的亲和关系。要了解"小说"从"经学"世界转入"科学"世界的变迁，必要先了解"美学"在科学世界中的发生及其意义，这正是现代"西方"经验所提供的启示。

那么，王国维在中国现代审美领域的发生过程中，占有何种位置？对这个问题进行思考，很容易掉到历史决定论陷阱中去。因为历史事实是：王国维的"小说美学"论，在当时影响甚小——梁启超那种以"新民""新国"为指向的小说"载道"论才是强势声音。但在今天的历史语境中，"美学自律"已经成为一种公认的艺术成规，王国维也被追认为中国现代美学的起点。另一层面的思想背景是，中国现当代文学曾经长期经受着"政治"的压力，20世纪80年代以来直到今天，"文学"则以"审美"和"纯文学"的名义，在"告别革命"的道路上越走越远，将"反政治"的逻辑愈演愈深。

在这样的历史氛围中，重新审视王国维在世纪初关于"小说"与"美学"的言论，应该赋予他怎样的重要性而同时又避免加入时代的合唱？这种文化行为本身应该如何评价？这会不会又陷入现代性之自我"神话"和"自然化"的陷阱？为了避免这种危险境地，就不应该把王国维视为一个起源，也不宜把小说"美学"论的历史视为从他那里向着今天的发展。也就是说，不应在历史连续的意义上、而应在历史断裂的意义上来谈论王国维的"美学"。这种断裂将打破一切历史目的论的事后追溯，取消诸多历史事件之间的磁性关联，从而帮助我们发现历史断裂处的丰富性和多重指向性。

（一）哲学美学思考的传达与"小说"文体

王国维的《红楼梦评论》在现代文学批评史、现代美学史、比较文学史、红学史上具有重要的历史界标性的地位，这一点已经得到了论者的充分肯定。[①] 不过，有一个被忽视的问题值得充分重视：作为其"哲学时期"思考的一种呈现，王国维最初为什么选择《红楼梦》这部"小说"来表达自己的哲学、美学观念？为什么不是有着伟大传统的"诗文"？为什么不是他自信"自南宋以后，除一二人外，尚未有能及余者"[②] 的词？这是一种偶然的选择，还是因为"小说"这种文体与"美学"之间存在着某种密切的联系？

无独有偶，1917年，当萧公弼在《寸心》杂志上连载他的《美学》长文时，也指出，他的写作是出于对当时社会上所充斥的"艳情小说"毒害青年男女的担忧。萧公弼描述了一种矛盾的社会现象：

> 试观诗书史册之纪载，百家小说之流传，言之津津若有余味焉。然试叩以"美者何以现于世界"及"美之原理如何"、吾人"奚由而感于美"，吾恐作者必瞠目桥舌，无以应也。甚矣哉！我国人之心粗气浮，识陋行秽。此正孟子所谓"行之而不著焉，习矣而不察焉，终身由之而不知道"者是也。[③]

---

① 如周锡山先生认为："……《红楼梦评论》是我国文学批评史和美学史上第一篇运用西方文艺理论和近代科学方法来评论文学名著的论文；并把《红楼梦》与歌德的《浮士德》等西方名著对照，是我国第一篇运用比较文学的方法研究作品的论著；在红学史上它又是第一篇比较系统的研究专论，具有划时代的意义"。见周锡山编校《王国维文学美学论著集·前言》，北岳文艺出版社1987年版，第4页。
② 王国维：《静安文集续编·自序二》，《王国维遗书》第三册，上海书店出版社1983年版，第612页。
③ 萧公弼：《美学》，《寸心》1917年第一期。《寸心》杂志为何海鸣先生1917年于北京所创。何海鸣（1891—1944），另署何一雁，著有《求幸福斋随笔》。

如果说，"日用而不知"、"习焉而不察"意味着社会现实与主体意识之间的断裂，那么，这种断裂是否意味着"美学"作为一种社会现实也可能发生、存在于人们的明确意识之外？从萧公弼下文的论述来看，情况并非如此："余观我国近日社会美术之缺乏，制造之简陋，已不寒而栗。乃其最著者，无行文人，恒喜舞文弄墨，以艳情小说蛊惑当时。"①"终身由之而不知道"，不是意味着"道"已然存在但被忽视，而恰恰意味着"道"的不存在。"艳情小说"的创作者是无行文人，而作为阅读者的"我青年男女之忽于审美而有以哺其毒也"②。这种对小说之毒的担心也成为萧公弼写作《美学》的动机。

萧公弼从对于"艳情小说"的现实批判出发，希望通过阐述美学概论来改造"美术缺乏"的社会。而王国维之所以选择《红楼梦》，以此来畅发其对叔本华哲学的理解和怀疑，一方面，固然有思想上的内在原因——即叔本华的脱"欲"（拒绝欲望、拒绝意志）与《红楼梦》"还玉"（脱离此域、出世）之间的相似性；但另一方面，如果从文体角度考虑，则可见出"小说"与作为"社会感觉学"的"美学"之间的亲缘性关系。王国维区分了两种解脱：一种是"非常之人"由非常之知力，观他人的苦痛而得到苦痛的知识，进而洞观宇宙人生的本质，谋求解脱之道。另一种则是"通常之人"由于亲身经验苦痛，从而解脱，即"彼以生活为炉，苦痛为炭，而铸其解脱之鼎"。"前者之解脱如惜春、紫鹃；后者之解脱如宝玉。前者之解脱，超自然的也，神秘的也；后者之解脱，自然的也，人类的也。前者之解脱，宗教的也；后者美术的也。前者平和的也；后者悲感的也，壮美的也，故文学的也，诗歌的也，小说的也。此《红楼梦》之主人公所以非惜春、紫鹃而为贾宝玉者也。"③ 王国维对两种解脱的区分中，体现着完全现代的小说"艺术"观念。

---

① 萧公弼：《美学》，《寸心》1917年第一期。
② 同上。
③ 王国维：《静庵文集·红楼梦评论》，《王国维遗书》第三册，上海书店出版社1983年版，第429—430页。

显然，王国维更多关注的，是普通人的生活及其解脱。无论相较于中国传统的诗、文、词、曲这几种相对文人性的文体，还是相较于西方整体"文学"观念中的诗歌、散文、戏剧，"小说"都具有一种文体上的优势，它能够更真切地呈现出普通之人的生活阅历。这也是《红楼梦》成为"悲剧中之悲剧"的原因："……金木以之合，木石以之离，又岂有蛇蝎之人物、非常之变故，行于其间哉？不过通常之道德，通常之人情，通常之境遇为之而已。"① 在神明/人类、宗教/美术相对照的论述结构中，"小说"对于"吾侪冯生之徒"日常生活的关注，正可对照于现代文学之中"小说"的"美学"原则。② "小说"与现代"美学"、"感性学"具有亲缘性，这就是王国维持西方哲学工具进入文学批评时，其文体选择的原因。

　　（二）从美学到伦理学

　　通常，王国维被现代学术追溯为中国现代"美学"的重要起源之一。确实，对于文学来说，从考证、索隐变为哲学美学的体系批评，这意味着中国文论话语基础从"经学"到"美学"的转变。另外，王国维也有许多强调文学之"独立性"及"纯文学""无用之用"的言论，如："呜呼！美术之无独立之价值也久矣。此无怪历代诗人，多托于忠君爱国劝善惩恶之意以自解免，而纯粹美术上之著述，往往受世之迫害而无人为之昭雪者也。此亦我国哲学美术不发达之一原因也。"③

----

①　王国维：《静庵文集·红楼梦评论》，《王国维遗书》第三册，上海书店出版社 1983 年版，第 436 页。

②　据伊恩·P. 瓦特的分析，"形式现实主义"对于小说的兴起具有标志性的意义，它即"小说赖以体现其详尽的生活观的叙事方法，……事实上是一个笛福和理查德逊确实予以承认的、通常是小说形式中固有的前提的叙述式体现：这个前提，或者说是基本常规，就是小说是人类经验的充分的、真实的记录。因此，出于一种义务，它应该用所涉及人物的个性、时间地点的特殊性这样一些故事细节来使读者得到满足，这些细节应该通过一种比通常在其他文学形式中更具参考性语言的运用得以描述出来"。日常生活中普通人及其世俗性心灵的进驻，对于小说这种文体的形成具有根本性的意义。见［美］伊恩·P. 瓦特《小说的兴起》，高原、董红钧译，生活·读书·新知三联书店 1996 年版，第 26、27 页。

③　王国维：《静庵文集·论哲学家与美术家之天职》，《王国维遗书》第三册，上海书店出版社 1983 年版，第 536—537 页。

另如"生百政治家，不如生一大文学家。"① "且定美之标准与文学上之原理者，亦唯可于哲学之一分科之美学中求之。"② "文学者，游戏的事业也。"③ 在《红楼梦评论》中，他也强调"美术"的"非利害性"对于人的"解脱"作用："故美术之为物，欲者不观，观者不欲"，"而美术中以诗歌、戏曲、小说为其顶点，以其目的在描写人生故"④。诸如此类关于文学与美术的议论，在现代文学批评中已是耳熟能详了。如此种种，造就了王国维恬静超脱、无涉政治的历史形象，其悲观抑郁的性格特征则更加深了人们的这一观念。

1902年夏天，王国维因脚气病由日本归国，"自是以后，遂为独学之时代矣。体素羸弱，性复忧郁。人生之问题，日往复于吾前，自是始决从事于哲学。而此时为余读书之指导者，亦即藤田君也。"⑤ 藤田君即日本人藤田丰八（1868—1929，时为上海东文学社日语、数学教习，后曾执教于江苏师范学堂）。王国维在《三十自序》中，也自述曾于田冈佐代治（1870—1912，即田冈岭云，曾任东文学社及江苏师范学堂总教习）的文集中，见到引用汗德（康德）、叔本华哲学。历史总是难以解释：王国维开始思考人生问题时，恰逢康德、叔本华哲学，这是历史的巧合，还是西方学术向中国衍生的必然？而藤田丰八与田冈佐代治对于王国维的指导和影响，也构成了晚清中国以日本为中介向西方学习的时代缩影。

上文在讨论中国现代美学的发生与德国美学的关系问题时，曾经指出，中国现代美学不是所谓"传统美学"自我转化的结果，而是一

---

① 王国维：《静庵文集·教育偶感四则·文学与教育》，《王国维遗书》第三册，上海书店出版社1983年版，第546页。（"教育偶感四则"，在文集目录中写为"教育杂感四则"。）

② 王国维：《静庵文集续编·奏定经学科大学文学科大学章程书后》，《王国维遗书》第三册，上海书店出版社1983年版，第649页。

③ 王国维：《静庵文集续编·文学小言》，《王国维遗书》第三册，上海书店出版社1983年版，第624页。

④ 王国维：《静庵文集·红楼梦评论》，《王国维遗书》第三册，上海书店出版社1983年版，第420、422页。

⑤ 王国维：《静庵文集续编·自序》，《王国维遗书》第三册，上海书店出版社1983年版，第609页。

种现代的新事物，所以德国美学引进也不是巧合，不是适时地拍马赶到的西方调味料。这和此处的问题是同构的。王国维所面对的是全新性质的人生问题，同样是因生活苦痛而欲求解脱，但苦痛的原因已经不是礼教对自然的压抑，其解脱的途径也不是老庄式的遁世了。中国的传统思想资源对于解脱这些苦痛已经基本失效，至少，它也要经历过某种重新阐释才能发挥其作用。

在写作《红楼梦评论》的同一个月（1904 年 7 月），王国维还写了另一篇文章：《国朝汉学派戴阮二家之哲学说》。在此文中，他先描述了雍、乾以后国朝汉学的兴隆情况，然后笔锋一转：

> 然其中之巨子，亦悟其说之庞杂破碎，无当于学，遂出汉学固有之范围外，而取宋学之途径。于是孟子以来所提出之人性论，复为争论之问题。其中最有价值者，如戴东原之《原善》、《孟子字义疏证》，阮文达之《性命古训》等，皆由三代、秦、汉之说，以建设其心理学及伦理学。其说之幽元高妙，自不及宋人远甚，然其一方复活先秦之古学，一方又加以新解释，此我国最近哲学史上唯一有兴味之事，亦唯一可纪之事也。[①]

王国维之所以写这篇文章，是因为对于他来说，宋学中的"性命道德"重新成为问题，因此，他也要像戴、阮二人那样对古学进行新的解释。王国维以现代西方学术分科中的"哲学"来回溯中国传统经学史（在写于 1903 年《哲学辨惑》中，他认为哲学即中国"理学"），目的就是为其解决人生问题寻找一种历史依据。因此他极为重视戴、阮二人的"哲学"意义，传统理学所集中讨论的"天道性命"问题被赋予了新的色彩。于是，以哲学为基础来演绎、构建现代生存伦理学的做法，就有了传统的支撑。

王国维对于"性命"的关注在更早的时候就开始了。1904 年 4月，王国维作《论性》一文，对超乎人类知识的"性"进行经验上的

---

① 王国维：《静庵文集·国朝汉学派戴阮二家之哲学说》，《王国维遗书》第三册，上海书店出版社 1983 年版，第 482 页。

描述，认为古今论性者，皆不能免于自相矛盾。最终，他以人性（善恶二元）之争，来解释世界和历史："自生民以来至于今，世界之事变，孰非此善恶二性之争斗乎？政治与道德、宗教与哲学，孰非由此而起乎？"① 把"性"作为世事的根本，王国维对于人生问题的思考，在西方哲学与中国理学的助力下，已经越来越深刻和根本了。

这种形而上的思考在《红楼梦评论》中得到了具体的表达。论文开篇对于"人之大患，在有我身"、"大块载我以形，劳我以生"的引用，并无将传统思想当成归宿之意，其目的只是引出一种人生现象，即人类为生存保种而勤力营营，致使终生与忧患劳苦相伴。在这种现象的基础上，王国维得以施展其叔本华思想，来对人生之本质展开哲学性思考。其结论是：欲、生活、痛苦，三者同一。因此就需要解脱，要像叔本华哲学拒绝意志那样来拒绝"欲"，而脱"欲"的手段，就是"美术"。"美术之务，在描写人生之苦痛与其解脱之道，而使吾侪冯生之徒，于此桎梏世界中，离此生活之欲之争斗，而得其暂时之平和。此一切美术之目的也。"②

这里的"美术"，既非作为一个哲学分支的"美学"，也并非单指传统"艺术"之一的"绘事"，而是综合了这两点，即以"美学"理论为基础的现代"艺术"。诗歌、戏曲、小说因为描写人生，而成为这种"美术"的顶点。而"美术"之所以能够承担起"解脱"功能，是因为它能使人超然于利害之外、忘物我之关系。虽然，此处有浓厚的中国佛道思想的影子，但当王国维把《红楼梦》这部"小说"作为"美术"、并以此来诠释其解脱之道时，就已经进入康德"美学"和叔本华哲学的现代逻辑了。

《红楼梦评论》共分五章：第一章《人生及美术之概观》，第二章《红楼梦之精神》，第三章《红楼梦之美学上之价值》，第四章《红楼梦之伦理学上之价值》，第五章《余论》。第一章至第三章、第五章的

---

① 王国维：《静庵文集·论性》，《王国维遗书》第三册，上海书店出版社 1983 年版，第 354 页。
② 王国维：《静庵文集·红楼梦评论》，《王国维遗书》第三册，上海书店出版社 1983 年版，第 430 页。

论述相对简洁明确，逻辑也较清晰；而第四章的文风则突然变得滞重、犹疑起来。王国维反复地设问，反复地自我否定，这种带有深刻反思性的写作方式，说明王国维遇到了一个十分棘手的思想难题。我认为，这个难题就是："解脱之不可已"何以能成为《红楼梦》的伦理学价值？

对此，王国维进行了复杂的论证。首先，他要解除世俗"道德"论对于"解脱"这种价值的否定性定位。他依《创世纪》中原罪之说，认为世界人生乃人类祖先一时误谬的结果，因此，"解脱"不但并非背离忠孝，实为"干父之蛊"。其次，以传统"有无之辨"，打破对于世界宇宙与"解脱之域"之区别的执着。最后，论述"美术"与"现代之人生世界"的同存性关系："解脱之域"无需"美术"，这恰恰反证了终有缺陷的现实人生对于"美术"及"解脱"的需要。最后，王国维对"解脱"的可能性提出怀疑，"解脱"于是只能是伦理学的一个梦想。

王国维这种怀疑的表现，即他在个人解脱与众生解脱（世界解脱）之间进退失据。矛盾根本，在于他对叔本华之"原罪—解脱"说既信奉又怀疑："故充叔氏拒绝意志之说，非一切人类及万物，各拒绝其生活之意志，则一人之意志，亦不可得而拒绝。"因为个人与世界、与"一切人类及万物"具有相同的性质，即都是意志的客观化，所以，个人的拒绝意志无济于事。个人的解脱犹如一叶之凋零而无伤于森林，犹如一人之泯灭而无关于天地日月。个人如此，佛祖亦然："佛之言曰：'若不尽度众生，誓不成佛。'其言犹若有能之而不欲之意。然自吾人观之，此岂徒能之而不欲哉！将毋欲之而不能也。"王国维的怀疑从个人转到了宗教教主，他对佛的庄严宏愿进行了重新解释：不尽度众生，焉能成佛？尽度众生，是成"佛"的必要条件。而不是说，佛本有能力成"佛"，却以慈悲为怀，不愿弃众生而独自求得解脱。"小宇宙之解脱，视大宇宙之解脱以为准故也。"从事实上看，释迦示寂、基督上十字架以来，人类之欲与痛苦相对待的历史并没有改变，可见，教主自己解脱与否，也尚属未知之数。王国维的悲观表现得相当彻底，无论是普通个人还是教主，都无法逃脱生活、欲、痛苦三者一体的状态。"终古众生无度日，世尊祇合老尘嚣"①：痛苦的生活永在，众生终无解脱之日，释迦牟尼也只能衰落示寂于俗世的尘嚣当中，他也不能"解脱"。

因为"解脱"（个人与整体两个方面）的不可能，所以只能把"解脱"作为一种伦理学之"梦想"，即"大宇宙之解脱"，也就是在弱肉强食的世界中，追求"最大多数之最大福祉"。不过，这一功利主义式（效益最大化）的理想何时实现、如何实现，亦未可知，理想终不过是理想。所以，《红楼梦》的伦理学价值在于一种理想，即忧患劳苦之人生的解脱。王国维认为这同时是"实行"和"美术"的双重救济，但按其前文逻辑来看，恐怕"美术"的成分更偏重一些，因为"实行"的大解脱，在当今世界是不可能的。王国维知其不可而为之，但也只是保留了"实行"的一丝希望而已。在此，我们不难体会到王国维那一颗痛苦矛盾的复杂心灵。

究其原因，作为《红楼梦评论》立论基础的叔本华哲学出现了问题，因此王国维必须面对如何使论述圆洽的困难。他对于叔本华哲学已经产生了"绝大之疑问"②，这疑问即"……叔本华之言一人之解脱，而未言世界之解脱，实与其意志同一之说，不能两立者也"③。对于王国维来说，这种"不能两立"并非仅仅是逻辑上的矛盾，这更与王国维的现实政治关怀密切相关。或许可以说，正是对于弱肉强食之世界、国运日衰之晚清的热心观察，正是对于个人在这种历史境遇中如何安顿自身的深切思考，使得王国维对于叔本华哲学的逻辑矛盾更为敏感。这就是王国维陷入思想难题的另一重原因。

在四个月后的《叔本华与尼采》（1904 年 11 月）一文中，王国

---

① 本段未注引文皆见于王国维《静庵文集·红楼梦评论》第四章，《王国维遗书》第三册，上海书店出版社 1983 年版，第 439—449 页。

② 王国维如此描述自己对于叔本华哲学态度的变化：初"亦未尝不心怡神释也，后渐觉其有矛盾之处。去夏所作《红楼梦评论》，其立论虽全在叔氏之立脚地，然于第四章内已提出绝大之疑问。旋悟叔氏之说半出于其主观的气质，而无关于客观的知识。此意于《叔本华及尼采》一文中始畅发之"。见《静庵文集·自序》，《王国维遗书》第三册，上海书店出版社 1983 年版，第 331 页。

③ 王国维：《静庵文集·红楼梦评论》，《王国维遗书》第三册，上海书店出版社 1983年版，第 445 页。

维这样解释叔本华的哲学动机："彼之说'博爱'也，非爱世界也，爱其自己之世界而已。其说'灭绝'也，非真欲灭绝也，不满足于今日之世界而已。"而其所谓天才式的拒绝意志，"彼非能行之也，姑妄言之而已；亦非欲言诸人也，聊以自娱而已"[①]。叔本华所谓"意志寂灭"，其本身不过又一种"意志"而已。王国维意识到这一点，指出了叔本华哲学"聊以自慰"的性质，但王国维并没有由此走向强调"意志"的绝对个人主义（如尼采的超人说）。忧国忧民的庙堂情怀，于世变之亟更容易在文人们的心中滋生力量。王国维所追求的是整体大宇宙之解脱，这与叔本华哲学是不符的。这里，应该纠正一下那些关于王国维的流行印象：他并非一个沉浸于非功利性的审美世界中，不问世事的孤寂学者。王国维的思考从"解脱"（无生主义）走向了"生生主义"，虽然二者在"拒绝意志"意义上最终是同样无能的，但他还是祭起了"美术"的大旗，以此在进化竞争的世界中坚持其伦理学上的理想。

但是，"美术"和"伦理"之间如何建立联系？

王国维借用的理论资源是亚里士多德的"净化说"："昔雅里大德勒于《诗论》中，谓悲剧者，所以感发人之情绪而高上之。殊如恐惧与悲悯之二者，为悲剧中固有之物，由此感发，而人之精神于焉洗涤。故其目的，伦理学上之目的也。"[②] 而《红楼梦》作为"美术"中的"小说"，是"悲剧中之悲剧"，因此亦必因其"洗涤"作用而产生其伦理学价值。实际上，从"美术"走向"伦理"，这也是王国维哲学的必然逻辑。王国维沉浸于人生问题及康德、叔本华哲学，这使他获得了这样一种观念：文学、美术、伦理诸学说如若成立，必以哲学为基础。《红楼梦评论》就是用哲学方法来解决人生问题的一次尝试，也是对于他的讲习生涯的一种形而上解释。在《书辜氏汤生英译〈中庸〉后》（1906）中，王国维亦流露出这种观念。他认为老子、墨

① 王国维：《静庵文集·叔本华与尼采》，《王国维遗书》第三册，上海书店出版社1983年版，第478—479、477页。
② 王国维：《静庵文集·红楼梦评论》，《王国维遗书》第三册，上海书店出版社1983年版，第439页。

子皆在"哲学"基础上谈论道德、政治问题，其说皆求诸天之本体、天之意志；而孔子则仅以"人事"为"立脚地"来说仁说义。于是，子思"比较他家之说，而惧乃祖之教之无根据也。遂进而说哲学以固孔子道德政治之说"①。其观念确否暂且不论，其以哲学为立论根基的思维方式却十分明显。

"哲学，教育学之母也。"在《叔本华之哲学及其教育学说》这篇文章的开头，王国维就指出，19世纪以降，教育学"蔚然而成一科之学"，其原因在于德国哲学的发达。这篇文章的整个逻辑也是如此：从叔氏之哲学讲到其伦理学，再到其教育学，一脉线索推演下来。因此，王国维的《红楼梦评论》从美学进而到伦理学的论述结构也就可以理解了。况且，"美之对吾人也，仅一时之救济，而非永远之救济"，而只有拒绝意志，入于涅槃之境，才是伦理学的最高理想。② 于是，我们最终得到一个奇怪的论证过程：《红楼梦》的伦理学价值在于"解脱"，但"解脱"之事终不可能，于是从"实学"转向了"美术"。表面上，这是一种退缩，是从酷烈现实到孤独个体之美学天地的隐避。但是这种经过痛苦思考洗礼之后选择"美术"，这与那种本能的后退是不同的。王国维的"解脱"始终指向"大宇宙"，这在当时的社会环境中，其政治意义不言自明。

三 "美术"与"去毒"：以"古雅"为"津梁"

在哲学时期的文章中，王国维反复陈述人生的苦痛本质，也处处大讲其慰藉之道。原因不仅在于叔本华悲观哲学的深刻影响，更在于王国维内心对中国现实情势的敏感反应。在《人间嗜好之研究》（1907年5月）中，王国维反复强调生活、世界的"竞争"性质。在此世界中，人于生活"工作"（劳心劳力）之余，必有空虚之苦痛，唯有嗜好才能进行针对性疗救。文学、美术不过是各种嗜好中的高尚

① 王国维：《静庵文集续编·书辜氏汤生英译〈中庸〉后》，《王国维遗书》第三册，上海书店出版社1983年版，第589页。
② 本段引文皆见王国维《静庵文集·叔本华之哲学及其教育学说》，《王国维遗书》第三册，上海书店出版社1983年版，第383、392页。

者，王国维提醒教育者以高尚嗜好来抑制烟酒、博弈等卑劣嗜好。

这种以"美术"为药石、对症下药的观点，在《去毒篇》（1906年）中体现得更加明显。《去毒篇》亦是王国维苦痛人生哲学的体现，在这里，他将中国之国民对于"雅片"的嗜好诊断为一种疾病。这种疾病的性质通过西方标准得以判断，王国维用了一系列的二元对立来区分中国人与西方人的差异：如阳疾/阴疾、少壮的疾病/老耄的疾病、强国的疾病/亡国的疾病、欲望的疾病/空虚的疾病。比较之中，显示出强烈的现实关怀。彼时的"老大帝国"暮气沉沉，被视为"东方睡狮""东亚病夫"，处于"正常"文明之外的"病态"。国民精神之疾，其原因不在于知识的缺乏或道德的腐败，而是因为国家政治不修、教育不能普及，导致国民痛苦、空虚、生活没有希望，无论慰藉。王国维认为，在其根本意义上，这是一种感情上的疾病。而"此等感情上之疾病，固非干燥的科学与严肃的道德之所能疗也。感情上之疾病，非以感情治之不可"[1]。王国维按照康德对于知、情、意三种心性领域的划分，将宗教、美术（包括雕刻、绘画、音乐、文学等艺术形式）与"情"的领域相对应。而因为"人群性质及位置"有高下之别，宗教、美术可分别成为下流社会与上流社会的"情感"慰藉工具。对于文学（包括小说）来说，这完全是现代学术合理分化逻辑的体现。

在《释理》（1904）一文中，王国维将知、意两个领域的分化推向深入。他认为："理"，无论就广义的"理由"（即物之充足理由律）而言，还是就狭义的"理性"（人构造概念的能力、推理的能力）而言，都是主观的知识形式，是人据以认识世界的先天性范畴。不过，无论中西历史，"理"都被附以客观的意义。原因在于，"理"由主观范畴不断地被抽象化为各种抽象概念。所谓"超感的理性"、所谓朱子之"理"，都是由此而来。随之发生的是，"理"渐渐染上伦理学色彩。中国有诸如朱子的"天理人欲"说，西洋则有康德的"实践理性"，后者"以理性为人类动作之伦理的价值之所由生，谓一切人之

---

[1] 王国维：《去毒篇（雅片烟之根本治疗法及将来教育上之注意）》，《王国维遗书》第三册，上海书店出版社1983年版，第659页。

德性及高尚神圣之行，皆由此出，而无待于其他。故由彼之意，则合理之动作与高尚神圣之动作为一，而私利惨酷卑陋之动作，但不合理之动作而已。"①

对此，王国维提出了自己的精到批评。他反对康德的"实践理性"说，认为理性与德性应该加以区分。因为，一方面，高尚的行为未必都是"合理"的，另一方面，"合理"的行为也未必都是高尚的，如恶人作恶，亦需精密计划、合理推理，所谓"盗亦有道"。因此"实践理性"与伦理学上的"善"，没有丝毫关系：

> 为善由理性，为恶亦由理性，则理性之但为行为之形而不足为行为之标准昭昭然矣。惟理性之能力为动物之所无，而人类之所独有，故世人遂以形而上学之所为真与伦理学之所为善，尽归诸理之属性。不知理性者，不过吾人知力之作用，以造概念，以定概念之关系，除为行为之手段外，毫无关于伦理学上之价值。②

通过对康德的批评，王国维希望剥除附在"理性"之上的伦理学色彩，也就是将真与善、知与意的领域区分开来。同时，他拒绝从"理"、"知"的途径达于"善"，这不仅是对于宋儒将天理/人欲对立的批判，也是对正在"合理化"的中国现实情境的批判。王国维在例析"实践理性"时，使用了这样一些词语："统计"、"目的"、"有计划有系统"、"精确之方法"、"谨慎与精密，深虑与先见"等。而以货币为单位、对于个体的整体生命进程进行预估、计算，这正是现代"理性化"社会的一大特征。所谓"工具理性"，正是人们在计算如何最经济地将手段应用于目的时所凭靠的理性。计算，取代了价值和信仰，成为人们的行为依据。王国维已经不安地意识到了"科学"（即三种价值领域分化中，"知"的现代历史形态）社会的来临。

---

① 王国维：《静庵文集·释理》，《王国维遗书》第三册，上海书店出版社 1983 年版，第 378 页。
② 同上书，第 382 页。

因此，王国维所反复申说的"苦痛"，并非仅属于其个人的形而上学苦恼，更是对于正在来临的现代理性社会的不适反应。如前所述，王国维从对叔本华哲学的个人感觉出发，将"苦痛"视为现代生活的本质；而以哲学为论说基础的思维方法，也意味着他必然走向伦理学、教育学的实践领域。不过，由他所信奉的知、情、意诸领域的分化，也产生了一系列的二元对立范畴。王国维在其哲学时期的文章中也经常使用这些对立，诸如直觉与理性、感情与科学（道德）、美术与政治（实业）等。在理论上，王国维坚持"知"与"意"的区分，如他批评康德"实践理性"的"伦理学"色彩；但在"情"与"意"（即"美术"与"伦理"）之间，他却力图搭起一座桥梁。因此《红楼梦》作为一个美学文本，却同时具有其"伦理学之价值"。拒绝了康德式"实践理性"对于"伦理学"之善的促进作用，王国维走上了通往伦理"德性"世界的"美育"之路。由于对"三千年未有之大变局"强烈关注，其"美学"染上了浓重的"伦理学"色彩。

　　《去毒篇》中，王国维将"美术"视为"上流社会"的情感慰藉工具，而对于"下流社会"则以宗教为之提供希望。虽然如此，他并没有机械地将这种分工绝对化，上流社会可以有宗教之信仰，而下流社会亦可以有美术之嗜好。但问题在于：下流社会局限于其脑力、知识，如何能得到"美术"的慰藉？美育的普及，是王国维必然面对的问题。早在 1903 年《论教育之宗旨》中，"美育"就被提出来了。王国维将教育分为"体育"与"心育"，"心育"下又分三种：知育、德育、美育（情育）。"美育者，一面使人之感情发达以达完美之域，一面又为德育与知育之手段"①。这里，"美"的伦理性更加明显了，"美术"虽然独立，但"美育"却是一种手段。教育必然要求普及，然而，"美术"如何下及"众庶"？美术如何实现其现实的伦理学目的，如何通过治疗情感疾病而达到"去毒"的目的？王国维的一个重要概念"古雅"提供了部分答案。

----

① 王国维：《论教育之宗旨》，载谢维扬、房鑫亮主编，胡逢祥分卷主编《王国维全集》第 14 卷，浙江教育出版社 2009 年版，第 11 页。

在《古雅之在美学上之位置》（1907）中，王国维提出"古雅"这个美学范畴。他是依据西方美学的知识谱系来建构这一概念的。因此，与中国古代诗学中的"古雅"概念相比，所指大相径庭。王国维对这一范畴的关注并没有延续到其"文学时期"，在后来的《人间词话》中，优美、宏壮仍然保留，"古雅"却消失不见了。由于王国维行文的模糊、概念自身的理论裂隙等原因，目前学界对"古雅"之意义及价值的解释，还存在诸多分歧，甚至误解。

表面上，王国维给出的"古雅"定义十分明确："美术者，天才之制作也。此自汗德以来百余年间学者之定论也。然天下之物，有决非真正之美术品，而又决非利用品者。又其制作之人决非必为天才，而吾人之视之也，若与天才所制作之美术无异者。无以名之，名之曰'古雅'。"① 很明显，这一定义的理论基础是康德对于"美的分析"。"美的分析"有四个方面，蔡元培将之精辟地概括为八个字：超脱、普遍、有则、必然。② 所谓"超脱"，即在质的方面，美不涉及利害计较。所谓"普遍"，即在量的方面，美具有主观的普遍性，所谓"人同此心，心同此理"。所谓"必然"，是指美感判断的必然一致性。"古雅"在质的方面，介于艺术品和非艺术品之间；在量的方面，不具备跨越时空的"普遍可传达性"；它也没有必然性，而只是个人的偶然判断。可见，"古雅"是在几种规定之间艰难地寻找自己的位置。

在《古雅之在美学上之位置》中，王国维还提出了关于"古雅"的几种看法，其间不无矛盾：

第一，它不是天才的制作，而是后天的、经验的，它得力于艺术家的笔墨功力及后天的艺术修养。因此，它也可以指艺术作品中的陪衬之篇、陪衬之句，即神思枯竭之处的弥缝。

---

① 王国维：《静庵文集续编·古雅之在美学上之位置》，《王国维遗书》第三册，上海书店出版社 1983 年版，第 614—615 页。
② 蔡元培：《美学观念》，载高平叔编《蔡元培美育论集》，湖南教育出版社 1987 年版，第 9 页。

第二，它指非纯粹形式之美，即美术中其"美"兼存于"材质"者。这种"材质"可视为第一形式，而"材质"又必借"第二形式"以表出之，"第二形式"即"古雅"。这个"第二形式"实际上并不难理解，从王国维所举的例子中可以发现其真正的意义："戏曲小说之主人翁及其境遇，对文章之方面言之，则为材质；然对吾人之感情言之，则此等材质又为唤起美情之最适合之形式。故除吾人之感情外，凡属于美之对象者，皆形式而非材质也。"[1] 王国维在此使用了三层次的论述结构，即"感情—材质—文章"。在这个例子中，"感情"即"美情"，也就是美感；"材质"即能唤起美感的人物及其境遇，相对于美感，它是形式，但只是第一形式；"文章"是对"材质"的艺术处理（"形式之美之形式之美"），即第二形式。就小说戏曲而言，"第一形式"是指"本事"，"第二形式"是指对"本事"进行艺术处理的"情节"。就艺术而言，"第一形式"即作为艺术对象的"材质"，是艺术"美情"的载体，即"意象"；"第二形式"即以语言、笔墨、线条、声音等符号为媒介的艺术表达。

第三，王国维有几处的措辞似乎是在"雅俗"对立的意义上使用"古雅"（实际上并非如此），这导致了后人的许多误会。如他在论述（与优美、宏壮相较）"古雅"的非普遍性、非必然性时，这样写道："古代之遗物无不雅于近世之制作，古代之文学虽至拙劣，自吾人读之无不古雅者，若自古人之眼观之，殆不然矣。"[2] 其目的本在于阐明：古雅判断是特殊的，不具备跨越古今时空的"普遍可传达性"，时代不同，古雅判断也不同。因此，"古雅"强调的是"表出第一形式之道"即艺术素养的程度，而不是强调时间的久远。但是王国维所举的例子具有误导性，他从"古人"与"今世"的历时性角度来解释古雅判断的"非普遍性"，是用一个时间性例子来解释一个时空性的问题，因此给人以时间越"古"、文学越"雅"的错觉。这就造成后

---

① 王国维：《静庵文集续编·古雅之在美学上之位置》，《王国维遗书》第三册，上海书店出版社 1983 年版，第 616—617 页。

② 同上书，第 620 页。

人的许多误解。这也是"古雅"范畴的理论裂隙。[①]

既然康德美学已经提供了关于优美、宏壮的完整理论体系，既然王国维对于"美术"之独立性、对于天才为艺术立法的理想念兹在兹，他又为什么提出这样一个名为"古雅"的范畴呢？其动机是什么？罗钢先生在其《王国维的"古雅说"与中西诗学传统》一文中，深入而又精彩地分析了这一问题。他认为："从表面上看，'古雅说'是王国维在康德美学基础上进行的单纯的理论构建，但实际上直接触发这种构建的却是他对中国古代词学的一种批判性的思考。"在中西诗学不平等的"相互参证"关系中，"古雅说"是"外来之观念与固

[①] 叶嘉莹先生在与"白俗"对立的意义上看待"古雅"，颇有望文生义之嫌。如她在讨论王国维的文学批评观念时，说："由于他对于'古雅'之美的如此重视，这便说明了何以他虽然也主张'一代有一代之文学'，而且也重视俗文学价值，然而他自己却仍从事于形式'古雅'之旧诗之写作的缘故。"见氏著《王国维及其文学批评》，北京大学出版社 2008 年版，第 138 页。

另，佛雏先生似乎也误解了王国维的"雅俗"之别。在讨论"愿言思伯，甘心首疾"与"衣带渐宽终不悔，为伊消得人憔悴"二句时，他认为："然细按之，两者又毕竟各成意境，各具特征，未必前后相袭。"然后又论证这一诗一词的第一形式的差别，以反驳王国维"前者温厚，后者刻露"的判断。（见佛雏《王国维诗学研究》，北京大学出版社 1999 年版，第 107 页）不过，这似乎与王国维的"雅俗之区别"有些出入。按王国维本意，这一诗一词的雅俗之别，并非因为在文字上"衣带"因袭、模拟了"愿言"；而是因为这一诗一词同样作为"第二形式"，都是对"第一形式"的表出。这"第一形式"即男女思慕之情，也就是王国维所说的"材质"。对同一种感情（材质），以不同的"第二形式"表出之，因为艺术家的功力修养不同，才产生了"雅俗"之别。因此，这里的"雅俗"是指艺术家艺术修养的不同程度，而不是指古典、雅致与白俗的对立。

浦江清先生认为，古雅"以今语绎之，即艺术之美的风格耳。而先生名之曰古雅者，犹有保守的精神也"。相比以上两种意见，较为妥当。见《王静安先生之文学批评》，浦江清：《浦江清文选》，张鸣编选，北京大学出版社 2010 年版，第 228 页。（原载于《大公报·文学副刊》1928 年第 23 期）相似意见，另如夏中义先生认为"古雅"指传统积累下来的"艺术程序美"。他认为："古雅所蕴藉的艺术程序美，将提醒历代艺术及其美学，从文化积累（虽非创造）角度去格外地珍惜、保存与研究先贤留下的传统艺技体系。"他认为，在王国维的"双重形式论"中，"'古雅'是特指程序，并非泛指形式，而程序对形式而言，恰恰是从属性的。……程序是形式的极致，往往是那些在历史长河中臻于完美，且重在凝冻传统审美情趣，以便后人仿效或传承的技巧才被公认为是程序，它绝对不含任何新潮性艺术实验因素"。见夏中义《王国维：世纪苦魂》，北京大学出版社 2006 年版，第 24、25 页。

有之材料"结合的产物："王国维正是以这种天才理论为准绳，对中国古代尚雅的词学传统进行了重新评价与改造，使之从一种代表着崇高审美理想的艺术规范，沦落为一种'绝非真正之美术品而又绝非利用品'的艺术赝品"①。这里的"赝品"说或许有些言重，因为王国维并未完全否认"古雅"的价值，而只是视之为非天才的创作，从而在等级上将其降格为"低度之优美"或"低度之宏壮"而已。王国维曾经自述其学术嗜好转向的原因：其一即著名的"可爱者不可信，可信者不可爱"的矛盾："此近二三年中最大之烦闷，而近日之嗜好所以渐由哲学而移于文学，而欲于其中求直接之慰藉也。"其二为治学之暇填词的成功及其对于自己填词天赋的极度自信。② 由于这种学术嗜好的转向，王国维以对于文学（词学）问题的批评为出发点，借西方美学思想来构建一个"古雅"范畴，虽然这种理论构建并不成功，但其动机却是可以理解的。

不过，对于尚雅的词学传统的批评，是王国维写作《古雅在美学上之位置》的唯一动机吗？

超功利的"美术"如何实现其政治性的伦理学关怀？我认为，"古雅"说部分是王国维对这个问题的解答。他这样解释"古雅在美学上之位置"：

> 可谓在优美与宏壮之间，而兼有此二者之性质也。至论其实践之方面，则以古雅之能力，能由修养得之，故可为美育普及之津梁。虽中智以下之人，不能创造优美及宏壮之物者，亦得由修养而有古雅之创造力；又虽不能喻优美及宏壮之价值者，亦得于优美宏壮中之古雅之原质，或于古雅之制作物中得其直接之慰

① 罗钢：《王国维的"古雅说"与中西诗学传统》，《南京大学学报》（哲学·人文科学·社会科学）2008 年第 3 期。
② 王国维：《静庵文集续编·自序二》，《王国维遗书》第三册，上海书店出版社 1983 年版，第 611、612 页。对于自己的填词才能（天赋），王国维这样评价："余之于词，虽所作尚不及百阕，然自南宋以后除一二人外尚未有能及余者，则平日之所自信也。虽比之五代、北宋之大词人余愧有所不如，然此等词人，亦未始无不及余之处。"其自信如此，可见忧郁者亦有三分狂。

藉。故古雅之价值，自美学上观之，诚不能及优美及宏壮，然自其教育众庶之效言之，则虽谓其范围较大成效较著，可也。①（着重号为引者所加）

所谓"美育普及之津梁"，意味着王国维在其哲学与伦理学、美学与政治之间，找到了一种"中介"形式，即古雅。对这种"中介"的寻找与王国维对世势的关怀是分不开的，当然也是其哲学思考的必然发展。沉浸于"哲学"时期，并不仅仅意味着他对于康德、叔本华哲学的个人嗜好和私己性阅读，他是要以"哲学"作为自己立身处世的形而上学基础。越是性格抑郁悲观者，其胸中的愤懑不平之气越是强烈，越是对乱世有着自己的不无天真的政治主张。所以，他不仅是以哲学解释、排遣个人的苦痛，更试图改变现实的中国世界，实现"宇宙的大解脱"。"古雅"说是王国维深思熟虑的产物，是其非功利"美学"与现实关怀之间的必要妥协。他拉近美学与政治二者之间的距离，为的是实现"教育学"（美育）的最终效用——众庶的"去毒"和慰藉。

但是，王国维教育众庶的目的是什么呢？为了实现"宇宙的大解脱"吗？他的矛盾再次显露出来了，因为在终极意义上，他对于"民"是不信任的。王国维关注"世变之亟"，但他的"天才"观使之对"民"持怀疑态度，他一再用"蚩蚩之氓""愚民"来指称这一群体。他批评当时流行的"平凡教育主义"，认为国事日亟，普通教育小学之普及，已经来不及了。而且"天下大事多出于英雄、天才之手，蚩蚩者，直从风而靡耳。教育不足以造英雄与天才，而英雄与天才自不可无陶冶之教育。高等教育之责任，在使英雄与天才得其陶冶之地，而无夭阏之虞"。而"由此平凡主义，即使小学遍立于全国，愚民之知识当稍胜于前日，至于经国体野、扶危定倾之人才，又何从得之哉？"② 如同在《去毒篇》中一样，他诊断出了中国人的疾病，

① 王国维：《静庵文集续编·自序二》，《王国维遗书》第三册，上海书店出版社1983年版，第623页。
② 本段引文皆见王国维《静庵文集·论平凡之教育主义》，《王国维遗书》第三册，上海书店出版社1983年版，第550—552页。

但其所谓"治疗",只是为他们提供情感的慰藉。而同一时期的梁启超,正在以"启蒙"的态度用"新小说"来塑造"新民"与"新国"。王国维不"启蒙",他只是"慰藉"。他不相信这些愚民能够有所作为,他们只不过是等待救赎的对象。即使他们"去毒"成功,也最终需要英雄来拯救他们脱离人生苦海。

梁启超曾经在《译印政治小说序》中说:"善为教者,则因人之情而利导之。"王、梁二人同样是从"感情"问题出发,但王国维只做到了"因人之情",投民所"嗜",并尽力为之提供一种高尚的慰藉替代品。而梁启超则做到了进一步的"利导之",他希望从"人情"入手,通过小说的"熏、浸、刺、提"来向民众灌输新的政治思想,从而改变人心、人性结构,进而创造出新的历史主体和新的社会政治形态。在发起"小说界革命"之前,梁启超基本形成了他的具体政治目标及社会改造方案:即以君主立宪为基础的"群治"和"新民"①。梁启超所信奉的进化公理不仅对中国历史提出了"现代化"的要求,它也对历史主体进行召唤。和王国维对于天才和英雄的期望不同,梁启超注重的是"平民英雄":

> 嗟乎!英雄造时势耶?时势造英雄耶?时势时势,宁非今耶?英雄英雄,在何所耶?抑又闻之,凡一国之进步也,其主动在多数之国民,而驱役一二之代表人以为助动者,则其事固不成;其主动者在一二之代表人,而强求多数之国民以为助动者,则事事固不败!故吾所思所梦所祷祀者,不在轰轰独秀之英雄,而在芸芸平等之英雄!②

只要顺应时代潮流,愚民亦可经过"启蒙"而成为"英雄",这恰恰与王国维形成鲜明对照。王国维没有这种向前的历史观

① 陈建华:《民族"想象"的魔力——论"小说界革命"与"群治"的关系》,载李喜所编《梁启超与近代中国社会文化》,天津古籍出版社 2005 年版,第 779 页。
② 梁启超:《过渡时代论》,载吴松、卢云昆等点校《饮冰室文集点校》,云南教育出版社 2001 年版,第 713 页。

（如其善恶二元斗争的所体现的循环历史观），他也没有新的政治、社会构想，而是以一种保守、谨慎的态度，希望当今朝廷能够顺利地走出历史困境。于是，他所能做事情只是"慰藉"那些"苦痛"的大清国子民。

与梁启超相比，王国维的美学似乎是一种弱者的无奈选择，因此略显无力（其无力不仅是王国维之身份、地位、性格的局限，更与现代"美学"自身的狭隘性有关）；但如果与民国时另一位"以美育代宗教"的提倡者蔡元培相比，王国维的美学倒显得有些雄心勃勃了。蔡元培的美学观念亦源自康德，其所谓"美育"，已经是"科学时代的美育"。在他看来，随着科学的发展，宗教的诸多问题已经得到科学的解释。在宗教社会中，知识、意志、情感皆附丽于宗教，而在科学社会中，知识、意志皆脱离宗教而独立：

> 于是宗教所最有密切关系者，惟有感情作用，即所谓美感。……及文艺复兴以后，各种美术，渐离宗教而尚人文。……于是以美育论，已有与宗教分合之两派。以此两派相较，美育之附丽于宗教者，常受宗教之累，失其陶养之作用，而转以刺激感情。……则其所以陶养性灵，使之日进于高尚者，固已足矣。又何取乎侈言阴骘，攻击异教之宗教，以刺激人心，而使之渐丧其纯粹之美感耶。①

这一长段引文，对于理解蔡元培的"以美育代宗教"至关重要。他之所以提出这一观点，原因之一，科学时代的宗教已经无法维持其神秘信仰之地位了；原因之二，他认为宗教会导致异教冲突，因为宗教具有刺激人们情感的作用。于是蔡元培所主张的"美育"只停留在"陶养性灵，使之日进于高尚"的阶段，而不希望进一步刺激国民感情，使之产生关涉到一我（一国、一族）之实际利害的

---

① 蔡孑民：《以美育代宗教说》，《新青年》1917 年第三卷第六号。

"宗教"感情。对于"政治"与"美学"的区分，早在 1912 年的《对于新教育之意见》中，就已经很明确提出来了。在不可偏废的五种教育中，"军国民主义，实利主义，德育主义三者，为隶属于政治之教育。世界观、美育主义二者，为超轶政治之教育"①。可见，蔡元培完全遵循了康德对于"美的观念"分析②。

"美育"作为一种教育制度，已经在民初教育部的壬子癸丑学制（1912—1913）中基本确立下来，虽然如此，蔡元培所设想"美育"却没有体现出很强的政治功利性。他只是希望国民能成为有性灵的、高尚的人，却没有进一步对已经"高尚"的人提出历史性任务，也就是不希望他们从"审美共通感"走向"伦理/政治共通感"。他的美学思想具有一种"世界主义"③色彩，其"美育"的出发点和归宿是"人类"，而不仅是国家的"国民"。

在王国维的"哲学"期及梁启超的"小说界革命"期，世变日亟的氛围正当浓重，因此王、梁二人将"感情"问题不同程度地伦理化（"宇宙之大解脱"）、政治化（以小说化"新民"、造"新国"），两个表面上迥异的人居然在根本上具有某种一致性。当然二者不同之处也是明显的，与梁启超比较直接的政治诉求相比，王国维的"伦理学"更偏重于形而上学层面的哲学式解脱，可以称为一种"抽象的政

---

① 蔡元培：《对于新教育之意见》，载中国蔡元培研究会编《蔡元培全集》第二卷，浙江教育出版社 1997 年版，第 14 页。

② 在《美学观念》（1915）及《康德美学述》（1916）两文中，蔡元培极其精洽地概括了康德美学要义：超脱、普遍、有则、必然。高平叔编：《蔡元培美育论文》，湖南教育出版社 1987 年版。

③ 当然，这种"世界主义"是偏重从其"美育"角度说的。蔡元培在《对于新教育之意见》中，提出五育并举：军国民主义、实利主义、德育主义三者为隶属于政治之教育；世界观、美育主义二者为超轶政治之教育。由此可见，美育及其对于国家、政治的关怀是纠缠在一起的。不过，根据许纪霖的研究，"世界主义"在"五四"期间是普遍的思想现象，它压倒国家主义，被认为是"新世纪"中的"新潮流"。1919 年蔡元培为北大《国民杂志》作序，强调有比国家更高的世界主义标准："所谓国民者，亦同时为全世界人类之一分子，苟有绝对的国家主义，而置人道主义于不顾，则虽以德意之强而终不免于失败，况其他乎？愿《国民杂志》勿提倡利己的国家主义。"许纪霖：《"五四"：一场世界主义情怀的公民运动》，载许纪霖主编《启蒙的遗产与反思》，江苏人民出版社 2009 年版，第 267—268 页。

治"。这一"抽象的政治",是我们理解王国维之小说"美术"（艺术）观的重要背景。至民国既造,政坛仍是乱象纷呈,人心复陷入苦痛、无主当中,在这样的乱世当中,蔡元培主张的"美育"却要"超轶乎政治"。

同样是"以美育代宗教",王国维是把"美术"当成新的"宗教",蔡元培则是要取消"宗教",两个表面相似的人却在"美育"的政治性问题上发生了根本分歧。蔡元培将"美育"与"政治"保持拉开距离,这是现代学术中"美学"领域的进一步分化,还是人们对于"政治"（独夫、民贼、军阀等原因所造成的共和危机）的厌倦、对于民众的绝望?蔡元培是否真的放弃了王、梁那种从改造民之"情感"入手,进而实现其伦理、政治目标的变革方式?考虑到《以美育代宗教》演说的时间（1917）,或许,蔡元培并没有放弃"美育"的政治性,只是其思维方式发生了变化。像"五四""文化运动"对于创造"新政治"的渴望①那样,蔡元培正在进入一种复杂、曲折的"文化政治"迂回。而"五四"新文学中的小说艺术,构成这种"文化政治"迂回的一部分。

---

① 陈独秀在《青年杂志》第一卷第一号 1915 年 9 月 15 日《通讯》栏说:"盖改造青年之思想,辅导青年之修养,为本志之天职。批评时政,非其旨也。国人思想,倘未有根本之觉悟,直无非难执政之理由。"他说《青年杂志》不会介入对于筹安会的讨论,这就将在"时政"与"思想"问题之间保持了一种距离。汪晖认为,《青年杂志》是以一种与政治隔绝的方式介入政治。"新文化运动"对 18—19 世纪以来的国家主义政治（包括民国以来政坛的乱象纷呈）"失望和告别",从而产生再造新文明的"觉悟",而"新文明"则应该建立在"新文化"基础上。"'新文化运动'致力于以文化方式激发政治（'根本之觉悟'的政治）,但它的社会改造方案包含促成全新的国家政治、全新的政党政治的兴趣,即'文化'及其'运动'不但能够在社会的基础上创造新人（'青年'）,而且也能够通过新人及其'根本之觉悟'逆转国家与政治的去政治化趋势。"不管人们对于这种"文化主义"式的思维（其表现为:欲再造新文明,必改造国民性、批判传统文化）的历史影响如何评价,"一种通过文化与政治的区分而介入、激发政治的方式构成了二十世纪中国的独特现象。"（汪晖:《文化与政治的变奏——战争、革命与 1910 年代的思想战》,《中国社会科学》2009 年第 4 期）

第五章　反思新小说:"以美为归"①

"小说界革命"将"小说"与"新民"的政治目标联系起来。这种关联之所以发生,原因有许多。简要地说,如从文化角度寻求"根本"解决的救国思路,如日本"政治小说"等域外经验的影响,等等。此外,在小说本身,还有一个不容忽视的原因,即"小说界革命"的理论倡导者预设了一种"理想读者"的存在。他们认为,读者作为"新民"的候选人,会完全接受夹带在小说中的各种现代社会政治思想。读者本身被视为一种透明的容器,自然会毫无障碍地接受"作者意图",读者自身的阅读习惯及文化成见对于文本接受过程的影响被忽略了。于是,就产生了这样的信念:读什么样的小说,就会产生什么样的感情,相应地,就会塑造出具有相应情感类型的"新民"。如黄小配所言:"读政治小说者,足生其改良政治之感情;读社会小说者,足生其改良社会之雄心;读宗教小说者,足生其改良宗教之观念;读种族小说者,有以生其爱国独立之精神。其余读侦探小说生其

---

① 蔡达:《〈游侠外史〉叙言》(1915),载陈平原、夏晓虹编《二十世纪中国小说理论资料》(第一卷),北京大学出版社1997年版,第543—544页。在此叙言中,蔡达认为:"故小说之分,厥有两派,一名写想,一名写事。而皆文艺之旁流,以增人之趣味为主,以美为归。"蔡达的小说观还有传统的特色,如以小说为寓言,为街谈巷议;且以"文章"的规矩准则、字句之法来评价小说。但同时也强调"史"、"论"与"叙事"的区别,强调小说的"趣"与"味",并认为"艺不穷极,勿轻创作"。因此其传统的小说观中也有了"美学"原则的影子。此处借"以美为归"这句话,来概括晚清民初那些从美学标准反思"新小说"的声音。

机警，读科学小说生其慧力。"①

以当时小说理论的水平，还不足以对这种文学"接受"过程的简单化进行反思。不过，随着时间的推移，人们对于小说的实际接受状况有了越来越多的体验，读者接受的复杂性问题开始得到关注。如徐念慈对"小说林"书肆的销数类别情况感到痛心：卖得最好的是侦探小说、艳情小说，而专写军事、冒险、科学、立志诸书仅占十之一二。小说书的销路能见出令人悲观的国民心态：

> 夫侦探诸书，恒于法律有密切关系，我国民公民之资格未完备，法律之思想未普及，其乐于观侦探各书也，巧诈机械，浸淫心目间，余知其欲得善果，是必不能。艳情诸书，又于道德相维系，不执于正，则狭斜结契，有借自由为借口者矣，荡检窬闲，丧廉失耻，穷其弊非至婚姻礼废、夫妇道苦不止。②

新小说非单没有产生"规定"的效果，反而产生了"反效果"，对国民心态、社会道德产生负作用。这种结果是新小说的理论倡导者所始料不及的。

后有叶小凤（1883—1936）作《小说杂论》，讨论小说发挥社会作用的难处，而这难处的来源，正是小说读者令人失望的阅读习惯："作小说而有志于社会，第一宜先审察一般阅者之习惯，投其好以徐徐引导之。然此事甚难，盖一经审察而后，将见步步荆棘，为之废然搁笔也。"③ 与梁启超小说"新民"论的恢宏气势相比，叶小凤已经完全没有了那种弥漫于晚清小说界的自信。在审察了读者的阅读习惯后，面对"作小说而有志于社会"这个口号，他变得冷静甚至不无悲

---

① 老棣（黄世仲）：《学堂宜推广以小说为教科书》，《中外小说林》1908 年第一年第十八期。黄世仲与其兄黄伯耀反复陈述这种观念。如耀公（黄伯耀）的文章《小说发达足以增长人群学问之进步》《普及乡间教化宜倡办演讲小说会》，分别见于《中外小说林》1908 年第二年第二期、第三期。
② 觉我：《余之小说观》，《小说林》1908 年第九期。
③ 叶楚伧：《小说杂论》，载叶元编《叶楚伧诗文集》，上海三联书店 1988 年版，第88 页。

观起来。他认为小说读者有许多缺陷，从而使小说作者"铸鼎象奸"的努力化为一空。第一种缺陷是"重事迹而轻节脉"，读者满足于离奇警幻的情节；第三种是读者虽能辨贤奸，但对于贤者不能模仿，对于奸者不能戒惧。这里着重分析其所列举的第二种缺陷：读者水平多比较低下，"仅能读正面文章"：

> 然文章决无专写正面而可以出色者。《三国》、《岳传》，正惟其不甚出色，而能普及，其尤下者，则普及之范围尤大，如《白蛇传》、《三笑》等，在吾人视之，直等于放屁，而其普及之范围，且至于不识字之妇人女子，其能力正自可惊。然苟强今日有美术观之小说家，而亦做此等文章，又谁肯就命耶？[①]

叶小凤将"普及"和"美术"置于一种二元结构中，认为二者是一种矛盾关系，即普及范围越广的小说，其"美术性"越低（他用"直等于放屁"这样粗俗的言辞来强调"低"的程度）。对于叶小凤，小说如何能在发挥社会功用的同时保持其"美术性"，已经成了一个很大的问题。这表明，"美术性"已经成为他评价小说时的一个潜在标准。在某种程度上，这种矛盾也是晚清的小说功用论在"五四"时期所遭遇困境的写照。叶小凤《小说杂论》一文写于 1919 年，实际上却它混杂了新与旧两种论调：一方面，作者视"小说为文章之一"，大谈章回小说的"章法"和"句法"——这在"五四"新文学运动的潮流中多少显得有些保守；同时，他也像晚清多数小说家那样，主张小说发挥诱导国民、移风易俗的社会作用。另一方面，叶小凤又接受了小说作为"艺术"的观念，认为小说在现代诸科之学中的位置，属于"美术的文学"。[②]

---

① 叶楚伧：《小说杂论》，载叶元编《叶楚伧诗文集》，上海三联书店 1988 年版，第 89 页。
② 同上书，第 81、96 页。关于"美术的文学"，他这样论述："美国大学中有修辞学专科，中列诗歌、戏剧、小说诸科，可见此数种者，皆美术的文学，而非下流文人所得而妄冀也。北京大学自蔡鹤卿主持后，亦于文学科中列入词曲一门，而戏曲之范限于昆曲，是亦提倡美术的文学之一端。"（同上书，第 96 页）

因此，叶小凤分析的这种矛盾已经触及到了一个关键问题，即同样作为"小说功用论"，"五四""人的文学"与晚清的小说"新民"论有其不同之处。但叶小凤也仅是"触及"而已，他并没有沿着"美术"的逻辑走下去，因此没有得出类似于"不用之用"的结论，更没有发展出以"文化"为中介来改造国民性的"五四"式态度。支配他的仍是传统的思维方式，即以小说来教忠教孝、影响世道人心。所以，他从"美术"的方向回过头来，继续从教化的角度考虑问题。小说读者既然如此令人失望，难道要放弃以小说来影响社会这种努力吗？叶小凤的回答是：当然不能。原因在于：一方面，历代圣贤所做的经史诸书，其读者也都不怎么争气，如科举考试中有夹带作弊者，如世间也有把圣贤之书当成坐馆饭碗的学究——所以小说作者没有资格在这里叹气；另一方面，小说读者也有三种特长："一为辨是非甚明，二为终身记之弗忘，三传布之力速。"[1] 这样看来，普通民众的阅读习惯也并非一无是处，他们还有被教育的可能和希望，这就是小说作者应该继续"有志于社会"的原因。

　　上述所谓"普及"和"美术"的矛盾，就在这种晚清思维的延续中被化解了。同时被化解的，还有以艺术形式间接作用于社会的政治改造方案，这种方案正是"五四"文学的特色之一。这也意味着，叶小凤的这篇文章虽写于 1919 年，并且其中涉及"美术"观念，但从其主导精神看来，仍是晚清小说理论的一部分。

　　《小说杂论》本身的新旧混杂性，正是历史复杂性本身的一种体现。在"五四"新文学观和晚清小说观之间并没有一个截然的分界点。就像叶小凤在"新"时代仍持"旧"式观念一样，在晚清民初的小说理论中，也已经有了许多关于小说"美术"性的论述。对于我们今天重新思考"小说作为艺术"观念的产生，这些资源无疑具有重要的意义。但是，鉴于"五四"范式对于当今文学观念及文学史叙述模式的宰制性，应避免将过去的历史合理化，就成为研究者的一个极为棘手的问题。简单地说，就是在梳理晚清民初的小说"美术"观资料时，

---

① 叶楚伧：《小说杂论》，载叶元编《叶楚伧诗文集》，上海三联书店 1988 年版，第 90 页。

应避免把中国小说观念的发展看成是从"功利论"向"艺术论"的"进化",避免把历史当成是从晚清向着当下而来的发展。处理这一问题的最好办法,就是悬置先入为主的理念模式,对当时的"美术"性言论进行历史地分析。同时,也不能忘却阐释的历史性。因为,即使是相对客观的学术研究,也总要受到时代氛围、文化观念及现代学科体制本身的限制。下文对于晚清民初小说理论中的"美术"观念进行的考察,也难以回避这种阐释学困境。

首要的问题是:当时的人们从"美术"的角度来要求"小说",其具体动机是什么?

前文曾以《红楼梦评论》为中心,对王国维的小说"美术"观进行分析。应该指出的是,王国维并非为了专门讨论"小说"问题才写作《红楼梦评论》。这篇专题论文可以说是王国维哲学美学思想一次批评实践,是以文学批评的方式对其苦痛人生观的表达。在康德、叔本华思想的影响下,他接受了西方的整体"文学"观念,将小说视为文学,视文学为"美术",而将"美学"视为文学、艺术的理念基础。对于当时"新小说"功利性写作和理论,王国维或许隐隐地感到了不满,但在其行文中并没有明确地提及任何批评对象。他只是在尝试新的批评方法时,顺便提及"小说",从而与当时的主流小说观念构成了一种紧张关系。1904年的王国维名不见经传,人微言轻。他游离于"小说界革命"的话语圈子之外,其美学观念在当时并没有产生多大影响,而是淹没于小说救国论的声音当中。王国维的名字极少被当时小说理论界提及。在很难得的一次现身中,强调的也并非其"美学"观——王钟麒在论及《红楼梦》时,只轻描淡写地提了一句:"海宁王生,常言此书为悲剧中之悲剧。"[1] 只是在现代学科的追溯中,王国维才显示出其历史性意义。

在接下来的论述中,我将讨论那些以"美术"的名义、直接对"新小说"的写作和理论实践提出批评的人,这个名单主要包括《小说林》的黄人与徐念慈,1908年左右的周氏兄弟,以及作为表兄弟

---

[1] 天僇生:《中国三大小说家论赞》,《月月小说》1908年第二年第二期。

的管达如与成之（吕思勉）。

第一节　黄人与徐念慈的美学观念

一　"消遣"论、传统与现代"美学"

黄人与徐念慈同为《小说林》的编辑，他们从"美"的角度论小说的做法，大不同于当时流行的小说功用论。当然，并非所有对小说功用论进行批评的观点都是从"美学"角度立论的，如"消遣"说。因此，在分析黄、徐二人的美学观念之前，有必要先分析一下与此二人的观点有一些相似之处的"消遣"说。梁启超发起的"小说界革命"，固然声势浩大，但在晚清百家思想争鸣的情境中，主流声音也并不能将其他意见一并席卷而去。事实上，当时有许多人都在表达着自己的异见，例如吴趼人对中国旧传统道德的眷恋。另如林纾，他虽然也主张译小说以开民智，却同时批评中国人的惟新是从、丑诋故老。他不太赞成梁启超小说为"中国群治腐败之总根源"的诊断，并举文明大国的例子作为明证。林纾认为："盖政教两事，与文章无属。政教既美，宜泽以文章；文章徒美，无益于政教。故西人惟政教是务，赡国利兵，外侮不乘，始以徐闲用文章家娱悦其心目，虽哈氏、莎氏思想之旧、神怪之托，而文明之士，坦然不以为病也。"[①] 林纾所说的政教与文章的分途，毕竟还有待于"政教既美"，在晚清国事危急的时势下，用文章以娱悦的理由还抵挡不住"匹夫有责"的追问。也有一部分批评，来自于个人对小说实际情况的观察和体会，新小说的声势虽然浩大，但其实际写作成果并不尽如人意。在《新中国未来记》的绪言中，梁启超承认其"四不像"小说的无"趣味"。不料，这种无"趣味"竟发展成了晚清小说的一个严重缺陷。1902年以来，小说界对于饮冰子《小说与群治之关系》"随声附和"，吴趼人对这种现象提出批评：

---

① 林纾：《〈英国诗人吟边燕语〉序》（1904），载许桂亭选注《林纾文选》，百花文艺出版社 2006 年版，第 13—14 页。

今夫汗万牛充万栋之新著新译之小说，其能体关系群治之意
者，吾不敢谓必无；然而怪诞支离之著作，诘曲聱牙之译本，吾
盖数见不鲜矣。凡如是者，他人读之不知谓之何，以吾观之，殊
未足以动吾之感情也。于所谓群治之关系，杳乎不相涉也。[①]

　　对于梁启超以小说改良社会的号召，吴趼人是积极响应的。但鉴
于几年来实际的写作翻译与理论设计相脱节的现实，他重申小说的
"趣味"，希望借助小说的"趣味"来暗寓知识，来辅助德育。"读小
说者，其专注在寻绎趣味，而新知识即暗寓于趣味之中，故随趣味而
输入之而不自觉也"，"庶几借小说之趣味之感情，为德育之一助云
尔。"[②] 对于"趣味"、"消遣"的强调，在侠民这里得到了极端的体
现。在《〈中国兴亡梦〉自叙》中，侠民以小说为"消遣"之具，而
对流行的小说功用论心存不屑，他认为："若云商榷政见，或激发民
气，此乃近时新学家之门面语，著者盖自等于优俳之流，敬谢不
敏。"[③] 他之所以会有"消遣"的观念，是因为其痛苦的人生观：
"世事一梦幻也。人生与忧患俱来，攘攘熙熙，营营扰扰，若者为事
业？若者为名誉？要之不过作暂时之消遣计耳。"[④] 人生绝望、无
聊，为了避免发狂或厌世，就要寻求消遣的办法，而著小说就是最
好的选择。侠民的痛苦从何而来，不得而知。但他在这篇自叙中对
于人生忧患的描述，很容易让人联想起王国维的《红楼梦评论》来。
事实上，这两篇文章都写于 1904 年。同样是对于人生之忧患、痛苦
本质的认识，同样都是求助于"小说"。不过，二人在最关键的地方
分道扬镳：王国维以"美术"的方式寻求人生的解脱，而侠民则走
向了传统的"消遣"论。
　　侠民的小说观念仍是非常传统的，此处所用"优俳"概念，正是

---

① 《〈月月小说〉序》，《月月小说》1906 年第一年第一号。
② 同上。
③ 侠民：《〈中国兴亡梦〉自叙》，《新新小说》1904 年第一号。据郭浩帆先生《〈新新
　小说〉主编者新探》，侠民即龚子英，苏州人，清秀才，1904 年创办《新新小说》，
　并担任主编。郭文见于《出版史料》2004 年第 2 期。
④ 侠民：《〈中国兴亡梦〉自叙》，《新新小说》1904 年第一号。

中国传统文化对于"小道"的定位。另如其《菲猎滨外史》自序："溽暑休假，辄与同学数君子，就树阴深处，解襟当风，一话其事。齐东之言，固亦足以消永昼也。夜阑不寐，以小说体逐晚记之。……若必征诸文献，绳其愆缪，则一代历史家之责任，非所论于稗官者矣。"①无论是其行文措辞，还是历史与稗官的对比论述结构，都是传统的。后来的"鸳鸯蝴蝶派"也持这种"消遣"论：如《礼拜六》的"休暇"："晴曦照窗，花香入坐，一编在手，万虑都忘，劳瘁一周，安闲此日，不亦快哉！"②另如徐枕亚在1914年"冷雨凄风之夜"的醉生梦死："海国春秋，毕竟干卿底事？……有口不谈家国，任他鹦鹉前头；寄情只在风花，寻我蠹鱼生活。"③由此可见，从情感、趣味角度对"新小说"观念进行的有意或无意的批评，其理论走向未必是"美学"，而往往是回向传统。传统的"消遣"论与黄摩西所谓"娱人"、鲁迅所谓"兴感怡悦"（后文将详细分析）相比，虽然表面上都是对人的感情的随顺，但其理念基础是根本不同的，前者仍是对现世生活的逃避，而后者则有了现代"美学"观念的支撑。

台湾学者黄锦珠在讨论晚清"理论和实际批评中小说观念之转变"时，将其研究对象大略分为"小说之社会性质论"与"小说之文学本质论"。后者又分为"未受西方影响的小说本质论"与"受西方影响的小说美学论"。而侠民的"消遣"说则被归入"未受西方影响的小说本质论"之类，同一类之下还有另外两种小说观念，一是公奴对小说"词章之精神"的要求，一是刘鹗的"哭泣"说。黄锦珠的这种划分十分精当。面对浩瀚的晚清小说理论资料，这可以说是快刀斩乱麻。不过，另一方面，黄锦珠自己也指出，这种区分只是一种大体性的判别，只就理论的核心趋向而言。

在今天看来，上述公奴所谓的"词章精神"，是对小说艺术性修辞的强调；"消遣"说和"哭泣"说则是对于人之内在情感的强调，这些似乎都已经是现代文学观念的体现。现代文学观念在今天几乎已

---

① 侠民：《〈菲猎滨外史〉自叙》，《新新小说》1904年第一号。
② 钝根：《〈礼拜六〉出版赘言》，《礼拜六》1914年第一集。
③ 徐枕亚：《〈小说丛报〉发刊词》，《小说丛报》1914年第一期。

经成为一种无意识，浪漫主义美学在"文学"和"情感"之间确立了一种同质性关系，这种观念非常容易让今天的我们产生历史性错觉，以为侠民等人已经是在"美学"的意义上来谈论小说问题。因此，虽然"消遣"说与当时的小说功用论形成了一种批评关系，但这并非是艺术论对于功利论的修正和纠偏。也就是说，对于晚清的小说功用论的批评，西方的现代美学观念并非唯一的思想资源。黄锦珠指出了"哭泣"说和"消遣"说的传统性质，它们"与古代小说论者李贽、金圣叹、张竹坡等人提出的发愤著书或怨毒著书说其实极为相近"①。借小说以消永昼，以助谈资笑谑，目的是填充正事之外的闲暇时间。所以，在理论上小说仍是一种娱乐品，而不是对人的灵魂世界的关注，也没有对人生意义及社会价值问题的追问。只是随着现代学术分化逻辑在中国社会的演进，随着晚清人对现代美学知识和现代文学观念的接受，艺术性才成为小说观一个维度，"艺术价值"才渐渐变成了评价小说的重要标准。

更重要的是，随着"五四"现代文学的经典化，及"新时期"以来对于"五四"价值的重新追认，文学（包括小说）的"艺术价值"成了一种固有的属性。在经历了极端年代的长期忽视之后，人们意识到，有必要重新寻回文学的这种自然属性。但"重寻"的过程也就是将历史"自然化"的过程，于是，小说"艺术"化的历史过程就被遗忘了。那些认为晚清的小说"艺术"论是一种"纠偏"②的观点，不过是在重复着这一"自然化"的过程。

当人们解释晚清小说界谈论"美学"问题的动机时，这种遗忘就

---

① 黄锦珠：《晚清时期小说观念之转变》，台北：文史哲出版社1995年版，第220页。本段其他论述主要参见此书第四章。

② 这种"纠偏"论现今比较流行，仅举一例：在一种关于黄人的评传中，作者用政治/文学的二元结构来强调黄人对小说审美功能的强调，认为"他的这些观点使得他成为了中国清末民初小说理论研究的代表人物之一，也在一定程度上弥补了当时小说理论某些偏颇的倾向。"（见汤哲声、涂小马编著《黄人》，中国文史出版社1998年版，第22页。）所谓"纠偏"、"弥补"，在理论逻辑上是对一种缺陷的满足，而这必然又以一种完满、全整的理论状态为前提，即政治/审美的统一体。很显然，这种理论预设在延续历史的同时，却忽视了"政治"与"审美"的现代性质。

显露出来了。这里只举一个例子。夏志清先生认为，在经历了最初的否定中国传统小说后，人们开始对中西小说之优劣问题重新评价："……当人们揭发外国小说的优点是有名无实，并用新式说法肯定中国旧小说确有可取之处时，这些新小说的提倡者再也不能不谈美学问题了。即使小说有其教育价值，但它必须要有艺术价值。"① 夏志清先生似乎将"美学"视为"小说"的固有属性，因此，他就把源于西方的现代"文学"艺术观自然化了，而不能对这一观念发生的过程进行历史性地分析。而实际上，对于中国小说观来说，所谓"艺术价值"并非从来就有的，而是一种全新的评价标准。"艺术"性并非"小说"的内在属性，相反，小说"艺术性"维度的获得经历了一个历史性的过程。正是晚清民初中西交汇的历史氛围中，伴随着现代西方学科体系对中国学术文化的影响，才产生了用"美学"标准来衡量中国小说（文学）的观念。

二 黄人："文学史"意识与小说之"美"

光绪三十三年（1907）正月，《小说林》创刊。在发刊词中，黄人描述了小说风行、影响社会的现实，并称之为"今日小说界之文明"。但对此文明，黄人是持反思态度的，他认为过去中国过于轻视小说，今天又走向另一个极端，把小说看得太重了；过去认为小说海淫海盗，今天则把塑造新民、改良社会的功用强加在小说身上：

> 一若国家之法典，宗教之圣经，学校之科本，家庭社会之标准方式，无一不偶于小说者。其然，岂其然乎？夫文家所忌，莫如故为关系；心理之僻，尤在昧厥本来。然吾不问小说之效力，果足改顽固脑机而灵之，祛腐败空气而新之否也；亦不问作小说者之本心，果专为大群致公益，而非为小己谋私利，其小说之内容，果一一与标置者相雠否也；更不问评小说者读小说者，果公认此小说为换骨丹，为益智粽，为金牛之宪章，为所罗门之符咒

---

① 夏志清：《新小说的提倡者：严复与梁启超》，《人的文学》，福建教育出版社 2010 年版，第 89 页。

否也。请一考小说之实质：小说者，文学之倾于美的方面之一种
也。……微论小说，文学之有高格可循者，一属于审美之情操，
尚不暇求真际而择法语也。……一小说也，而号于人曰：吾不屑
屑为美，一秉立诚明善之宗旨，则不过一无价值之讲义，不规则
之格言而已。恐阅者不免如听古乐，即作者亦未能歌舞其笔墨
也。名相推崇，而实取厌薄，是吾国文明，仅于小说界稍有影
响，而中道为之安障也。① （着重号为引者所加）

黄人认为，所谓"今日小说界文明"看上去是盛况，实际上对于
小说的实质——美蒙昧无知。在绝大多数关于晚清小说理论的研究
中，这段话都成为分析的重点对象。在王永健先生所著《"苏州奇人"
黄摩西评传》中，亦有论述。② 这里仅指出几个尚需注意的问题。

第一，黄人此处的判断，已经不再是如同"美术家之小说"③ 之
类比较模糊的言词，而是使用了"诚""善""美"这样的理论。这已
经不同于《论语》中的"尽善""尽美"对于音乐的德性要求，也不
完全同于"小说界革命"对于情感的重视，黄人的论述体现出了现代
学术分化的逻辑。心性领域的三重划分，成为新的论述基础。知、
意、情在人的心理上体现为思想、意志、情感，在学科体系上则体现
为科学（逻辑学）、伦理学、美学，最终则体现为对于真（诚）、善、
美的终极价值的追求。④ 黄人将"小说"视为"文学中之倾向于美
的方面之一种"，就已经是在现代学术分化的逻辑中来讨论问

---

① 摩西：《〈小说林〉发刊词》，《小说林》1907 年第一期。
② 王永健：《"苏州奇人"黄摩西评传》，苏州大学出版社 2000 年版，第 167 页。
③ 如陆绍明《〈月月小说〉发刊词》（《月月小说》1906 年第一年第三号）："中国小说
 分两大时代：一为文言小说之时代，一为白话小说之时代。文言小说原于诸子之
 学，白话小说亦有诸家之学。白话小说分数家：说近考据，则为考据家之小说；
 言涉虚空，则为理想家之小说；好用诗词，则为词章家之小说；言近道德，则为
 理学家之小说；好言典故，则为文献家之小说；好言险要，则为地理家之小说；
 点缀写情，则为美术家之小说。"后来周作人在《论文章之意义暨其使命因及中国
 近时论文之失》（1908 年）中，专门批评了这种观点。见钟叔河编定《周作人散文
 全集》第一卷，广西师范大学出版社 2009 年版，第 114 页。
④ 杨平：《康德与中国现代美学思想》，东方出版社 2002 年版，第 25 页。

题，因此，"小说"的文化位置发生了变化，其意义也完全不同于主流的功用论了。

第二，黄人讨论了"审美"与事功之间的辩证关系。他将"小说"纳入与其他现代学科的对比结构中：

> 然不佞之意，亦非敢谓作小说者但当极藻绘之工，尽缠绵之致，一任事理之乖僻，风教之灭裂也。玉颜珠颔，补史氏之旧闻，气液日精，据良工所创获，未始非即物穷理之助也；不然，则有哲学、科学专书在。吁天诉虐，金山之同病堪怜，渡海寻仇，火窟之孝思不匮，固足收振耻立懦之效也；不然，则有法律、经训原文在。且彼求诚止善者，未闻以玩华绣悦之不逮，而变诚与善之目的以迁就之。则从事小说者，亦何必椎髻饰劳，黥客示节，而唐捐其本质乎？……若夫立诚止善，则吾"宏文馆"之事，而非吾《小说林》之事矣。此其所见，不与时贤大异哉！①

在文章的开头，黄人就描述了晚清社会追求文明的时势："国民自治，方在预备期间；教育改良，未臻普及地位；科学如罗骨董，真赝杂陈；实业若掖醉人，仆立无定"②。追求文明之途中，多种改良措施都不尽如人意，只有小说勃兴发展。小说的社会作用被夸大到不恰当的地步，当然不妥，但小说也不能自外于追求文明的潮流。黄人的意见，是将小说与其他学科之间做出分工。小说固然有补史、即物穷理及振耻立懦的功效，但这毕竟不是其本职。所谓"宏文馆"，应是指与"小说林"并列的书店，这是负责编辑出版学校参考书及辞典工具书的机构③，黄人将《小说林》杂志与"宏文馆"在功能上加以

---

① 摩西：《〈小说林〉发刊词》，《小说林》1907年第一期。
② 同上。
③ 参见《小说林》第一期中"宏文馆新出版"的插页广告，1907年。曾虚白在《曾孟朴年谱》中说："时商务出小说，复以教科书为营业中心，徐念慈见而起竞争心，以为彼可以教书为名，我曷不以参考书为贡献，……在一九零七年起，（转下页）

区分，体现出将"美"与"真""善"相区分的现代美学思想。

这种思想在黄人所著《中国文学史》中表达得更为明显，他说："人生有三大目的：曰真、曰善、曰美。而所以达此目的者。真也者，求宇宙最大之公理，如科学、哲学等。善也者，谋人生最高之幸福，如教育学、政法学、伦理学、宗教学等。而文学则属于美之一部分。"不过，与《〈小说林〉发刊词》相比，黄人在《中国文学史》中更加强调真、善、美三者之间的一体性："故从文学之狭义观之，不过与图画、雕刻、音乐等；自广义观之，则实为代表文明之要具，达审美之目的，而并以达求诚明善之目的也。……是则不能求诚明善，而但以文学为文学者，亦终不能达其最大之目的也。"①文学作为"艺术"，有娱乐和教训两种功能。所以，黄人的态度在此变得比较复杂了，一方面，他反对文学成为载道垂训的工具，他认为这是汉武帝以来的儒家专制所造成的；另一方面，他也不完全赞同"唯美派"：

> 主唯美派说者，谓一切艺术皆独立，无他之目的，而仅有自己之目的，其于他之一方面，则赋与娱乐而已。而主教训派者，则谓文学非仅娱人之具，不可不兼以教化人心为目的。……然以教训为文学目的，终觉勉强，盖文学概属于情的一方面，其于知识及意志不过取为资料，而非其本职。虽文学之影响，非无助成情育之力，然与一切科学等视，以教化为目的，则尽职分以外之职分矣。②（着重号为引者所加）

（接上页）'小说林'外增设'宏文馆'，专任发刊学校参考书"。见魏绍昌编《孽海花资料》（增订本），上海古籍出版社 1982 年版，第 168 页。另，曾朴在 1928 年写给胡适的信里这样说："我就纠合了几个朋友，合资创办了小说林和宏文馆书店；在初意原想顺应潮流，先就小说上做成个有系统的译述，逐渐推广范围，所以店名定了两个。"见欧阳哲生编《胡适文集》（4），北京大学出版社 1998 年版，第 618 页。

① 江庆柏、曹培根整理：《黄人集》，上海文艺出版社 2001 年版，第 323—324 页。黄人所说"文学"，是现代西方的整体性文学观念，当然包括"小说"在内。黄人有这样的话为证："至若诗歌、小说，实文学之本色。"（《黄人集》第 328 页）

② 同上书，第 355 页。

一方面，黄人将情/知、科学/文学进行区分，将文学视为描写感情的艺术作品；另一方面，又将情与知、意的领域关联起来，强调小说作为文明之具的最大之目的。造成这种矛盾现象的原因，除了西方现代美学本身的政治性之外，也与晚清时势及黄人自身的思想有关。黄人是早期南社成员，主张排满革命，他曾在东吴大学掩护被清廷追捕的章太炎，而"当武昌兴师，他奋然欲有树立，一日出门乘车，至车站，两足忽蹇，大哭而归"①。在《中国文学史》中，黄人视历史上"入据黄图"的少数民族政权为盗贼，认为他们"视神州为行馆，故对于文学，亦不过如行馆中供张之具，朝设夕撤，不甚留意"②。因此，很自然地，他批评了大清朝廷的文字狱对自由思想的网禁。于是"文学作为言语思想自由之代表"，就有了政治意义："故保存文学，实无异于保存一切国粹，而文学史之能动人爱国保种之感情，亦无异于国史焉!"③ 这种用国粹来激励种性的观点，与他的朋友章太炎如出一辙。

《中国文学史》是黄人在东吴大学任教时的教材。据曹培根先生的研究，此书始撰于 1904 年，1907 年初稿成书，正式出版晚于林传甲《中国文学史》。④ 在清季国人自著的中国文学史著当中，窦警凡的《历朝文学史》（1906 年初版）表现出浓厚的明道宗经思想，论述范围包括经、史、子、集，把"小说"排除在外；林传甲的《中国文学史》（1910 年初版）亦对元明以来的小说、戏曲持传统的轻蔑态度，并认为日本人笹川种郎《历朝文学史》胪列小说、戏曲，是"识见污下"的表现；⑤ 而黄人的《中国文学史》则将小说、传奇纳入到"文学"当中来，这是一种崭新的"文学史"意识。

黄人运用西方现代"文学"观念来反思我国旧学。他认为，文学是言语思想自由的表现，而我国历代文学发达，但传统的简册目录往

---

① 郑逸梅：《南社丛谈·南社社友事略》，上海人民出版社 1981 年版，第 254 页。

② 江庆柏、曹培根整理：《黄人集》，上海文艺出版社 2001 年版，第 348 页。

③ 同上书，第 328、327 页。

④ 曹培根：《黄人及其著作》，《江苏地方志》2006 年第五期。

⑤ 周兴陆：《窦、林、黄三部早期中国文学史比较》，《社会科学辑刊》2003 年第 5 期。

往给予文学很小的份额（如仅以词章与四部中的集部属诸文学）。这是因为，人们缺少"文学史"的意识：

> 盖我国之学，多理论而少实验，故有所撰述，辄倾向于文学而不自知。……然文学虽重如是，而独无文学史。所以考文学之源流、种类、正变、沿革者，惟有文学家列传（如文苑传，而稍讲考据、性理者，尚入别传），及目录（如艺文志类）、选本（如以时、地、流派选合者）、批评（如《文心雕龙》、《诗品》、诗话之类）而已。……故虽终身隶属于文学界者，亦各守畛域而不能交通。①

黄人认为，列传、目录、选本、批评等材料过于狭隘、零碎，而且又缺乏统一的标准，所以，人们无法通过文学流变的表面看到其本原。于是，人们往往拘隅自重、入主出奴，产生诸如"宗两汉则桃六朝，崇三唐则薄两宋"之类的门户之见——"而乃画地为牢，操戈入室，执近果而昧远因，拘一隅而失全局，皆因乎无正当之文学史以破其锢见也。"②（着重号为引者所加）

以整体性批评的姿态来破除传统"锢见"，这样的"文学史"已经大不同于传统学术辨章的继承。在其文本形态上，它既不是历代史书中的"文苑传"，也不是史志中的"文史类"或"诗文评类"，③而是包括诗、文、小说、传奇、戏曲在内的整体性"文学"的历史。对于中国小说的命运而言，这当然是全新的历史机遇。新观念的产生有赖于西方现代学术思想在晚清的传播。在《中国文学史》第四编"文与文学"部分，黄人旁征博引，参考了大量

---

① 江庆柏、曹培根整理：《黄人集》，上海文艺出版社 2001 年版，第 325 页。另，周作人也曾论及"文学史"意识的现代性："中国文章发达既异，又前无致意于文史之人，今欲搔爬而整治之，犹辟垦荒阡，业自非易。"见周作人《论文章之意义暨其使命因及中国近时论文之失》，钟叔河编定：《周作人散文全集》第一卷，广西师范大学出版社 2009 年版，第 111 页。
② 江庆柏、曹培根整理：《黄人集》，上海文艺出版社 2001 年版，第 325 页。
③ 此处论述参考戴燕《文学史的权力》，北京大学出版社 2002 年版，第 16 页。

西方文学观念。陈广宏先生在《黄人的文学观念与 19 世纪英国文学批评资源》一文中，细致地分析了西方、明治日本与同期中国之间新知识体系传播的"思想链"，即黄人《中国文学史》"文与文学"部分以太田善男的《文学概论》为中介，吸收了近代英国文学批评资源，其中重要的一点就是"文学"（黄人引太田善男的话，视文学为 literature）作为"美术"的观念。[①] 陈先生的考察极为翔实、透彻，兹不赘述。不过，了解黄人的思想资源，可以帮助我们更全面、深入地理解《〈小说林〉发刊词》中对于小说之"美"的要求。

三 黑格尔与徐念慈的小说"美学"论

徐念慈的小说"美学"论与黄人一样，也是建立在对于"近年所行之新小说"的反思基础上。面对晚清小说地位的极端性变化，徐念慈提出质疑："抑小说之道，今昔不同，前之果足以害人，后之实无愧益世耶？……余不敏，尝以臆见论断之，则所谓小说者，殆合理想美学、感情美学，而居其最上乘者乎？"[②] 徐念慈用德国美学思想来论证自己的观点，但从他的行文来看，他对于黑辩尔（Hegel 即黑格尔）的理解还是相当有限的。

黑格尔"其言曰：'艺术之圆满者，其第一义，为醇化于自然'。简言之，即满足吾人之美的欲望而使无遗憾也。曲本中之团圆（《白兔记》《荆钗记》）、封诰（《杀狗记》）、荣归（《千金记》）、巧合（《紫

---

① 陈广宏：《黄人的文学观念与 19 世纪英国文学批评资料》，《文学评论》2008 年第 6 期。另，在黄人所编纂《普通百科新大辞典》（国学扶轮社 1911 年版）中，也用"美术"来阐释"文学"："（文 literature）……以广义言，则能以言语表出思想感情者，皆为文学。然注重在动读者之感情，必当使寻常皆可会解，是名纯文学。而欲动人感情，其文词不可不美。故文学虽与人之知意上皆有关系，而大端在美，所以美文学亦为美术之一。"《水浒》、《琵琶》等小说、传奇都被纳入"文学"范围之内，《普通百科大辞典》"小说"条："近日海通，好事者迻译及西小说，始知欧美人视为文学之要素，化民之一术，遂靡然成风。"转引自陈平原《晚清辞书视野中的"文学"——以黄人的编纂活动为中心》，《北京大学学报》（哲学社会科学版）2007 年第 2 期。

② 觉我：《〈小说林〉缘起》，《小说林》1907 年第一期。

箫记》）等目，触处皆是。若演义中之《野叟曝言》，其卷末之踌躇满志者，且不下数万言。要之不外使圆满，而合于理性之自然也。"①此处所说，当是黑格尔对于美的界定，即"美是理念的感性显现"②。徐念慈将却理念的"自然"理解成传统小说戏曲的"大团圆"结局。在西方美学理论的支持下，徐念慈高度评价了一批"大团圆"式小说，从而区别于梁启超等人对传统小说"海淫海盗"的整体性指责。徐念慈将"艺术之圆满"问题理解成"大团圆"式的结尾。在这个问题上，黄人的意见似乎更加高明：他认为作文的秘诀是："'神龙见首不见尾'，龙非无尾，一使人见，则失其神矣。"他举例说明：《水浒传》《石头记》《金瓶梅》《儒林外史》《儿女英雄传》五部小说本来即不完全，但是"残缺其章回，正以完全其精神也。即如王实甫之《会真记传奇》，孔云亭之《桃花扇传奇》，篇幅虽完，而意思未尽，亦深得此中三昧，是固非千篇一律之英雄封拜、儿女团圆者所能梦见也"③。可见，所谓"完全"并不局限于表面的章回形式，也指那种余音绕梁的神韵。这比起徐念慈对"自然"、"圆满"的附会理解要高明得多了。以"大团圆"结局来满足"吾人之美的欲望"，这只是低级层次的满足，而黄人则强调读者/观众精神层面的满足，即以想象力补足"残缺"而"完全其精神"。

徐念慈还列举了"理想美学"与"感情美学"的另外四种特征：具象理想（与"抽象"相对）、美的快感、形象性与理想化。对这个问题，黄锦珠的意见是比较中肯的，即尽管徐念慈对黑格尔的"美学"观念有所误解，但他这种粗浅的理解毕竟开启了一个看待小说的新视角，它既不同于传统，也异于当时流行的功用观。④在中西文化交流过程中，重要的或许不是接受的精确性，而是思想"旅行"的历史性。

黄霖先生对徐念慈的评价非常高，认为他"尽管有些地方显得概

---

① 觉我：《〈小说林〉缘起》，《小说林》1907 年第一期。
② ［德］黑格尔：《美学》（第一卷），朱光潜译，商务印书馆 2013 年版，第 142 页。
③ 蛮：《小说小话》，《小说林》1907 年第一期。关于《小说小话》，龚敏：《黄人及其〈小说小话〉之研究》（齐鲁书社 2006 年版），主要从文献角度进行了详尽研究。
④ 黄锦珠：《晚清时期小说观念之转变》，台北：文史哲出版社 1995 年版，第 239 页。

念尚不清晰，分析也欠细致，但毕竟抓住了艺术的形象性、典型和美感作用等关键问题"。他甚至认为："假如梁启超是晚清小说理论的奠基者的话，那么，徐念慈在某种程度上可以说是代表了晚清小说理论的高度。"① 从黄先生所使用的"典型"诸概念上，可以看出其现实主义文学观念的影子。不过，徐念慈的小说观念本身无法承受这种理论高度。首先，徐念慈的"理想化"，称之"想象"尚可，但称之为"典型化"就有点牵强。徐念慈这样论述："理想化者，由感兴的实体，于艺术上除去无用分子，发挥其本性之谓也。小说之于日用琐事，亘数年者，未曾按日而书之，即所谓无用之分子则去之。而月球上之环游，世界之末日，地心海底之旅行，日新不已，皆本科学之理想，超越自然而促其进化者也。"② 从所举"日用琐事"的例子来看，所谓"艺术上除去无用分子，发挥其本性"是指素材的取舍，而不是从特殊见出一般（普遍性本质）的"典型化"。而徐念慈的"形象化"也不是在现实主义理论框架中来理解的，他是在另一种意义上谈论这个问题的：所谓"非具形象性"者，是指"当未开化之社会，一切神仙佛鬼恶魔"，而所谓"具形象性"者，是指《茶花女》《迦茵小传》这种写人的小说。所以，此处的"形象性"根本不同于"这一个"理论所强调的特殊性和丰富性。以上分析并非于苛求前人，而是后来者借助时间的优势，试图剥除关于徐念慈小说论的理论预设，进而达于一种真正历史性的理解。

1908 年，徐念慈在《余之小说观》中，再次提到了一位德意志哲学家的名字，这次是康德。而且，与一年前的《〈小说林〉缘起》相比，徐念慈的美学理论水平明显长进。他已经是在知/情二元的结构中来谈论小说：

> 今者亚东进化之潮流，所谓科学的、实业的、艺术的，咸骎骎乎若揭鼓而求亡子，发发乎若褰裳而步后尘，以希共进于文明之域；即趋于美的一方面之音乐、图画、戏剧，亦且改良之声，

---

① 黄霖：《近代文学批评史》，上海古籍出版社 1993 年版，第 591、595 页。
② 觉我：《〈小说林〉缘起》，《小说林》1907 年第一期。

喧腾耳鼓，亦步亦趋，不后于所谓实业科学也。然而此中绝尘而驰者，则当以新小说为第一。①

科学（实业）/艺术，是知/情二元结构的变体，小说仍旧被视为"美"的艺术之一种。在此基础上，徐念慈的理论有所深入，从"娱乐"与"性情"角度对小说进行"文学"定位：

> 小说者，文学中之以娱乐的，促社会之发展，深性情之刺戟者也。昔冬烘头脑，恒以鸩毒莓菌视小说，而不许读书子弟，一尝其鼎，是不免失之过严。近今译籍稗贩，所谓风俗改良，国民进化，咸惟小说是赖，又不免誉之失当。余为平心论之，则小说固不足生社会，而惟有社会始成小说者也。②

这段话在既有研究中多有引用，论者多侧重于徐念慈对那种过度强调小说社会功用的新小说论的扭转、反驳③。在小说与社会的关系问题上，徐念慈确实比较的平和、公允。但我在此处所要分析的，是其"娱乐"及"人生"观念。上文曾经指出侠民等的"消遣"论与"艺术"论的距离，但此处徐念慈的"娱乐"已大不一样，它不再是传统的、出世的以文自娱，而已经有了"美学"的支持。它与"游戏"相近，却同时具有以感性为途径进行觉民醒世的功利目的。而这里的"目的"也有其特殊性：

> 社会之前途无他，一为势力之发展，一为欲望之膨胀。小说者，适用此二者之目的，以人生之起居动作、离合悲欢，铺张其形式，而其精神湛结处，决不能越乎此二者之范。故谓小说与人

---

① 觉我：《余之小说观》，《小说林》1908 年第九期。
② 同上。
③ 相关论述如黄锦珠《晚清时期小说观念之转变》，台北：文史出版社 1995 年版，第 238 页；另如马睿《从经学到美学：中国近代文论知识话语的嬗变》，四川民族出版社 2002 年版，第 336—337 页。

生，不能沟而分之。即谓小说与人生，不能阙其偏端，以致仅有事迹，而失其记载，为人类之大缺憾，亦无不可。①

新小说理论理论中比较流行的，多是谈论小说对群治、社会、风俗、教育的促进关系，而徐念慈却同时谈到了"小说与人生"。按刘纳先生《嬗变》的研究，辛亥革命时期文学与"五四"文学审美理想的一种重要区别，即"国民"与"人"：前者关注种族、国家、群，而后者更关注的是个人、个性、人类。② 徐念慈拒绝极端夸大小说作用的流行做法，而视小说为"人生之起居动作，离合悲欢"的记载。虽然这种记载仍不能越出"社会之前途"的范围，但在当时的历史环境中，提出"人生"问题已经属于难能可贵了。

当然，这种"小说与人生"观与"五四"时期的"文学是人学"还是不一样的，其区别之一，即前者"娱乐"而后者"严肃"③。徐念慈说："小说者，文学中之以娱乐的，促社会之发展，深性情之刺戟者也"，他将小说建立在"情感"的基础上，这和梁启超"因人情而利导之"的思维是一致的。这种逻辑也符合"美学"作为"社会感觉学"的本义。"五四"新文学当然也强调人的感情的解放，但同时更强调"高远之思想"、"真挚之情感"④，强调"积极教训"⑤。

晚清小说论述中，经常出现的一个词语"铸鼎燃犀"，它意指小说试图烛幽抉隐、穷形尽相的愿望，因此，不论积极、消极，不论是维新派、革命党，还是丑态百出的官场、商界、洋场，抑或民间的道德习俗，小说都可以用一种准自然主义的态度，将这些材料和盘托出，从而对广阔的晚清社会进行全景式书写。而当刘半农等人强调用

① 觉我：《余之小说观》，《小说林》1908 年第九期。
② 刘纳：《嬗变：辛亥革命时期与"五四"时期的中国文学》，中国社会科学出版社1998 年版，第 265 页。
③ 朱自清在《论严肃》中说："新文学运动以斗争的姿态出现，它必然是严肃的。"而且，在"文以载道"的意义上，新文学运动与梁任公"小说界革命"是一脉相承的。见朱自清《标准与尺度》，广西师范大学出版社 2004 年版，第 22 页。
④ 胡适：《文学改良刍议》，《新青年》1917 年第二卷第五号。
⑤ 刘复：《通俗小说之积极教训与消极教训》，转引自黄霖、韩同文选注《中国历代小说论著选（修订本）》（上册），江西人民出版社 2000 年版，第 533 页。

"积极教训"来替代"消极教训"时，小说写作就变得高尚、纯正了。黑幕派、鸳鸯蝴蝶派的游戏、消遣、娱乐成为"五四"新文学的攻击目标，个体的"人"及其精神世界开始成为小说所着重探讨的"思想"内容。通过对人生根本问题的思索，小说获得了精神深度，同时却也部分地丧失了其广度和丰富性。徐念慈则处于这种广度和深度的中间地带：一方面以"娱乐"强调小说的"感性学"意义，另一方面则开始关注精神性的"人生"问题。不过，徐念慈对"小说与人生"的认识则仍具有晚清的影子。

与黄人关注"美"与"立诚明善"之间的辩证关系一样，徐念慈也不是唯美主义者。徐念慈于辛壬之际，集合同志组织"骖学同盟会"，而"每值会期，先生必痛陈时势之急迫，非教育不足以救亡，非群治不足以进化"[1]。他这样解释刊行《小说林》的缘由："殆欲神其熏、浸、刺、提（说详《新小说》一号）之用"。[2] 可见，他对梁启超的观点还是持赞同态度的。在时人写给《小说林》的祝词中，有这样的诗句："亚欧沉沦大可哀，雄狮久睡唤难回。凭君一管生花笔，写出晨钟暮鼓来"，"漫道稗官是小道，国民幸福此萌芽"，"不将说部罗奇才，教育何由普及来"[3]。从社会的广泛期待中，也不难看出《小说林》的实际志向所在。正是在这种注重小说启蒙功用的时代氛围中，黄人、徐念慈的"美学"观才显示出其历史性意义。

第二节 "心声"——《新生》时期周氏兄弟的小说观

鲁迅和周作人是"五四"新文学的两位重要人物。但兄弟二人在留学日本的那段时间内，已经初步形成了自己的文学观念。其中当然也包括对于"小说"的理解，这种理解与晚清的小说观念形成了直接或间接的对话关系。1906年2月末3月初，鲁迅从仙台医学专门学校退学，经历了著名的"找茬事件"和"幻灯片事件"后，他决定"弃

---

① 常熟丁祖荫述：《徐念慈先生行述》，《小说林》1908年第十二期。
② 觉我：《〈小说林〉缘起》，《小说林》1907年第一期。
③ 少云：《谨祝小说林万岁》，《小说林》1908年第九期。

医从文"；1906 年夏秋，周作人随同回家成亲的大哥一道东渡；1907 年，他们一起经历了筹办《新生》杂志的失败。但事情并没有就此结束，周作人在《知堂回想录》中说："鲁迅计画刊行文艺杂志，没有能够成功，但在后来这几年里，得到《河南》发表理论，印行《域外小说集》，登载翻译作品，也就无形中得了替代，即是前者可以算作《新生》的甲编，专载评论，后者乃是刊载译文的乙编吧。"① 在甲编《河南》杂志发表的一系列文章中（1907—1908）②，在乙编《域外小说集》（1909 年出版）的编纂实践中，周氏兄弟发出了其独特的"心声"。基于以上理由，我将这三年称为他们的"《新生》时期"，其间他们所形成的独特文学观念，一直延续到"五四"新文学——"中国现代文学实发轫于周氏兄弟未获成功的《新生》"。③

另外，需要指出的是，这一时期的鲁迅，还不是后来的那个成为"五四"文学重将的鲁迅，而只是普通的清国留学生——周树人而已。鉴于其小说观念从晚清到"五四"时期的延续性，以下行文中皆用"鲁迅"。

一　鲁迅："纯文学"的"无用之用"

1903 年，鲁迅从日文本翻译的《月界旅行》（法国儒勒·凡尔纳著，日本井上勤译）由东京进化社出版，他在"辨言"中这样写道：

> 盖胪陈科学，常人厌之，阅不终篇，辄欲睡去，强人所难，势必然矣。惟假小说之能力，被优孟之衣冠，则虽析理谭玄，亦能浸淫脑筋，不生厌倦。彼纤儿俗子，《山海经》、《三国志》诸

---

① 周作人：《知堂回想录》，止庵校订，河北教育出版社 2001 年版，第 254 页。
② 《河南》（总编辑是刘师培）所发表周氏兄弟的文章，"计第一号有鲁迅的《人间之历史》，第二、三号有鲁迅的《摩罗诗力说》，第四、五号有周作人的《论文章之意义暨其使命及中国近时论文之失》，第五号有鲁迅的《科学史教篇》，第七号有鲁迅的《文化偏至论》，周作人口译、鲁迅笔述的藾息（Emil Reich）作《裴彖飞诗论》（未完），第八号有鲁迅的《破恶声论》（未完），周作人译亚伦坡作《寂谟》、契诃夫作《庄中》，第九号有周作人的《哀弦篇》。"见止庵《周作人》，山东画报出版社 2009 年版，第 34 页。
③ 止庵：《周作人》，山东画报出版社 2009 年版，第 37 页。

书，未尝梦见，而亦能津津然识长股奇肱之域，道周郎葛亮之名者，实《镜花缘》及《三国演义》之赐也。故掇取学理，去庄而谐，使读者触目会心，不劳思索，则必能于不知不觉间，获一斑之智识，破遗传之迷信，改良思想，补助文明，势力之伟，有如此者！我国说部，若言情谈故刺时志怪者，架栋汗牛，而独于科学小说，乃如麟角。智识荒隘，此实一端。故苟欲弥今日译界之缺点，导中国人群以进行，必自科学小说始。①

这样的意见在晚清"小说界革命"的氛围中，可以说没有任何特别之处。小说浸淫脑筋，补助文明，利导人群，是梁任公《论小说与群治之关系》的观点；纤儿俗子通过小说而知历史，是《本馆附印说部缘起》开篇所论的内容；"科学小说"的概念早在《中国唯一之文学报〈新小说〉》（1902）中也提出来了；而所谓"欲……，必……"也正是晚清流行的修辞方式。刚到日本一年的鲁迅，在小说观念上，还没有走出梁启超的影子。

而到1909年《域外小说集》出版时，鲁迅的小说观已经发生了巨大的变化："《域外小说集》为书，词致朴讷，不足方近世名人译本。特收录至审慎，迻译亦期弗失文情。异域文术新宗，自此始入华土。使有卓特，不为常俗所囿，必将犁然有当于心，按邦国时期，籀读其心声，以相度神思所在"②。这段话透露着全新的信息，鲁迅的文化、文学观念较之七年前发生了巨大变化，即从梁启超式的小说功用论，变成视小说为国民精神之表现的"纯文字"小说观。要理解这种变化，他在《河南》发表的几篇文章可以提供重要线索。

晚清时局艰难，仁人志士为救国图强而奔走呼号，各种救国方案纷纷提出。以报章、刊物、学会、演讲等为凭藉，武备工商、黄金黑铁、科学、进化、文明、民主、国民、立宪、国会等时髦口号，一时沸腾扰攘于维新人士之口。而在这样的热烈氛围中，鲁迅却感到"萧

① 鲁迅：《〈月界旅行〉辨言》，《鲁迅全集》第10卷，人民文学出版社2005年版，第164页。
② 同上书，第168页。

条"与"寂漠",这样的心情弥漫于发表于《河南》的两篇文章之中。《摩罗诗力说》(1907)开篇:"人有读古国文化史者,循代而下,至于卷末,必凄以有所觉,如脱春温而入于秋肃,勾萌绝朕,枯槁在前,吾无以名,姑谓之萧条而止。"①《破恶声论》(1908)开篇同样如此:"本根剥丧,神气旁皇,华国将自槁于子孙之攻伐,而举天下无违言,寂漠为政,天地闭矣。狂蛊中于人心,妄行者日昌炽,进毒操刀,若惟恐宗邦之不蚤崩裂,而举天下无违言,寂漠为政,天地闭矣。"②"萧条"与"寂漠"的原因,不是思想文化界没有声音,恰恰相反,正是因为那里充满了太多"狂蛊"和"妄行者"。维新言议一呼百应,占据了所有的话语空间,那些持不同意见的"违言"也就没有了自己的位置。鲁迅将这样的扰攘称为"人界之荒凉",在这样的世界里面,他听不到"心声",看不到"内曜"。

"内曜者,破黮暗者也;心声者,离伪诈者也。……惟此亦不大众之祈,而属望于一二士"。③ 当时维新人士造成一种扰攘的社会风气,鲁迅视之为"黮暗"与"伪诈";并认为他们只是打着维新的旗号,来谋一己的私利而已:"特十余年来,介绍无已,而究其所携将以来归者,乃又舍治饼饵守图圄之术而外,无他有也。"④ 要打破这种表面扰攘、而实质却是萧条无声的现状,只能期待"一二人",也就是所谓的"精神界战士"。"内曜"和"心声",是指独立自由的国民精神,其最天然的表现媒介即"诗歌"(文章):"盖人文之留遗后世者,最有力莫如心声。古民神思,接天然之閟宫,冥契万有,与之灵会,道其能道,爰为诗歌。"⑤ 而中国的理想之邦在于过去的三代之治,所以向来追求人心的平和、甚至枯槁。为了保持生活故态,往往扼杀那些扰乱人心的先觉者和天才。体现在文章上,则是用儒家的"无邪"来规范"诗言志",即"许自繇于鞭

① 鲁迅:《摩罗诗力说》,《鲁迅全集》第1卷,人民文学出版社2005年版,第65页。
② 鲁迅:《破恶声论》,《鲁迅全集》第8卷,人民文学出版社2005年版,第25页。
③ 同上。
④ 鲁迅:《摩罗诗力说》,《鲁迅全集》第1卷,人民文学出版社2005年版,第103页。
⑤ 同上书,第45页。

策羁縻之下"。人的自由情感受到种种无形囹圄的限制。于是，人心迷于"实利"，而"心声"、"内曜"也就无从听见了。鲁迅认为，只有真正的诗人能够打破这种污浊的平和状态，"盖诗人者，撄人心者也。"①

在晚清列强环伺、四邻逼迫的形势下，求助往古，笃守旧习，必无法在列强相争的秩序中独立自存。回避不是办法，关键是要洞察世界大势，并积极地加入这一历史过程。重要的是一种"自觉"，即意识到中国是世界的一部分。"意者欲扬宗邦之真大，首在审己，亦必知人，比较既周，爰生自觉。"因此，鲁迅主张"别求新声于异邦"②，进而提出了自己的文化政治理想："外之既不后于世界之思潮，内之仍弗失固有之血脉，取今复古，别立新宗，人生意义，致之深邃，则国人之自觉至，个性张，沙聚之邦，由是转为人国。"③ 个人的自觉对于"人国"的建立至关重要："盖惟声发自心，朕归于我，而人始自有己；人各有己，而群之大觉近矣。"④

鲁迅所求取的异邦新声即"摩罗派诗人"。这些诗人是萧条世界的破坏者，是"心声"、"内曜"的解放者，是国民精神的发扬者，是促其国人新生的天才，"凡立意在反抗，指归在动作，而为世所不甚愉悦者悉入之"。⑤ 在鲁迅的论述中，"诗"（即文章）与"心声"、"国民之灵府"、"国民精神"基本是同一的关系。也只在这样的关系中，在"诗"与"己"及"大群"相互关联的视野中，才能真正理解其所谓"纯文学"的意义。

《摩罗诗力说》介绍了拜伦、雪莱、普希金、密茨凯维支、裴多菲等多位争天拒俗的摩罗诗人，强调他们对与"群"之生存的重要性。在诗歌/实学二元的框架中，鲁迅这样界定"文章"的性质和作用：

---

① 鲁迅：《摩罗诗力说》，《鲁迅全集》第 1 卷，人民文学出版社 2005 年版，第 70 页。
② 同上书，第 67、68 页。
③ 同上书，第 57 页。
④ 鲁迅：《破恶声论》，《鲁迅全集》第 8 卷，人民文学出版社 2005 年版，第 25 页。
⑤ 鲁迅：《摩罗诗力说》，《鲁迅全集》第 1 卷，人民文学出版社 2005 年版，第 47 页。

由纯文学上言之，则以一切美术之本质，皆在使观听之人，为之兴感怡悦。文章为美术之一，质当亦然，与个人暨邦国之存，无所系属，实利离尽，究理弗存。……约翰穆黎曰：近世文明，无不以科学为术，合理为神，功利为鹄。大势如是，而文章之用益神。所以者何？以能涵养吾人之神思耳。涵养人之神思，即文章之职与用也。①

这段话可以从两方面来理解。

一方面，诗歌/实学（科学、物质）的二元结构有其深刻的思想基础。

在万国竞争的世界秩序中，那些所谓的"落后"国家尤其强化了这种二元式思维。不独中国如此，已经进入世界强国之列的日本也是这样。坂下龟太郎在总结明治维新以来国家及个人的经验时认为，日本自古受"支那"风尚影响，重文学而轻"理科之学"（如物理、化学、数学），"开化之基，由是而失"。而如今，日本因讲"理学"，"全得西洋之畴范"，而将进入文明开化之域。因此，他希望其他国家也学习日本的这种成功经验。国家如此，个人也要转变："余素嗜文学，文书诗卷，常不少离左右。然尝细思之，文学者乃无用之学，雕虫之技，不若理科之有益于国家也。故余断己之所好，而勉力于理科。尤望世之与余同病者，割一己之私爱，而从事于有益于国家之学，是则余之大愿也。"②

晚清中国一方面屡挫于列强，一方面也开始主动学习东亚邻国的成功经验。对理科、实学的追求是社会的主流声音。但是，在举世滔滔皆在讲求法政、理化、警察、工业等实学的情况下，鲁迅却强调文学、美术的作用。他认为，只求物质功利的人世间是不完整的，人在劬劳善生的过程中会有惝恍入思的时刻，因此，在现实的躯壳之外还要有理想的领域。实际上，鲁迅认为，对"物质"的崇拜是19世纪文明的一种"偏至"。19世纪的物质文明固然是人类历史的巨大进步，但当"物

---

① 鲁迅：《摩罗诗力说》，《鲁迅全集》第1卷，人民文学出版社2005年版，第73、74页。

② ［日］坂下龟太郎：《理科游戏》，《绣像小说》1903年第一号。

质"被奉为圭臬，成为生活根本时，所谓文明也就失去了其神旨：

> 递夫 19 世纪后叶，而其弊果益昭，诸凡事物，无不质化，灵明日以亏蚀。旨趣流于平庸，人惟客观之物质世界是趋，而主观之内面精神，乃舍置不之一省。重其外，放其内，取其质，遗其神，林林众生，物欲来蔽，社会憔悴，进步以停，于是一切诈伪罪恶，蔑弗乘之而萌，使性灵之光，愈益就于黯淡：19 世纪文明一面之通弊，盖如此矣。①

清季国力衰弱，为求自存保种，维新人士多主张学习西方"富强"之术；因此歆羡列强的侵略，同时嘲笑印度、波兰等国家人民的软弱、奴性。鲁迅注意到，19 世纪末以尼采等人为代表的"新神宗"，已经起而抗拒这种偏至。因此，他认为黄金黑铁不足以救国，维新人士所崇拜的"思廓其国威于天下者"，实际上是"兽性之爱国"；所谓科学、物质的吁求，实际上是一种"恶声"。他所主张的，是"反诸己"与"自觉"，即通过"立人"而达于"人国"的理想。对于"心声""内曜""个性"的强调，使得这种理想不同于把"人"变成"国民"的国家主义方案。

另一方面，"文章"虽然与实利无关，但也并非无用之物。它能表现人的"心声"，涵养人的"神思"，鲁迅称此为"文章不用之用"。这与 1909 年《〈域外小说集〉序言》中的"籀读其心声，以相度神思所在"相比，无论在用词上，还是语义上，都是一致的。可见，鲁迅是在相同的理念下来讨论"诗歌"和"小说"的。"纯文学"的概念将二者包括在内。如木山英雄先生所言，这种以"声"来象征一个文明整体命运的思维方式，显示着传统的浸淫："如同'治世之音安以乐，其政和；乱世之音怨以怒，其政乖'所象征的，认为一国治乱与音乐调子有关联的儒家道德政治性音乐论（《乐记》），和天籁地籁等等概念所表达的道家宇宙生命论（《庄子》）的传统横亘其间。"② 不

---

① 鲁迅：《文化偏至论》，《鲁迅全集》第 1 卷，人民文学出版社 2005 年版，第 54 页。
② ［日］木山英雄：《文学复古与文学革命》，赵京华编译，北京大学出版社 2004 年版，第 227 页。

过，从鲁迅对"英人道覃（E. Dowden）"之"美术"、文章观点的引用，从其论述中文章/科学的二元结构，都可以见出，他所秉持的已经是现代西方"文学"观念。

因此，《域外小说集》的编纂是将"别求新声"付诸实践的文学行动，小说被认为是打破无声"寂漠"、发扬国民精神的一种"文学"形式。鲁迅在晚清实学的时代氛围中，强调"心声""内曜"，强调文学、美术的"无用之用"，这实际上是一股"浪漫主义"的力量。如汪晖先生所言："追求人的超越性，强调人的个体独立性和由此出发对现实秩序的破坏性：文化哲学的内在尺度构成了鲁迅浪漫主义文学思想的根本依据。"[1] 如本书第四章所分析的那样，在"浪漫主义"者对于现代工业文明和民主社会的批判中，诞生了现代的"美学"和"文学"观念。而鲁迅的所谓"纯文学"，在其社会基础上，当然是对晚清社会追求实学功利的一种批判；这种观念也是现代西方学术体系强力影响中国的结果——具体而言，即鲁迅以日本为中介[2]，对于西方非功利的文学观念的认同和接受：文学（包括小说）与自我、主体、"主观之内面精神"之间产生了一种内在的关联。

在这样的视野中，我们才可以充分地理解《域外小说集》的意义。

《域外小说集》序言中所谓"士之卓特"，即浪漫主义的天才（"性解"Genius）与先觉者，即破坏挑战的"摩罗诗人"，即不媚群、不流俗的"精神界之战士"。浪漫主义者将艺术的抗议转变为一种职业性的批判，"美学"从社会感性领域走向狭隘化的"艺术哲学"；同样，"精神界之战士"也因不被世俗理解而感到"孤独"。

《域外小说集》后来的惨淡销路证明了这种孤独，而以"古文"翻译所造成的阅读障碍或许是另一重原因。鲁迅说此集"词致朴讷"，是

---

[1]　汪晖：《反抗绝望：鲁迅及其文学世界》，河北教育出版社 2000 年版，第 32 页。

[2]　鲁迅的"文章"观念明显受到坪内逍遥之《小说神髓》、夏目漱石之《文学论》及森欧外等人所介绍浪漫主义观念的影响。何德功：《晚清第二次文学运动与日本文学的影响》，载王琢编《中日比较文学研究资料汇编》，中央美术学院出版社 2002 年版。另王晓平也曾分析《小说神髓》对《摩罗诗力说》的影响，见《近代中日文学交流史稿》，湖南文艺出版社 1987 年版，第 254—263 页。

符合实际的。他之所以选择"古文",其目的在于做到"弗失人情",即在引介异域"新声"时严格坚持"诚"的原则①。在鲁迅看来,只有"古文"才能呈现那种前所未有的"心声"体验。木山英雄认为,周氏兄弟"为了对应于细致描写事物和心理细部的西方写实主义,他们所果敢尝试的以古字古意相对译实验,哪怕因而失之于牵强,但恰恰因为如此,通过这样的摩擦,作为译者自身的内部语言的文体感觉才得以真正形成吧"②。这就意味着,鲁迅在"古文"的文学形式与内在精神之间("心声")设置了一种同一性的关系。

用另一方式来说,鲁迅所持的是一种现代语言观:语言与主体之间是同一性关系,而非工具性关系。对于"心声"来说,"古文"是呈现它的唯一圆满的语言;而其他无论"文言"还是"白话文",都是异质性的能指系统。当然,鲁迅不完全是在这个抽象脉络里来思考的,他选择"古文"翻译小说有其具体的历史原因。非常重要的一点,即章太炎"文学复古""爱国保种"等思想对他的影响,木山英雄先生曾经在《"文学复古"与"文学革命"》一文中讨论这个问题。汪晖先生也曾分析鲁迅的这种语言观与晚清"反满民族主义"的关系。③ 当然,这里所着重强调的,是《域外小说集》的象征性意义:"古文"与"心声"之间的同一性关系,使得作为一种"美术"的"小说"与晚清时势之间发生了深刻的互动。这正是"小说"作为"艺术"这种观念发

---

① 鲁迅在《〈域外小说集〉略例》中强调:"人地名悉如原音,不加省节者,缘闻音译本以代殊域之言,留其同响;任情删易,即为不诚。"这里所说的虽然是人名地名的翻译,但也可见其"诚"的原则。见鲁迅《鲁迅全集》第 10 卷,人民文学出版社 2005 年版,第 170 页。

② [日]木山英雄:《文学复古与文学革命》,赵京华编译,北京大学出版社 2004 年版,第 231 页。

③ 汪晖先生这样分析章太炎的语言观:"按照他的国粹主义和民族主义逻辑,我们可以推论出两个观点:第一,宋以后由于汉人王朝之积弱和持续的异族入侵,中国的语言早已杂糅无章,缺乏内在的生命和纯粹性,因此,研究小学、恢复古代文字的日常运用乃是民族主义使命得以实现的必要途径;第二,宋以后由于科举制度的正规化,文言文与科场八股文相互渗透,不但不是真正的古代语言,而且已经是一种体制化的、有文无质的语言。"所以,古文是古代的口语,与宋以后体制化的"文言"不同。古文与"白话文"也有根本区别,因为前者与"复古"的国粹观联系在一起。见汪晖《声之善恶:什么是启蒙?——重读鲁迅的〈破恶声论〉》,《开放时代》2010 年 10 月。

生于中国时的真实历史语境。

而随着《狂人日记》的发表，清朝留学生周树人变成了"新文学"的重要代表——鲁迅。曾经极力强调古文之纯粹性的鲁迅，变成了白话文运动的支持者和实践者。木山英雄将这描述成"从彻底的文言一元化语言转向一元化口语"的过程，并认为这种转变的原因是"王朝制度的最后崩溃所引起的危机的深化"。① 不过，在从"文学复古"到"文学革命"的转化中，虽然经历了由超人天才信念向平民信念的转变，但那种"一元化"的语言观仍延续下来了——无论"古文"还是"白话文"，其宗旨都是追求语言与内在精神的同一性。这种同一性，对于强调主观、内面的浪漫主义文学观念来说，是根本性的。后来的鲁迅一直坚持这种文学"美术"观。

《儗播布美术意见书》（1913）算是他对于"美术"（art or fine art）观念的理论性介绍："顾实则美术诚谛，固在发扬真美，以娱人情，比其见利致用，乃不期之成果。"② 这和《摩罗诗力说》中的"文章不用之用"论如出一辙。晚清小说与"五四"新文学之间的延续，在鲁迅的小说艺术观中充分体现出来。一个例子是，《狂人日记》发表后获得了巨大声誉，但鲁迅本人却反复表达对这个作品的不满，认为它是"拙作"③。这种反差背后的原因之一，即尽管鲁迅的文学行动体现出强烈的现实关怀，但"独创""藏锋"等现代小说美学观念也一直潜存于他的心中。（具体论述参见本书第七章第三节）另一个例子，是鲁迅《中国小说史略》的写作。据关诗珮的研究，贯穿这本书的两个基本观念，就是"独创"与"虚构"，而二者都是 17 世纪、18 世纪随着"小说"成为一种虚构文体后才出现的现代小说观念。④ "小说"作

---

① ［日］木山英雄：《文学复古与文学革命》，赵京华编译，北京大学出版社 2004 年版，第 237 页。

② 鲁迅：《儗播布美术意见书》，《鲁迅全集》第 8 卷，人民文学出版社 2005 年版，第 52 页。

③ 1918 年 8 月 20 日，鲁迅致许寿裳信见《鲁迅全集》第十一卷，人民文学出版社 2005 年版，第 365 页。

④ 关诗珮：《唐"始有意为小说"：——从鲁迅的〈中国小说史略〉看现代小说（Fiction）观念》，《鲁迅研究月刊》2007 年第 4 期。

为"艺术"这种观念的发生，不仅是西方现代学术体系移入的结果，更与千年未有之变局的时势有着深刻的互动关系。"无用之用"的逻辑拒绝直接的功利性（物质、科学），而希望用文学发扬"国民精神"、进而"立人"的方式来兴起邦国，于是，对间接裨益的追求终究仍是功利主义的。这里，"美术"与政治并非完全对立，因为"纯文学"的行为本身就是政治性的。鲁迅从晚清到"五四"的文学经历，真切地体现出历史的复杂性。

二 周作人："夫小说者，文章也，亦艺术也"

"心声"时期的周作人，无论在思想上还是在文学观念上，都与其兄长极为相似。如止庵先生所言："通过给《河南》撰稿，以鲁迅为主，周作人为辅，共同构筑了一个思想体系，纲领即是《文化偏至论》中所说'掊物质而张灵明，任个人而排众数'。"① 不难想见，日本留学期间兄弟怡怡、探讨切磋的情谊。在《知堂回想录》中，周作人自己承认其《论文章之意义暨其使命因及中国近时论文之失》"上半杂抄文学概论"。② 但像其兄长一样，他把大量的参考资料都纳入自己的思想体系当中。在晚清维新言论的扰攘中，周作人同样感到了"萧条"，《哀弦篇》（1908）开篇的黯淡氛围，与《摩罗诗力说》及《破恶声论》相为相似：

> 华土物色之黯淡也久矣。民德离散，质悴神亏，旧泽弗存，新声绝朕。处今日之世，虽步康庄之涂以临观市集，士女熙熙，盈吾左右，顾目击扰攘，其凄清也如是，盖所谓死寂者是也。萧条唯何？无觉悟也。曷无觉悟？无悲哀故。人唯不知自悲，而后零落所底，将更令他人悲之。盖哀弦断响而人心永寂，有如此也。③

---

① 止庵：《周作人》，山东画报出版社 2009 年版，第 35 页。
② 周作人：《知堂回想录》，止庵校订，河北教育出版社 2001 年版，第 255 页。从其"杂抄"内容判断，此处所指应是太田善男之《文学概论》。
③ 周作人：《哀弦篇》，钟叔河编定：《周作人散文全集》第一卷，广西师范大学出版社 2009 年版，第 128 页。

周作人认为，国人把政治工商当成救国的不二法门，醉心浮华，图谋干禄，致使人的精神枯寂，听不到"心声"。因此他也要以"异邦新声"来打破这种萧条的境况。但兄弟二人精神气质的不同在此显示出来了——与鲁迅对"摩罗"精神的认同不一样，周作人着重介绍的是苍凉绝望的"悲哀之声"，并以此为打破沉寂、造因未来的希望所在："末世有哀音焉，正所以征人心之未寂，国虽惨淡而未至于萧条者也。"① 周作人将"哀弦"视为"国民精神"所在，并视"国民精神"为"国魂"、"国粹"，为立国的根本。在《论文章之意义暨其使命因及中国近时论文之失》（1908）中，周作人以埃及、希腊为例，说明国民精神、文化的完大对于国家兴盛的重要性。进而，提出了他的"文章"观：

> 盖精神为物，不可自见，必有所附丽而后见。凡诸文化，无不然矣，而在文章为特著。……凡自土木金石绘画音乐以及文章，虽耳目之治不同，而感人则一。特文章为物，聊隔外尘，托质至微，与心灵直接，故其用亦至神。言，心声也；字，心画也。自心发之，亦以心受之。②

文章与"心声"之间的同一性关系，"国粹"所显示的民族主义，这都是与鲁迅一致的。国民精神为立国根本，已如上述。但中国的思想、文章则一向"拘囚蜷屈"：一方面拘挛于儒宗、帝

---

① 周作人：《哀弦篇》，钟叔河编定：《周作人散文全集》第一卷，广西师范大学出版社 2009 年版，第 134、129 页。在 1906 年的《〈孤儿记〉绪言》中，可能是受到雨果人道主义的影响，周作人已经对天演、进化对弱小者所显示的残酷感到悲哀："呜呼！天演之义大矣哉！然而酷亦甚矣。宇宙之无真宰，此人生苦乐，所以不得其平。而今乃复一以强弱为衡，而以竞争为纽，世界胡复有宁日！斯人苟无强力之足恃，舍死亡而外更无可言。芸芸众生，孰为庇障？何莫非孤儿之俦耶？……嗟夫！大地苍莽，末日何届！其惟与悲哀长此终古欤！"（见陈平原、夏晓虹编《二十世纪中国小说理论资料》（第一卷），北京大学出版社 1997 年版，第 176 页）

② 周作人：《论文章之意义暨其使命因及中国近时论文之失》，钟叔河编定：《周作人散文全集》第一卷，广西师范大学出版社 2009 年版，第 91 页。

力、道学的束缚，另一方面则溺于实利。晚清维新派所主张的富强方案，不过是这种"实利"精神的遗绪。周作人认为，数数方术、贸易工商不足以尽人生之事，在身体饱暖之外，还要有心灵的发扬。

很明显，周作人使用了物质/精神的二元逻辑。周作人介绍了美国宏德（Hunt）论文章观点："文章者，人生思想之形现，出自意象、感情、风味（Taste），笔为文书，脱离学术，遍及都凡，皆得领解（Intelligible），又生兴趣（Interesting）者也。"在随后的解释中，比较重要的是周作人对"美致"（Artistic）的理解："至言美致，则所贵在结构，语其粗者，如章句、声律、藻饰、镕裁皆是，若其精微之理，则根诸美学者也。"①（着重号为引者所加）晚清"美学"观念进入中国后，固然有王国维、黄人这样的接受者，但也有许多人只是对此有一种模糊的认识，将"美学"仅仅视为诸如结构、辞藻、声律等文学形式上的华美。周作人的理解显然要高出一筹，他明确指出Artistic（艺术的）的精微之理：即以"美学"为根基。这也成为周作人"小说"观的基础："夫小说为物，务在托诚写意，而足以移人情，文章也，亦艺术也。"② 在1907年《〈红星佚史〉序》中，周作人亦用"主美"来要求小说，要求区分"文章与教训"，但他并没有完全拒绝文章的使命。不过，作为"文"的小说"能移人情，文责已尽，他有所益，客而已矣"。③

正是以此为理论标准，周作人论及"中国近时论文之失"。他所批评的论著（并未指名）有：陶曾佑的《中国文学之概观》、金松岑的《文学上之美学观》（发表于《国粹学报》1907年第28期，署名"金一"）及林传甲的《中国文学史》。其中，涉及"小说"的，是对林传甲的批评。

---

① 周作人：《论文章之意义暨其使命因及中国近时论文之失》，钟叔河编定：《周作人散文全集》第一卷，广西师范大学出版社2009年版，第96、98页。
② 同上书，第113页。
③ 周作人：《〈红星佚史〉序》，钟叔河编定：《周作人散文全集》第一卷，广西师范大学出版社2009年版，第48—49页。

日本笹川种郎撰《中国文学史》，录入中国传统视为淫书的传奇、小说。对此，林传甲痛加呵斥："况其胪列小说、戏曲，滥及明之汤若士、近世之金圣叹，可见其识见污下，与中国下等社会无异。而近日无识文人乃译新小说以诲淫盗，有王者起，必将戮其人而火其书。"周作人对此提出批评，他肯定笹川的做法，叹息国人自著文学史却昧于文章之义。他也不同意林传甲所谓"元人文体为词曲、说部所紊"的说法，认为"说部"（"小说"）本来即属于"纯文章"之类："夫文章一语，虽总括文诗，而其间实分两部。一为纯文章，或名之曰诗，而又分之为二：曰吟式诗，中含诗赋、词曲、传奇，韵文也；曰读式诗，为说部之类，散文也。其他书记论状诸属，自为一别，皆杂文章耳。"① 这里的"纯文章"即包括诗、词、传奇、小说在内的现代"文学"观念。那种将箴、铭、碑、志皆全包括进来的"杂文学"观念已经被抛弃了。所以，在周作人看来，笹川将戏曲、小说当入"文学史"正是合乎现代文学体例的做法。

从小说"移人情"而不"诲"的角度，周作人否定了林传甲对"新小说以诲淫盗"的指责。但对"新小说"要求的功利性，周作人也持批评态度。他认为这种实用的追求始于梁任公《论小说与群治之关系》。周作人的批评是整体性的，他认为，"小说界革命"以来出现的诸如历史小说、科学小说、教育小说、哲理小说、滑稽小说、实业小说、言情小说、伦理小说、冒险小说、侦探小说等，都是泥于分类，迷于功利，而昧于小说是"艺术"这一事实。针对这种幻妄情状，他提出改革意见："文章一科，后当别为孤宗，不为他物所统。又当摈儒者于门外，俾不得复煽祸言，因缘为害。而民声所寄，得尽其情，既所以启新机，亦即以存古化。"② 可见，虽然在物质（实利）/精神的二元结构中，周作人确立了小说作为"艺术"的观念，

① 本段所有引文皆见周作人《论文章之意义暨其使命因及中国近时论文之失》，钟叔河编定：《周作人散文全集》第一卷，广西师范大学出版社 2009 年版，第 111 页。
② 同上书，第 115 页。

但这种浪漫主义文学实践的动力仍然是"民族主义"——"移人情"意味着小说与眼下的实用无关,但它仍有"远功":发扬国民精神,以兴邦国。

第三节　管达如和成之:小说作为"近世文学"

1927 年 12 月,范烟桥的《中国小说史》由苏州秋叶社出版。在"文学革命"发起十年之后,人们对于"小说"的艺术地位似乎已经有了确论。范烟桥指出了这种历史的变化:从汉、唐宋到明,人们渐渐意识到小说在文学上的重要地位。而"迨至近十年来,所谓新文化之潮流,与西洋文坛之消息,浸灌东来,于是国人方识小说在文学上之位置,而小说之真价值始定"①。为了说明这种"真价值",范烟桥引用了管达如(1881—1941)《说小说》中的话:

> 文学者,美术之一种也;小说者,又文学之一种也。……古文所说之理,所叙之事,所表之情,固非通俗文所能有;通俗文所叙之事,所说之理,所表之情,又岂古文所能有乎?惟如是也,故虽文人学士,深通古文者,而其好读小说,亦与常人无异矣。……借事实以动人者,初不必直陈其是非,但叙述事实,使读者之喜怒哀乐,自然随之为转移。……他种文字,无论如何委婉曲折,终不能如小说之详明,此一般思想简单之人,所以欢迎小说也。②

管达如的《说小说》发表于《小说月报》第三卷第五号、第七号至第十一号。如上引文所示,管达如将小说视为一种艺术("美术")。这和"五四"对文学的认识是一致的。但 1927 年的范烟桥在强调"小说之真价值"时,宁愿选择 15 年前管达如的旧文,而没有借鉴正在经典化的"五四"新文学观念。其中原因,除却手边资料方便等客

---

① 范烟桥:《中国小说史》,苏州秋叶社 1927 年版,第 4 页。
② 同上书,第 4—5 页。

观因素外，也可能有主观因素：作为旧派文学团体"星社"发起人之一的范烟桥，面对新文学咄咄逼人的气势，或许有所不满。"文学革命"以来，在一种历史进化观念的作用下，形成了新与旧、今与古、白话与文言、死文学与活文学等一系列的二元对立结构。在这样的历史氛围中，范烟桥所属的旧派话语空间变得很小了。而管达如的小说"艺术"观虽然与"五四"一致，但他对于文言/白话的紧张关系却持很温和的态度。

当然，管达如也认为小说是通俗的、而非文言的，但他没有将文言视为过时无用之物。他指出："古文与通俗文，各有所长，不能相掩。句法高简，字法古雅，能道人以美妙高尚之感情，此古文之所长也；叙述眼前事物，曲折详尽，纤悉不遗，此通俗文之所长也。"[①] 在管达如看来，文言、白话并非"你死我活"的斗争关系，而是各有所长，各有分工。这种分工与他对"我辈"/"下游社会"（即"士"/"民"）进行区分的精英立场有关："吾国今日小说，当以改良社会为宗旨。而改良社会，则其首要在启迪愚蒙，若高等人，则彼固别有可求智识之方，而无俟于小说矣。"[②] 小说为下等浅人说法，是对妇女儿童等思想简单之人进行教育的工具，而士人君子的启蒙则别有所待。这种观点在晚清的小说界比较流行，但如本书第二章所述，也有从"合群"角度提出的批评。

虽然有这种精英式的区分，管达如毕竟看到了小说与社会"一而二，二而一"[③] 的关系，看到了小说"坚人自信力"、改良社会的伟大势力，进而肯定小说在文学上的"美术"性地位。也就是说，他也加入了梁启超式的对于"新民"的历史想象。于是，当时代在呼唤新的政治主体时，小说就成为顺应种历史趋势的特有文学形式。

这种观点，按照成之［学界一般认为成之即吕思勉先生（1884—1957）。他是管达如的表弟］的表述，即：

---

① 管达如：《说小说》，《小说月报》1912 年第三卷第九号。
② 同上书，第十一号。
③ 同上书，第八号。

小说者，近世的文学，而非古代的文学也，此小说所以有势力之总原因，而其他皆其分原因也。何谓近世文学？近世文学者，近世人之美术思想，而又以近世之语言达之者也。……今文学则小说其代表也，且其位置之全部，几为小说所独占（吾国向以白话著书者，小说外殆无之。即有之，亦非美术，性质不得称为文学）。[1]

在晚清民初最长的一篇小说专论《小说小话》中，成之分析了"近世文学"的特质：一是切近，因为其叙述内容多是今人感情；二是今文本身的详悉；三是小说所载都是事实而非空言。在所有文学形式中，唯有小说具备这些特质。成之承认，今文在承载理想方面不如古文，但只有今文是"近世的语言"。这是因为，成之有一种和管达如相同的分工观念：古文是思想高尚之人所用，今文则为一般普通人所用。显然，其重视今文的潜台词即：这是一个普通人的时代，而小说是普通人的文学。这种判断与其说是对于"时运交移，质文代变"[2]之历史事实的客观描述，不如说是站在时代的高度，对特定文学形式的召唤。这种召唤要建立在对于时代精神及其未来走势的判断上，而这种判断的前提，是特定历史主体相信自己能够洞察历史的规律——这就是"一代有一代之文学"[3]的现代意义。

那么，小说是何种时代的文学呢？

黑格尔曾在《美学》中把小说视为"近代市民阶级的史诗"。在一个"散文化"的世界中，小说以"冲突"解决的方式，力图恢复"史诗"所特有的与时代精神之间的整一状态。因为，史诗时代是朴素的、圆满的时代，那时候，精神自由自在，流动的思想信仰尚未固

---

[1] 成之：《小说丛话》，《中华小说界》1914 年第一年第三期。

[2] （南朝梁）刘勰：《〈文心雕龙〉译注·时序第四十五》（修订本），周振甫译注，江苏教育出版社 2005 年版，第 610 页。

[3] 王国维：《宋元戏曲史·自序》，江苏文艺出版社 2007 年版。胡适在《历史的文学观念论》中亦极力阐发这种观点，见《新青年》1917 第三卷第三号。

定为宗教或法律："民族信仰和个人信仰还未分裂，意志和情感也还未分裂。"① 但"小说"的历史情状则不同：

> 在这种体裁里，一方面像史诗叙事一样，充分表现出丰富多彩的旨趣，情况，人物性格，生活状况乃至整个世界的广大背景；但是另一方面却缺乏产生史诗的那种原始的诗的世界情况。近代意义的小说要以已安排成为具有散文性质现实世界为先行条件，在这种基地之上，在既定的前提许可之下，小说在事迹生动性方面和人物及其命运方面，力图恢复诗已丧失的权利。②

作为史诗后裔的小说，也继承了那种对于整体性世界观和人生观的追求，它试图以艺术的方式解决"心的诗"和近代"散文"世界之间的冲突。

受黑格尔"精神科学"方法的影响，卢卡契在其《小说理论》中，把希腊人的"史诗时代"想象成圆满的乌托邦。但是，那种"生活和本质"之间的同一性在"散文世界"中却破裂了，于是，"总体性"便成为问题。在现代工业化、资本化世界中，意义的直接性丧失，而"小说作为一种形式，是试图在现代时期重新获得史诗叙事的某些品格，作为物质与精神、生活与本质之间一种调和。它是在此后使史诗不可能出现的生活条件下对史诗的一种代替：'它是被上帝抛弃的一个世界的史诗'。"③ 尽管卢卡契把小说主人公重返终极意义的努力视为"反讽"（因为它是徒劳的），尽管他后来也深刻地反思"精神科学"方法的局限性，但他把小说视为"现代"的典型艺术形式，这种描述本身，却是符合西方现代小说本身的发展史的。

---

① ［德］黑格尔：《美学》第三卷（下册），朱光潜译，商务印书馆1981年版，第109页。
② 同上书，第167页。亦参考翁义钦《欧美近代小说理论史稿》，黑龙江人民出版社1994年版，第五章第二节。
③ ［美］弗雷德里克·詹姆逊：《马克思主义与形式》，李自修译，百花洲文艺出版社1997年版，第145—146页。另见［匈］卢卡契《卢卡契早期文选》，张亮、吴勇立译，南京大学出版社2004年版，第5、9、61页。

相较之下，成之虽然没有阐述自己的哲学方法，但所谓"近世的文学"明显也是基于同样的思想基础。在中国社会思想从"君主"到"民主"的转变过程中，普通人在特定时间、特定地点的特定经验，开始要求得到必要的尊重。这与伊恩·P. 瓦特对现代小说之"形式现实主义"① 的描述如出一辙。

但是，不同于"形式现实主义"要求对个人经验作逼真模仿的成规，成之强调小说是一种"表现"和"创造"，即小说作为"美术"的根本性质。他不同意流行的"反映"说、"描写"说，而认为：

> 凡号称美术者，决无专以摹拟为能事者也。专以摹拟为能事者，极其技，不过能与实物等耳。世界上亦既有实物矣，而何取乎更造为？即能真肖之，尚不足取，况摹造者之决不能果肖原物乎？……夫美术者，人类之美的性质之表现于实际者也。美的性质之表现于实际者，谓之美的制作。②

成之在此处所描述的，类似于 19 世纪浪漫主义对于"模仿论""镜子"理想的批评。艾布拉姆斯在寻找英国批评理论中"模仿说"和"实用说"被"表现说"所取代的标志时，认为"1800年是个挺不错的整数年份"。这一年，华兹华斯在其《抒情歌谣集》序言中说："诗是强烈感情的自然流露"，这意味着文学批评的重要转向。而"表现说的主要倾向大致可以这样概括：一件艺术品本质上是内心世界的外化，是激情支配下的创造，是诗人的感受、思想、情感的共同体现。"③

按成之的分析，"美的制作"有四个阶段：模仿、选择、想化（想象）、创造。其中，模仿只是最初始的过程，最终要通过艺术家的

---

① ［美］伊恩·P. 瓦特：《小说的兴起》，高原、董红钧译，生活·读书·新知三联书店 1992 年版，第 26、27 页。

② 成之：《小说丛话》，《中华小说界》1914 年第一年第三期。

③ ［美］M. H. 艾布拉姆斯：《镜与灯：浪漫主义文论及批评传统》，郦稚牛等译，北京大学出版社 2004 年版，第 19、20 页。

取舍、想象等主观心灵活动，而达于"创造"。创造的过程，也是"表现吾人所想象之美"①的过程。浪漫主义的天才为艺术立法，其写作本身多如黑暗中的夜莺那样，是用歌唱来慰藉自己的寂寞；这种感情的独白虽然拒绝读者，但天才的作品总会让读者获得愉悦或教益。身处1914年之乱象民国的成之，并没有将艺术与社会隔离开来，他将"感情"作为小说与社会关系的纽带：

> 人类之好恶，不能一成不变。其变也，导之以情易，喻之以理难。能感人之情者，文学也。小说者，文学之一种，以其具备近世文学之特质，故在中国社会中最为广行者也。则其有诱导社会，使之改变之力，使中国今日之社会，几若为小说所铸造也，不宜亦乎！②

因人情而利导之，进而达于改良社会的目的，看上去这似乎与梁启超的观点相通。在强调小说社会功用的层面上，确实如此。但二者也有根本区别，实际上，成之对于那种借小说以开通民智的风气是持批评态度的。成之以小说为艺术，并坚持知/情的二元划分，认为：

> 小说有有主义与无主义之殊。有主义之小说，或欲借此以牖启人之道德，或欲借此以输入智识。除美的方面外，又有特殊之目的者也，故亦可谓之杂文学的小说。无主义之小说，专以表现著者之美的意象为宗旨，为美的制作物，而除此以外，别无目的者也，故亦可谓之纯文学的小说。纯文学的小说，专感人以情；杂文学的小说，则兼诉之知一方面。③（着重号为引者所加）

"纯文学"与"杂文学"不是按小说内容划分，而是按小说的说教与否来划分的。例如，《镜花缘》广搜异闻，《西游记》暗谭医理，

---

① 成之：《小说丛话》，《中华小说界》1914年第一年第三期。
② 同上。
③ 同上。

但二者都以娱乐为宗旨，所以这类旧小说仍是纯文学的——这样的结论多少有点怪异，因为它是用现代艺术观念来追溯中国小说的结果。而"新小说"以来那些以小说进行通俗教育的小说，就都是"杂文学"了。纯、杂之优劣分明，成之认为"杂文学"作品"毫无文学上之价值，非唯不美，恶又甚焉"。① 这源于"杂文学"在理论认识上的错误——将知/情掺和在一起。从上段引文可见，成之所谓的"知"，应是"意"与"知"的合成物，既包括"牗启人之道德"的层面，也包括"输入智识"的层面。成之认为，知/情、道德/文学必须加以区分，这同时也是"非文学"与"文学"、"不纯文学小说"与"纯文学小说"的区分：

> 夫孰谓智的方面之不当牗启者？然径以法语之言牗启之可矣。必于情的方面之中，行智的方面之教育，牵文学的与非文学的为一问题，是俳优而忽欲效大臣之直谏也，其不见疏于其君，鲜矣。夫欲牗启人之道德者，与告以事之不可为，宁使之自羞恶焉而不肯为。知其不可为而不为，是犹利害问题也，一旦利胜于害，则悍然为之矣。自羞恶焉而不肯为，则虽动之以千驷之利，怵之以杀身之祸，而或不肯为也。然则即以道德论，不纯文学小说与纯文学小说之功，其相去亦不知其道里也！②

成之并不反对启蒙民智，但认为"智"是一种关于利害的判断能力，因此要通过正言庄论的说教等"法语"形式来启发之。用属于"情"的小说来输入智识，这种越俎代庖的行为必定会造成对小说的伤害。成之也不反对小说的道德功用，但认为小说发挥道德功用的方式应该是动之以情，而非晓之以理。他举例说明：旧剧《游园》从道德上看是淫剧，但因为诉之于情，使人产生高尚优美的感情；而新剧诸之于知，但西式装扮的"女道德家"却让人产生劣情。这是对"新小说"过于直露地承载大量思想观念的批评，而这正是梁启超在提倡

① 成之：《小说丛话》，《中华小说界》1914 年第一年第五期。
② 同上。

"政治小说"写作《新中国未来记》时曾经意识到却无法解决的问题。

　　成之一方面将"情感"与"纯文学"视为一体，一方面将文学视为"美术"，这与（从浪漫派对现代工业社会的批判中所产生的）现代"美学""文学"观念是一致的。他在文章中使用了这样的一批概念，如模仿/表现、创造、主观/客观、写实主义/理想主义、自叙/他叙、喜剧/悲剧、知/情、真/善/美，这些概念连同其小说"美术"观，都意味着成之已经将"小说"置于一种全新的理论视域当中了。关于成之"小说艺术论"的思想资源，已经有关诗珮的长文《吕思勉〈小说小话〉对太田善男〈文学概论〉的吸入——兼论西方小说艺术论在晚清的移植》①，关于小说"艺术"论在西方、日本与晚清中国的关系，所论甚为详尽，兹不赘述。

---

①　关诗珮：《吕思勉〈小说小话〉对太田善男〈文学概论〉的吸入——兼论西方小说艺术论在晚清的移植》，《复旦学报》（社会科学版）2008 年第 2 期。这里需要补充一点：太田善男的《文学概论》于明治三十九（1906）年由东京博文馆出版。黄摩西、周作人与吕思勉的小说"艺术"论，都受到这本书的影响，其重要性可见一斑。1921 年，伦达如参照日文本编译出版《文学概论》。

第六章　小说与"修辞之公例"

作为"小道"的小说，与作为"艺术"的小说，不仅在形而上的观念上有深刻的区别；在形而下的小说写作技术上，也存在不同的要求。中国传统小说批评中有诸如金圣叹从八股角度对小说章法的精密分析，而小说"艺术"批评所分析的对象，则是人物、情节、叙述时间、叙述视角、作者声音等小说修辞术。晚清民初这一时段的小说理论中，关于小说修辞问题，很难发现正式的且有一定水准的讨论。在那种以小说为工具来参与社会政治改造的热烈氛围中，沉潜下来探讨小说写作的修辞术，多少是过于奢侈的要求。

不过，随着"小说为文学之最上乘"慢慢退去其严肃的政治性质而变成一句被滥用的标语（甚至是商业性的借口），随着创作小说的大量发表及外国小说的译入，从事小说写作的文人们有必要对自己的文字生涯做出合法性论证，他们要论证作为"文学之最上乘"的小说所应该具有的区别性特征。

同时，关于小说好坏的评价标准（这种标准多来自对传统中国小说及新译小说的阅读经验）仍在发挥着作用，面对日益增多、良莠不齐的小说著作，出现了一些以购书指南为宗旨的评论，钟骏文的《小说闲评》就是这样的例子。钟骏文说："十年前之世界为八股世界，近则忽变为小说世界。盖昔之肆力于八股者，今则斗心角智，无不以小说家自命。"① 他批评了当时视小说为"利薮"的创作动机，批评

---

① 寅半生：《小说闲评》，阿英编：《晚清文学丛钞：小说戏曲研究卷》，中华书局1960年版，第467—468页。

了"朝脱稿而夕印行"草率行为。就是在这些反思和批评的过程中，小说作为艺术的修辞问题被提出来了。因为："小说不能离文学独立，宁得背修辞之公例乎？"①

在现代小说修辞学中，"议论""细节""情节"都是重要的讨论对象。晚清小说理论界也涉及这些问题，但其讨论方式却不尽同于现代小说修辞学。

第一节 "议论"与小说的"无我"

1903 年，夏曾佑在其《小说原理》中，谈到了作小说的"五难"，其中第五点即"叙实事易，叙议论难"；他进而指出，"以大段议论羼入叙事之中，最为讨厌。读正史纪传者，无不知之矣。若以此习加之小说，尤为不易"②。1907 年，黄人在《小说小话》中表达对于"作者声音"的不满以及对"无我"的吁求。在今天看来，黄人的观点实在是不同凡响：

> 小说之描写人物，当如镜中取影，妍媸好丑，令观者自知，最忌搀入作者论断。或如戏剧中一脚色出场，横加一段定场白，预言某某若何之善，某某若何之劣，而其人之实事，未必尽肖其言；即先后绝不矛盾，已觉叠床架屋，毫无余味。故小说虽小道，必不容着一我之见。如《水浒》之写侠，《金瓶梅》之写淫，《红楼梦》之写艳，《儒林外史》之写社会中种种人物，并不下一前提语，而其人之性质、身份，若优若劣，虽妇孺亦能辨之，真如对镜者之无遁形也。夫镜，无我者也。③

无论是对"议论"的讨厌，还是对于"无我"的吁求，这两种声音出现在政治、道德热情高涨的"新小说"潮流中，无疑是时代的异

---

① 铁樵：《论言情小说撰不如译》，《小说月报》1915 年第六卷第七号。
② 别士：《小说原理》，《绣像小说》1903 年第三期。
③ 蛮（黄人）：《小说小话》，《小说林》1907 年第一期。

数。当时的小说中充斥着大量直接诉诸"看官"和"读者诸君"的议论。不过，夏曾佑和黄人对于小说"议论"的排斥，究竟是一种什么性质的行为？这实际上也是对于其理念基础的追问。因为，"议论"作为小说中"作者声音"的流露方式之一，很容易会让人联想到福楼拜那著名的宣言："小说家必须像上帝一样，从不出现在作品中而同时又让读者感觉到他的身影无处不在。"① 但是，西方现代小说理论中对于"讲述"的批评与晚清的这种独特声音，二者的动机和理论基础是一致的吗？

晚清小说理论中排斥"议论"的声音，有西方影响和中国文学传统经验双重原因。这是本章对于这个问题的基本判断，以下的文字将会做出进一步分析。首先，有必要先对排斥"讲述"的西方线索略加梳理。

一 "讲述"、"展示"与小说艺术

西方叙事学中，长期存在着关于"讲述"（Telling）和"展示"（Showing）孰优孰劣的争论。人们一般将这种争论的源头上溯到柏拉图，因为他在《理想国》中最先提出了这一"语文体裁问题"。柏拉图区分了两种叙述方式，一种是摹仿（diegesis），另一种是单纯叙述（mimesis）。柏拉图以史诗《伊利亚特》为例说明二者的不同：前者是荷马站在老司祭克律塞斯的地位说话，尽量使其话语风格口吻符合当事人的身份，让我们相信说话的不是荷马而是老司祭本人；后者则相反，诗人永远不隐藏自己，不是用旁人名义说话，而是处处现身，主导叙述进行。

在柏拉图看来，叙述的模范形式应该是一种规定比例的混合体：其主体是单纯叙述，只保留一小部分摹仿，但摹仿也只能是摹仿好人。② 在"摹仿"和"讲述"之间，亚里士多德更偏重于前者，诗人应尽量少以自己的身份讲话，因为这不是摹仿者的作为。亚里士多德

① 转引自申丹、韩加明、王亚丽《英美小说叙事理论研究》，北京大学出版社 2005 年版，第 114 页。
② ［古希腊］柏拉图：《文艺对话集》，朱光潜译，人民文学出版社 2000 年重印版，第 47—56 页。

的意见逐渐得到了现代小说家的响应。

现代小说艺术论中，一种可悲的二元划分逐渐形成"艺术性的展示"和"非艺术性的讲述"竟一度构成根本的对立。"在福楼拜之后，许多作家和批评家已经接受这种观点，即认为'客观的''非个人的'或'戏剧式的'叙述方式，较之作家或其可靠叙述者直接出面的叙述方式，自然地要优越。"为什么现代学者们会如此信奉"展示"、而同时却怀疑"讲述"的艺术价值呢？

韦恩·布斯认为，这个问题的原因之一，是人们对于"一切小说""一切文学""一切艺术"之普遍本质的追求，这导致人们放弃了对各个类型的区分，因此产生了小说家的种种教条；另一原因就是对于"真实"性的追求。亨利·詹姆斯试图追求"幻觉的强度"，也就是希望使读者感觉到他像是在一个真实的世界里旅行，而作者的插入评论、判断当然会暴露小说的人为性，从而削弱其"真实感"；而让-保罗·萨特则希望小说成为一种"没有中介的现实"，"这种小说不被视作'人的产品'，而应看作自然的产物"。[①]

排斥小说"讲述"的另一种表现，即要求作家声音的退出。这同样不仅仅是修辞革新的结果，更有其社会历史原因。在格非看来，近代科学使得自然社会变成可以解释的物理世界，启蒙运动以来的"写作民主化"使得真理相对化，而市场机制也使得写作者出现经验的贫乏，其上帝代言人的角色遭到质疑。因此，"作者遭到的'祛魅'，始终与文学的'去神秘化'过程相始终。作者的声音之所以在今天变得那么微弱、游移、讳莫如深、不偏不倚，与其说是一个主动的现代主义策略，还不如说因为文学迫于社会压力而不得已进行退让"[②]。小说修辞与社会历史之间总是存在着深刻的联系。

二　"议论"：八股余波与人情之大例

基于以上梳理，现在我们可以重新回到晚清小说的"议论"问题

---

① ［古希腊］柏拉图：《文艺对话集》，朱光潜译，人民文学出版社 2000 年重印版，第 45—58 页。
② 格非：《文学的邀约》，清华大学出版社 2010 年版，第 127 页。

中来。对"真实"的需求或文学的"去魅",这两种理念能够解释晚清小说理论中对于"议论"的排斥吗?最明显的是,在小说不断"神圣化"、逐渐成为"文学之最上乘"的晚清,"去魅"说显然无法对此做出阐释。那么,"真实"呢?在此,有必要反思我们的提问方式。因为,对这个问题的思考不宜持理论以裁剪史料,而应该仔细分析晚清人士在表达对于"议论"的反感时的具体语境。

夏曾佑在《小说原理》中,对"有所为而读"与"无所为而读"、"切身之大利害"与"不切于身"进行区分,颇有康德美学的"非功利"色彩。但在他谈论"议论"问题时,并无明显证据表明,他是借鉴了19世纪末20世纪初的西方小说观念。他并非因为"真实"问题而反对议论,而仍是在"小说"与"圣经贤传"的二元结构中来谈论问题。例如,对于"以大段议论羼入叙事"的小说,他这样断定其性质:"刺刺不休,竟成一《经世文编》面目,岂不令人喷饭?"[1] 所谓《经世文编》,是为达到经世致用的目的而编纂的一种学术政治典要,它一般涉及赋税、盐政、土地、河工、治兵、漕运等社会治理术,以及针对时弊民瘼的学理、政治探讨。因为要对现实社会问题提出判断和治理方案,"议论"必然是《经世文编》的主要特色之一。

这种关于朝政民生的"议论"与晚清小说一样,都有经世致用的目的,但为什么会被排斥呢?原因在于,在晚清许多人看来,大道高义、庄言正论所采取的是上层路线,为的是启蒙士大夫、官员、文人;而小说新民论则是为中下等人说法,它所面对的是妇女、粗人、市井小民。事实上,新小说的读者多是近代型的文人,而非普通百姓。据徐念慈的观察:"余约计今日之购小说者,其百分之九十,出于旧学界而输入新学说者,其百分之九,出于普通之人物,其真受学校教育,而有思想、有才力、欢迎新小说者,未知满百分之一否也?"[2] 显然,这种情况是晚清的小说"新民"论者所始料不及的,不过这也反证了启蒙实践所预设对象的下层民众身份。虽然晚清的诸

---

① 别士:《小说原理》,《绣像小说》1903年第三期。
② 觉我:《余之小说观》,《小说林》1908年第十期。

多小说家、小说评论者未必接受梁启超"新民说"背后的那一套君主立宪的政治构想，但他们都接受了梁启超通过"熏、浸、刺、提"的手段感化民众的思路。即使是政治理想迥异、视康梁为骗子的革命派（黄小配于1908年在《民报》发表讽刺康有为的小说，其名字即《大马扁》，即"大骗"），也同意这一思路。如陈天华《狮子吼》第五回中，主张"革命""排满"的孙绳祖想到中国内地，编纂"有新理想的小说"① 以开通风气，启发民智。而这篇小说也同梁启超的《新中国未来记》一样，充斥着大量作者插入的议论。另一个例子，《东欧女豪杰》的主人公苏菲亚被捕入狱，于是"想趁着空儿著一篇小说，把我自己的议论传将出来"②。这些都是欲新国新民，必先新小说的思路。

但是，"民"不喜欢"议论"，阅读经传正史则昏昏欲睡，读起小说来却津津有味。这不仅是因为知识水平的低下，更因为"小说"这种卑微文体与"民"的情感具有天然的亲近性。梁启超之所以重视小说的"感人"力量，正是因为"夫人之好读小说过于他书，性使然矣"③。他将这种"人情厌庄喜谐之大例"阐发得淋漓尽致：

> 凡人之情，莫不惮庄严而喜谐谑，故听古乐则惟恐卧，听郑卫之音则靡靡而忘倦焉。此实有生之大例，虽圣人无可如何者也。善为教者，则因人情而利导之，故或出之以滑稽，或托之于寓言。孟子有好货好色之喻，屈平有病人芳草之辞，

---

① 陈天华《狮子吼》第五回，阿英：《晚清文学丛钞》小说三卷（下册），中华书局1960年版，第610页。如第七回关于"领事裁判权"的一番议论："看官，你道怎么不能干涉呢？通例：外国人居住此国，必守此国的法律。外国人犯了罪，归此国的官员审问，领事官只管贸易上的事情，一切公事不能过问，也没有租界之名。警察只可本国设立，外国不能在他人之国设置警察。惟有中国许多外国都有领事裁判权。……后来满洲政府想收回此权了，开了一个律例馆，修改刑律。不知刑律是法律中的一项，法律是政治中的一项，大根源没改，枝叶上的事做了也没有益的。"（同上书，第633页）
② 岭南羽衣女士：《东欧女豪杰》第三回，《新小说》1902年十二月十五第三期。
③ 《中国唯一之文学报〈新小说〉》，《新民丛报》1902年七月十五第十四号。

寓谲谏于诙谐，发忠爱于馨艳，其移人之深，视庄言危论，往往过之，殆未可以劝百讽一而轻薄之也。……彼夫缀学之子，黉塾之暇，其手《红楼》而口《水浒》，终不可禁。且从而禁之，孰若从而导之？[①]

从顺应"民"之人情本性的角度出发，以小说来进行社会批判、社会动员，这是晚清小说理论中的一个重要特色。因此，晚清小说评论者们对于"议论"的反感就不难理解了。"讨厌"，是普通民众读者觉得"讨厌"。小说新民论的提出，基本上还是出于一种启蒙大众的态度。小说论者也多意识到传统中国小说不受重视，方领矩步之辈对小说持鄙视态度，所以只有一些儇薄无行之人、甚至市井无赖从事其间，造成低劣小说流毒天下、败坏风俗人心的恶果；因此晚清"更新"小说的一种途径，即更新其作者，也就是希望那些身居高位、道德高尚的人参与小说写作。

时人多举欧美、日本位高名重之人写小说的例子为示范，来增强其说服力，如衡南劫火仙说："欧美之小说多系公卿硕儒，察天下之大势，洞人类之赜理，潜推往古，豫揣将来，然后抒一己之见，著而为书，用以醒齐民之耳目，励众庶之心志。"[②] 邱炜蒉也认为，"吾闻东、西洋诸国之视小说，与吾华异，吾华通人素轻此学，而外国非通人不敢著小说"。他还特意地强调日本政治小说作者的官员身份，如《佳人奇遇》的作者柴四郎是"前任农商部侍郎"，而《经国美谈》的作者矢野文雄是"前任出使中国大臣"。[③]

实际上，中国"新小说"的作者，多是处于从传统的"士"向现代知识分子过渡之间的"新知识分子"。他们早年多曾经参加过科举考试，而在1860年以后，随着各种新式学堂的建立以及科举制度的

---

① 任公：《译印政治小说序》，《清议报》1898年第一册。
② 衡南劫火仙：《小说之势力》，《清议报》第六十八册（1901年）。注：衡南劫火仙即蔡锷（字松坡，1882—1916）。
③ 邱炜蒉：《小说与民智之关系》，载陈平原、夏晓虹编《二十世纪中国小说理论资料》（第一卷），北京大学出版社1997年版，第47页。

废除，新知识分子逐渐取代了旧式士绅，"这是近代中国社会最大的转变"。① 当然，这种转变不是一下完成的。就像当时新式学堂的课程设置上新学、旧学并陈一样，这些作为"新小说"主要作者群体的"新知识分子"仍处于新旧文化之间。他们早年为了经济仕途大多入私塾，熟读四书五经，接受传统儒学教育，因此多具有很好的旧学基础。因此，虽然他们经由科举而走向仕途的路被打断了，但在晚清资本大量进入书刊报业的背景下，这些弄笔文人也有不少就业机会。另外，也有一些人是主动放弃了学而优则仕的人生道路，如吴趼人"夙志廉退，不竞荣利，天下之士，靡然赴制科，君不治功令文如故"②。李宝嘉是秀才，1902 年，他和吴趼人一起，被湘乡曾慕涛侍郎保荐于经济特科，但二人都没有去北京投考。李宝嘉还因此获得"李征君"的美誉。③ 刘鹗也是个秀才，但他更是一个实业家、黄河水利专家和学者。④ 虽然职业身份发生变化，但传统士人对于"道统"的责任感仍被延续下来了。这也是梁启超"小说新民论"这种"文以载道"的观念被晚清小说界广泛接受的一个内在原因。

这些处于新旧之间"新知识分子"参与小说界的创作或理论宣传，不可避免地带有一种启蒙精英的意识。实际上，"新小说"的作者虽然很少是"公卿硕儒"，但至少也是士绅阶层中沦落出来的文人。科举出身的文人染指小说，将会导致小说多议论、多告诫的特征。黄强先生曾经讨论过八股文对于明清小说的影响问题，他认为小说中"议论"也部分来自于"八股文"的影响：

> 作者这种撇开小说故事情节和人物形象直陈己见的说教，分明是文人"代圣贤立言"说教的余波。一是因为八股文以立论为

---

① 张玉法：《晚清的历史动向及其与小说发展的关系》，载林明德主编《晚清小说研究》，台北：联经出版事业公司 1988 年版，第 11 页。

② 李葭荣：《我佛山人传》，载魏绍昌编《吴趼人研究资料》，上海古籍出版社 1980 年版，第 12 页。

③ 《李伯元和吴趼人的经济特科》，载〔日〕樽本照雄《清末小说研究集稿》，陈薇监译，齐鲁书社 2006 年版。

④ 王学钧：《刘鹗与老残游记》，辽宁教育出版社 2000 年版，第 29 页。

主，议论是科举制度下文人的特长，到了拟话本中，虽说是白话文，只要有机会，他们总要站出来炫耀一番，发一通宏论。对单纯的叙述和描写，他们似乎不那么习惯。二是因为小说作者不甘心于小说的"小道"地位，力图使人们相信小说兼具娱乐和劝惩的功能，可以羽翼六经，扶持名教，这方面的功能并不亚于"代圣人立言"的八股文。动辄说理论道，有时候实在令人厌烦，而作者却说得洋洋得意。①

这里所说的虽然是明代文人的拟话本小说，但同样适用于晚清"新小说"。清末科举废除，"新小说"的作者们失去的不仅是仕途前程，同时也失去了"代圣贤立言"、发表议论的部分渠道。他们或真或假地响应梁启超的号召，将"小说"想象成经世济民的"大道"，或在以小说为谋生之道的同时，将满腹经纶或一肚牢骚全都发泄在小说当中。同时，为了证明"小说"具有比"经史"更大的社会作用，"新小说"作者们也希望通过小说来触及、解决各种社会问题，这种心理也加重了小说中的"议论"倾向。无论是像《新中国未来记》那样的"政治小说"，还是仅仅打着"小说救国"旗号的其他晚清小说，大多有一种强化道德判断的政治热情。因此，通过"议论"的方式来表达自己的批判及谴责立场，这样的小说非常多。

此处仅举两个例子。

一个例子是彭养鸥所著《黑籍冤魂》（1909），其第一回《烟霞成癖举国若狂　谈吐生风庶人好议》，开篇一大段，即关于鸦片流传坑害官员、文人、工人、商人、农民的议论；第二十四回《滞魄幽魂现形惊异类　危言竦论改过望同胞》，借苗秀夫与阴司牛鬼一问一答，描述烟鬼将入"阿皮地狱"，其中"官、吏役、开烟肆者"三种人，依照冥律罪孽最重，等等情形。小说表面上的问答形式似乎将"议论"之气稍稍化解，但实际上牛鬼的每次回答都是长篇大论。如苗秀夫问："何以有既戒而复吃者？意戒烟亦难事乎？"牛鬼就来了如下一

---

① 黄强：《八股文与明清文学论稿》，上海古籍出版社 2005 年版，第 410—411 页。

番正言危论：

> 否，欲戒则立等可戒，世人之既戒复吃者，非烟瘾，乃心瘾耳。烟瘾易戒，心瘾不易戒，故戒烟必死心塌地而后可。譬如戒酒，苟碎杯覆醅，终身不复饮酒，决计无妨。若戒之而辄复尝试之，则数日之后，故态复萌矣。烟之毒甚于酒，世人乃饮鸩而不悟，可悲也。①

我们不能否认作者劝人戒烟的善意和苦心，但这样的说教与其说是作者模拟"牛神"的"声口"而为之"立言"，不如说是作者借"牛神"之嘴来抒发一己之见。小说与八股文有一种共性，即它们同为"代言体"。"八股文'入口气'正是模仿圣贤口吻的开始，与小说作者由自述角度转入代言角度极为相似。"② 但文人在八股文世界中长期浸淫，从代圣贤立言、立心转到代小说中人物立言、立心，肯定一时还难以适应。因此，彭养鸥在此仍然有"代圣贤立言"的影子。只不过说教的基础不再是四书五经，而变成了新社会中的文明法则：戒烟公德。

另一个例子，是《扫迷帚》第二十回《遭疫病向瘟部乞怜　沿陋习请僧尼礼忏》，这一回主旨在于批评中国不讲"卫生"，而迷信"瘟神"之说。其开首却也先发表一大段议论：

> 我中国人民医学不讲，污秽成习，各处遗矢积垢，粪壅泥淤，口鼻吸触，酿为疾病。平时昧卫生之学，临事无防疫之方。观历年大疫流行，内地死亡接踵，而租界以整洁之故，独少传染。则避疫之道，固自有在。可怪中国之人，不求实际，唯尚妄为。一遇疫病，辄以为神实使然，讹言纷起，谣诼沸腾，祷祀多

---

① 彭养鸥：《黑籍冤魂》（1909），阿英：《晚清小说丛钞》（小说三卷·上册），中华书局 1960 年版，第 211 页。
② 黄强：《八股文与明清文学论稿》，上海古籍出版社 2005 年版，第 395 页。

方，不可终日。①

以西方现代文明的"卫生之学"来扫除中国"迷信"，这种批判言论无疑具有文明时代的正确性。但是它以这样直露的方式出现在小说中，未免有些不太合适。如果说这种"议论"的产生还有八股文的影响因素，但是黄人等的批评，却并非完全是因为八股文在晚清已经名声衰落，也是因为要照顾"民"的情绪。从"讨厌"一词的语调上就可看出，这不是借助某种外在理论的支持而提出的反对意见，而是一种近乎本能的美感的生理反应。如上所述，小说之所以要照顾"民"的情绪，是因为以小说进行社会批判、社会动员的政治构想：因民之情而利导之。

如下海天独啸子的自述，真切地表现出这种心理期许："近来改革之初，我国志士，皆以小说为社会之药石。故近日所出小说颇多，皆傅以伟大国民之新思想。但其中稍有缺憾者，则其议论多而事实少也。是篇力反其弊，凡于议论，务求简当，庶使阅者诸君，不致生厌。"② 同样，对于"躁者"与"昏者"等市井细民阅读反应的理解，亦是蔡达做出"论与叙事，判若云天"这一论断的原因之一：

> 吾尝见时贤以文明国中，其为小说，宜其佳矣。乃或作史，或作论，皆不似小说，则贤者自做其史与论，特冒小说之名耳。盖史直而简，正容而道之；小说曲而繁细，诙谐杂作以述之者也。此一异也。论与叙事，判若云天。议论言理，所以瀹智；小说博趣，所以动心。此二异也。今搀官书于小说，则躁者读之必裂；杂政谈于小说，昏者读之必抛：无味故也。③

---

① 壮者：《扫迷帚》，《绣像小说》1905 年第 51 号。
② 海天独啸子：《〈女娲石〉凡例》，载陈平原、夏晓虹编《二十世纪中国小说理论资料》（第一卷），北京大学出版社 1997 年版，第 148 页。
③ 蔡达：《〈游侠外史〉叙言》，载陈平原、夏晓虹编《二十世纪中国小说理论资料》（第一卷），北京大学出版社 1997 年版，第 544 页。原载《小说大观》第四集，1915 年。

如果考虑到以梁启超《新中国未来记》为代表的"四不像"的政治小说，则蔡达此处对于以史、论冒充小说之名的批评可谓恰中时弊。同时，在小说与经史、叙事与议论、言理与博趣、渝智与动心相对照的论述结构中，"小说"的独特性也逐渐显露出来。

三　"议论多而事实少，不合小说体裁"

海天独啸子在将"议论多而事实少"当成一种缺憾时，他还是从读者（民之情感）的角度来立论。而同样一句话，在俞佩兰这里，则因为语境变化而被赋予了不同意义："议论多而事实少，不合小说体裁"①，这里的排斥"议论"不完全是照顾读者情绪的需要，而已经是出于对"小说"这种"文体"规则的遵从。不过，像晚清大多数小说论者一样，俞佩兰在此也仅仅是匆匆一笔带过，她并未解释这种"小说体裁"的要求是基于何种理念。但这种要求超出传统之上，因为：一方面，在文本形态上，无论是在作为一种价值概念的"小道"言论中，还是作为文体概念的"小说"（如唐传奇、宋元话本、明清章回）中，翼圣赞经、劝善惩恶的"议论"都是一种必不可少的成分；另一方面，在传统小说观念中，"议论"也并没有被视为负面因素。

早在明末清初天花才子《快心编凡例》有言："编中间发议论，极尽形容，是以连篇累叶，似乎烦冗，然与其格格不吐，以强附于吉人之辞，孰若畅所欲言，以期快众人之目？况总归之看小说，正见作者心裁，若仅迷求根荄，概废枝条，是徒作汗漫观，便失此书眼目。"② 在天花才子这里，也出现了对于小说"议论"之"烦冗"的担忧。虽然如此，他却能够马上自我辩解。在他看来，对于"议论"的压抑将使小说变得"格格不吐"，与其如此含糊支吾，不如痛痛快快地直接将"作者心裁"全盘托出。天花才子这种解释是有其理念基

① 俞佩兰：《〈女狱花〉叙》，载陈平原、夏晓虹编《二十世纪中国小说理论资料》（第一卷），北京大学出版社 1997 年版，第 137 页。
② 天花才子：《快心编凡例》，黄霖、韩同文选注：《中国历代小说论著选（修订本）》（上册），江西人民出版社 2000 年第 3 版，第 327 页。

础的，在他看来，"议论"与对世情的逼真描写，虽然二者在表达方式上不同，但其根本"眼目"是一致的，即"寓劝世深衷"。相对于这个目的而言，小说中才子佳人的故事本身不过一个载体。而且，传统小说中以劝讽喻为宗旨的说教多是老生常谈，这种老生常谈能够被接受，是因为叙事者和假想的接受者之间尚能够分享共同的文化意义空间，传统伦理道德结构尚且能够作为一个整体在发挥作用，这也是天花才子对于"议论"表示宽容的原因之一。

　　当然，这种宽容的最著名的例子或许是南宋的赵彦卫。在其《云麓漫钞》中，他认为唐人（"温卷"之作）"传奇""文备众体，可见史才、诗笔、议论"①。清人焦循（1763—1820）亦认为"文备众体"是八股文与唐人传奇的共同特征，据黄强先生的意见："借助于对唐人传奇小说的推崇，焦循将小说提升到与八股文平起平坐的地位。确实，所谓史才、诗笔、议论相当于叙事、抒情、议论三大要素，唐人传奇一篇之中兼备叙事、抒情、议论之体的情况并不多见，而宋元话本、明清拟话本乃至于长篇章回小说倒是多数点缀诗篇，穿插议论的。"② 如黄强先生所言，唐人传奇一篇之中兼备三体的情况并不多见，但于文末大发"议论"者也不在少数。如元稹《莺莺传》篇末张生那一段关于尤物"妖身"、"妖人"的议论，就曾经被鲁迅批评为"文过饰非，遂堕恶趣"③。鲁迅并非完全是从道德上对张生进行谴责，更有对文章是否有情致、是否可观的考虑。焦循视为优秀特质、

---

① 赵彦卫：《云麓漫钞》，黄霖、韩同文选注：《中国历代小说论著选（修订本）》（上册），江西人民出版社 2000 年第 3 版，第 68 页。

② 黄强：《八股文与明清文学论稿》，上海古籍出版社 2005 年版，第 391 页。

③ 鲁迅：《中国小说史略：释评本》，周锡山释评，上海文化出版社 2004 年版，第 70 页。张生之议论为："大凡天之所命尤物，不妖其身，必妖于人。使崔氏子遇合富贵，乘宠娇，不为云，为雨，则为蛟，为螭，吾不知其变化矣。昔殷之辛，周之幽，据百万之众，其势甚厚。然而一女子败之。溃其众，屠其身，至今为天下僇笑。予之德不足以胜妖孽，是用忍情。"（见《中国古典短篇小说》，上海文艺出版社 1980 年版，第 87 页。）张生之议论尚是借人物之口而发之，并非作者直接抒发一己之感慨。后者的例子如沈既济《任氏传》："嗟乎，异物之情也有人焉！遇暴不失节，徇人以至死，虽今妇人，有不如者矣。惜郑生非精人，徒悦其色而不征其情性。向使渊识之士，必能揉变化之理，察神人之际，著文章之美，传要妙之情，不止于赏风态而已。惜哉！"（同上书，第 31 页）

天花才子亦能大度宽容的"议论",在话本、章回直至晚清小说中都是常见景象,这一传统在晚清民初的小说论中开始遭遇零星的抵抗。其原因中,重"民"之情的一面已经如上所述,现在将要分析的是议论在"小说体裁"方面的理由。

但在此之前,有必要先分析一下"议论"在"小说体裁"中地位的变迁史。鉴于"小说"、"稗官"、"说部"在晚清时的混用状态(如《本馆复印说部缘起》),下面的分析将借鉴对于"说部"流变的考察。在《"说部"考》一文中,刘晓军先生认为:"说部"一称肇始于明代中叶,滥觞于清代中晚期,但其早期内涵与今天的"小说"概念相去甚远。早期的"说部"概念,其体裁包容广泛:

> 既包括阐释义理、考辨名物的论说体,如论、说、议、辨、诗文评、说书体、学术性笔记等,也包括记载史实、讲述故事的叙事体,如史料性笔记、故事性笔记、说话、小说等,是众多文章、文体、文类的汇聚与集合,而非单一的文体概念。晚清以来,随着以小说为主体的叙事体地位的提升,"说部"逐渐将论说体排除在外而专指叙事体,并最终成为"小说"之"部"。①

"说部"兼容"论说""叙事"两种体例,这基本上也是中国传统"小说"的特色。"小"说,意味着那些不入主流的言说和远离大"道"的街谈巷议,所以,"议论"本来就是中国传统小说的题中应有之义。而以讲故事为主体、以议论为辅的"小说",实在是后起的、甚至是外国来的观念。如启明(周作人)在《小说与社会》中考察中国小说源流,从《汉书·艺文志》谈起,至"唐时所作小说,多述鬼神儿女事,审其趣向,颇近西方小说,而目为一变,顾与近世说部,如元明以来章回小说体,犹大有径庭,不可骤相联接。元时,说部忽起,其体例文辞,皆前此所未有。推测源流,当在异地,非中国文学之产物也。英人迦耳斯著《支那文学史》,谓源当出中央

---

① 刘晓军:《"说部"考》,《学术研究》2009 年第 2 期。

亚西亚，其地说书之业最盛，元时兵力曾及其处，故流衍入中土，其言颇近理"①。关于"叙事体"的来源问题，虽然有"内发"（"说"的意义衍生）与"外来"（源自亚西亚）两种不同说法，但关于"议论"对传统小说中的根本性意义，则是双方都承认的。

这里应该区分两种概念，一种是小说中的"论说体"，另一种是小说中穿插的"议论"。刘晓军所说的"排除"是指前者，即作为一种体裁的"论说体"逐渐被"叙事体"所取代。这是指晚清以来"小说"观念的微妙变化，当提到"说部"或"小说"时，人们脑海中所想到的不再是辨定、丛谈、杂录、箴规之类的杂著，而是"叙事体"的故事。当然，这种观念的变化只是就其大略而言，而且它也不是一蹴而就完成的。例外总是存在：1895 年，英国儒士傅兰雅刊登了《求著时新小说》的广告，发起征文竞赛，针对中国社会最大的三种积弊——鸦片、时文、缠足——他希望人们写作"辞句以浅明为要，语意以趣雅为宗"，"述事物取近今易有"，"立意毋尚希奇古怪"的"新趣小说"。② 但在应征的作品中，除了小说、戏曲、弹词等外，也有不少议论文章。另如 1914 年《中华小说界》（中华书局，第一年第一期），刊物中载有《瓶庵笔记》，其所记内容既有《奇技》《田文镜》《年羹尧》等人物、故事，也有《八旗》《内人》《星期》等掌故、考证性材料。这仍是传统的"笔记"体例。

事实上，当梁启超提出"小说界革命"的时候，其心目中的小说已经是"叙事体"了。一方面，他所批评的旧小说是《三国》、《水浒》、《红楼》等传统章回；另一方面，为了通过熏、浸、刺、提的途径来化民、新民，也需要以小说的形式讲故事，而不是大发议论。不

---

① 启明：《小说与社会》，钟叔河编定：《周作人散文全集》第一卷，广西师范大学出版社 2009 年版，第 318 页。

② 转引自詹万云《澹轩闲话》，载周欣平主编《清末时新小说集·一》，上海古籍出版社 2011 年版，第 3—4 页。傅兰雅的小说征文竞赛共征得 162 部稿件，但当时并未发表。遂多数学者认为皆已佚散。直到 2006 年 11 月 20 日，美国柏克莱加州大学东亚图书馆的中文馆员在新馆搬迁时，才无意中在两个纸箱里发现了这次征文的大部分原始手稿（150 部）。周欣平（东亚图书馆馆长）为《清末时新小说集》所作序，同上书，第 14 页。

过，正如上文所讲的那样，"议论"倾向的加强构成了晚清小说写作的一个重要特点。因此，晚清民初的小说界就出现了这样一种奇怪的现象：在理论观念上，兼备众体的传统"说部"已经变成了"叙事体"一家独大的现代"小说"①；但在实际的小说写作中，当小说作者们抑制不住其批判、评价的强烈冲动时，"议论"仍然是他们乐于选择的干预方式。

这种叙事干预在晚清小说中司空见惯，但在那种高涨的政治冲动和道德热情之下，也不是没有人对此提出批评。为了对这些批评者的理念基础进行思考，下面的论述将重新回到"小说体裁"这一问题上来。

1914 年，成之（吕思勉）在其《小说丛话》中这样说道："小说戏剧之特质，在以事实发表理想，故凡大发议论，以及非自叙式之小说而著者忽跳入书中，又或当演剧之时忽作置身剧外之语，均非所宜。"② 要真正理解这段话，必须先要了解成之的文学观和小说观。在《小说丛话》中，成之认为文学是美术的一种，而小说又是文学的一种。小说作为"美的制作"，能够将作者美的理想通过事实表达出来。因此文学、小说又有主观、客观之分："主观主抒情，客观主叙事。抒情者，抒发我胸中所有之感情也。叙事者，叙述我所从所

---

① 如管达如《说小说》，在"体制"上将小说分类为"笔记体"和"章回体"，但此处的"笔记体"小说已经不是包括日常闻见、读书杂感的札记，而是专指其中的一种，即故事类的笔记。而"此体之特质，在于据事直书，各事自为起讫。有一书仅述一事者，亦有合数十数百事而成一书者，多寡初无一定也"。见于《小说月报》1912 年第三年第五号。

② 成之：《小说丛话》，《中华小说界》1914 年第一年第三至八期。此处引文见第八期。此文在陈平原、夏晓虹编：《二十世纪中国小说理论资料》（第一卷）（北京大学出版社 1997 年版，第 475 页）及黄霖、韩同文选注：《中国历代小说论著选（修订本）》（下册）（江西人民出版社 2000 年第 3 版，第 396 页），均有收录。这一段引文，其刊物中的原文是以小体字号在文中注出，并无标点。但上述两种选本，在标点上犯了同样一个错误，而影响对于成之原意的理解。两种选本的错误标点如下："故凡大发议论以及非自叙式之小说，而著者忽跳入书中"。因为按照成之的行文逻辑，"大发议论"与"非自叙式之小说而著者忽跳入书中"及后文的"当演剧之时忽作置身剧外之语"是并列的三种情况，这两种选本的标点无法体现三者并列状态。正确标点见本文正文的引用内容。

触之事物也。以二者比较之，则客观的文学，较主观的文学为高尚。何也，主观的文学，易流于直率；而客观的则多婉曲。"①

所谓"主观""客观"，都是"现代汉语的中—日—欧外来词"，即"来自现代日语的外来词"，它们是"由日语使用汉字来翻译欧洲词语（特别是英语词语）时所创造"②。在晚清以日本为中介学习西方的历史背景下，新学语的输入意味着新思想的输入。同时，因为新学语与旧学语之间必然会存在不平等的语言殖民关系，所以在新的能指系统输入的同时，一种新的所指空间也将被挖掘、创造出来。用主观、客观的概念来讨论小说，这意味着成之已经接受了现代西方的情与知、主体与客体、物质与精神等一系列的二元论。这种思想背景下的小说，就已经大大不同于传统的"小道"，也不完全同于梁启超的政治小说了。在成之看来，主观的文学将感情全盘托出，失之简单，客观的文学描摹事实，则容易流于干燥无味：

> 故其最妙者，莫如合主、客观而一之，使人读之，既有已知自然繁复之事实，而又有以知著者对之之感情，且著者对此事物之感情，恰可为此等事物天然之线索，而免于散无条理之诮，真文学中之最精妙者矣。然他种文学，仅于客观一方面之事物，详加叙述，而于主观一方面，则不能不发为空言，惟小说与戏剧，则以其体例之特殊故（着重号为引者所加），乃能将主观一方面之理想，亦化为事实。③

将作者的情感、理想通过具体事实表达出来，或在事实当中精巧地化入作者的理想，这是小说"体例之特殊"的地方。而成之所谓"非自叙式之小说"，即"他叙式"。他将小说叙事，也分为主观、客观两种，"要之主观的，著书之人，恒在书中；客观的，则著书之人，

---

① 成之：《小说丛话》，《中华小说界》1914 年第一年第八期。
② ［美］刘禾：《跨语际实践：文学，民族文化与被评介的现代性：中国 1900—1937》，宋伟杰译，生活·读书·新知三联书店 2002 年版，第 388 页。
③ 成之：《小说丛话》，《中华小说界》1914 年第一年第八期。

恒在书外，故亦可谓之自叙式（Auto‐biographic）及他叙式（Bio‐graphic）也。自叙式小说，宜于抒情，宜于说理。他叙式小说，则宜于叙事。小说以创造一境界为目的，以叙事为主，故他叙式胜于自叙式"①。小说以"他叙体"为正格，即要求作者置身书外，从旁观察书中人物的行为举止而加以记录，按照这种体裁的本性要求，作者强硬地插入叙事进程当中，大发"议论"、直陈感情，都将阻碍叙事的连续性，因此是不合适的。

持相同观点的，另有管达如《说小说》（1912）：

> 小说者，事实的而非空言的也。凡事空谈玄理则难明，举例以示之则易晓。此读哲学书者所以难于读历史也。孔子曰："我欲垂之空言，不如见之行事之深切著明。"亦谓此也。凡著小说者，固各有其所主张。然使为空言以发表之，则一篇论说文字耳，必不能为社会所欢迎。今设为事实以明之，而其所假设者，又系眼前事物，则不特浅近易明，抑且饶有趣味，其足以引人入胜宜矣。且法语难从，巽言易入。为空言以发表意见者，侃侃直陈，排斥他人之所主张，以伸张我之所主张，法语之类也。借实事以动人者，初不必直陈其是非，但叙述事实，使读者之喜怒哀乐，自然随之为转移，巽语之类也。②

管达如（联第）是成之（吕思勉）的表兄。据《吕思勉先生编年事辑》，吕思勉在 17 岁时（1900）与管达如相见，而且通过后者间接受教于其史学老师谢钟英先生。表兄弟二人交往密切，在思想上亦有相近之处，如二人都不信纵横家，而只服膺法家。③ 其"小说"观点也多有相通甚至相同之处。

管达如也是在"美学"的框架之下来谈论"小说"的，他这样来定位小说在文学上的位置："文学者，美术之一种也。小说者，又文

---

① 成之：《小说丛话》，《中华小说界》1914 年第一年第八期。
② 管达如：《说小说》，《小说月报》第三卷第九号，商务印书馆 1912 年版。
③ 李永圻：《吕思勉先生编年事辑》，上海书店 1992 年版，第 19 页。

学之一种也。"① 另外，在讨论小说与其他文学形式的区别时，表兄弟二人都借用了孔子的话，来建立"议论"与"事实"的二元对立：一是孔子关于"垂之空言"与"见之行事"的区别，二是关于"法语"与"巽语"的区别。

"事实的而非空言的"，管达如强调的是小说与其他文学体裁的相异之点，这也是小说能在文学界中独树一帜的原因。所谓"法语"、"巽语"，出自《论语·子罕》："法语之言，能无从乎？改之为贵。巽与之言，能无说乎？绎之为贵。说而不绎，从而不改，吾未如之何也已矣。"按照宋人邢昺疏："法语"是指"礼法正道之言"，"巽语"则指"恭逊谨敬之言"。② 这是教诲、劝人改过的两种不同言语方式，强调的是被教诲者服从并付诸实际行动的结果。管达如对这两个概念稍加变通，用"法语"来指小说中的空言直陈、侃侃议论，用"巽语"来强调小说通过事实来动人情感的特性。于是，"巽语"便成为小说这种体裁在形式上的规则，而这种规则又是出于感化民众、转移人心的需要。以小说来"新民"，这正是以梁启超为代表的"新小说"派实现其政治构想的渠道。在这里可以看到，一种源自特定意识形态的政治需求是如何与特定的文学形式纠缠在一起。这也体现出文学形式的历史性与政治性。

四　小说的"雅化"："诗意"及"含蓄"

梁启超曾经意识到"政治小说"这一新文体的内在矛盾，即"政见"与"小说"似乎无法相容。在《新中国未来记》绪言中，他自己承认"此编"的缺陷：

> 似说部非说部，似稗史非稗史，似论著非论著，不知成何种文体，自顾良自失笑。虽然，既欲发表政见，商榷国计，则其体自不能不与寻常说部稍殊。编中往往多载法律、章程、演说、论文等，连篇累牍，毫无趣味。知无以餍读者之望矣，

---

① 管达如：《说小说》，《小说月报》第三卷第九号，商务印书馆 1912 年版。
② 何晏注，邢昺疏：《论语注疏》，北京大学出版社 1999 年版，第 120—121 页。

愿以报中他种之有滋味者偿之。其有不喜政谈者乎，则以兹覆瓿焉可也。①

梁启超以"编"来指称《新中国未来记》，大概仍有古代通俗小说的"编纂"②遗风，而非将此小说视为全然个人性的创造。在绪言中，梁启超说自己五年前就想写这部书，无奈身兼数役，没有余力。最终还是借助报章定时交稿的"鞭策"作用，才把它写出来。像晚清时的许多小说一样，《新中国未来记》也是半途而止，没有终篇。梁启超重在发表自己的政见，对于是否符合"小说"文体，自然不甚措意③。但其言谈间亦流露出其小说观念：他已经意识到关于"政见"的议论并非小说的"正格"，而"趣味""滋味"对于小说却具有根本性的意义。也可以说，梁启超的理论主张与其实际写作并不一致。在政治关怀的抒发与小说体例的完善之间，其重心当然是在前者。他在《论小说与群治之关系》中，是如何强调小说之入人、感人的心理学作用，是如何强调熏、浸、刺、提动人之情的力量。而当他亲自动手写作政治小说时，却将小说对"人情"的触动问题搁置一边了。

欲以"新小说"支配人道、左右群治，必然要求"小说"通俗易懂、清楚明白，如此才能够将新的政治思想下达群氓。楚卿在《论文学上小说之位置》中认为，小说作为一时之用的"觉世之文"（而非"传世之文"），宁繁勿简，宁泄勿蓄："文学之中，诗词等韵文，最以蓄为贵者也。……小说则与诗词正成反比例者也。……泄之为用，如扁鹊所谓见垣一方人，洞悉五脏症结。如温渚燃犀，罔两魑魅，无复遁形。而此术惟小说家最优占之，小说者，社会之 X 光线也。"④ 如

---

① 饮冰室主人：《〈新中国未来记（稿本）〉绪言》，《新小说》1902 年第一号。
② 潘建国认为：古代通俗小说的编撰方式多为编、辑、校、演，这决定了其被鄙弃的地位。见潘建国《中国古代小说书目研究》，上海古籍出版社 2005 年版，第141 页。
③ 梁启超在《饮冰室自由书（一则）》中，在谈到日本维新与小说的关系时，曾说："著书之人皆一时之大政论家，寄托书中之人物，以写自己之政见，固不得专以小说目之。"《清议报》1899 年第二十六册。
④ 楚卿：《论文学上小说之位置》，《新小说》1903 年第七号。楚卿即狄葆贤（1875—1921），江苏溧阳人，字楚青，又字平子，斋名平等阁，曾创《时报》。

梁启超的"政治小说"一样，晚清诸多小说都念着一个"泄"字诀，因此写作者多不惮于在小说中加入自己的评判、议论，将小说与诗词的反比例逻辑推演到极端。

不过，当时就有人对此提出不同意见了。黄世仲《〈廿载繁华梦〉凡例》："寻常说部，每多断语。唯是书则不然，全作叙事体，而不断之断，已寓于其间。"另外，同样是黄世仲《〈宦海潮〉凡例》："寻常著书，褒贬过于渲染；或叙一先荣后辱之人物，写其人每视之太高，过为雕琢。是书却扫除此弊，故张氏为书中主者，亦在不褒不贬之间。"① 这虽然不是专门针对小说中"议论"的理论辨析，而只是对具体作品就事论事的评论，但其论述却是建立在对于社会上流传的"寻常"小说的不满之上。所谓"不断之断"、"不褒不贬"正是对于叙事"客观性"的强调。这些言论被掩盖在"政治小说"论的大潮底下，但正是它们提醒着我们，晚清民初小说理论在"艺术"方面的讨论所曾经达到的水准。

这种叙事"客观性"的另一种表达，是具有传统中国文学特色的"含蓄"。浴血生认为："社会小说，愈含蓄而愈有味。读《儒林外史》者，盖无不叹其用笔之妙，如神禹铸鼎，魑魅罔两，莫遁其形，然而作者固未尝落一字褒贬也。今之社会小说夥矣，有同病焉，病在于尽。"② 神禹铸鼎，温渚燃犀，是晚清小说论述中经常出现的典故，它意指小说烛幽抉隐，穷形尽相的诉求。如在《官场现形记》的序中，作者用它来表达洞察奸邪、使官场之龌龊纤悉毕露的愿望："不意有一救世佛焉，为之放大千之光，摄世界之影，使一般之蠕蠕而动、蠢蠢以争者，咸毕现于菩提镜中"③。然而，在楚卿和浴血生对该词的使用中，却出现了几乎相反的意义。前者用它来指"泄"的淋漓痛快，后者却嫌其太"尽"不及"蓄"的言外之味。似乎有些巧合

---

① 两则引文皆转引自颜廷亮《晚清小说理论》，中华书局1996年版，第192—193页。
② 浴血生：《小说丛话·小说闲评录》，《新小说》1905年第二年第五号，原第十七号。
③ 《〈官场现形记〉序》，载魏绍昌编《李伯元研究资料》，上海古籍出版社1980年版，第87页。

的是，鲁迅在讨论清末之谴责小说时，也将《官场现形记》与《儒林外史》进行对照。鲁迅认为，《官场现形记》联缀"话柄"，"以成类书"，并没有其自序所谓的"含蓄蕴酿"之实，因此终不能免于"辞气浮露，笔无藏锋"的缺陷，而这也正是鲁迅将它称为"谴责小说"而非"讽刺小说"的根本原因。① 在此，"含蓄"是晚清和"五四"人评价小说的一个共同标准。

那么，如何在小说中做到"含蓄"呢？

前文曾经讨论过别士（夏曾佑）对于"议论"的"讨厌"。同样是他，在《小说原理》中提出了解决这个问题的方法：

> 有时不得不作，则必设法将议论之痕迹灭去始可。如《水浒》吴用说三阮撞筹，《海上花》黄二姐说罗子富，均有大段议论者。然三阮传中，必时时插入吃酒、烹鱼、撑船等事；黄二姐传中，必时时插入点烟灯、吃水烟、叫管家等事。其法是将实景点入，则议论均成画意矣。②（着重号为引者所加）

在晚清的小说新民论的时代氛围内，夏曾佑能够提出这样的改造"议论"的方式，实属不易。他所说的"黄二姐说罗子富"，应该是指《海上花列传》第七回"恶圈套罩住迷魂阵，美姻缘填成薄命坑"。罗子富听说了妓女黄翠凤制服老鸨的辉煌事迹，啧啧称奇，便有意于她。而老鸨黄二姐也试图说服罗子富"跳槽"，即离开老相好蒋月琴，转而单做黄翠凤。老鸨为达到目的，自有一番漂亮的说辞，既要解释黄翠凤的脾气因人而异，又要说明黄翠凤与罗子富巴结要好的情意；但又不能表现得过于奉承，总之要用一种不冷不热的言辞、既殷勤又不勉强的态度让罗子富心甘情愿地转过心来。这一番议论劝说在洋场老鸨说来或许驾轻就熟，但在小说叙述却有一些难度。韩邦庆的办法：一是使用苏白来写人物对话，这有利于得人物本色。将说服他人

---

① 鲁迅：《中国小说史略：释评本》，周锡山释评，上海文化出版社 2004 年版，第234 页。
② 别士：《小说原理》，《绣像小说》1903 年第三期。

的言辞用苏白的日常俗语形式表述出来，黄二姐那种软中带硬、巧舌如簧的神韵便表现得淋漓尽致。二是就如夏曾佑所言，将实景插入议论。除了点烟灯、吃水烟、叫管家等事外，还有更长的一段插入，即关于春宫胡桃壳的戏谑。这段戏谑打断了黄二姐与罗子富的对话（主要情节），作为闲来之笔，这不仅是对议论的改造，也是对叙事节奏的调节。这与《海上花列传》自然而平淡的叙述氛围是一致的。

夏曾佑所参考的是既有的小说写作经验，而《水浒传》的写作者是否有这种化解"议论"的意识，尚是一个疑问。不过，《海上花列传》的作者韩邦庆却明确提出了"反面文章"的问题。

《海上花列传》一书出于光绪十八年（1892），在其《例言》中，韩邦庆毫不客气地赞赏自己的小说"笔法"：

> 全书笔法自谓从《儒林外史》脱化出来，惟穿插藏闪之法，则为从来说部所未有。一波未平，一波又起，或竟接连起十余波，忽东忽西，忽南忽北，随手叙来并无一事完，全部并无一丝挂漏；阅之觉其背面无文字处尚有许多文字，虽未明明叙出，而可以意会得之。此穿插之法也。劈空而来，使阅者茫然不解其如何缘故，急欲观后文，而后文又舍而叙他事矣；及他事叙毕，再叙明其缘故，而其缘故仍未尽明，直至全体尽露，乃知前文所叙并无半个闲字。此藏闪之法也。此书正面文章如是如是；尚有一半反面文章，藏在字句之间，令人意会，直须阅至数十回后方能明白。①

从这段话中，我们不难体会到作者对写作才能的自负。后人胡适在《海上花列传序》中，也极力赞赏韩邦庆在小说结构布局方面的成功，认为"至少我们对于作者这样自觉的地做文学技术上的试验，是应该十分表敬意的"②。胡适的古典小说研究模式影响巨大，人们历

---

① 韩邦庆：《海上花列传》，典耀整理，人民出版社 1982 年版，《例言》第 2 页。
② 胡适：《海上花列传序》，韩邦庆：《海上花开·国语海上花列传 I 》，张爱玲注译，北京文艺出版社 2009 年版，第 6 页。

来重视所谓"穿插藏闪"在小说"结构"方面的意义，而多少忽略了其"令人意会"的方面。《海上花列传》叙事用白话，对白用吴语写成，但作者却拒绝使用白话所擅长的"言无不尽"的特长。恰恰相反，在通俗易懂的白话后面，却"尚有一半反面文章"在，需要读者来"意会"。

张爱玲在《海上花开》《海上花落》的回后注解中，反复指出小说的中所隐藏的信息。在《国语本海上花译后记》中，她还特意强调了小说的这一特色："《金瓶梅》《红楼梦》一脉相传，而能放能收，含蓄的地方非常含蓄，以致引起后世许多误解与争论。《海上花》承继了这传统而走极端，是否太隐晦了？"① 连洞察世事人情、目光老辣独到的张爱玲都觉得"太隐晦"，可见韩邦庆将这种"含蓄"的深意"藏"得有多深！

中国传统小说在试图提高自身位置时，不仅在观念上与经、史等高等文类进行类比，也在写作实践当中向文章的"雅驯"传统认同。从明末清初以来，由于白话小说创作的文人化趋势及宋元以来"文本位"思想的风靡等原因，白话小说在其发展中出现了"文章化"现象。② "文章化"在白话小说的发展中一直存在，其在创作上的表现，如拟话本议论性的加强，如白话小说结构上的起承转合对八股文做法的借鉴。另外，在语言方式上则表现为用文言、骈文来做小说。用文言来做长篇小说的例子前有屠绅《蟫史》（嘉庆初年），后有周氏兄弟用古文翻译的《域外小说集》；用骈文做小说，前有唐人张鷟《游仙窟》、清嘉庆中期陈球《燕山外史》，后有哀情巨子徐枕亚的《玉梨魂》（1912）。这些小说都可以看作是小说对于高等文体的主动靠拢。韩南曾经分析过文言小说、白话小说两种叙事文学的不同效果，他认为白话长于指物，言无不尽，文言则言简意赅，词藻优美，擅于示

---

① 张爱玲：《国语本海上花译后记》，韩邦庆：《海上花落·国语海上花列传Ⅱ》，张爱玲注译，北京文艺出版社 2009 年版，第 332 页。
② 张永葳：《稗史文心——论明末清初白话小说创作中的"文章化"现象》，《北方论丛》2009 年第 5 期。

意，注意文字的"弦外之音"。① 因此，白话若要"雅"，一种方式即开发白话的表意潜能，用白话来争取做到文言所擅长的"示意传神"、辞约而旨丰，在言无不尽的白话中隐藏"弦外之音"。在这种意义上，韩邦庆所谓的"穿插藏闪"便是很成功的尝试。而与《海上花列传》相比，以上屠绅等人的努力就显得过于注重外形上的雅化了。

将"议论"点成"画意"，只是小说"雅化"问题的诸多方面之一。晚清小说理论并没有在这些问题上进行过深入的讨论，更多的只是在吉光片羽中偶尔提及。因此，这里也无法提供一个令现代人满意的答案，晚清小说理论本身就是处于一个中西交汇、变化的历史过程中。不过，对于小说理论来说，将"议论"点成"画意"的做法却打开了一个既新且旧的写作空间。旧的方面，中国传统小说兼容叙事、明理、议论、抒情，这种"文备众体"的特性得到了继承；新的方面，则是对于"议论"的诗意性改造。无论晚清小说的主流写作实践离这种改造有多远，至少一种理论上的可能性已经呈现出来了。同时，如果"说部"的发展中存在着"叙事体"对于"论说体"的排挤，那么对于"议论"的改造，也提醒我们注意对传统小说理论及写作资源的重新认知。

第二节　细节与"内面"的意义

叙事性文学作品中，"细节"一般是指那些静态的摹写性文字，如自然风景或建筑器物的描绘，或如人物衣着外貌、日常琐事的刻画。有一些细节与情节发展的走势关系不大，甚至将之删除也并无大碍，因为这既不会影响故事的走向，也不会影响读者对于故事的跟进和理解。"细节"在小说中的出现的时刻，意味着叙述速度的降低甚至停止。细节的独立，在现代小说发展史中是一个重大的事件，"五四"时期在"科学""写实"等观念的支配下，人们开始强调这个问题的重要性。如胡适对于《老残游记》中黄河结冰、王小玉说书等情

---

① ［美］韩南：《韩南中国小说论集》，王秋桂等译，北京大学出版社2008年版，第8页。

景描写的赞赏。胡适认为，作为"死文字"的骈体词章无法写出风景的个性，只有鲜活的白话文才能将精细观察的结果以"白描"的手段呈现出来。① 因此，只有打破了古文的陈词滥调，作为"细节"的风景才能真正地被发掘出来，其中，对"真实性"的追求一目了然。

鲁迅在讨论宋人讲史话本《新编五代史传奇》时说："全书叙述，繁简颇不同，大抵史上大事，即无发挥，一涉细故，便多增饰，状以骈丽，证以诗歌，又杂诨词，以博笑噱。"② 历史大事，事体重大，并且线索纷繁，叙述起来只能快刀斩乱麻；而现实生活情状、日常细故琐事，非关国体，却可以放缓叙述的节奏。这种共时的繁简区别也存在着一条历史性的线索，"笼统点说，传统小说叙述速度较快，'现实主义'小说（西方 18 世纪、19 世纪）速度明显减缓"。③ 在中国小说中，日常生活与各种细节的描写并不是新的东西，但在理论上的认识却并不一致。"五四"时期的观点显然已经具有了明显的西方特色。下面将要考察的是，晚清民初的小说理论对这个问题的认识，以及这种认识与"五四"之间的关系。

一　作为正史之余的"细故"与"庸常"

中国古代小说理论中，"细节"问题并没有成为专门讨论的对象，因此也就不存在统一的意见。即空观主人（凌蒙初）在《拍案惊奇序》中说："今之人但知耳目之外，牛鬼蛇神之为奇，而不知耳目之内，日用起居，其为谲诡幻怪，非可以常理测者固多也。"④ 此处所谓"日用起居"，是指《拍案惊奇》中那些白话小说所讲述的爱情、婚姻故事。但根据凌蒙初的意思，他并非真的重视"日用起居"。

① 胡适：《老残游记·序》，欧阳哲生编：《胡适文集》（4），北京大学出版社 1998 年版，第 453—455 页。
② 鲁迅：《中国小说史略：释评本》，周锡山释评，上海文化出版社 2004 年版，第 96 页。
③ 赵毅衡：《当说者被说的时候：比较叙述学导论》，中国人民大学出版社 1998 年版，第 98 页。
④ 即空观主人：《拍案惊奇序》，黄霖、韩同文选注：《中国历代小说论著选（修订本）》（上册），江西人民出版社 2000 年版，第 263—264 页。

实际上，其目的一方面是为了"新听睹"、"佐诙谐"，因此一反人之常情，于"耳目之内"去猎奇；另一方面，他是应书坊商人要求而写作，为了"行世颇捷"，即能在书肆中好卖，因此不得追求不一样的"奇"。所以，凌蒙初只是将日常现实的描写作为一种手段而已。

当然更为常见的，是在理论上将小说中的"庸常"细节纳入理学的轨道，如笑花主人《今古奇观序》，他一方面肯定了"三言""极摹人情世态之歧，备写悲欢离合之致"的特色，另一方面又强调"理学"的规范作用，他说："故夫天下之真奇，在未有不出庸常者也。仁义礼智，谓之常心；忠孝节烈，谓之常行；善恶果报，谓之常理；圣贤豪杰，谓之常人。"① 可见，其描摹庸常的目的仍是为了猎奇，同时，又将这种近于怪力乱神的"奇"限制在仁义礼智孝的世界之中。

而吟啸主人稍为不同，在《平虏传序》中，他也讲"忠孝节义"，同时也从读者的阅读体验角度来肯定小说中的"细故"。《平虏传》所记故事，是崇祯初年，清兵攻陷遵化、顺义等地，进而围逼京城，袁崇焕入卫等事。吟啸主人说："余坐南都燕子矶上，阅邸报，奴囚越辽犯蓟，连陷数城，抱杞忧甚矣。凡遇客间自燕来者辄促膝问之。言与报同。第民间之义士烈女报人视为细故不录者，予闻之更实获我心焉。"② 较之清兵陷城、战事激荡，"民间义士烈女"之类的个人战争传奇更能动人心性，而这种"细故"正是小说不同于"邸报"（只关注宏大的历史、不记录普通人的经验感受）之处。这种小说观当然是传统的"史补"观的体现。充作"国史之补"、"正史之余"，与《春秋》《左传》相比附，这都是小说提高自己地位的传统方式。但这里也已经有些异样的因素了，"细故"的描写不完全是为了填补大历史所遗漏的日常领域，而是希望能够满足小说读者的感受。当然，关于

---

① 笑花主人：《今古奇观序》，黄霖、韩同文选注：《中国历代小说论著选（修订本）》（上册），江西人民出版社2000年版，第271页。

② 吟啸主人：《平虏传序》，黄霖、韩同文选注：《中国历代小说论著选（修订本）》（上册），江西人民出版社2000年版，第261页。

小说与"细故"的密切关系，吟啸主人并无明确的理论意识，我们不能从今天立场给予过高的评价，但不妨视为中国古代叙事文学的一个重要传统。

与此相类似，罗浮居士则对"慕史"的传统方式进行了改动，他在《蜃楼志序》中详细地解释了"小"与"说"的意义：

> 小说者何，别乎大言言之也。一言乎小，则凡天地经义，治国化民，与夫汉儒之羽翼经传，宋儒之正心诚意，概勿讲焉。一言乎说，则凡迁、固之瑰玮博丽，子云、相如之异曲同工，与夫艳富、辨裁、清婉之殊科，宗经、原道、辨骚之异制，概勿道焉。其事为家人父子日用饮食往来酬酢之细故，是以谓之小；其辞为一方一隅男女琐碎之闲谈，是以谓之说。然则，最浅易、最明白者，乃小说正宗也。世之小说家多矣。谈神仙者荒渺无稽，谈鬼神者杳冥罔据，言兵者动关国体，言情者污秽闺房，言果报者落于窠臼。枝生格外，多有意于刺讥；笔转难关，半乞灵于仙佛。《大雅》犹多隙漏，复何讥于自《邶》以下乎！①

"小说"通过与"大言"的相反对的方式来确定自身的合法性，这和中国传统小说观念已经有些不同了。传统文类秩序中的"大言"主要包括经、史，诗文聊备一体。而"小说"作为"小道"，则往往通过"五经郛众说"、"慕史"、征引诗文等方式来提高自己的地位。即使到晚清梁启超将小说视为"文学之最上乘"，他也仍是在维持传统文类等级、文化结构的前提下，要求"小说"去承担经史等主流文类的社会功能。罗浮居士却避免这种向主流文体靠拢、认同的做法。"小说"现在要与经史保持距离，自认其"小"与"说"。"小说"的合法性基础是细故琐事、本地风光。"小说"之独立性的获得，是建立在与主流文类的题材分工基础上的，"小说"主动认领了"治国化民"、"经国大业"之外的日常生活领域。但此处的日常生活，仍然要

---

① 罗浮居士：《蜃楼志序》，黄霖、韩同文选注：《中国历代小说论著选（修订本）》（上册），江西人民出版社 2000 年版，第 532 页。

承受来自主流文化的压力，"小说"仍是"准乎天理国法人情以立言"，仍有成为"大言炎炎"的诉求。所以，"小说"虽然获得了某种足以将自身从文化结构中区别出来的根本性特征，但这只是一系列"摆脱"动作之后的"独立"，是消极的，是相对的。小说固然不再攀附经史，但这样的结果也有使其陷入茕茕独立、无所凭依之境的危险。罗浮居士并没有为"小说"、为"日常生活"领域提供一种不同于"经"或"道"的价值基础。从今天的理论视野看来，这里的日常生活尚未获得其"美学"价值和意义，"小说"也缺少一种"美学"理念的正面支撑。

以上的叙述顺序并不意味着在这个问题上小说观念的"进化"历程。关于小说中的日常细节问题，存在着不同的理论观点。而对于中国传统小说理论来说，这些观点只是处于一种共时结构之中。粗略地概括其相同之处，即"细故""庸常"问题处于与正史对照的论述结构当中，并且多少受到"道"这种总体性的控制。这种情况在晚清并没有发生太大的变化，如 1906 年，新广在评论《胡宝玉》一书时所言："盖中国自古至今，正史所载，但及国家大事而已，故说者以为不啻一姓之家谱，非过言也。至于社会中一切民情风土，与夫日行纤细之事，惟于稗官小说中可以略见一斑。"① 这说法仍处在一种传统的论述结构当中，新广认为《胡宝玉》是"上海之社会史"——"日行纤细之事"仍是正史的补充。

二　作为"内面"的个人经验

（一）下等社会、喋喋家常与小说"义法"

晚清民初比较重视"日常生活"的小说论者中，经常被后来研究者提及的一个人物，是林纾。林纾不通西文，但是他在与魏易诸人的翻译合作中，通过其敏锐的文学感受力，意会到狄更斯文字的奇特："若迭更斯者，则扫荡名士、美人之局，专为下等社会写照。"② 于

---

① 新广：《说小说·胡宝玉》，《月月小说》1906 年第一卷第五号。

② 林纾：《〈孝女耐儿传〉序》，许桂亭选注：《林纾文选》，百花文艺出版社 2006 年版，第 63 页。

是，在小说理论研究中，林纾经常被追溯为"日常生活"领域的重要发掘者，而且这种"发掘"被赋予不尽恰当的历史性价值。林纾对狄更斯"专为下等社会写照"大加赞赏，颜廷亮先生则在其《晚清小说理论》中对林纾的"赞赏"再次表示"赞赏"——原因在于，林纾的言论恰好可以放置于"批判现实主义小说"的理路中来思考。① 康来新也在"写实主义"的概念之下讨论林纾对狄更斯的翻译，不过，他已经注意到了这一点："……林纾虽然译介了这些西方写实作品，其用意倒仍是基于复古与护古，因为这些作品与太史公相像。"② 将林纾置于"现实主义"的线索中进行分析，这明显是一种现代性的思维方法。不过，林纾的言论实在是别有怀抱，他并非有意向文学理论中的某种"主义"靠拢，而只是其古文视野的自然延续。

林纾对于狄更斯的推崇，并非因为后者"专为下等社会写照"的社会史、思想史意义。正如其一贯作风那样，他这里所强调的实际上仍是"义法"。何为"义法"？钱锺书先生在谈论林纾的翻译时对此做了解释："义法"是"古文"的一个方面，即林纾在《黑奴吁天录·例言》等处提到的"'开场'、'伏脉'、'接笋'、'结穴'、'开阖'等等——一句话，叙述和描写的技巧③。正是以"义法"为依据来品评小说，林纾才发出了"西人文体，何乃其类我史迁也"④ 的感叹。狄更斯能够把最难"用意着笔"的"家常平淡之事"写得如此精彩，而林纾认为：

> 天下文章，莫易于叙悲，其次则叙战，又次则宣述男女之情。……从未有刻画市井卑污龌龊之事，至于二三十万言之多，不重复，不支厉，如张明镜于空际，收纳五虫万怪，

---

① 颜廷亮：《晚清小说理论》，中华书局 1996 年版，第 130—131 页。持此种意见的研究者不在少数，如马春林认为林纾推崇并接受了西方现实主义文学观（见马春林《中国晚清文学革命史》，辽宁大学出版社 2000 年版，第 33 页）；另韩洪举也在其《林译小说研究——兼论林纾自撰小说与传奇》（中国社会科学出版社 2005 年版，第 213 页）中，肯定了林纾"在近代现实主义小说理论"建设中的独特意义。

② 康来新：《晚清小说理论研究》，台北：大安出版社 1990 年第二版，第 276 页。

③ 钱锺书：《七缀集》，生活·读书·新知三联书店 2002 年版，第 92—94 页。

④ 林纾：《〈斐洲烟水愁城录〉序》，载陈平原、夏晓虹编《二十世纪中国小说理论资料》（第一卷），北京大学出版社 1997 年版，第 158 页。

物物皆涵滹清光而出，见者如凭阑之观鱼鳖虾蟹焉。则迭更司者盖以至清之灵府，叙至浊之社会，令我增无数阅历，生无穷感喟矣。①

在林纾看来，狄更斯简直可以媲美于太史公笔才，因此才对他大加赞赏。现代的小说理论研究者用一种后视眼光进行历史的追溯，虽出于体系构建的好意，却在很多时候一厢情愿地误读了林纾。林纾曾称赞"《孽海花》，非小说也，鼓荡国民英气之书也"②。但小说的作者之一曾朴却并不完全领情，他说："'非小说也'一语，意在极力推许，可惜倒暴露了林先生只因在中国古文家的脑壳里，不曾晓得小说在世界文学里的价值和地位。……其实我这书的成功，称它做小说，还有些自惭形秽呢！"③ 应该注意到，1928 年的曾朴，其小说观念应该与当年写作《孽海花》时不相同了。我们当然不能否定，林纾在翻译过程中对"小说在世界文学里的价值和地位"有充分的认知，但曾朴指出其小说观中的"古文"的因素，也是有道理的。

像林纾这样以古文义法来评价小说的做法，晚清时并不少见。另一个例子是寅半生《小说闲评》，在谈到"家庭小说"《小公子》（小说林社员译述）时，他这样评价："惜乎喋喋家常，并无变化。"似乎对于自己的这个结论并不放心，寅半生继而以主客问答的方式对自己进行辩难：

难者曰："子言喋喋家常，一似有不满意者然，《红楼梦》独非喋喋家常乎？何以万口同声，推为说部领袖？"应之曰："此《红楼梦》之所以佳也。不但喋喋家常，即如吃饭一事，《红楼梦》中屡见不一见，而阅者并不讨厌。他人学之，便同嚼蜡，问之我

① 本段未注引文皆见林纾《〈孝女耐儿传〉序》，载许桂亭选注《林纾文选》，百花文艺出版社 2006 年版，第 62—63 页。

② 林纾：《〈红礁画桨录〉译馀剩语》，载许桂亭选注《林纾文选》，百花文艺出版社 2006 年版，第 31 页。

③ 《修改后要说的几句话》，1928 年真善美书店版《孽海花》修改本序，载魏绍昌编《孽海花资料》（增订本），上海古籍出版社 1982 年版，第 131 页。

心，我亦不解，即问之普天下之读小说者，恐亦不能自解也。谓予不信，请质高明。"①

在此，对于家常的描写，并没有成为评价小说的绝对标准。寅半生指出，同样是"喋喋家常"，《红楼梦》与《小公子》却有高优劣下之分，他说自己并不知道其中原因。实际上，在他对于《小公子》的评语里，已经同时说出了原因：他感到可惜的不是其"喋喋家常"，而是"无变化"。而"吃饭一事，《红楼梦》中屡见不一见，而阅者并不讨厌"，正是其行文"变化"所至。"变化"，是寅半生品评小说的一个标准。例如，同样是对于《小公子》的评论："末叙争袭一事，正好大起波澜，以娱阅者之目，乃竟旋起旋伏，易如反掌，毫无波折，甚为可惜。"② 波澜、变化、波折这样的要求，都是传统小说评点中常见的章法理论。所以，寅半生为作者不能抓住机会在小说结尾制造波澜而感到遗憾。

在另一处，寅半生对于"哀情小说"《寒牡丹》（日本尾崎红叶原著，钱塘吴梼译，商务印书馆印行）的评论可以明显地看出他对于"文"法的借鉴。《寒牡丹》中，俄罗斯贵族柯列基对霍丽查心存宿怨，久久不能释怀，但小说末尾，柯列基却忽然悔悟，与后者重为夫妇如初。寅半生对这种突然的转变很是不满，理由仍是认为作者错过了展示文法变化的大好机会。他说："何以转关如此易易？此处似嫌太率。鄙意……大费一番周折，然后破镜重圆，则结局较为有味。……尽可欲擒故纵，欲合故离，腾挪变化，做一篇大好文章。作者见不及此，惜哉。"③ 很明显，寅半生希望作者将"小说"当成"文章"来"做"。另外，寅半生认为《电术奇谈》："情迹离奇，笔墨变化，穿插布置，尤有草蛇灰线，匣剑帷灯之妙。"④ 无论是"欲擒故纵"，还是"草蛇灰

① 寅半生：《小说闲评》，载阿英编《晚清文学丛钞：小说戏曲研究卷》，中华书局1960年版，第475—476页。寅半生即钟骏文，又署钟八铭。
② 同上书，第475页。
③ 同上书，第485—486页。
④ 同上书，第474页。

线"，都是中国传统小说评点的惯用概念。而小说评点对于八股文章法技巧的借用，已是文学批评中人所共知的事实。因此，寅半生对"家常"的重视，仍是"义法"的要求。

现代读者对下等社会、喋喋家常描写产生诸如"现实主义"式的误会，除了史料本身的模棱两可性外，其原因多是在面对历史资料时，先入为主地预设了某种理论范式。

同样以林纾为例，他在另一篇小说叙文中，提出小说宜有"别才"，认为与正史体例相比，小说更长于"苛碎描写士卒冤穷之状"，即长于对宏大历史中个体感受经验的关切。他这样说："余历观中史所记战事，但状军师之摅略，形胜之利便，与夫胜负之大势而已，未有赡叙卒伍生死饥疲之态，及劳人思妇怨旷之情者，盖史例至严，不能间涉于此。"确实如此，中国传统小说中对于战争场面、军事领袖、沙场大将的描写非常多，但却很少有从普通士兵、平民百姓的角度来写的战争。不过，考察林纾注意卒伍、劳人思妇的本意，或许会使我们略感诧异。在他看来，个人生活经验本身并没有本体性的意义。对于个人经验、日常生活的描写，与其说是"小说"这种文体的要求，不如说是一种权宜之计："是书果能遍使吾华之人读之，则军行实状，已洞然胸中，进退作止，均有程限，快枪急弹之中，应抵应避，咸蓄成算，或不至于触敌即馁，见危辄奔，则是书用代兵书读之，亦奚不可者？"[①] 林纾在这篇叙文中回忆，八国联军与义和团鏖战之时，他"伏败屋中，苦不得饮，夜分冒险出汲，水上人膏厚钱许，钦之腥秽，顾盛渴中亦莫为恤"（出处同上）。这种痛苦、无奈的经历使他希望有一种类似战时手册性质的小说。因此，小说中之"乱中笔墨"的意义，就在于作为兵书，为离乱当中普通人的进退作止提供经验指导，使他们不至于临危慌乱，无所措手足。可见，林纾对小说中"日常生活"的理解仍然是工具性的，而不是本体意义的。

（二）"敷佐"之物见小说"精神"

在林纾的小说观念伴随着林译小说广为传播的同时，一些变化的

---

① 本段引文皆见林纾《〈利俾瑟战血余腥记〉叙》，载陈平原、夏晓虹编《二十世纪中国小说理论资料》（第一卷），北京大学出版社1997年版，第138页。

苗头还是出现了。1907 年,《小说林》第一期上发表了一篇侦探小说《第一百十三案》,第一章后有徐念慈所作《觉我赘语》。在具体评论《第一百十三案》之前,徐念慈先对一般的侦探小说进行一番论说,他认为:

> （侦探小说）其擅长处,在布局之曲折,探事之离奇。而其缺点,譬之构屋者,若堂、若室、若楼、若阁,非不构思巧绝,布置井然;至于室内之陈设,堂中之藻绘,敷佐之帘幕屏榻金木书画杂器,则一物无有,遑论雕镂之精粗,设色之美恶耶! 故观者每一览无余,弃之不顾。质言之,即侦探小说者,于章法上占长,非于句法上占长;于形式上见优,非于精神上见优者也。①

以裁衣、筑室、构屋来指称小说的布局安排,这仍是对于中国传统文章章法理论的借鉴。② 在此,徐念慈肯定了普通侦探小说"章法"和"形式"上的布局优点,但同时更强调真相大白后"一览无余"的缺点:因为室内没有陈设器物来装点,房屋主体结构也就缺少"敷佐"之物。因此侦探小说就像一个堂室布置坦然、但内部空无一物的屋子。所谓"帘幕屏榻金木书画杂器",就是在情节结构之外的那种似乎并非重要的人情世故的"细节",也就大略等同于徐念慈所说的"句法"和"精神"。之所以用说是大略等同,因为徐念慈在下文的分析中所赞赏的是人物的"语言",而非景色或器物描写。不过,对话描写造成故事时间和文本时间同步的假象,这种"场景"也不是推动故事发展的核心功能单位。或许因为这种原因,徐念慈将它视为与细节一类的"敷佐"之物。

---

① ［法］加宝尔奥:《第一百十三案·觉我赘语》,陈鸿璧译,《小说林》1907 年第一期。
② 刘勰:"何谓附会? 谓总文理,统首尾,定与夺,合涯际,弥纶一篇,使杂而不越者也。若筑室之须基构,裁衣之待缝辑矣。"刘勰:《文心雕龙》,范文澜注,人民文学出版社 1958 年版,第 650 页。

而这些"敷佐"之物的存在，正是《第一百十三案》区别于普通侦探小说特别之处："其特色即在后半傅安德对书记长之语。其句法则委曲仁厚，其精神则奕奕如生。此等动人性情之语，于家庭教育小说中尤不多见，不意于侦探小说中遇之，是书之所以为杰作也。"①为了理解徐念慈的赞赏之情为何而发，需要对小说第一章内容稍加介绍：巴黎一家银行失窃，行长傅安德以为是书记长毕柏鲁所为。但念及旧情，在警察来之前，他试图说服毕柏鲁承认罪行。于是动之以情，晓之以理，他提起十五年来二人父子般的亲密关系，并提及毕鲁柏沉迷赌场的荒唐行为。希望其悔改，此事就可置诸脑后。但毕柏鲁矢口否认。徐念慈所欣赏的是傅安德至仁至善的性情，和他的宽厚慈爱，而这一切都是通过其语言描写表现出来的。这种在小说中配置"敷佐"之物的句法、精神，本来是徐念慈对于其他小说（如家庭教育小说）的期待。而《第一百十三案》作为以情节曲折见长的侦探小说却做到了这一点，对他来说，这实在是意外之喜。

这种赞赏意味着："敷佐"之物的描写，在徐念慈这里构成了一种评价小说"杰作"的标准。究其原因，一方面是这些细节具有"动人性情"的力量，另一方面则是它产生了"奕奕如生"的"精神"效果。而因人情而利导，从人性入手来塑造新的民众，正是晚清新小说理论的一个核心观念。

从小说本身的体例角度来思考这个问题的，另如成之《小说丛话》：

> 小说所描写之社会，校之实际之社会，其差有二：一曰小，一曰深。何谓小？谓凡描写一种人物，必取其浅而易见者为代表；描写一种事实，必取其小而易明者为代表也。如写壮健侠烈之气，则写三军之帅可也，写匹夫之勇亦可也。而在小说，则宁取匹夫之勇。写缠绵悱恻之情，则写忠臣义士、忧国爱君如屈灵

---

① ［法］加宝尔奥：《第一百十三案·觉我赘语》，陈鸿璧译，《小说林》1907年第一期。

均、贾长沙之徒可也；写儿女生死相恋爱，如贾宝玉、林黛玉亦可也。而在小说，则宁写一贾宝玉或林黛玉。何者？前者事大而难见，后者事小而易明；前者或令人难于想象，后者则多属于直观的故也。何谓深？凡写一事实，描一人物，必较实际加重数层是也。①

成之视小说为文学，视文学为美术，而美术即"美的制作"②。这种制作要经过四个阶段：模仿、选择、想化、创造。成之强调小说取材的"浅而易见"与"小而易明"，这在表面上类似于现代小说理论对于个人性、细节的重视。实则不然。因为成之是从作文手法的角度来考虑这一问题的。他认为，复杂、偏至的素材才能成就好的小说："尝谓天下事惟不平者可以描写，平者必不能写。英雄、儿女，皆情有所偏至者也，不平者也，故可描写之而成妙文。圣人，情之至中正者也，故无论如何善作小说之人，必不能以小说体裁，为圣人作传记，亦必不能于小说中臆撰一圣人也。"③ 小说恶"同"趋"异"，这是文学公例。

所以，小说选择"小"的动机，仍然不是从个人细琐经验（相对于大历史、大圣人）本身的重要性出发，而是更偏重于创作手法上的需要。"小"者、偏至者、不平者，这些素材能够更好地发挥想象的割弃、取舍、选择的作用。因此才能更好地发挥小说的"代表主义"（以小见大）作用。现代文学中个人主义的诉求在此仍然无法成立。

这就可以见出：晚清民初小说理论虽然受到西方影响，但因为传统观念的影响，它又有不同于西方之处。其共同之处在于对于细节在小说中位置的重视，不同的则是其理论基础。小说观念的变化在其根基上仍受到传统的巨大影响，因此是一个极其缓慢的过程。

---

① 成之：《小说丛话》，《中华小说界》1914 年第一年第六期。
② 同上。
③ 同上。

（三）小说的"现在"主义关怀

西方叙事学对细节的重视，原因之一，是对于真实性的要求。亨利·詹姆斯在《小说的艺术》这样说："我觉得真实感（细节刻画的实在性）是一部小说的最重要的优点——所有的其他优点都无可奈何、俯首听命地依俯的那个优点。如果它不存在，它们就全部等于零。"① 而获得真实感的途径有许多种，如通过已经发生的事（事真），如通过可能发生的事（理真），如通过主体态度的真诚（情真）。詹姆斯将真实等同于"细节刻画的实在性"，也就是对于自然社会实在之物的客观描写。这仍是一种现实主义小说观念。按照瓦特的分析，"小说"这个术语直到 18 世纪末才得以充分确认。而"形式现实主义"，是使"小说"（novel）区别于先前的虚构叙事作品（fiction）的根本特点。作为一种叙事成规：

> 形式现实主义，事实上是一个笛福和理查逊确实予以承认的、通常是小说形式中固有的前提的叙述式体现：这个前提，或者说是基本常规，就是小说是人类经验的充分的、真实的记录。因此，出于一种义务，它应该用所涉及人物的个性、时间地点的特殊性这样的一些故事细节来使读者得到满足，这些细节应该通过一种比通常在其他文学形式中更具有参考性的语言的运用得以描述出来。②

所以，对细节真实的要求是现代"小说"观念的题中应有之意。而小说对普通人日常生活经验的关注，这一切又与相应的社会历史状况、与特定的意识形态相关，即依赖于以"个人主义"为特征的社会的建立。而"个人主义"（瓦特认为这也是 19 世纪中期才出现的词）在现代西方的出现有两个关键原因：一个是现代工业资本主义的兴起，经济特殊化与民主政治体制一道，极大地增加了个人选择的自由；另

---

① ［英］亨利·詹姆斯：《小说的艺术》，巫坤宁译，《外国文艺》1981 年第 1 期。
② ［美］伊恩·P. 瓦特：《小说的兴起》，高原、董红钧译，生活·读书·新知三联书店 1992 年版，第 27 页。

一个是新教的普及，使得宗教世俗化、道德尺度内在化与民主化。①

这就是说，西方现代小说理论对于日常生活"细节"的重视，除去修辞上的文体变革外，还有其最根本的历史原因，即现代资本主义社会的来临。西方小说史的讨论，总有一个"史诗"的背景，因此从英雄向平民、个人的变化才显得自然合理。中国小说本来即"小"、余、杂，似乎本就与细小微琐之人、事有着亲密的联系。小说对日常生活的关注（如鲁迅所谓明清的"人情小说"）也早就有了。那么，晚清的此类论述有何独特性？

如上所述，晚清民初中国小说理论中对于细节的重视，其目的或是符合古文的"义法"，或是以"敷佐"之器物来动人性情，或是为了"以小见大"的"代表主义"，无论哪一种，都不同于西方现代小说观念。虽然二者的理念基础不同，毕竟在表面上有了相似的理论主张，这是否可以认为是一种殊途同归的现象呢？如果答案是肯定的，就意味着存在一种普遍性的现代性。在晚清民初追求"文明"的社会文化氛围中，西方文学对于中国文学的影响、示范作用也是不容忽视的。如前所述，林纾的小说论虽有传统文章"义法"的影子，同时也基于他对于西方小说的敏感体会，徐念慈所分析的《第一百十三案》是翻译的法国小说，而成之（吕思勉）更是接受了西方的现代美学观念。也就是说，晚清小说理论在接受西方观念影响时，其方式多是只知其表，不知其里（理）。不过，无论在当时还是今天的文化交流关

① ［美］伊恩·P. 瓦特：《小说的兴起》，高原、董红钧译，生活·读书·新知三联书店 1992 年版，第 62—63 页。这是一种历史性的考察，另外，结构主义的先驱弗莱也曾经讨论过类似的过程。他按照作品"主人公的行动力量超过我们、不及我们或是与我们大致相同"的标准，将虚构作品分为神话、浪漫传奇传奇、"高模仿"、"低模仿"、讽刺五类。而属于"低模仿"类型的一种即现实主义小说，在此，主人公仅是我们现实当中的一个普通人，他既不优越于别人，又不超越自己所处的环境，"我们感到主人公身上共同的人性，并要求诗人对可能发生的情节所推行的准则，与我们自己经验中的情况保持一致"。弗莱进而指出："中产阶级的新文化把'低模仿'引进了文学，在英国文学中，这种低模仿从笛福时起，一直主宰到十九世纪末。"弗莱认为在西方文学中，这五种模式顺序而下地演变，并且形成循环。循环的观念当然是非历史的，但在其分析单次循环中的"低模仿"时，却是历史性的，而且其分析也正与瓦特的观点相通。参考加诺思罗普·弗莱《批评的解剖》，陈慧等译，百花文艺出版社 2006 年版，第 45—48 页。

系中，这种表里剥离的引进方式是很正常的现象。

当然，也有明确表明自己的西学来源者。徐念慈曾经提及黑格尔论美的特性之一"形象性"，并用例子来说明：

> 形象者，实体之模仿也。当未开化之社会，一切神仙佛鬼怪恶魔，莫不为社会所欢迎，而受其迷惑。阿剌伯之《夜谈》，希腊之神话，《西游》、《封神》之荒诞，《聊斋》、《谐铎》之鬼狐，世乐道之，酒后茶余，闻者色变。及文化日进，而观《长生术》、《海屋筹》之兴味，不若《茶花女》、《迦因小传》之秾郁而亲切矣。一非具形象性，一具形象性，而感情因以不同也。①

此处的"非具形象性"与"具形象性"，实际上就是仙佛鬼神与现实普通个人的区别。这种小说描写对象的区别是根本性的，因为前者属于未开化社会，后者属于文明时代。上文已经分析过这个转向在西方的发生及其文化政治背景。中国呢？神话传说如何转向"人情小说"？普通个人及其日常生活何时进入中国文学的视域？中国的诗文传统中，由于抒情话语的正统地位，"日常生活"并未成为一个自觉的文学范畴，而仅仅构成某种修身养性、韬光养晦、拒绝功名或失意不甘的隐喻空间。"成熟的世俗气氛，体积硕大的日常生活流体，文学形式正式回应这一切的时候，已经到了叙事话语的成熟季节——尤其是小说。"在这个过程当中，"城市的形成、话本传统、摆脱史传文学之后的想象、口语风格与描写技术、印刷术的进步"线索均可提供某种原因的解释。而鲁迅在其《中国小说史略》中，已经把日常生活的细微描绘视为小说的标高。② 徐念慈指出，仙佛鬼神纯属虚构，远离俗世人情世界，这样的小说水平较低；而"形象性"指对实体的模仿，即对人的现实生活情况表示关切，这不但让人感觉亲切，也标志着小说的文明与进步。徐念慈视野开阔，所谈为阿拉伯《天方夜谭》、古希腊神话、中国的神怪狐鬼小说、现

---

① 觉我：《〈小说林〉缘起》，《小说林》1907 年第一期。
② 南帆：《无名的能量》，人民文学出版社 2012 年版，第 19 页。

代西方小说《茶花女》《迦因小传》，可见他已经是以一种"世界文学史"的意识，来谈论小说史从神话传说向"人情"描绘的转向。虽然内在理路不尽相同，但中国问题已经被纳入普遍性的"现代性"叙述框架当中。

另一个以西方理论为据谈论小说"细节"问题的人，是璱斋（即麦仲华 1876—1956）。他直接引用"英国大文豪佐治宾哈威"的话："小说之程度愈高，则写内面之事情愈多，写外面之生活愈少，故观其书中两者分量之比例，而之价值，可得而定矣。"璱斋认为，用"内面"这种西方标准来衡量中国小说，"惟《红楼梦》得其一二耳，余皆不足语于是也"①。《红楼梦》不同于其他中国小说的最大特色，一方面如鲁迅在《中国小说的历史的变迁》中所言，在其"敢于如实描写，并无讳饰"②，另一方面则是对家常琐事、人情细节的不厌描摹——而这两方面都可以纳入"内面"一词的意义当中。这里的"内面"，与柄谷行人所说的"内在自我""个人心理"有不同之处，但在现代主体生成的意义上，它们却是相通的——都是现代民族国家所要着力塑造的个人心性领域。

与上述徐念慈、璱斋相比，有一些讨论日常"现在"的言论却具有明显的本土特色。如楚卿在《论文学上小说之位置》中说：

> 若夫寻常人，则皆住现在、受现在、感现在、识现在、想现在、行现在、乐现在者也。故以过去、未来导人，不如以现在导人。佛之所以现种种身说法，为此而已。小说者，专取目前人人共解之理，人人习闻之事，而挑剔之、指点之者也。惟其为习闻之事也，故易记；惟其为共解之理也，故易悟。③

---

① 《小说丛话》，《新小说》1903 年第七号。按黄霖认为"佐治宾哈维"疑指莎士比亚，但并未提供证据。见黄霖、韩同文选注《中国历代小说论著选（修订本）》（上册），江西人民出版社 2000 年第 3 版，第 76 页。

② 鲁迅：《中国小说史略·释评本》附录，周锡山释评，上海文化出版社 2004 年版，第 271 页。

③ 楚卿：《论文学上小说之位置》，《新小说》1903 年第七号。

楚卿认为，"时有三界，曰过去，曰现在，曰未来"，又大谈住、受、感、识、想、乐，这显然是佛经说法的口吻。从佛的现身说法、人的脑力悟性引申出对小说之"现在"主义特性的规定，这与其说是以中学附会西说，不如说是晚清人士对于小说与传统关系的独特认识，在这种认识当中也产生了新的小说观念。

晚清民初的中国社会面临着深重的民族危机，影响深远的"实学"化思潮，实际上是中国人认同于西方现代性逻辑的一种表现。大多数人都意识到了这种文明力量的对比。只不过，小说修辞观念层面的影响被以一种近乎无意识的方式谈论着。小说中所表现的对象，从国家宏大历史、帝王将相转变为普通个人的身家细故，小说从谈鬼神记异怪变为关注活生生的"现在"人，这种趋势得到了肯定。从以上的分析看来，相似的历程是普遍存在于中西小说观念史中的。1918年，胡适的《论短篇小说》已经明确地将"琐屑细节"的描写当成中国小说史的进步了。① 晚清民初的小说理论者敏感地意识到了这一趋势，却尚不能明确将这种历史变动背后的"现代性"动力表达出来。指出这一点，并非刻意强求前人，因为能够意识到历史的动向，这对于在具体历史中生存的主体而言，已经是非常不容易的事了。

最后，需要再次强调的是：从作为正史之余的"细故"到作为"内面"的个人经验，这样的论述顺序并不意味着小说观念本身的发展进程。以上关于"细节"的不同观念实际上并存于晚清民初的历史当中，从这些观念的力量对比中也很难预测出历史的发展方向。与"史补""义法"的传统要求相比，所谓"内面""现在"主义等观念的声音非常微弱。而后来"五四"范式的叙述往往把现代"个人主义"当成中国小说发展的现代方向，例如，鲁迅的《中国小说史略》

---

① 胡适在论及《列子·汤问篇》中的"愚公移山"时，说："这段历史之中，处处用人名地名，用直接会话，写细事小物，即写天神也用'操蛇之神''夸娥氏二子'等私名，所以看起来好像真有此事。这两层都是小说家的家数。"在讨论白话的"短篇小说"《今古奇观》时，又认为："……这些添加的琐屑节目，便是文学的进步。《水浒》所以比《史记》更好，只在多了许多琐屑细节。……这都是文学由略而详，由粗枝大叶而琐屑细节的进步。"见胡适《论短篇小说》，《新青年》1918年第四卷第五号。

就"全面贯彻了'文学是人学'的宗旨",将中国小说历史的变迁归结为从"写神"向"写人"方向演进。① 如果我们把鲁迅简单化地视为英国的瓦特（《小说的兴起》作者），那么，关于中国小说的历史叙事就清晰明畅得多了。但事实远远比这种理论比附要更复杂。在小说这个问题上，"五四"一代人通过对于"晚清"的批判而建立起自己新的论述，如鲁迅对"谴责小说""笔无藏锋"的批评，如胡适对晚清小说"结构"问题的批评。在这种去除"影响的焦虑"的过程中，"人的文学"的观念成为一个新时代的标志。因此，晚清的"内面""现在"主义观念连同晚清小说一起被忽视了，没有被后来的"五四"人所继承，总之，并没有成为一种历史遗产。

与"内面"观念来自"英国大文豪佐治宾哈威"一样，"五四""人的文学"也是建立在"人性"基础上的现代西方观念。两者虽然都是"以西例律中国小说"，但"人的文学"并非晚清"内面"观念的延续，而是重新开始的一轮理论"西化"。也就是说，在这个问题上，晚清与"五四"的小说观念之间是断裂的。将瑑斋的"内面"说与"五四"以来对于小说心理分析的强调联系起来，更多的是一种文学史叙事向前追溯的结果。因此，在反思 20 世纪小说理论的发展时，不光要避免以西方观念律例中国小说的"陷阱"②，也要反思那种过度追溯的线性历史观。而随着"五四"新文学的经典化，从"写神"到"写人"的演进轨迹也被自然化了。至今，它还在诱惑着（那些没有走出"鲁迅时代"③ 的）人们将晚清当成一种"神"与"人"之间的过渡。

---

① 欧阳健：《中国小说史略批判》，山西人民出版社 2008 年版，第 62、83 页。

② 刘勇强先生曾经讨论过"中国古代小说乏于心理描写"这种观念，认为这是"以西例律中国小说"的表现。他亦提及瑑斋的"内面"观点，并认为这一观念经由"五四"，一直影响到现在，他说："我们至今仍不时看到一些论文还在费劲地论证中国小说诸如《红楼梦》中有心理描写。这实际上还是掉在 20 世纪初的学者设下的陷阱中不能自拔。"如论文正文所述，即使在瑑斋与"五四"的小说观念之间具有极大相似性，但我亦不赞同这种线性的历史追溯。刘勇强：《中国古代小说史叙论》"余论"第三节："以西例律我国小说"的文体偏见与正面效应，北京大学出版社 2007 年版，第 566 页。

③ 陈平原：《小说史：理论与实践》，北京大学出版社 2010 年第 2 版，第 75 页。

第三节 结构:"神龙掉尾"还是"连篇话柄"?

从光绪二十九年（1903）八月起，吴趼人开始在晚清著名的小说期刊《新小说》上发表《二十年目睹之怪现状》（以下简称《二十年》）等小说，由此逐渐赢得了他作为小说家的声名。据李葭荣的《我佛山人传》，湘乡曾慕陶侍郎"饫耳君名，疏荐君经济，辟应特科"，但像另一位晚清小说名家李伯元一样，吴趼人并没有应征；光绪三十一年乙巳（1905），乐群书局经理汪维甫在上海创办《月月小说》，"慕君名，聘君主持撰述"。① 而其《二十年》，也获得高度评价："近世所出之社会小说，未有能驾而上之者。"② 吴趼人无法得知这部小说后来的独特命运——它被归于"四大谴责小说"之一，被鲁迅从清末民初不计其数的小说作品中选择出来，荣幸地得到了文学史的青睐和记忆。不过，关于这部小说的"结构"，却存在褒贬不一的意见。下面，我将通过分析这些意见及其理论基础，来探讨作为一个小说家的吴趼人在"结构"问题上的修辞观念。

吴趼人自己对这部小说是另眼看待的。在其《近十年之怪现状》（又名《最近社会龌龊史》，以下简称《近十年》）中，吴趼人列举了自癸卯（1903）以来七年间"学为章回小说"的成果：已脱稿的作品如"写情小说"《恨海》《劫余灰》，"社会小说"《九命奇冤》《发财秘诀》《上海游骖录》《胡宝玉》，"兼理想科学社会政治而有之者"《新石头记》。然后，他作了如此的总结：

---

① 李葭荣：《我佛山人传》，载魏绍昌编《吴趼人研究资料》，上海古籍出版社 1980 年版，第 13 页。按曾慕陶 1867—1913，字纯一，名广汉，又号琛远，曾纪瑞长子，曾国荃之孙。另据樽本照雄，曾广汉于 1902 年同时保举了李伯元和吴趼人，但两个人都没有参加 1903 年举行的经济特科考试。［日］樽本照雄：《清末小说研究集稿》，陈薇监译，齐鲁书社 2006 年版，第 141、143 页。另《月月小说》实际出版于 1906 年。

② 张冥飞：《古今小说评林》，载魏绍昌编《吴趼人研究资料》，上海古籍出版社 1980 年版，第 78 页。

嗟夫，以二千五百余日之精神岁月，置于此詹詹小言之中，自视亦大愚矣，窃幸出版以来，咸为阅者所首肯，颇不寂寞。然如是种种，皆一时兴到之作，初无容心于其间，惟《二十年目睹之怪现状》一书，部分百回，都凡五十万言，借一人为总机捩，写社会种种怪状，皆二十年前所亲见亲闻者，惨澹经营，历七年而犹未尽杀青，盖虽陆续付印，已达八十回，余二十回稿虽脱而尚待讨论也。①

"借一人为总机捩"，即指九死一生笔记中的主人公——"我"。正是这个"我"，作为现代叙事学中的"第一人称叙事者"，被后来的许多研究者认为是中国小说现代性的最初显示。如米列娜认为：因为受到外国文学的影响，"吴沃尧的《二十年目睹之怪现状》就是白话文学中第一部采用第一人称叙事方式的小说"，因此"可以视为联系18世纪、19世纪批判小说和中国现代小说的纽带"②。韩南称此为"现代中国小说中最突出的技巧创新，就是现在，一个习惯于阅读传统小说的读者，看到连篇累牍的叙事者'我'时也会感到某种震撼。"③

不过，诸如此类的结论，多是通过作品分析得出的，即强调第一人称叙述者作为"意识中心"对于小说整体性和真实性所起到的作用。这样的研究方式受到了关诗珮的批评，她认为："不能简单地把某些文本内所见的叙述技巧作为'中国小说现代性'的判准，单单从叙述技巧方面来说不能充分反映中国小说现代化的含义。"而那些研究也"往往以技巧分析出发，而以内容上的区分或深入诠释故事内容而告终。"④ 关诗珮的批评是有道理的。不过，

---

① 吴趼人：《近十年之怪现状·自序》，载《中国近代小说大系》，江西人民出版社1988年版，第6页。

② ［捷克］米列娜：《晚清小说的叙事模式》，载米列娜编《从传统到现代——19至20世纪转折时期的中国小说》，伍晓明译，北京大学出版社1991年版，第64、71页。

③ ［美］韩南：《吴趼人与叙事者》，《中国近代小说的兴起》（增订本），徐侠译，上海教育出版社2010年版，第152页。

④ 关诗珮：《如何重探"小说现代性"——以吴趼人为个案》，《汕头大学学报》（人文社会科学版）2006年第22卷第4期。

除了她所主张的在一种历史结构关系中来考察晚清小说外，也有必要考察一下小说家们自己的理论意识。关于晚清小说叙述角度这一问题的研究，也不能光听小说理论家（包括当时的与现在的）的意见。

在《近十年》第一回中，吴趼人对这部"续撰"的"怪现状"小说作了一番表白，其中提及《二十年》的结构特色："前书借九死一生、死里逃生两个别名，及一个穷汉，开头做了一篇楔子，以后全部书都作是九死一生的笔记，用一个'我'字代了姓名，直到全书告终。"① 这说明，吴趼人对于第一人称"我"的使用是有明确意识的，在《近十年之怪现状·序》中，他还区分了自己作品的两种"笔法"，即《二十年》是"自记体"，而《近十年》是"传体"。所谓"传体"，在《近十年》中，它表现为对余有声（即九死一生）、伊紫旒、鲁薇园等人物行状的描写。不过，这部小说的题目不再用"目睹"两个字，自有其道理。小说从"九死一生"重回上海写起，但他自第四回之后便消失，此后至第二十回（未完），所写便都是其他人的故事了。既然吴趼人早已意识到了那种"借一人为总机栝"的"笔法"创新之意义，为什么后来却放弃它而回到传统的"全知"叙事呢？为什么其续作的书名不是"近十年目睹之怪现状"呢？韩南注意到了这一问题。他认为原因在于吴趼人对于中国危机的认识发生了变化：《二十年》批判的重点是中国社会和政府机构本身的无能，而《新石头记》（1905）和《上海游骖录》（1907）则转向批评"由西方列强强加给中国的现代性危机"；尤其是在《新石头记》中，继承了中国传统文化和道德的"文明境界"最终超越了西方现代文明。② 因此，具有"文化民族主义倾向"的吴趼人放弃了来自西方文学的"第一人称"叙事方式，而回到作为"国粹"的全知叙事。

---

① 吴趼人：《近十年之怪现状·第一回》，载《中国近代小说大系》，江西人民出版社1988年版，第7页。

② ［美］韩南：《吴趼人与叙事者》，《中国近代小说的兴起》（增订本），徐侠译，上海教育出版社2010年版，第153、170页。

这种解释有一定道理。但是，它建立在吴趼人对于"第一人称"之现代性与"全知叙事"之传统性的清晰认识基础之上。事实上，这可能只是韩南先生自己一厢情愿的认识而已。吴趼人果真是在一种中西二元的关系中进行选择吗？他的思想经历了那种由现代向传统的回转吗？如果有，个人思想的回转和小说写作技巧的选择是否有必然的联系？一个在道德上守旧的人就不能选择一种来自西方的文学技巧吗？这些问题使我们再次意识到中西二元思维的局限性。实际上，吴趼人虽然主张恢复旧有道德，但他也并非一个坚持"国粹"的顽固派。以一种比较开明的态度，他自命为"中国一分子"，他也讲求人群进化、自由平等、合群、民权等现代西方社会思想。[①] 只不过，他认为，在追求功利文明的同时，不能忘记祖国的道德之本；新文明也有精粗美恶，关键在于是否适合"我"的社会习惯，因此要审慎选择："且夫输入文明云者，吾非必欲拒绝而禁遏之也，第当善为审择云尔。"[②]

所以，很难说吴趼人的思想选择与其小说技巧的选择之间具有对应的关系。对于吴趼人而言，以小说之类的软性文字来改良风俗、批判社会的入世动机，或许要重于对小说修辞技巧本身的探讨和实验；为了达到广泛深入揭露现实及"铸鼎燃犀"的效果，全知的传统叙事方式较之于一"我""目睹"的局限性，当然更有利于对当时的社会作全景性的展示。因此，他未必像后人那样，对于自己在《近十年》中抛开第一人称叙事者的做法感到太多遗憾。

第一人称叙事者作为"意识中心"，能够为小说提供一种"整体性"。对叙事"结构"统一性的要求，是"五四"新文学批评"谴责小说"的一个重要标准。对于《二十年》，胡适在1917年提到它时整体上是肯定的，胡适认为虽然《二十年》像《官场现形记》《文明小

---

① 《吴趼人哭》，载魏绍昌编《吴趼人研究资料》，上海古籍出版社1980年版，第267—274页。
② 吴趼人：《〈自由结婚〉评语》，载魏绍昌编《吴趼人研究资料》，上海古籍出版社1980年版，第339页。

史》等小说一样，"其体裁皆为不连属的种种实事勉强牵合而成。合之可至无穷长，分之可成无数短篇写生小说。此类之书，以体裁论之，实不为全德"。但在诸"《儒林外史》之产儿"中，《二十年》"独为最上物。所以者何？此书以'我'为主人。全书中种种不相关属之材料，得此一个'我'，乃有所附着，有所统系。此其特长之处，非李伯元所及。"① 胡适这种强调"结构"的观点，钱玄同不太同意，他"以为若照此说，则《老残游记》中亦以一老残贯串种种不相关属之材料，此老残可与'我'同论也。然此终是牵强"②。到 1923 年，胡适在《五十年来中国之文学》中的态度就和钱玄同差不多了，他把 1917 年的话倒过来说，《二十年》虽然有一个"我"做主人，"但有许多故事还是勉强穿插进去的"③。观点虽变，标准却不变，仍是对"结构"的要求。

胡适对于《二十年》的态度还是比较宽容的。相较之下，鲁迅的批评便相对严厉，他认为《二十年》作为"谴责小说"之一，"终不过连篇'话柄'，仅足供闲散者谈笑之资而已"④。胡、鲁二人的意见在整个现代文学史中都具有举足轻重的力量，他们的共同之处是认为：《二十年》没有能够将若干的故事"结构"成一个整体。在今天看来，《二十年》确实存在过于零散的艺术缺陷。不过，要意识到一个问题：我们之所以仍做出这样的判断，是因为当今的文学仍然处于"五四"范式的主宰之下。这时，就有必要来听一听小说家本人的意见。需要强调的是，这里要分析的不是《二十年》本身的结构问题，而是小说家本身的结构意识。

《二十年》从 1903 年开始载于《新小说》第八号至第十五号、第十七号至第二十四号，至第四十五回止。后由上海广智书局出单行本，从 1906 年二月到 1910 年十二月陆续共出八卷，各回有评语。评

---

① 《通信》，《新青年》1917 年第三卷第四号。

② 同上书，第六号。

③ 胡适：《五十年来中国之文学》，欧阳哲生编：《胡适文集》（3），北京大学出版社 1998 年版，第 245 页。

④ 鲁迅：《中国小说史略：释评本》，周锡山释评，上海文艺出版社 2004 年版，第 237 页。

者并未署名，但有证据表明，实即吴趼人本人①。《二十年》的写作、出版断断续续经历了七年时间之久，吴趼人于宣统二年庚戌（1910）九月十九逝世，而《二十年》的辛卷第九十五回至第一〇八回是在同年十二月份才发表的。可以说，这部小说的写作贯穿了吴趼人从1903年到1910年逝世的整个小说写作生涯。对于这部惨淡经营的小说的水准，他是有充分自信的。在全书总评中，他将自己的作品与当时的"新著小说"做了一番比较：

> 　　新著小说，每每取其快意，振笔直书，一泻千里。至支流衍蔓时，不复知其源流所从出，散漫之病，读者议之。此书举定一人为主，如万马千军，均归一人操纵，处处有江汉朝宗之妙，遂成一团结之局；且开卷时几个重要人物，于篇终时皆一一回顾到，首尾联络，妙转如圜。行文家有神龙掉尾法，疑即学之。②

① 如魏绍昌说："味其语意，当是作者本人所写。"见魏绍昌编《吴趼人研究资料》，上海古籍出版社1980年版，第78页。另如陈平原："据文意，应是吴趼人本人。"见陈平原《中国小说叙事模式的转变》，北京大学出版社2003年版，第71页注5。但二人都没有提出确凿证明，仅是笼统地根据文意推测。实际上，除了文意上的线索外，在《二十年目睹之怪现状》中也有比较明显的证据。首先，小说第一回中有这样的内容："死里逃生"将"九死一生"的笔记"剖作若干回；加了些评语"，寄往日本横滨《新小说》发表，这都是吴趼人的经历。另外，小说第一〇八回评语中有这样的话："上回之觅弟，为著者生平第一快意事，曾倩（请）画师为作《赤屯得弟图》。"小说第一〇七回"觑天良不关疏戚　蓦地里忽遇强梁"，"我"接到文述家电报，说叔父在沂水逝世，留下两个七八岁的儿子，于是"我"去山东将两个弟弟带回上海。而这正是吴趼人的真实经历，只不过现实中的二叔父是在天津香河赤毛庄。吴趼人曾做《清明日偕瑞堂弟展君宜大弟墓，用辛卯都中寻先兄墓韵》诗，记曰："君宜、瑞堂两弟，二叔父遗孤也。……戊寅冬，叔父见背，是冬得赴，以辛卯二月附轮北上，挈两弟持丧南来，课瑞堂读书，君宜则使肄于沪南制造局。余生无兄弟，对此殊自怡怡。甲午秋，君宜以微疾误于药石，遂致不起，于八月一日先我而死。思哭以诗，悲怆之余不克成声也。今携瑞堂来展墓，临风一恸，情见乎词，得诗八章，以志吾痛。"诗见魏绍昌编《吴趼人研究资料》，上海古籍出版社1980年版，第310—311页。可见，著者和评点者是同一人。另参看任百强《我佛山人评传》（网络版）第一部第六章，http：//gb. chinareviewnews. com/crn - webapp/cbspub/secDetail. jsp? bookid ＝ 37666 ＆ secid＝37685。

② 吴趼人：《二十年目睹之怪现状》总评，《中国近代小说大系》，江西人民出版社1988年版。

对比的结论是自家的东西更高明。吴趼人已经意识到"新著小说"散漫的缺陷,即为了穷形尽相地描摹社会、为了酣畅淋漓地宣泄情感而忽视了小说的"整体性"布局问题。而吴趼人自有处理大量笔记资料的行文妙法。包天笑曾经向他请教关于《二十年》的写作问题,问到"目睹"是不是真的亲眼目睹。吴趼人则笑着展示了"目睹"的来源,即一本手钞册,里面记的都是听友人们谈的奇怪故事,也有从笔记抄下来的,也有从报纸上剪下来的。包天笑询问如何整理这些材料,吴先生道:"就是在这一点上,要用一个贯穿之法,大概写社会小说的,都是如此的吧。"①

这个"贯穿之法",就是上面引文中所谓的"举定一人为主",也正是《近十年·自序》中所说的"借一人为总机挽"。可以想见,对于胡适、鲁迅等人对《二十年》结构的批评,吴趼人本人是不会同意的。这种因时代而产生歧见的现象还有另一个例子,即李伯元。胡适、鲁迅都曾经指责《官场现形记》没有做到"含蓄蕴酿"、类同"话柄",但李伯元自己却"尝谓生平所著小说不下数十种,皆有尽意,惟《官场现形记》要与天地同千古"②。那么,应该如何看待吴趼人对《二十年》结构的肯定呢?

米列娜对那些认为晚清小说缺乏情节统一性的普遍看法提出质疑,其原因一方面或许是看到了吴趼人等对于自己小说的自信,另一方面则是想把其形式主义/结构主义的方法应用到中国近代小说研究中来。总之,借助俄国形式主义者维克多·什克洛夫斯基的"串联"模式理论,她认为《二十年》这部小说的结构是由四个层次组成的:"主要主人公——九死一生;次要主人公,即满族官吏苟才;勾画中国社会全貌的轶事;以及抨击现状、为解决中国问题提出一些建议的'正面'人物之间的非行动性对话。"这四个层次是形式上的统一性,另外,还有一种语义基础上的统一性,即主人公因学习如何了解原来

---

① 魏绍昌编:《吴趼人研究资料》,上海古籍出版社 1980 年版,第 30 页。
② 冷泉亭长(许伏民):《〈后官场现形记〉序》,载魏绍昌编《李伯元研究资料》,上海古籍出版社 1980 年版,第 104 页。

隐蔽的东西而发生的"认识的转变"。① 结构主义叙事学最擅长的做法，就是在表面似乎混乱的各种插曲下面发现一种潜在的结构。高度的抽象性既是它的优点，也是它的缺点，因为这种方法在将那些松散的叙事插曲规整为某种结构模式的同时，不可避免地忽略了对象的个性和历史性。米列娜所谓"认识的转变"这种"语义"统一性部分弥补了这种缺陷。

但是，关于《二十年》的结构，米列娜的这种肯定是否比胡适更接近吴趼人的本意呢？我认为未必。因为，米列娜所说的结构是"潜在"的，是借助新的语言学理论方法才"发现"的；这种结构与小说家本人所明确意识到"连贯"之法并不是同一回事。因此，我不完全同意米列娜的这个判断：晚清小说情节类型学的三种革新表明，"不是传统的美学原则而是作者最终支配他的叙事作品的形式"②。米列娜从其论述的结果来反推小说家对文本的控制力，是不尽符合历史的。当然，我们会看到吴趼人努力将一堆材料"连贯"起来的意图和努力，但小说家的意图与其最终文本是要区别开来的。

前面已经提到了几处吴趼人对自己作品结构的肯定，现在来看一个具体的例子。小说《二十年》第二十三回有这样的评语：

> 上半回夹写得妙。有一段极冷淡处，便接一段极亲热处；有一段极狠恶处，便接一段极融乐处。两两相形，神情毕现。
>
> 下半回一个真兄弟，一个假兄弟，各有各负心之处，各各处置不同。而置之一处，恰如两峰相对，其不相同处，正是相同处。正不知从何处搜罗得来如许故事，却又安放得法。③

作为评点者的小说家故作不知，装为惊异，再次进行了自我表扬。

---

① ［捷克］米列娜：《晚清小说情节结构的类型研究》，《从传统到现代——19 至 20 世纪转折时期的中国小说》，伍晓明译，北京大学出版社 1991 年版，第 39—41 页。
② 同上书，第 51 页。
③ 吴趼人：《二十年目睹之怪现状》第二十三回回批，《中国近代小说大系》，江西人民出版社 1988 年版，第 174 页。

下面，我将结合小说第二十三回的内容，来分析这一段评语。本回名《老伯母遗言嘱兼祧　师兄弟挑灯谈换贴》，上半回先讲"我"接到伯母逝世的电报，赶到南京伯父公馆。伯父得知除了"我"及母亲外，另有婶婶和姊姊也来了，便责备"拉拉扯扯地带了一大堆子人来"，"此刻七拉八扯的，我这里怎么住得下！"——这便是"一段极冷淡处"。然后"我"到继之家，他的老夫人和太太却无比地热情，强烈要求"我"及家人到其隔壁住，并在两家之间开了一道便门，两家变成一家，其乐融融——这便是"一段极亲热处"。我返回伯父家，说母亲病了，不能前来，伯父便发了一篇狠话："病了，须不曾死了！我这里死了人！要请来商量一句话也不来，好大的架子！你老子死的时候，为甚么巴巴地打电报叫我，还带着你运柩回去？此刻我有了事了，你们就摆架子了！"——这便是"一段极狠恶处"。接着我回到继之家里，两家人说说笑笑地谈论拜干女儿、干儿子的话头——这便是"一段极融乐处"。从文法上来分析，上半回确实"夹写得妙"："我"的往返走动起到串联事件的作用，这保证了小说形式上的统一性；在语义上则是以人情的"冷""热"二元相对，以之作为安放故事材料的意义基础。

　　下半回，我和继之在书房里谈天。继之先讲一个"假兄弟"的故事：一对"换贴"兄弟，其中一个后来发达做官，却嫌兄弟贫穷，不肯相认；后讲一个"真兄弟"的故事：哥哥是上海招商局总办，弟弟则吃喝嫖赌，屡屡向兄要钱。后来哥哥恨极，只给他一吊铜钱，弟弟却跑到外面卖煨山芋，丢哥哥的脸。但是，这两个故事编排在一起，叙事形式上的关联微乎其微，它们只是由同一个人（继之）讲述出来而已；其关联性更多体现在两个故事的语义上，其相同处是兄弟负心，不同的是负心者的身份，正如"我"所说："朋友之间，是富贵的负心；骨肉之间，倒是贫穷的无赖。"[①] 这又是一种以语义对称来安排情节的方式，也即回评所自矜的"两两相形"。

　　这种"两两相形"的"连贯之法"是否能够起到小说家所期望的作用呢？恐怕未必。仅就第二十三回而言，吴继之所讲的两个"兄弟

---

① 吴趼人：《二十年目睹之怪现状》第二十三回，《中国近代小说大系》，江西人民出版社1988年版，第173—174页。

负心"的故事，实际上颇给人支离散漫之感，因为它们和"我"的经历没有什么关系，只是"我"所听到的别人的故事。而且就整个小说而言，这种支离感会更加明显：主人公"我"的游历及喜欢听朋友讲故事的习惯，似乎都是仅仅是为了把那些杂乱无章的故事串联起来。因此，"我"的游历和习惯就成为俄国形式主义者所说的形式动机，[1] 而见闻和故事则成了满足这一动机的被动材料。这样做的结果是，我们很难感觉到小说家所自诩的"江汉朝宗之妙"。可以这样说，整个小说并不是要讲一个关于"我"的故事，恰恰相反，"我"只是起到串联作用的一种叙事手法。小说家串联诸多故事的动机，或是社会批判，或是改良风俗，或是卖文为生；在《二十年》中我们能够看到吴趼人自己的生活经历，但很难说这是一部"自传性小说"[2]。所以，"我"这个第一人称叙事者，对于吴趼人来说，更多的是一个形式工具，而不是其叙事的中心，也并不具备实质性地关注个人的意义。总之，《二十年》这部小说并没有完全实现作者在结构方面的意图。

上述"连贯之法"在《二十年》中不过是偶一为之，并没有贯穿全篇。从其效果来看，即使贯穿了全篇，那些充斥的材料、故事也难以形成一种统一性。"借一人为总机捩"，但"我"的主要任务和兴趣却是搜异、猎奇，并将诸"怪现状"记成"笔记"；而"认识的转变"这样的语义统一性也比较勉强，因为符合这种意义的故事的数量是无限的。所以说，"话柄"之讥也有几分道理。

应该指出的是，吴趼人的小说结构意识还是比较传统的。所谓"两两相形"，和金圣叹所说的"背面敷粉法"极为相近。中国传统文论经常用"筑室""裁衣"这样的手艺劳动来形象地指称文章的布局和安排，小说评点中也有"首尾大照应，中间大关锁"[3] 的结构

---

① 俄国形式主义者认为"形式为自己创造出内容"，参见［苏］维·什克洛夫斯基《散文理论》，刘宗次译，百花州文艺出版社1994年版，第35页。

② 任百强：《我佛山人评传》（网络版），第一部第十一章注释26称《二十年》为"自传性小说"。http://gb.chinareviewnews.com/crn－webapp/cbspub/secDetail.jsp?bookid=37666&secid=37697

③ 毛宗岗：《读三国志法（选录）》，韩湖初、陈良运主编：《古代文论名篇选读》，中国书籍出版社1998年版，第443页。

要求。在《二十年》的评语中，我们也不难发现"声口""伏线""陪衬""纡回曲折""颊上添毫""金针引线""从自己眼中看出"等等传统小说评点用语，这基本上是从"文法"中衍生而来的。可以说，对于"我"这个第一人称叙事者，吴趼人的理解与后来人们的理解并不在同一种视域当中。

胡适、鲁迅等人的批评建立在现代小说理念的基础上。按照胡适的定义，"短篇小说是用最经济的文学手段，描写事实中最精彩的一段或一方面，而能使人充分满意的文章"①。更重要的是，胡适将"短篇小说"视为世界文学的最近趋势。他解释说，"一段或一方面"即"横截面"，即短篇小说的结构方式。胡适反复强调"体裁布局"的重要性，当人们将这种标准带入到对晚清小说的评价时，就会发现，许多晚清小说实际上由无数个"短篇"连缀而成的。《二十年》中的许多故事，都仅仅是主人公"我"的"耳闻目睹"，这些次要故事与"我"的经历并没有什么事实上的联系。在许多时候，这些次要的故事"喧宾夺主"，使读者难以在主要情节与次要情节之间做出区分。而现代读者所熟悉的"单一情节小说"，或者包含了许多次要故事的长篇小说，其中次要故事的数量明显要少，而且多能贯穿始终，与主要情节也有更具体、更深入的联系（而不仅是听故事者和故事的表层引发关系）。

我们可以借助对普实克观点的分析，来进一步了解胡适、鲁迅等人的批评视域及其与吴趼人的不同。与大多数评论不同，普实克先生认为《二十年》中这个新的叙事者并没有构成"功能性的改变"，仍属于旧的世界。他偏向于一种"外启"的文学发展观，即认为文学结构中各种要素关系的变化不足以产生一个新的结构，而必有待于"文学革命"这样的西方思潮的影响。所以，吴趼人"只是搜罗了各种各样的奇闻轶事来吸引读者，愉悦耳目，此外并没有其他的抱负。"②

在几部晚清小说的"艺术统一性"问题上，普实克只肯定了《老

---

① 胡适：《论短篇小说》，《新青年》1918 年第四卷第五号。
② ［捷克］普实克：《抒情与史诗》，李欧梵编，郭建玲译，上海三联书店 2010 年版，第 114 页。

残游记》，因为这部小说具有一种"统一的情绪氛围"和"主观的格调"，这种强大的"精气神"贯穿了整个小说，使许多庞杂的故事线索都成为小说的"有机组成部分"。① 虽然普实克仍将《老残游记》归为"'五四'新文学"之前的"旧文学"（他并未在此解释原因），但其中可以发现一种关于小说结构问题的"有机论"。这种"有机论"来源于西学，亚里士多德在《诗学》中对"情节"因果律做了最初的阐释。此后，各种形式复杂的"有机论"版本在西方文学理论中层出不穷：如英美新批评对作品本体的崇拜，俄国形式主义对"文学性"孜孜不倦的寻找，更有苏珊朗格的"情感与形式"有机统一的生命形式论。结构主义时期的罗兰·巴特曾提出"艺术无噪音"论："艺术是一种纯粹的体系，其中任何单位都不浪费，无论把它和故事的某一层次联系起来的线索是多么长、多么松弛或多么纤细。"②

"五四"时期许多小说理论著作都会以此三者作为专章进行分析。如 1923 年哈米顿的《小说法程》这样定义：

> 结构二字，含编织之义。必有二数以上之线索，始能编织。故最简单之结构，亦以二不同之连贯事实编织而成也。编织之法，在使二不同之连贯事实，始虽殊途，渐向同一之主结进行，终至彼此互关之事实。此事实为各连贯事实之主结，以系二有因果关系之线索而为一结也。③

此处所谓"主结"，作者解释为 Culmination（顶点）或 Climax（高潮）或 Major Knot，实际上就是小说中所有事实所围绕的中心事件。④

---

① ［捷克］普实克：《抒情与史诗》，李欧梵编，郭建玲译，上海三联书店 2010 年版，第 118 页。
② ［法］罗兰·巴尔特：《叙述结构分析导言》，载赵毅衡编选《符号学文学论文集》，百花文艺出版社 2004 年版，第 412 页。
③ ［美］哈米顿（Clayton Hamilton）：《小说法程》，华林一译，上海商务印书 1924 年版，第 59 页。
④ 哈米顿认为："叙事文作家欲得合一，惟有先定一确定之目标，先认明连贯事实之主结（Culmination 或 Climax 本书又称 Major Knot），然后选择材料。"同上书，第 55 页。

无论小说结构如何复杂，事件如何繁多，"主结"都像一块磁铁一样吸引着其他事件向它行进。1934 年赵景深的《小说原理》也强调"plot"的"有机组织"的意义，而且指出，像郭沫若、郁达夫等人的一些小说"事实上的结构固然没有，情调却依然是统一的，所以仍旧是有结构的了"①。非常明显，"主结"观的背后是线性时间观念。

以上的"主结"说与"情调"说，基本上就是"五四"新文学对于小说结构的态度。从"主结"说看来，《二十年》并没有一个中心事件。即使把"我"的经历看作"主结"，那些耳闻目睹的"怪现状"轶事也并没有向着它行进，而是"无机"地散落在它的周边，如火车窗外的风景，一闪而过。因此读者感觉不到故事行进中的曲折，更感觉不到一个即将到来的高潮（climax）。从"情调"说来看，吴趼人在小说的开头，表达了他对于充斥着"蛇虫鼠蚁"、"豺狼虎豹"、"魑魅魍魉"的世界"怪现状"的义愤与绝望，但普实克先生认为"这只是一种姿态"② 而已，因为，小说家的义愤情感很快就被罗列轶闻的冲动给淹没了。这种批评没有充分考虑吴趼人写作意愿，虽有一定道理，但也未免苛刻。但反过来说，这种义愤与绝望能够成为统一全书的"情调"吗？确实也很难。即使我们不能同意普实克所言吴趼人在搜罗异闻之外无其他抱负的看法，因为从吴趼人的小说评点中，我们不难体会到他试图寻找一种"连贯之法"的愿望和努力，他自信是成功的。但遗憾的是，无论是从传统"文法"角度来看，还是从"五四"时期的小说"结构"观来衡量（当然要意识到这种"跨元批评"的局限性），最终完成的小说《二十年》都没有实现这一"作者意图"，它没有真正达到"神龙掉尾"的艺术效果。

---

① 赵景深：《小说原理》，商务印书馆 1934 年版，第 4、11 页。
② ［捷克］普实克：《抒情与史诗》，李欧梵编，郭建玲译，上海三联书店 2010 年版，第 114 页。

第七章 尾声

第一节 "新文学"对"新小说"的偏见

1902年，梁启超发起"小说界革命"，一石激起千层浪。自此，小说的翻译、著述、出版进入一个繁荣时期。其雄文《论小说与群治之关系》也一时腾于众人之口，成为晚清民初小说理论界的经典文献。尽管不能排除其中强烈的商业资本动机，但小说理论界的主流还是接受了以小说来改良群治、创造新国的政治想象。不过，在将理想化为现实的层面上说，"小说界革命"是失败的。1915年，距离《论小说与群治之关系》发表13年后，梁启超写了《告小说家》一文，表达了对于当时小说的深切失望。

这篇文章的前半部分，基本上是老调重弹，谈论小说的熏化感染之力、移风易俗之功，强调此非圣贤经传、诗古文辞所能比拟；只不过，此时梁启超的语气平静，叙述和缓，已不似十多年前的文气澎湃与危言耸听。然而，当梁启超把目光转向现实小说界状况的观察时，却感到无比的沉痛和悲观：

> 而还观今之所谓小说文学者何如？呜呼！吾安忍言！吾安忍言！其什九则诲盗与诲淫而已，或则尖酸轻薄毫无取义之游戏文也。于以煽诱举国青年子弟，使其桀黠者濡染于险诐钩距

作奸犯科，而摹拟某种侦探小说中之节目；其柔靡者浸淫于目成魂与窬墙钻穴，而自比于某种艳情小说之主人者。于是其思想习于污贱龌龊，其行谊习于邪曲放荡，其言论习于诡随尖刻。近十年来，社会风气一落千丈，何一非所谓新小说者阶之厉？循此横流，更阅数年，中国殆不陆沉焉不止也。①

梁启超指责侦探小说煽诱青年作奸犯科，指责艳情小说引诱男女窬墙钻穴，这与金松岑、恽铁樵、吴趼人等人对于"自由"、"平等"之类新文明破坏道德的批评如出一辙。但作为"小说界革命"发起人的梁启超，其自我批评的力量肯定更是不同凡响。把十年来社会风气"一落千丈"归于"新小说"，这也意味着，梁启超当年以小说"新民"的政治理想落空了。

梁启超所表达的已经不仅是失望，更是绝望。他表示，对于当今那些自命为小说家的人，他没有什么好说的，只是警告他们不要以笔造孽，小心"因果报应"："公等若犹是好作为妖言，以迎合社会，直接坑陷全国青年子弟使堕无间地狱，而间接戕贼吾国性使万劫不复，则天地无私，其必将有以报公等：不报诸其身，必报诸其子孙；不报诸今世，必报诸来世。"② 很难想象，这样恶毒的话居然出自当年思想界风云人物梁启超之口。在元明清那样的传统社会中，人们曾经用"因果报应"这样的话来评论诅咒小说家，如"罗贯中子孙三代皆哑"，"王实甫关汉卿当堕拔舌地狱"③ 等。而梁启超当初将小说提升为"文学之最上乘"，何等意气风发，如今却发此恶声，可以想见，他已经痛心到何种程度。不过，他似乎已经没有了当年那种改变风气的雄心伟力，最终无奈地将希望寄托在小说家的"天良"上。

梁启超的自我批评被随后的时代赋予了一种象征意义。两年之后的"文学革命"延续了这种对新小说的批评态度。胡适在《文学改良

---

① 梁启超：《告小说家》，《中华小说界》1915 年第二卷第一期。

② 同上。

③ 王利器辑录：《元明清三代禁毁小说戏曲史料》，上海古籍出版社 1981 年版，第 369、371 页。

刍议》中提出"高远之思想"、"真挚之情感",这成为重要的文学批评标准。正是以此二事为标准,钱玄同认为:"今世小说惟李伯元之《官场现形记》、吴趼人之《二十年目睹之怪现状》、曾孟朴之《孽海花》三书有价值。曼殊上人思想高洁,所为小说,描写人生真处,足为新文学之始基乎? 此外作者,皆所谓公等碌碌,无足置齿矣。"① 胡适也说:"今人惟李伯元吴趼人两家,其他皆第二流以下耳。"② 这里对晚清民初的批评,尚且保留了几个例外作品,态度也比较和缓。不过,在经过与胡适一系列讨论之后,钱玄同竟然得出这样的结论:"中国今日以前的小说,都该退居到历史的地位;从今以后,要讲有价值的小说,第一步是译,第二步是新做。"③ 这已经是对包括"新小说"在内的"旧小说"的全面否定。

"五四"人之所以有这种横扫千军的气势,是因为他们获得了全"新"的思想和价值,即"人的文学"。周作人《日本近三十年小说之发达》中,认为自《新小说》之后,出现许多讽刺小说,如《官场现形记》、《二十年目睹之怪现状》、《老残流记》、《广陵潮》、《留东外史》等,"著作不可谓不多,可只全是一套板。形式结构上,多是冗长散漫,思想上又没有一定的人生观,只是'随意言之'"。周作人认为这些都还是"旧小说",因为它们都是"旧思想、旧形式"。旧形式,是指其章回的体制、对偶的题目,这是一种极大的束缚;旧思想,是指"作者对于小说,不是当他作闲书,便当作教训讽刺的器具、报私怨的家伙。至于对着人生这个问题,大抵毫无意见。"而"新文学"是"人的文学",它的敌人是主张消闲的鸳鸯蝴蝶派,及泼污水、揭阴私的"黑幕派"。本来,周作人意识到,这"现代"空气之外的两个敌人与梁启超的"新小说"之间有所区别,但当他在破旧立新的同时,却将"新小说"一起否定了,"中国讲新小说也二十年

---

① 《通信》,《新青年》1917 年第三卷第一号。胡适不同意钱玄同对苏曼殊的赞赏,认为《绛纱记》所记,全是兽性的肉欲。……《焚剑记》直是一篇胡说。其书尚不可比《聊斋志异》之百一,有何价值可言耶?"见《新青年》1918 年第四卷第一号《通信》栏。

② 《通信》,《新青年》1917 年第三卷第四号。

③ 《通信》,《新青年》1918 年第四卷第一号。

多了，算起来却毫无成绩"。①

周作人对"新小说"的态度基本上可以代表"五四"人的意见。"五四"新文学为了斩断与当时文坛上的"选学妖孽，桐城谬种"及旧派小说的联系，顺带对晚清民初以来的小说写作及观念进行整体性的否定。用"五四"人的眼光来批评晚清小说，当然有其历史合理性，但也难免"傲慢与偏见"。② 随着"五四"新文学的经典化，这种对于晚清小说的鄙夷在现代文学观念中被延续下来了。而认为晚清小说缺乏"审美"价值，这种观念本身就是现代文学的一种偏见。当然，这里不是反过来强调晚清小说本身的魅力；而是希望理性面对这种"傲慢与偏见"，重新思考晚清小说"艺术"论与"五四"文学"艺术"观之间的关系。

第二节　小说"艺术"观：从晚清到"五四"

"文学革命"期间，"小说"与"美""艺术"之间已经建立起了一种天然的联系。如君实认为："盖小说本为一种艺术。欧美文学家，往往殚精竭虑，倾毕生之心力于其中，于以表示国性，阐扬文化。读者亦由是以窥见其思想精神，尊重其价值。不特不能视为游戏之作，而亦不敢仅仅以傲世劝俗目之。"③ 这和晚清那种以小说来发扬国民精神的观念有什么区别呢？

瞿世英则区分了"从前的文学观念与我们现在的文学观念"，认为"中国素不以文学看待小说"，所以他要打破"载道""休闲"等旧的小说观而代之以新的观念。新的小说要表现"人生的真相"，是一种"艺术"。瞿世英分析了小说与同样作为文学的诗、戏剧之间的区别，又指出小说与其他学科如科学、哲学的不同。如同样是研究

---

① 本段引文皆见周作人《日本近三十年小说之发达》，《新青年》1918 年第五卷第一号。

② 李扬：《"以晚清为方法"——与陈平原先生谈现代文学研究中的晚清问题》，《渤海大学学报》（哲学社会科学版）2007 年第 2 期。

③ 君实：《小说之概念》，《东方杂志》1919 年第 16 卷第 1 号。

"人"，艺术家与科学家的态度却大不相同。科学家是从特定角度进行分析，而"艺术家所研究的是整个的人"。艺术家追求"美"，"科学家的职分是研究，艺术家的职分是创造，——是美的创造。就文学论，文学的要素是情感，而科学家的研究却是冰冷的客观态度"。[1]"中国素不以文学看待小说"，瞿世英只用这一句话，就把晚清民初小说理论的成绩都抹杀了。而观其对小说与戏剧、科学、哲学的对比，这种论述结构几乎已经被晚清那一代人用滥了。而所谓"情感"，正是晚清小说论一个重要基础，所谓"美的创造"，不也与成之《小说丛话》中"美的制作"如出一辙吗？

瞿世英的独特之处，在于他提出"整个的人"这种观念，这正是"五四""人的文学"的真谛，也是"五四"区别于"晚清"的重要标识。粗略地说，晚清、"五四"的小说论都关注"人"，但前者重"群性"的人，后者重"人生"的人（后来走向"主义"的人）[2]；前者重"情感"的工具性（因人情而利导之），后者重思想的严肃、高尚；在新的政治主体塑造上，前者注重作为一国之公民的"新民"，后者则注重作为人类之一员的个体的"人"。"五四"人认为，对于"人生"的关注，与对国家、时政的关注不同，前者是真正的"艺术"，后者仍是"载道"。这样的区别多少有些奇怪，也只有在"整个的人"这样的逻辑中才能解释它。

按周作人的意见，"用这人道主义为本，对于人生诸问题，加以记录研究的文字，便谓之人的文学"[3]。这里的"人"，并非隶属于一国一族的功能单位，而是世界之人类中的一员。而"人的文学"也不汲汲于特定的现实关怀，更有一种关于普遍生命的超越意识。文学研究"整个的人"，这种观念体现了中国文化中的"一种整体性的生命哲学"；从这种哲学中生发出来一种整体性叙事思维，它并不否认社

---

① 瞿世英：《小说的研究》，《小说月报》1922 年第 13 卷第 7 号。
② 王汎森：《从新民到新人：近代思想中的"自我"与"政治"》，载许纪霖主编《世俗时代与超越精神》，江苏人民出版社 2008 年版，第 166—191 页。
③ 周作人：《人的文学》，《新青年》1918 年第五卷第六号。

会性、现实性的重要，而是将之"视为整体生命关照中的一个部分加以考虑"。[①] 这种叙事思维可以说是晚清与"五四"小说观的区别性特征——同样作为功利性文学观，晚清"新小说"是单一的社会性追求；而"五四"新文学不同，它把对于新政治的想象置于对"人"的整体生命关照之中。从观念形态上，这体现了"五四"对于中国传统文化的接续之处。当然，"五四"后的文学史证明，这种对"整体的人"的关注并没有在实践中完全延续下来，"主义"的人逐渐成为时代主流声音。

正是这种"整体的人"的意识，使得"五四"人获得了一种强烈的历史主体意识。他们相信自己正在创造崭新的历史，当然也在创造真正的"新文学"。同时也认为，正是从他们开始，才真正地确定小说之"艺术"地位。"中国素不以文学看待小说"，用这样多少有些不切实际的、目空一切的话，来概括"五四"之前的整个小说观念史，难免忽视晚清民初那些以小说为"艺术"的声音。如郁达夫，在1926年的《小说论》中，他仍然认为，《汉书·艺文志》中的小说观念古今沿袭，"一直到新文学运动起来的时候止，才稍稍转变过来"。[②]"五四"人急于同被鸳鸯蝴蝶派、黑幕派、四六派所占据的今日"旧"文坛决裂，这种迫切心情影响了他们对于之前"新小说"历史的客观观察。因此，王国维、黄人、成之等人的小说观（包括梁启超的"情感"论）在"五四"间声音微弱，也就不足为奇了。

在这种历史的选择性遗忘当中，晚清民初的小说"艺术"论有什么意义？它和当下"五四"叙事主导下的小说"艺术"观有何关联？我以为，这里既有历史的联系，也有历史的断裂。

所谓"联系"，是指像鲁迅、周作人这样从晚清走来、并成为新文学之代表的人物。他们产生于《新生》时期的"纯文学"观念，"五四"时期基本延续下来了，并成为现代文学的重要方面。不过，以个体生命及观念的延续来串联两个不同的时代，这多少有些偶然。

---

① 格非：《文学的邀约》，清华大学出版社 2010 年版，第 151 页。
② 郁达夫：《小说论》（1926），载严家炎编《二十世纪中国小说理论资料》（第二卷），北京大学出版社 1997 年版，第 417 页。

所谓"断裂",是指在小说作为"艺术"这种观念上,"五四"人基本上忽视前人已经取得的理论成绩(当然,关于晚清作品,"五四"人还是有选择地肯定的),另起炉灶,重新开始对于传统"小道"论的批判及对小说之"美术"性的追求。因此,即使在观念形态甚至理论资源上,两个时代都有相同之处,也无法把晚清的历史看成是向着"五四"而来的进化。

当然,王国维、黄人等人在晚清的声音十分微弱,基本上被淹没在关注时务的强势潮流中。而且,晚清那些小说"艺术"论者,像周氏兄弟这样"一贯"下来且被文学史认可的人,只是少数。历史总是无情地呈现出无数的路口,不同的选择造就种种不同的命运。1908年,《小说林》创刊后一年,主编之一徐念慈即因病误服药物而暴亡,年仅34岁;1913年,"奇人"黄摩西死于狂疾。王国维则于1907年、1908年之后将精力从美学转向词、曲及史学、考古学领域,他几乎被认作是疏离于"新文学"之外的遗老。与之相似的是成之(吕思勉),他虽然也写小说,但更多是以史学家传其名。在胡适所作《五十年来中国之文学》(1922)中,并没有提及王国维《红楼梦评论》,也没有提及成之的《小说丛话》。这几个人的命运,与他们所提倡的小说"艺术"论的遭遇相比,是如此相似。

或许,在一种文学观念的发生过程中,个人的力量是微不足道的。晚清以来,随着中国社会逐渐被纳入到现代世界秩序当中,西方现代学术体系也慢慢渗透进而改写中国传统的知识体系。"经学"世界中的小说,与"科学"世界中的小说,是完全不同的东西。当黑格尔、康德、叔本华这样的名字随着西方哲学、美学、文艺思想的译介进入中国时,人们自然会参考作为"文明"之表率的西方经验,来重新思考"小说"的定位。可以说,晚清民初中西(不平等的)知识体系的转化,催生了小说作为"艺术"的观念。但值世变之亟,在与列强争存的秩序中,中国处于弱势,维新之士多强调学习西洋之术以求"富强"。正是在这种实学思维占据舆论主流的氛围中,梁启超把"新小说"事功性强调到了极致。因此,那种把小说作为"艺术"的意见,必然得不到重视。

"新文化运动"部分地源于对民国以来现实政治的不满。新文化人试图用"文化"的方式来改造社会思想，创造"新人"，进而实现更远大的政治理想。鲁迅说"纯文学"有"无用之用"，周作人追求文学的"远功"，这是庄子式的逻辑。但这与"审美"的"无目的而合目的性"恰是一致的，与"五四"人的文化政治构想也是一致的。从这种一致性来看，当人们认为以小说为"艺术"的观念真正始于"五四"时，他们是有道理的。此时，这种"艺术"观念不仅是西方学术体系影响的结果，而同时有了现实基础。王国维曾在《释理》中不安地意识到理性化、科学化的现代世界的来临；而周氏兄弟则开始对19世纪文明之"偏至"——"物质"与"众数"——进行直接的批评。现代美学及文学观念的发生，与浪漫主义者对现代工业文明的类似批评密切相关。不过，周氏兄弟据以批评的思想资源仍是西方的，即19世纪末以尼采为代表的"新神宗"。这再次表明：中国已经是世界中的中国。小说作为"艺术"这种观念的发生，终究还是同晚清以来中国社会的变迁息息相关。

　　因此，当"五四"人将"新小说"的理论资源连同"旧文坛"一起抛弃时，他们亲手切断了历史。而当我们以后设的优势，从西方知识体系的影响这一角度来重新面对这段历史时，晚清和"五四"又有了（历史当事人没有意识到的）延续性，它们不过是中国人接受小说"艺术"观的两个不同阶段。我们的研究既要尊重史实，也无法（也没有必要）完全避免阐释的历史性。或许，这就是历史的辩证法。

第三节　小说"艺术"观的传承与"现代性"视野

　　由上分析可见，清末民初小说"艺术"身份的确认这一问题，实际上隶属于更大的现代中国小说的发生这一问题，因此始终无法回避"现代性"问题。正如无论是"冲击—回应"模式还是"内发现代性"，我们在探讨晚清社会政治经济思想变迁时都无法回避"现代性"范式一样。究其原因，当然与晚清中国已经成为现代世界的一个有机部分这一事实有关。《狂人日记》作为现代中国小说公认的开篇与典范，一方面是我们讨论晚清民初小说的终点站，是频繁浮现于作为现代人的研究者心间的现代小说"艺术"参照物；另一方面，它也构成"现代性"叙述模式之有效性与盲区的双重隐喻。因此，我将对《狂人日记》的症候式分析作为本书的结尾，同时希望这结尾也是一个新的开始。

一 "《狂人日记》实为拙作?"

鲁迅于 1918 年在《新青年》第四卷第五期上发表《狂人日记》（以下简称《狂》），长久以来被认为是中国文学史上的第一篇现代小说。《狂》的经典化，当然与整个"新文学"的制度化、与"五四"人的自我叙述有重要关系（例如《中国新文学大系》的编纂）。新时期以来，在"现代性"的理论架构之下，《狂》一直被作为中国小说现代性的范本。人们从反封建主题、叙事模式等角度，不断寻找隐藏于《狂》文本内部的"现代性素"。晚清文学的发现与发明，虽然对这种"五四"式叙述提出了质疑，但也只是否定了《狂》的开山地位，并没有否定它本身的现代性。

这一过程中，有一个现象并没有受到应有的注意：鲁迅本人对于《狂》的评价似乎并不高。虽然 1935 年在负责编选《中国新文学大系·小说二集》时，他当仁不让地将自己包括《狂》在内的四篇作品置于开篇，并宣称："从一九一八年五月起，《狂人日记》、《孔乙己》、《药》等，陆续地出现了，算是显示了'文学革命'的实绩……"[1]但是对于《狂》，鲁迅也曾有过许多表示不满意的言论。如 1918 年在致许寿裳的信中，说"《狂人日记》实为拙作"[2]；在 1919 年与傅斯年

---

[1] 鲁迅：《〈中国新文学大系〉小说二集序》，《鲁迅全集》第六卷，人民文学出版社 2005 年版，第 246 页。

[2] 1918 年 8 月 20 日，致许寿裳信，见《鲁迅全集》第十一卷，人民文学出版社 2005 年版，第 365 页。

的通信中则认为"《狂人日记》很幼稚，而且太逼促，照艺术上说是不应该的"①。在 1933 年《我怎么做起小说来》，又说《狂》只是用来"塞责"的"小说模样的东西"②。在鲁迅的自我评论与 1935 年的文学行为所形成的反差之中，我们一方面可以看出新文化运动所创造出的那种强势文化政治空间——这一空间为了实现文学、文化与新政治的互动配合，可以不顾及鲁迅个人"艺术上"的意愿，也可以排除那些批评性意见③，而竭力肯定"《狂人日记》是真好的，先生自己过谦了。"④；另一方面，我们也可以借此估量，"以小说为艺术"这种现代"美学"观念在此文化政治空间中的份额是如何之小。

鲁迅对于自己"最初的一篇"的批评只是对于"少作"的谦虚之语吗？当然不能排除这方面的原因，但其比重是多少呢？考虑到鲁迅反复地表达对自己作品的不满这一事实⑤，应酬性谦虚的阐释力就不那么令人信服了。另外，鲁迅在与后辈傅斯年通信时需要谨慎措辞，这是可以理解的。但在与挚友许寿裳的私信中还一味谦虚，就多少有些缺乏真诚了。那么，鲁迅到底为什么说"《狂人日记》实为拙作"呢？当他这样说的时候，他头脑中意识到了哪些观念？他评价《狂》的标准是什么？什么样的作品才不是"拙作"呢？

对于已逝者的心理进行"精神现象学"式的还原，这种探讨艰难且易流于武断。对于鲁迅小说观念的还原式分析，很难不掺入研究者的主观因素，即将现代小说观念回溯到鲁迅身上。鲁迅经历了现代中

---

① 《新潮》1919 年第一卷第五号。
② 鲁迅：《我怎么做起小说来》，《鲁迅全集》第四卷，人民文学出版社 2005 年版，第 526 页。
③ 当时就有人批评鲁迅小说艺术上的缺点，一方面"就是流动太快。差不多像诗的地方多。《狂人日记》简直是一首散文诗。"正厂：《鲁迅之小说》，《1913—1983 鲁迅研究学术著作资料汇编》第一卷，中国社会科学院文学研究所鲁迅研究室编 1986 年版，第 50 页。原载 1924 年 3 月 18 日《时事新报》副刊《学灯》。而且《狂》时空混乱，根本不符合胡适所谓"横截面"的短篇小说作法。
④ 《新潮》1919 年第一卷第五号。
⑤ 例如："这样说来，我的小说和艺术的距离之远，也就可想而知了。"见《鲁迅全集》第一卷，人民文学出版社 2005 年版，第 442 页。

国小说观念发生、发展的过程，而且他自己就是这一过程中的重要一员。《狂》被认为在中国文学史具有开创性意义，作为作者的鲁迅，其心目中的好小说，肯定已经不是传奇、话本、章回与晚清小说的模样了。正是这种观念的变化，影响了鲁迅评论《狂》的标准。所以，对于现代中国小说观念的发生，鲁迅不仅在创作实验中，而且在其文学观念变迁与学术研究中都留下了许多历史"痕迹"，它们具有重要的标本性意义。

鲁迅在1933年回忆自己当初创作小说的缘起时，十分强调西方作家的影响："大约所仰仗的全在先前看过的百来篇外国作品和一点医学上的知识，此外的准备，一点也没有。""记得当时最爱看的作者，是俄国的果戈理（N. Gogol）和波兰的显克微支（H. Sienkiewitz）。日本的，是夏目漱石和森鸥外。"[①]鲁迅当年经历了不无神话色彩的"幻灯片事件"后，弃医从文，除了办《新生》杂志外，也与周作人翻译异域小说，志在改变国人精神。虽然结果只是悲哀与寂寞，但鲁迅对于外国文学的热情从未改变。1925年他提出要少或者不看中国书、多看外国书的主张，一方面出于他对于中国历史黑暗面的沉痛认识，另一方面，也显示出他的思想世界，即面对"五四"退潮后《新青年》同仁及"新青年"们本身的分化，鲁迅提供的争取青年的思路仍然是——"外国书"。

外国文学的翻译和介绍，从晚清以来就深深影响着中国文学的观念和创作。在小说领域，大量外国小说的翻译，不仅改变了中国知识分子的小说观念，而且在语言上产生了新的白话语体，更从叙事细节上启发中国作家运用新的技巧。在自己的创作中，鲁迅当然意识到了对于外国文学的"模仿"痕迹。在1935年《中国新文学大系·小说二集序》中，鲁迅将《狂》发表后反响巨大的原因，归之于翻译的怠慢而导致青年们对于欧洲大陆文学的陌生，果戈理的《狂人日记》早于1843年就写出来了。虽然鲁迅强调自己的《狂》比果戈理的"忧

---

① 鲁迅：《我怎么做起小说来》，《鲁迅全集》第四卷，人民文学出版社2005年版，第525页。

愤深广"①，虽然人们也围绕着这一句"忧愤深广"反复证明着鲁迅对于果戈理的"超越"和"创新"之处，但是对于鲁迅自己，果戈理的《狂人日记》对其《狂》的影响这一事实是不可回避的。自日本留学时代至其晚年，鲁迅终其一生都在关注着这个深深影响了其成名作的俄国作家——鲁迅在逝世前一年才完成了《死魂灵》第一部的翻译。在发表于1908年的《摩罗诗力说》中，果戈理是"以描写社会人生之黑暗著名"，"以不可见之泪痕悲色，振其邦人"②的形象，这也可以说是鲁迅写作《狂》时的思想资源之一。在写作的形式技巧上，《狂人日记》这个题目的相同绝不是偶然的，文本设置中也多有相似之处：文体上两篇《狂人日记》都采用了日记体格式，故行文跳跃，语多错杂；都是第一人称"我"在直抒胸臆；人物则都有一个狂人主人公，其言行多荒唐反常；都有一个佣人；都有一条狗；都有一个"救救孩子"的结尾，等等。

同样是这个结尾，与鲁迅翻译的安德烈夫的小说《谩》也有相似性："援我！咄，援我来！"③不管鲁迅在思想立意上是如何的"忧愤深广"、表现深切，在文本细节处理上如何的"格式特别"，"拿来主义"的事实是不能回避的。

《狂》发表17年之后的1935年，鲁迅将自己的创作来源和盘托出。十几年之后仍然有这样清晰的记忆，可证明他对自己作品长期以来的耿耿于怀。鲁迅的不安源于一种基本的文学观念：独创。众所周知，"小说"在中国古代文人的心目中，或是诸子党同伐异的相互指责"小道"，或是外于"经"的浅薄之言、杂纂笔记。虽有过唐传奇、宋元白话小说的成绩和明清章回小说的繁荣，但总是君子不为的末技，难登大雅之堂。文人们私衷酷好而阅必背人，甚至视之为鸩毒，禁止子弟阅读。正因为小说的地位之地，造成小说作者们独创意识不强，中国历史上众多的世

---

① 鲁迅：《〈中国新文学大系〉小说二集序》，《鲁迅全集》第六卷，人民文学出版社2005年版，第247页。

② 鲁迅：《摩罗诗力说》，《鲁迅全集》第一卷，人民文学出版社2005年版，第89、66页。

③ ［日］藤井省三：《鲁迅与安德烈夫——文学上的老师》，《鲁迅比较研究》，陈福康译，上海外语教育出版社1997年版，第69页。

代层累型小说或"百衲衣"小说的存在可以为证。虽然也出现了《金瓶梅》《红楼梦》这样的文人独创巨作，但以"小"说和街谈巷语的传统观念来衡量，它们却并不符合小说体裁本来之格了。张大春在一次名为《我所承继的中国叙事传统》的演讲录音中，认为中国叙事传统中有这样一个重要精神，即叙事资源的"共有而分享"。相同的叙事元素和套数可以在不同的文本中自由流动，但不会有所谓"抄袭"的谴责，没有著作权的问题，古代小说作者身份的模糊就是一个证明。泯灭原创和作者个性的观念已经形成了一个延续千年的美学传统。

在鲁迅写作《狂》的时候，"独创"作为西方现代小说观念已经在中国产生了广泛影响。作家应该是一个天才，具有丰富的想象力和创造力，作品应该是作家独特个性的表现，因此每一个作品都是独一无二的。近代个人主义思想在"五四"前后促进了"人的文学"观念的发展。鲁迅曾接受尼采的影响，在其早期文章中热情赞颂超人般的"独异个人"，呼唤"精神界之战士"。而鲁迅构筑其《中国小说史略》的两个基本观念就是"独创"与"虚构"，而这都是 17 世纪、18 世纪随着"小说"成为一种虚构文体后出现的现代小说观念①。独创需要是的天马行空的想象和虚构，而不是追逐现实的"模仿"。作为一个整体的"五四"文学，受到外国文学、思想的巨大影响，作为"五四"新文学中现代小说的"第一篇"，《狂》的模仿也实属正常。我们虽然应该区别模仿与影响，但鲁迅在"独创"观念的影响下，意识到并反复诉说《狂》的幼稚性，应该说是情理之中的事。

于十年沉默中，鲁迅体验着前无未有的孤独，但这孤独并未从根本上否定他与人世间的联系。在藤井省三看来，在 S 会馆的槐树下，三间屋里抄写石碑的行为，并非鲁迅自述的那样完全是出于逃避和寂寞，而是在贯彻其师章太炎爱惜国粹的理论。章太炎欲"用宗教发起信心，增进国民的道德"，"用国粹激动种性，增进爱国的热肠"②，

---

① 关诗珮：《唐"始有意为小说"：——从鲁迅的〈中国小说史略〉看现代小说（Fiction）观念》，《鲁迅研究月刊》2007 年第 4 期。

② 章太炎：《东京留学生欢迎会演说录》，《章太炎政论选集》，中华书局 1977 年版，第 272 页。原载《民报》第六号（1906 年 7 月 25 日）。

而鲁迅则通过读古书发现了每个人都有"吃人"之"罪"。而"罪"的自觉，使得人和人在一种负面的基调上被联合起来了。为了"赎罪"，鲁迅在《狂》的结尾沉痛呼唤："救救孩子……"这进一步实现了个人与民族的联合、团结。鲁迅经过十年沉默，终于将闭塞的内面重新向外部历史环境打开，其文学上的结果就是《狂》的产生①。

从鲁迅个人思想的发展线索来看，《狂》的产生有其必然性。《新青年》同仁的邀请、催促只是外因。不仅是因为偶阅通鉴方悟出"吃人"秘密，鲁迅对于中国"家族制度和礼教的弊害"有切身体会，遂发而为文。《狂》发表后所引发的评论文章正确地注意到了这一点，后来的中国现代文学史写作也继而一再肯定着《狂》的"反封建"精神。但当鲁迅用文学的方式将自己的思想表达出来时，其结果却并不能让他满意。长久以来，他的这种不满及其文学症候被忽视了。

"救救孩子……"，对于读者来说这是一个光明的、积极的结尾："孩子"涉世尚浅，中毒未深，因此是干净纯洁的，是"青年"的后备军，是美好将来的创造者，"孩子"寓意着时间、历史延长线上的希望。将希望寄托于"孩子"身上，这是一种"进化论"的思维方式。自晚清严复述译《天演论》以来，进化论思想在中国社会产生了广泛影响，鲁迅也曾在《朝花夕拾·琐记》中回忆当初在路矿学堂阅读《天演论》时的热情。但进化论在清末即受到质疑，如章太炎在《俱分进化论》中谓善恶不仅同时进化，且并行退化；在《四惑论》中则认为："然所谓进化者，本由根识迷妄而成，而非实有进化。"②众所周知，鲁迅思想充满复杂性，但这复杂性不仅仅是来自于其思想的历时性变化，也源于其诸多矛盾性思想成分的共时性存在。其《文化偏至论》即表达出对于"进化论"的忧虑：历史的"进步"将导致

---

① 参考［日］藤井省三《鲁迅与安德烈夫——文学上的老师》，《鲁迅比较研究》，陈福康译，上海外语教育出版社1997年版，第61、66页。

② 章太炎：《四惑论》，载姜玢选编《革故鼎新的哲理——章太炎文选》，上海远东出版社1996年版，第305页。

对于"人"的新的奴役。

《新青年》杂志为了新的文化政治，而"敬告青年"、而规划"青春"、进而为"询唤"新的政治主体而努力，鲁迅也加入这一过程，但其姿态却是独特的。他一方面主张觉醒的人解放自己的孩子："自己背着因袭的重担，肩住黑暗的闸门，放他们到宽阔光明的地方去"；但另一方面令人奇怪的是，鲁迅也和大家一样在谈论青年与家庭问题，但其文章标题却并非《我们现在怎样做儿子》，而是《我们现在怎样做父亲》。鲁迅自己的解释，一个理由是为了免却"圣人之徒"的麻烦，另一个理由则是自己并非创造者，也不是真理发现者，对于将来变化说不清，"单相信比现在总该还有进步还有变迁罢了"①。这种"单相信"表面是相信，但也是无力、无把握而只是在苦苦坚持的表现。于是，一边是对进化论的信仰，一边也在言语中隐约透露着狐疑，他在倒退着前进。按照鲁迅一贯的"多疑"思维方式，对于老人的失望并不一定意味着对于"青年"和"孩子"的信任，但他为什么仍要呼吁"救救孩子"呢？

鲁迅深刻地意识到自己作为"影"的身份，其思想中的历史"中间物"意识已经得到众多研究者的阐发。彷徨于无地的"影"这样来告别："有我所不乐意的在天堂里，我不愿去；有我所不乐意的在地狱里，我不愿去；有我所不乐意的在你们将来的黄金世界里，我不愿去。"②"影"不见容于"光明"或"黑暗"，它只有独自远行。鲁迅对于美好的"天堂"和所谓"黄金世界"是拒绝的，他的前方只是"坟"。他以一种与现实肉搏的方式走向他的未来，这未来却将导致他自己的毁灭。虽然在《狂》的结尾喊出"救救孩子"，不过对于是否存在与"吃人"世界无关的"真的人"，连他自己也是不能确信的。思想的复杂性与小说文本的简单化之间的差距，是鲁迅屡次表达对《狂》之不满的原因之一。

既然如此，鲁迅为何仍采用了这个进化论式的结尾呢？鲁迅自己的解释是：他答应了钱玄同"做点文章"的要求之后，"每写些小说

---

① 本段引文见唐俟《我们现在怎样做父亲》，《新青年》1919 年第 6 卷第 6 号。
② 鲁迅：《影的告别》，《鲁迅全集》第二卷，人民文学出版社 2005 年版，第 169 页。

模样的文章，以敷衍朋友们的嘱托"，从此便遇到了在铁屋子里抄古碑时所不曾遇的"问题和主义"。而且，"既然是呐喊，则当然须听将令的了，所以我往往不恤用了曲笔，在《药》的瑜儿的坟上平空添上一个花环，在《明天》里也不叙单四嫂子竟没有做到看见儿子的梦，因为那时的主将是不主张消极的"①。因此，"救救孩子"也可视为一个表达其"非消极性"的"曲笔"。这种"听将令"的"呐喊"不仅不符合鲁迅思想的复杂性，同时与鲁迅的艺术小说观念也存在着距离，鲁迅屡说自己的小说和艺术距离之远，绝非无缘由的。

即使鲁迅对于进化论并无质疑，对于"将令"真诚地信奉，这种"救救孩子"的理性呼求如此直接地出现于一篇小说中，也是他所不能容忍的。在现代小说观念中有叙事客观化的要求，比较忌讳作家声音的直接流露，艺术家不应该在作品出现，就像上帝不应该在大自然中出现一样。《狂》中的"救救孩子"，虽然是借狂人之口喊出，并非作者现身于作品的评论。但是，小说的虚构性质决定了并不存在完全客观的叙事，结合鲁迅思想发展史及鲁迅自己对于《狂》之主旨（"意在暴露家族制度和礼教的弊害"）的描述，仍可将"救救孩子"视为作者鲁迅对于叙述过程的潜在干预。

在中国古典白话小说的叙事传统中，说书人往往借助一个"得胜头回"阐明或暗示全篇的主旨，或者在叙事过程中任意干预，与"列位看官"进行对话；也不惮于在章回中或结尾处通过"有诗为证"或"正是"之类的套语来表达自己的道德评判。晚清小说中充斥了更多的叙事干预，其数量甚至远超过以前的白话小说，赵毅衡认为，原因在于彼时中国传统小说的叙述格局正在承受着巨大的压力②。当然，晚清小说作者的"新民"救世的功利意识、劝善惩恶的道德热情也加重了这一趋势。但即使如此，如本书第六章的分析，晚清时已经出现小说叙事"客观化"的要求，具体表现为对"议论"的"讨厌"。如

① 鲁迅：《呐喊·自序》，《鲁迅全集》第一卷，人民文学出版社 2005 年版，第441 页。
② 赵毅衡：《苦恼的叙述者——中国小说的叙述形式与中国文化》，北京十月文艺出版社 1994 年版，第 56 页。

有这样的批评："今之为小说者，俗语所谓开口便见喉咙，又安能动人？"① 今之社会小说"病在于尽"②；"小说之描写人物，当如镜中取影，妍媸好丑，令观者自知，最忌搀入作者论断。……故小说虽小道，必不容着一我之见"③。对于小说中议论等叙事者干预的拒绝，一方面固然是因为西方小说创作的大量翻译，使得晚清人物对于现代小说有了直观的感受，另一方面也与中国传统文论中"含蓄""韵味""不着一字，尽得风流"等观念有关。所以，对于小说中"议论"的"讨厌"，并非完全是现代的。

　　不过，作为反传统斗士的鲁迅，"救救孩子"这样的直白呼唤可能也会让他想起古典白话小说甚至晚清小说中"说话人"的影子来。他在思考晚清谴责小说时，不是认为其"辞气浮露，笔无藏锋"④吗？所谓"浮露"，不仅意味着"度量技术"上的粗糙，也意味着过强的道德判断所导致的"叙述可靠性"的过于增强。而所谓"藏锋"，是要求隐含作者与叙述者的价值观拉开距离。鲁迅说自己偶阅《通鉴》，发现了中国人尚是"食人"民族，因此成篇。所以，从《狂》的行文（如"我翻开历史一查，这历史没有年代，歪歪斜斜的每叶上都写着'仁义道德'几个字。我横竖睡不着，仔细看了半夜，才从字缝里看出字来，满本都写着两个字是'吃人'！"）尤其是其结尾看来，其隐含作者与叙述者（狂人）的价值观不是过于一致了吗？

　　上文曾提到晚清时人对于充斥社会之新小说的批评意见，如"开口见喉咙""病在于尽"等，这些观念是否属于"现代"的判断，应该谨慎。因为人们凭借主观的阅读感觉也可以判定一篇小说的"好坏"。在中国小说评点的历史中，积累了大量的"小说技术学"，考虑到小说

① 公奴：《金陵卖书记（节录）》，载陈平原、夏晓虹编《二十世纪中国小说理论资料》（第一卷），北京大学出版社 1997 年版，第 65 页。
② 浴血生：《小说丛话（节录）》，载陈平原、夏晓虹编《二十世纪中国小说理论资料》（第一卷），北京大学出版社 1997 年版，第 100 页。原载《新小说》1905 年第十七号。
③ 蛮（黄人）：《小说小话》，《小说林》1907 年第一期。
④ 鲁迅：《中国小说史略：释评本》附录，周锡山释评，上海文化出版社 2004 年版，第 234 页。

评点与"文法"的联系，径称之为"小说文章学"也不为过。晚清小说理论界对于"新小说"的批评声音，反而重新从传统小说论中寻找支持，如公奴之"笔墨说"、侠民之"消遣说"、刘鹗之"哭泣说"，这些关于小说技术及"情感"性的传统论述经常被视为小说本质论，从而成为现代意义的小说"美学"论的基础。小说"美学"论一般被认为是"五四"时期伴随着"文学"独立而产生，即要求小说对于政治、道德的独立，并将之视为一种独特的艺术形式，"美学"则是它的理念基础。实际上，如本书所分析的那样，晚清时期小说"艺术"的观念就已经存在了，而鲁迅在这一过程中也有着重要地位。

韦伯关于现代社会合理分化理论可以用来阐释中国现代"审美领域"的形成：神圣宗教性世界图景的"脱魅"导致世俗"此岸"人间的形成，"审美性"出现以为现代凡俗社会的感性个体提供意义支撑[1]，由此产生了艺术自律、文学自治的要求，文学之中的小说以"美学"作为理念基础要求独立，从而成为一种"艺术"。这似乎是一个圆满的叙事，但它是否能够解释中国？大体上，中国近代文论的知识谱系经历了从"经学话语"到"美学话语"的变迁。在这个过程中，清代朴学训诂考定对于语言形式的重视，产生了解构杂文学体系的潜在可能性，而清代今文经学的微言大义与经世致用发展到极致也促使传统经学的消亡。而美学话语的进入恰逢其时地呼应了这种内在变化。在经学话语裂变与传统文学危机之时，作为文论一种的小说论，从边缘崛起，并最早在小说论中确立了美学话语的地位[2]。内发与外启的互动是明显的。

中国传统文学中具有丰富的"美学精神"与"美学意识"，但遗憾的是只有"美"而无"学"。"美学"学科的建立一般认为是一个现代事件，它与中国现代社会分化、与中国现代教育、学术体制的建立息息相关。当梁任公将小说提升为"大道"，并以之为"新民"工具

---

[1] 刘小枫：《现代性社会理论绪论——现代性与现代中国》，上海三联书店 1998 年版，第 300—301 页。

[2] 马睿：《从经学到美学：中国近代文论知识话语的嬗变》，四川民族出版社 2002 年版，第五章。

为维新事业塑造政治主体的同时，在小说领域中，也存在着一股以现代"美学"精神来要求小说的力量。最著名的当然是王国维美学思想及其现代小说批评的样板作《〈红楼梦〉评论》，以康德、席勒、叔本华为代表的西方近代哲学、美学思想开始真正影响中国的小说理论。另外，黄摩西、徐念慈、成之（吕思勉）也在黑格尔等近代美学思想家的影响下，以"美"来要求小说。

鲁迅也是这一股"美学"思潮中的重要一员。在作于1907年的《摩罗诗力说》中，鲁迅将"文学"与"美术"并论："由纯文学上言之，则以一切美术之本质，皆在使观听之人，为之兴感怡悦。文章为美术之一，质当亦然，与个人暨邦国之存，无所系属，实利离尽，究理弗存。"[①] 鲁迅反对章太炎对于"文"过于宽泛的解释，在与个人、邦国、经史、工商、卒业的对比中，"纯文学"没有直接的功利目的性。"兴感怡悦"只是间接的效果，但这正是"文章不用之用"。与梁启超借鉴日本政治小说不同，鲁迅的"文章"观念明显受到坪内逍遥之《小说神髓》、夏目漱石之《文学论》及森欧外等所介绍浪漫主义的影响[②]。

政治性的介入，对于诞生期的中国现代"美学"来说，并非像通常所认为的那样是一种不幸，启蒙现代性与审美现代性总是纠缠在一起。不过，像王国维等人的命运一样，晚清民初的时局亟变也使得关于"纯文学"的美学想象显得过于奢侈了，鲁迅本人强烈的现实关注也决定了他不能"为艺术而艺术"。不过，鲁迅对于自己小说的强烈"政治性"不会有什么遗憾，因为这正是他独自前行，反抗绝望的肉搏实践。但他对于审美的追求也从没有放弃，从晚清一直到"五四"时间，诸如"独创""藏锋"等现代小说美学原则及小说作为"艺术"的观念，一直潜存于他心中，并在启蒙与救亡的新文学氛围中，不断提醒着他："我的小说和艺术的距离之远，也就可想而知了。"[③]

---

① 鲁迅：《摩罗诗力说》，《鲁迅全集》第一卷，人民文学出版社2005年版，第73页。
② 何德功：《晚清第二次文学运动与日本文学的影响》，载王琢编《中日比较文学研究资料汇编》，中央美术学院出版社2002年版。
③ 鲁迅：《呐喊·自序》，《鲁迅全集》第一卷，人民文学出版社2005年版，第442页。

二 《狂人日记》与中国"现代"小说问题

作为"现代性"问题架构本身的症状之一，鲁迅之《狂人日记》（以下简称《狂》）作为现代中国小说开山的地位正在遭受质疑。这种质疑又与对整个由"五四"叙事所宰制的现代中国文学史的反思息息相关。晚清文学的发现和发明并成为"显学"，是这种反思的表现和必然结果。晚清新小说被持续解"压抑"的一个重要文化背景是：伴随着"在中国发现历史"的冲动和"东洋的近世"及"内发现代性"的诱惑，中国的现代化起点被向前追溯，由"五四"到晚清，晚明，甚至唐宋。

"现代性"问题构架正在持续扩大其涵盖范围，以收编更多之前被视为"反现代性"的历史因素。关于《狂》的讨论中，可以发现，诸多反对"五四"叙事框架的言论，在陈述了种种理由之后，仍要重新为中国现代文学寻找另一个起点，然而重寻起源的行动却往往仍旧局限于原来的现代性视域之内。现代性何以成为当今谈论中国晚清及现代文学的主导性模式，它是否最佳？是否存在其他可能？《狂》的经典化当然要涉及新文学的建立及其制度化，涉及鲁迅的"神化"过程。本文将以此为背景，从"小说"文学实践的角度，围绕《狂》的阐释史，梳理出自《狂》发表以来诸多阐释背后的问题架构，并分析各种架构之间的历史关联，从根本上反思中国"现代"小说诸问题。

历史上，《狂》经历了哪些解读方法？

"这是中国现代文学史上第一篇用现代体式创作的白话短篇小说，它以'表现的深切和格式的特别'——内容与形式上的现代化特征，成为中国现代小说的伟大开端，开辟了我国文学（小说）发展的一个新的时代。"①

这是钱理群等著《中国现代文学三十年》中的论述。这是新时期文学所强化的"现代性"问题架构在现代小说研究中的体现。新时期

① 钱理群、吴福辉、温儒敏：《中国现代文学三十年》（修订版），北京大学出版社1998年版，第38页。

通过与"文革"划清界限，使意识形态完成了自身的合法化论证过程。① 拨乱反正的结果，是新时期继"'五四'启蒙运动"之后成为"新启蒙"，重新扛起了被"救亡"所压倒的"启蒙"大旗，重新回到了追求中国现代化的"正途"。在文学领域，人们也发现：新时期文学与"五四"文学之间有很多"更高阶段上的重复现象"，于是"二十世纪中国文学"的概念被提出，为这种"整体性"赋形。"而'二十世纪中国文学'，实际上是一种过渡形态的文学，它是一个由'古代中国文学'向'现代中国文学'转变的文学进程。"② 在古代/现代的线性叙事当中，与其说新时期文学与"五四"文学之间存在着"更高阶段上的重复现象"，不如说"现代性"这一问题视野已经预设了其结果，它使人们所能看到的东西都是相似的。

在《狂》的阐释史中，"现代性"的问题架构并非唯一。在较粗略的意义上，《狂》经历了进化论、左翼唯物论、现代化三种史观的照耀。作为当今的主流文学史观，现代性的问题架构与前二者有相似之处；它也无法以摒弃另外两者的方式来确立自身，而只能以自有逻辑对它们进行"穿透"，续说和改写，在此意义上，关于《狂》的文学阐释注定要被一次次重写。

《狂》最初被阐释为短篇小说的"实绩"。

"五四"时期，短篇小说的倡导和创作是白话文运动的一个重要面相，胡适正是在此意义上评价《狂》。1922 年 3 月，胡适在总结文学革命"五年以来白话文学成绩"时，认为短篇小说中"成绩最大的却是一位托名'鲁迅'的"③。更重要的不是胡适对《狂》的具体评价，而是胡适谈论这一作品时的标尺——短篇小说，这一问题架构标识了对《狂》最早的阐释趋向。

《狂》最早的评论者是傅斯年，他在质料/文章的二项对立中提到

---

① 戴锦华：《隐形书写——90 年代中国文化研究》，江苏人民出版社 1999 年版，第 42 页。
② 钱理群、黄子平、陈平原：《二十世纪中国文学三人谈·漫说文化》，北京大学出版社 2004 年版，第 33、105、49 页。
③ 胡适：《五十年来中国之文学》，季羡林主编：《胡适全集》第 2 卷，安徽出版社 2003 年版，第 342 页。

《狂》："《新青年》里的好文章，就质料而论，胡适君的《建设的文学革命论》和陈大齐君的《辟灵学》，实在是近来少有的。就文章而论，唐俟君的《狂人日记》用写实笔法，达寄托的（Symbolism）旨趣，诚然是中国近来第一篇好小说。他如胡适君的《易卜生主义》也是第一流的白话文。其余短篇的白话文好的更多。"① 此处引文中出现两个"文章"，意义却不同：第一个"文章"包括《新青年》中所有文字，第二个则侧重"文学性"较强的文字。"就文章而论"，"其余的短篇的白话文"，此类字眼表明，傅斯年是将《狂》置于白话文/小说/短篇小说的叙述架构之下，因此他此处谈的主要不是"质"/思想/主义的方面，而是其"文"/形式/艺术的方面。

　　作为一个文化批判性的杂志，《新青年》请进"德先生"和"赛先生"，倡导"文学革命"，在创作上就急需印证各种"主义"的作品。小说领域中《狂》便成为对"白话文"倡导的一个回应。一个具有象征意义的事件是：鲁迅的创作小说《狂》与胡适的理论文章《论短篇小说》同时发表在《新青年》第四卷第五期上。在鲁迅与傅斯年关于《狂》的通信中，鲁迅认为"《狂人日记》很幼稚，而且太逼促，照艺术上说是不应该的"。傅则回信："《狂人日记》是真好的，先生自己过谦了。"并且举其同社某君为例，谓其作品与《狂》相比，"据我看来，太松散了"。② 鲁迅从"艺术"上认为作品幼稚，而傅斯年所谓的"松散"，也正是胡适所强调的短篇小说之布局、结构问题。

　　在胡适的进化论文学史观看来，短篇小说和写情短诗、独幕剧这三项，"代表世界文学最近的趋向"③。文学革命正召唤出一个文学创作上的空间位置，《文学改良刍议》《文学革命论》《论短篇小说》等"主义"在等待着例证。《新青年》支持者在一种历史感的催促下，极力肯定"《狂人日记》是真好的"。鲁迅在1935年负责编选《〈中国新文学大系〉小说二集》时，出于对自己和对新文学的自信，也当仁不

---

① 《新潮》1919 年第一卷第二号。
② 同上书，第五号。
③ 胡适：《论短篇小说》，《新青年》1918 年第四卷第五号。

让，将自己包括《狂》在内的四篇作品置于开篇，并毫不谦虚地宣称，这显示了文学革命的"实绩"。

对《狂》的第二种阐释关注的是礼教、封建的吃人本质。

傅斯年最初谈论《狂》时仅"就文章而论"。两个月之后的《一段疯话》，可以说是"就质料而论"《狂》的第一篇。傅斯年虽未提到日后的"吃人"主题，但他暗示了从"质料"角度来理解《狂》的可能性。

第一次明确地把《狂》的主题视为"礼教吃人"的，是吴虞的《吃人与礼教》。吴虞并非孤军作战，在同一期《新青年》上，排版于吴文之前的三篇文章是：唐俟《我们现在怎样做父亲》，沈兼士的《儿童公育》及胡适《我们对于丧礼的改革》。诸位新文化人分别从家庭、家族制度、丧礼等具体角度来对旧传统进行批判和改良。

如果说以上评论都是分别就《狂》的"文章""质料"某一方面而作，那么雁冰发表于 1923 年 10 月 8 日的《读〈呐喊〉》则同时从两方面来考察："除了古怪而不足为训的体式外，还颇有些'离经叛道'的思想。传统的旧礼教，在这里受着最刻薄的攻击，蒙上'吃人'的罪名了。"[①] 作为对以往所有评论方式的综合，雁冰此文既是"体裁"说的滥觞，又是对"礼教吃人"说的继承，基本奠定了此后《狂》的阐释模式。

这种模式到了"反封建"问题框架占主导地位时，形式/思想的二元结构得到继承，但重心发生偏重。1928 年 4 月，钱杏邨发表《死去了的鲁迅》，认为："新文艺的推进他也是很重要的人，不过他的贡献只是小说的技巧，而不是作品的思想"。[②] 钱杏邨将鲁迅对新文艺的作用限制在小说技巧方面，因为他认为鲁迅小说大多数不能体

① 雁冰：《读〈呐喊〉》，《茅盾全集》第十八卷，人民文学出版社 1989 年版，第 395 页。原载 1923 年 10 月 8 日《时事新报》副刊《学灯》。

② 钱杏邨：《死去了的鲁迅》，《1913—1983 鲁迅研究学术著作资料汇编》第一卷，中国社会科学院文学研究所鲁迅研究室编 1985 年版，第 362—363 页。原载《现代中国文学作家》第一卷，泰东图书局 1928 年版。

现时代精神。而不多的例外之一，是"在《狂人日记》里表现出了一点对于礼教的怀疑"①，而这一点怀疑，在"革命文学"青年看来，即"反封建"时代精神的体现："他的《狂人日记》（1918）的发表，正不亚于对当时的封建势力投下了一颗极其猛烈的炸弹。"② 从批判"礼教吃人"到"反封建"，主题变化背后是主导史观的转化：从进化论变为唯物论/革命史观。钱杏邨《现代中国文学论》第二章《鲁迅》具有历史意义：它确立了"鲁迅——反封建斗士"、"《狂人日记》——'五四'新文学标志"的文学史叙事。③ 将《狂》与"反封建"结合的论述，是"革命文学"从无产阶级立场对"文学革命"乃至"五四"新文化运动重新评价的必然结果。

革命文学一方面确认了《狂》的"反封建"性质，另一方面又对鲁迅据以"反封建"的立场表示不满：鲁迅基于小资产阶级人道主义立场的"反封建"，"怎么能够执着取得了无产阶级的立场的现代的反封建运动呢?"④ 但"反封建"的框架已经确定下来。随着左翼文学及政治实践的发展，"《狂人日记》反封建"这一论述逐渐经典化。毛泽东称"五四"运动为"彻底地不妥协地反帝国主义和彻底地不妥协地反封建主义"⑤，并确立了中华民族新文化的"鲁迅方向"。而"新时期"认为自己"重返""五四"，把"前现代的""文革"界定为封建遗毒泛滥的时期，而遗毒则源自"五四""反封建"的不彻底。"五四""反封建"既是新时期叙述的逻辑前提，又是新时期为了确立自身的"新启蒙"形象而极力塑造的一个历史命题。20 世纪 80 年代中

---

① 钱杏邨：《死去了的阿 Q 时代》，1928 年 3 月 1 日《太阳月刊》三月号（1964 年影印本），第 5 页。
② 钱杏邨：《鲁迅——"现代中国文学论"第二章》，《拓荒者》（上海文艺出版社 1960 年影印本）1930 年第一卷第二期。另见《阿英全集》第一卷，安徽教育出版社 2003 年版，第 677 页。
③ 李音：《何种"反封建"——〈狂人日记〉经典化考论》，《文艺争鸣》2009 年 3 月。
④ 钱杏邨：《鲁迅——"现代中国文学论"第二章》《附言：关于反封建的创作》，《拓荒者》（上海文艺出版社 1960 年影印本）1930 年第一卷第二期。
⑤ 毛泽东：《新民主主义论》，《毛泽东选集》第二卷，人民出版社 1991 年版，第 698—699 页。

后期随着"文化热"及西方文化思潮的输入,"反封建"的革命范式渐被传统/现代作为主要框架的"现代性范式"所取代①。

通常认为②,严家炎先生在《鲁迅小说的历史地位——论〈呐喊〉〈彷徨〉对中国文学现代化的贡献》一文中,提出了讨论《狂》的"现代化"问题架构。在这种叙述模式下,最重要的就是寻找作品本身的所具备的"现代性素",即能保证作品之现代性的最小因素。而如果这种"现代性素"在比《狂》更早的文本中也能够发现,那么《狂》作为现代小说开端的地位就会发生动摇。今天,这种或承认或拒绝的论争正在进行。

对"现代性素"的寻找、确认,也是从现代性视角对以往诸种解释的穿透和再解释的过程,我们仍然可能从"文章""质料"两方面看到这种努力。

在"文章"方面,雁冰在 1923 年《读〈呐喊〉》中,曾认为《狂》"极新奇可怪"。他并未明言是怎样的奇怪,却肯定这体裁对于青年的影响。依据历史的后见之明,李欧梵先生认为:"这篇小说之所以是'现代的',主要是因为说故事的那种新的方式。"关于新的方式,李欧梵首先强调,《狂》的文言序与日记体的正文形成反讽结构,是对于传统"序"这种形式的嘲弄。这种"反讽"既是针对传统,又是源于作者与叙事者"我"之间的距离。李欧梵认为,作者与作品中的"我"拉开距离,相较于"五四"典型浪漫小说,是一种具有现代性意义的反讽。另一种新方式,是描写与"象征"的结合。而所谓"象征叙述",是指"'现实'故事的因素只有和较高层次的象征寓意结合起来读才有意义。"③《狂》确实需要这种读法,但具有"象征寓意"并不能保证《狂》的现代性,中国古代小说中已经提供了太多这样的作品。李欧梵在"五四"起源论的现代化史观下来确定《狂》

---

① 贺桂梅:《80 年代、"五四"传统与"现代化范式"的耦合——知识社会学视角的考察》,《"五四"与中国现当代文学国际学术研讨会》(2009 年 4 月 23 日—25 日,北京大学),电子版论文集,第 178 页。

② 杨联芬:《晚清至"五四":中国文学现代性的发生》,北京大学出版社 2003 年版,第 3 页。

③ 李欧梵:《铁屋中的呐喊——鲁迅研究》,岳麓出版社 1999 年版,第 59、73 页。

的"现代性素"所在，多少有些循环论证，这本身即从形式方面探讨小说现代性的问题所在。

陈平原先生认为经过"新小说"的过渡"……以 1918 年《狂人日记》的发表为标志，在主题、文体、叙事方式等层面全面突破传统小说的藩篱，正式开创了延续至今的中国现代小说。"在叙事时间上，《狂》以交错叙事打破连贯叙事，"启示中国作家根据人物感受来重新剪辑情节、安排叙事时间"；在叙事角度上，其日记体是第一人称叙事的变格，突破了全知叙事，而"'五四'作家很快跟上鲁迅的步伐，创造出一批着重'抒写自己感情'的日记体小说"；在叙事结构上，其"独白式的心理分析"是对以情节为中心的传统小说叙事结构的最强烈冲击。①《狂》作为中国现代小说充分实现的一个标本，在此得到了叙事学的细致而有力的支撑。

陈平原希望突破内容与形式二分法的限制，从叙事学角度，引进历史文化等外部因素来考察中国小说的现代化。但是，诸如"第一人称"、"限制视角""倒装叙事"及"框式结构"这些所谓现代技法，不单在中国小说传统中早已有之，且在西方叙事传统中，也不属于"现代"。关诗珮虽然同意陈平原"把'中国小说叙事模式'转变的主体，从个别作品转移到整个时代基本趋向之上"的尝试，但同时也提出了小说现代化"到底是量的观点，还是质的问题"的疑问。陈平原以现代技法的"量"来衡量小说，是仍旧局限于叙事学内部的表现。关诗珮认为，其原因在于《狂》之典范地位的巨大影响：作为中国小说现代化的标本，《狂》中成功运用了上述诸种现代技法，因此诱导人们把探讨"中国小说现代性"的重心放在小说技巧之上。而"中国小说的现代性除表现在叙事技巧上，亦可能体现在叙事内容上，甚至小说的社会地位以及小说与其他文类之间的关系上"②。总之，考察小说的现代性，叙事手法不完全足以为据。

---

① 陈平原：《中国小说叙事模式的转变》，北京大学出版社 2003 年版，第 6、59、89、124—145 页。

② 关诗珮：《如何重探"小说现代性"——以吴趼人为个案》，《汕头大学学报》（人文社会科学版）2006 年第 22 卷第 4 期。

那么，"叙事内容"（"质料"）呢？

"反传统""反封建"是《狂》现代性的保证吗？确实，《狂》里没有了旧体作风，读之使"我们由中世纪跨进了现代"①。但是，如果说现代以与传统对立的方式建立自身，那么如何理解中国现代小说对于古典小说及诗文传统有意无意地继承？非"古典"的就是"现代"的吗？显然，传统资源的介入将会改变对于现代小说的理解。

相关研究表明，以"封建"来概括中国传统实际上并不恰当。这个词语经历了语义的历史变迁，"五四"和1927年前后的历史实践将一个意谓"封土建国"的古史概念，变成了"前现代"的同义语。空间上"中/西"思维置换为时间上中国内部的"传统/现代"，进而变为"封建/现代"结构，"封建"变成"传统"的同义语，因此"反封建"就成为"现代"了。因此，以泛化的"反封建"来界定"五四"划时代性的做法并不能令人信服，较之辛亥革命前对于封建主义的攻击，"五四""反封建"并无开创意义，《狂》的"反封建"主题并不是其现代性的保证。以上的辨析并没有使学者们否定《狂》的现代性：《狂》的划时代特点不在于其"反封建"内容，而在于据以"反封建"的前提：现代科学和知识。由这种公理所呈现的"吃人""风景"形成一种巨大的"震惊感"，这才是《狂》"无可替代"的现代性所在②。

李音的研究结论不仅以另一种方式肯定了"五四"起源论，肯定了《狂》的开山地位，也是在"现代性"问题架构之下，继续寻找"现代性素"的"成功"努力。李音根据《狂》据以"反封建"的前提来确定其现代性，已经不是单纯从主题"质料"方面来思考问题，而是将《狂》置于一种历史文化的关系语境中。而上述其他人无论是从叙事技法，还是从叙事内容来寻找《狂》之现代性素的做法，基本上接近于一种本质主义的冲动，力图从《狂》本身内部来挖掘出某种本质性的基因，从而一劳永逸地确定其现代性。在这

---

① 张定璜：《鲁迅先生（上）》，《现代评论》1925年第一卷第七期。
② 李音：《何种"反封建"——〈狂人日记〉经典化考论》，《文艺争鸣》2009年3月。

一过程中,《狂》与特定历史语境之关系却被忽略了。

另一种思路是依据"西方"文学影响来确定《狂》之现代性。鲁迅说自己写《狂》时,所仰仗的多在看过的外国作品和医学知识。另在《〈中国新文学大系〉小说二集·序》中,鲁迅提到了"欧洲大陆文学"的果戈理和尼采,并将之与自己的作品进行比较,这都被认为是《狂》之受欧洲文学影响的"新"所在①。这种研究方式非常普遍,其论述前提即:西方的即现代的,中国文学在借鉴西方更新传统的过程中走向"现代化"。

以上诸种讨论方式都不出"五四"现代起源论的思维。这种思维首先肯定《狂》的开山地位,然后再去寻找其"现代性素"。这种多少有些循环论证的文学"常识",已经越来越难以服人。确实,我们能够证明《狂》本身的现代性,但问题在于,《狂》的开山地位意味着它在某一方面开始具备了现代性素,还是说它是现代小说已经充分实现的标本?

随着"晚清"的发明与发现,人们终于发出这样的疑问:"没有晚清,何来'五四'?"② 或进一步:"为什么是'五四'?为什么是《狂人日记》?"最终,1892年《海上花列传》成为新的楚河汉界。栾梅健这样描述《海上花列传》的现代性特征:它"给读者提供了最早的形象展示中国古老宗法社会向现代工商社会转变的历史画面。"③栾梅健先生基本上认同李欧梵、王德威等海外学者对于"五四"分期功能的消解和对于晚清的肯定,虽然他们关于什么是"现代"的标准未必全然相同。他赞成内容/形式双面的现代性标尺:即人性解放、世界文学、艺术特征④;而王德威则如此思考现代性:在"19 世纪西

---

① 王瑶:《〈狂人日记〉略说》,《王瑶全集》第六卷,河北教育出版社 2000 年版,第445 页。
② [美] 王德威:《被压抑的现代性——晚清小说新论·导论》,宋伟杰译,北京大学出版社 2005 年版。
③ 栾梅健:《1892:中国现代文学的起源——论〈海上花列传〉的断代价值》,《文艺争鸣》2009 年第 3 期。
④ 栾梅健:《为什么是"五四"?为什么是〈狂人日记〉?——对中国文学现代性的考辩》,《盐城师范学院学报》(人文社会科学版)2006 年第 26 卷第 1 期。

方扩张主义后所形成的知识、技术及权力交流的网络中","以现代为一种自觉的求新求变意识,一种贵今薄古的创造策略"①。他们的理论都没有否定"五四"和《狂》的现代性,而是否定"五四"的起源地位和《狂》的开山意义,强调"晚清"小说早已有更丰富的现代性可能了。王德威对于晚清时种种不入(主流)的文艺实验被压抑的事实非常惋惜,竭力发掘晚清小说"现代性"开端时的多种可能性,同时不断把谴责的目光指向"五四"。

在王德威的讨论中,《狂》的缺席是必然的。只要现代性的问题架构不被改变,中国现代文学的新起源迟早要被提出来。文学中"现代性"范式的最早提出者严家炎先生,后来也将中国现代文学史的源头向前推进,认为应该从 19 世纪 80 年代末 90 年代初算起。而新源头的代表性作品即陈季同 1890 年在法国出版的"第一部现代意义上的中长篇小说《黄衫客传奇》"和韩邦庆的《海上花列传》(1892 年开始连载)。②严家炎先生在其论文、会议发言和自选文集中,多次强调对于中国现代文学起源重新思考的必要性。而他将其观点发表于作为"普通高等教育'十五'国家级规划教材"的《二十世纪中国文学史》中,可以对于此新起源问题论述的重视和自信。

以上的分析中,既有对《狂》传统地位的肯定和坚持,又有否定之后重新寻找起源的努力。表现上是两种相反的文学实践,实际上却处于相同的问题架构下。20 世纪 80 年代以来,这一现代性范式几乎已经成为普适性价值。所以我们会看到对于"反封建"之现代性的重新考订,会看到寻找新起源的努力。现代性正在被反思,但不是从最根本的意义上。一种现代性的进化论时间观念已经内化进现代人的身体,跳脱出来反思自己是困难的。这种时间观由来已久,康有为的三世进化说、严复的"天演论"、严复在《社会通诠》中介绍的野蛮/图

---

① [美]王德威:《被压抑的现代性——晚清小说新论·导论》,宋伟杰译,北京大学出版社 2005 年版,第 5—6 页。
② 严家炎主编:《二十世纪中国文学史》(上册),高等教育出版社 2010 年版,第 7、12 页。

腾——宗法——军国等观念，都是现代性时间观念的体现。梁启超则在《过渡时代论》以进化公理对时代主体进行呼唤①。从公理到主体，从物竞天择到适者生存，从过渡时代到英雄豪杰，其中的叙事逻辑是一致的。人必须成为历史的主体，进而与一种未来的时间观相联系，人的行动才能获得意义。而这正是一种现代性的态度②。

绝大部分关于《狂》的阐释，都贯穿了这种"时代/主体"的思维方式，文学作为主体的一种实践，也被要求与时代精神切合，这可以说已经是一种现代化的"时代文艺"观。短篇小说的问题架构，与胡适"一时代有一时代之文学"的文学进化论关系明显；反传统礼教，是利用"新"思想对于"旧"世界的否定；而革命青年一方面肯定《狂》，因为这是一颗"反封建"的炸弹，另一方面又不满于鲁迅，其小资产阶级立场使他落后于"时代精神"。而在现代性的问题架构之下，无论是坚持还是拒绝《狂》的开山地位，都是处于对于古/今、传统/现代之转变的反复言说当中。

"现代性"仅仅是用来描述近现代以来中国小说"变化"的范式之一，而且它有着强烈的意识形态背景以及欧洲中心主义的倾向，西方版本的现代精神即使在那些追求"内生/自发现代性"的努力中也时时显魂。关于《狂》，关于中国现代小说，是否还有其他视角？面对中西交错历史实际，也许已经无法彻底摆脱这一范式。我们能够做的，或许只有以一种真正反思的态度，不断超越中/西、传统/现代、内容/形式等二元模式，在小说与其他文类、在小说与其他社会话语实践的纵横关系中，在中国社会各种价值领域的合理分化过程中，在中国小说与世界文学、文化的关系中，来思考中国小说所经历的那一场"变化"；同时在从根本上意识到这一范式的偶然性和有限性。本书对于晚清民初小说"艺术"观念的发生、确认过程进行梳理辨析，只是这种努力的第一步。

---

① 梁启超：《过渡时代论》（1901 年 6 月 26 日），李华兴、吴嘉勋主编：《梁启超选集》，上海人民出版社 1984 年版，第 171 页。
② 汪晖：《现代中国思想的兴起》下卷第一部：《公理与反公理》，生活·读书·新知三联书店 2004 年版，第 1026 页。

参考文献

一　专著

阿英：《晚清文艺报刊述略》，古典文学出版社 1958 年版。

阿英：《晚清小说史》，江苏文艺出版社 2009 年版。

阿英编：《晚清文学丛钞·小说戏曲研究卷》，中华书局 1960 年版。

阿英编：《中国近代反侵略文学集》，中华书局 1957、1959、1960 年版。

班固撰，（唐）颜师古注：《汉书》，中华书局 2005 年版。

包天笑：《钏影楼回忆录》，中国大百科全书出版社 2008 年版。

蔡元培著，中国蔡元培研究会编：《蔡元培全集》（第 1 卷），浙江教育出版社 1997 年版。

陈洪：《中国小说理论史》（修订本），天津教育出版社 2005 年版。

陈居渊：《清代朴学与中国文学》，百花洲文艺出版社 2000 年版。

陈平原、夏晓红编：《二十世纪中国小说理论资料》（第一卷），北京大学出版社 1997 年版。

陈平原：《二十世纪中国小说史·第一卷（1897—1916）》，北京大学出版社 1989 年版。

陈平原：《中国小说叙事模式的转变》，北京大学出版社 2003 年版。

陈谦豫：《中国小说理论批评史》，华东师范大学出版社 1989 年版。

陈业东：《夏曾佑研究》，（澳门）澳门近代文学学会 2001 年版。

陈寅恪：《陈寅恪集·金明馆丛稿二编》，生活·读书·新知三联书店

2001 年版。

陈子展：《中国近代文学之变迁》，中华书局 1929 年版。

程正民、程凯：《中国现代文学理论知识体系的建构：文学理论教材
　　与教学的历史沿革》，北京大学出版社 2005 年版。

戴燕：《文学史的权力》，北京大学出版社 2002 年版。

范烟桥：《中国小说史》，苏州秋叶社 1927 年版。

方正耀：《晚清小说研究》，华东师范大学 1991 年版。

佛雏：《王国维诗学研究》，北京大学出版社 1999 年版。

佛雏校：《王国维哲学美学论文辑佚》，台北：文史哲出版社 1995 年版。

高平叔编：《蔡元培美育论文》，湖南教育出版社 1987 年版。

高全喜：《休谟的政治哲学》，北京大学出版社 2004 年版。

高瑞泉：《中国现代精神传统：中国的现代性观念谱系》，上海古籍出
　　版社 2005 年版。

格非：《小说叙事研究》，清华大学出版社 2002 年版。

格非：《文学的邀约》，清华大学出版社 2010 年版。

格非：《雪隐鹭鸶：〈金瓶梅〉的声色与虚无》，译林出版社 2014 年版。

顾颉刚：《古史辨》，海南出版社 2005 年版。

郭浩帆：《中国近代四大小说杂志研究》，指导教师：郭延礼，博士学
　　位论文，山东大学，2000 年。

郭延礼：《近代西学与中国文学》，百花洲文艺出版社 2000 年版。

郭延礼：《中国前现代文学的转型》，山东大学出版社 2005 年版。

《涵芬楼藏书目录》（旧书分类总目），清华大学图书馆藏电子版。

韩邦庆著，典耀整理：《海上花列传》，人民出版社 1982 年版。

韩经太：《理学文化与文学思潮》，中华书局 1997 年版。

韩邦庆著，张爱玲注译：《国语海上花列传》，北京文艺出版社 2009
　　年版。

何晏注，宋邢昺疏：《论语注疏》，《十三经注疏》整理委员会，北京
　　大学出版社 1999 年版。

黄锦珠：《晚清时期小说观念之转变》，台北：文史哲出版社 1995
　　年版。

黄霖、蒋凡主编：《中国历代文论选新编（晚清卷）》，上海教育出版社 2008 年版。

黄霖：《近代文学批评史》，上海古籍出版社 1993 年版。

黄强：《八股文与明清文学论稿》，上海古籍出版社 2005 年版。

江庆柏、曹培根整理：《黄人集》，上海文艺出版社 2001 年版。

江苏省社会科学院明清小说研究中心编：《中国通俗小说总目提要》，中国文联出版公司 1990 年版。

蒋孔阳、李醒尘主编：《十九世纪西方美学名著选》，复旦大学出版社 1990 年版。

蒋元卿：《中国图书分类之沿革》，台北：台湾中华书局 1983 年版。

康来新：《晚清小说理论研究》，台北：大安出版社 1990 年版。

康有为撰，姜义华编校：《康有为全集》（第三集），上海古籍出版社 1992 年版。

寇鹏程：《中国审美现代性研究》，上海三联书店 2009 年版。

李瑞腾：《晚清文学思想论》，台北：汉光文化事业公司 1992 年版。

李喜所编：《梁启超与近代中国社会文化》，天津古籍出版社 2005 年版。

李永圻：《吕思勉先生编年事辑》，上海书店 1992 年版。

梁启超：《李鸿章传》，百花文艺出版社 2008 年版。

梁启超撰，朱维铮导读：《清代学术概论》，上海古籍出版社 1998 年版（2009 年重印）。

林明德主编：《晚清小说研究》，台北：联经出版事业公司 1988 年版。

林少阳：《"文"与日本的现代性》，中央编译出版社 2004 年版。

刘半农等：《赛金花本事》，岳麓书社 1985 年版。

刘德隆：《刘鹗与及〈老残游记〉资料》，四川人民出版社 1985 年版。

刘国钧：《刘国钧图书馆学论文选集》，书目文献出版社 1983 年版。

刘纳：《嬗变——辛亥革命时期至"五四"时期的中国文学》，中国社会科学出版社 1998 年版。

刘小枫：《诗化哲学》，华东师范大学出版社 2007 年版。

刘小枫：《现代性社会理论绪论——现代性与中国》，上海三联书店 1998 年版。

刘勰著，周振甫译注：《〈文心雕龙〉译注（修订本）》，江苏教育出版社 2005 年版。

刘勇强：《中国古代小说史叙论》，北京大学出版社 2007 年版。

鲁迅：《鲁迅全集》，人民文学出版社 2005 年版。

鲁迅：《中国小说史略：释评本》，周锡山释评，上海文化出版社 2004 年版。

罗钢：《历史汇流中的抉择：中国现代文艺思想家与西方文学理论》，中国社会科学出版社 1993 年版。

罗志田：《裂变中的传承：20 世纪前期的中国学术与文化》，中华书局 2009 年第 2 版。

马睿：《从经学到美学：中国近代文论知识话语的嬗变》，四川民族出版社 2002 年版。

马睿：《未完成的审美乌托邦：现代中国文学自治思潮研究（1904—1949)》，巴蜀书社 2006 年版。

南帆：《无名的能量》，人民文学出版社 2012 年版。

聂振斌：《中国近代美学思想史》，中国社会科学出版社 1991 年版。

欧阳健：《中国小说史略批判》，山西人民出版社 2008 年版。

欧阳哲生编：《胡适文集》，北京大学出版社 1998 年版。

潘建国：《中国古代小说书目研究》，上海古籍出版社 2005 年版。

浦江清著，张鸣选编：《浦江清文选》，北京大学出版社 2010 年版。

钱穆：《国学概论》，商务印书馆 1997 年版。

钱锺书：《七缀集》，生活·读书·新知三联书店 2002 年版。

璩鑫圭、唐良炎：《中国近代教育史资料汇编：学制演变》，上海教育出版社 1991 年版。

任访秋：《中国近代文学史》，河南大学出版社 1988 年版。

任松如：《四库全书答问》，上海书店 1992 年版（据启智书局 1935 年版影印本）。

上海书店出版社编：《中国近代文学的历史轨迹》，上海书店出版社 1999 年版。

上海图书馆编：《中国近代期刊篇目汇录》，上海人民出版社 1980—

1984 年版。

申丹、韩加明、王亚丽：《英美小说叙事理论研究》，北京大学出版社 2005 年版。

时萌：《晚清小说》，上海古籍出版社 1989 年版。

时萌：《中国近代文学论稿》，上海古籍出版社 1986 年版。

舒芜、陈迩东等编：《中国近代文论选》，人民文学出版社 1981 年版。

谭卓垣、伦明等著，徐雁、谭华军整理：《清代藏书楼发展史·续补藏书记事诗传》，辽宁人民出版社 1988 年版。

汤哲声、涂小马编著：《黄人》，中国文史出版社 1998 年版。

汪晖：《反抗绝望：鲁迅及其文学世界》，河北教育出版社 2000 年版。

汪晖：《现代中国思想的兴起版》，生活·读书·新知三联书店 2008 年第 2 版。

王德威：《想象中国的方法：历史·小说·叙事》，生活·读书·新知三联书店 1998 年版。

王汎森：《中国近代思想与学术的系谱》，吉林出版集团有限责任公司 2010 年版。

王国维：《宋元戏曲史》，江苏文艺出版社 2007 年版。

王国维：《王国维文选》，姜东赋、刘顺利选注，百花文艺出版社 2006 年版。

王国维：《王国维遗书》（第三册），上海书店出版社 1983 年版。

王宏超：《学科与思想：中国现代美学的起源》，指导教师：朱立元，博士学位论文，复旦大学，2008 年。

王俊年：《中国近代文学论文集小说卷（1919—1949）》，中国社会科学出版社 1988 年版。

王利器辑录：《元明清三代禁毁小说戏曲史料（增订本）》，上海古籍出版社 1981 年版。

王梦鸥注译：《礼记今注今译》，天津古籍出版社 1987 年版。

王汝梅、张羽：《中国小说理论史》，浙江古籍出版社 2001 年版。

王栻主编：《严复集》（第四册），中华书局 1986 年版。

王韬：《弢园文录外编》，上海古籍出版社 2002 年版。

王先谦撰，沈啸寰、王星贤点校：《旬子集解》，中华书局 1988 年版。

王晓平：《近代中日文学交流史稿》，湖南文艺出版社 1987 年版。

王永健：《"苏州奇人"黄摩西评传》，苏州大学出版社 2000 年版。

王运熙：《清代文论选》，人民文学出版社 1999 年版。

王运熙：《中国文论选（近代卷）》，江苏文艺出版社 1996 年版。

王中忱：《越界与想象：20 世纪中国日本文学比较研究论集》，中国
　　社会科学出版社 2001 年版。

王琢编：《中日比较文学研究资料汇编》，中央美术学院出版社 2002
　　年版。

魏崇新、王同坤：《观念的演进——20 世纪中国文学史观》，西苑出
　　版社 2000 年版。

魏绍昌编：《老残游记资料》，中华书局 1962 年版。

魏绍昌编：《吴趼人研究资料》，上海古籍出版社 1980 年版。

魏绍昌编：《孽海花资料》，上海古籍出版社 1982 年版。

魏徵等撰：《隋书》，中华书局 1973 年版。

翁义钦：《欧美近代小说理论史稿》，黑龙江人民出版社 1994 年版。

吴松、卢云昆等点校：《饮冰室文集点校》，云南教育出版社 2001 年版。

吴永口述，刘治襄笔记，李益波整理：《庚子西狩丛谈》，中华书局
　　2009 年版。

伍蠡甫、胡经之：《西方文艺理论名著选编（上、中、下）》，北京大
　　学出版社 1985—1987 年版。

夏志清：《人的文学》，福建教育出版社 2010 年版。

夏中义：《王国维：世纪苦魂》，北京大学出版社 2006 年版。

谢六逸：《西洋小说发达史》，商务印书馆 1924 年版。

谢维扬、房鑫亮主编：《王国维全集》，浙江教育出版社 2009 年版。

解志熙：《美的偏至——中国现代唯美—颓废主义文学思潮研究》，上
　　海文艺出版社 1997 年版。

熊向东、周培芳等编：《首届中国近代文学国际学术研讨会论文集》，
　　百花洲文艺出版社 1994 年版。

熊月之：《西学东渐与晚清社会》，上海人民出版社 1994 年版。

许桂亭选注：《林纾文选》，百花文艺出版社 2006 年版。

徐复观：《中国艺术精神》，广西师范大学出版社 2007 年版。

徐有富：《目录学与学术史》，中华书局 2009 年版。

许纪霖主编：《启蒙的遗产与反思》，江苏人民出版社 2009 年版。

薛绥之、张俊才编：《林纾研究资料》，知识产权出版社 2009 年版。

严复译：《天演论》，冯君豪注译，中州古籍出版社 1998 年版。

严家炎编：《二十世纪中国小说理论资料》（第二卷），北京大学出版
　　社 1997 年版。

颜廷亮：《晚清小说理论》，中华书局 1996 年版。

杨平：《康德与中国现代美学思想》，东方出版社 2002 年版。

姚淦铭、王燕编：《王国维文集》，中国文史出版社 1997 年版。

姚名达：《中国目录学史》，上海古籍出版社 2005 年版。

叶楚伧著，叶元编：《叶楚伧诗文集》，上海三联书店 1988 年版。

叶嘉莹：《王国维及其文学批评》，河北教育出版社 2000 年版。

叶朗：《中国美学史大纲》，上海人民出版社 1985 年版。

叶朗：《中国小说美学》，北京大学出版社 1982 年版。

尤西林：《心体与时间——二十世纪中国美学与现代性》，人民出版社
　　2009 年版。

余嘉锡：《目录学发微　古书通例》，中华书局 2007 年版。

余英时：《现代危机与思想人物》，生活·读书·新知三联书店 2005
　　年版。

俞振基：《蒿庐问学记：吕思勉生平与学术》，生活·读书·新知三联
　　书店 1996 年版。

袁健、郑荣编著：《晚清小说研究概论》，天津教育出版社 1989 年版。

袁进：《中国文学观念的近代变革》，上海社会科学出版社 1996 年版。

袁进：《中国小说的近代变革》，广西师范大学出版社 2009 年版。

袁咏秋、曾季光主编：《中国历代图书著录文选》，北京大学出版社
　　1995 年版。

曾振宇、傅永聚：《春秋繁露新注》，商务印书馆 2010 年版。

张法：《20 世纪中西美学原理体系比较研究》，安徽教育出版社 2007

年版。

张法：《美学的中国话语：中国美学研究中的三大主题》，北京师范大学出版社 2008 年版。

张辉：《审美现代性批判》，北京大学出版社 1999 年版。

张静庐：《中国近代出版史料初编》，中华书局 1957 年版。

张舜徽选编：《文献学论著辑要》，陕西人民出版社 1985 年版。

张寅德编选：《叙述学研究》，中国社会科学出版社 1989 年版。

章培恒、王靖宇主编：《中国文学评点研究论集》，上海古籍出版社 2002 年版。

章太炎演讲，曹聚仁整理：《国学概论》，中华书局 2003 年版（2008 年重印）。

章学诚著，王重民通解，傅杰导读，田映曦补注：《校雠通义通解》，上海古籍出版社 2009 年版。

赵景深：《小说原理》，商务印书馆 1934 年版。

赵毅衡：《当说者被说的时候：比较叙述学导论》，中国人民大学出版社 1998 年版。

赵毅衡编选：《符号学文学论文集》，百花文艺出版社 2004 年版。

郑方泽：《中国近代文学史事编年版》，吉林人民出版社 1983 年版。

郑逸梅：《南社丛谈》，上海人民出版社 1981 年版。

止庵：《周作人》，山东画报出版社 2009 年版。

钟叔河编定：《周作人散文全集》（第一卷），广西师范大学出版社 2009 年版。

周锡山编校：《王国维文学美学论著集》，北岳文艺出版社 1987 年版。

周宪：《审美现代性批判》，商务印书馆 2005 年版。

周作人著，止庵校订：《知堂回想录》，河北教育出版社 2001 年版。

周作人：《新文学的源流》，江苏文艺出版社 2007 年版。

朱光潜：《西方美学史》，人民文学出版社 1982 年版。

朱熹撰：《四书章句集注》，中华书局 1983 年版。

朱自清：《标准与尺度》，广西师范大学出版社 2004 年版。

宗白华著，林同华主编：《宗白华全集 1》，安徽教育出版社 2008 年第 2 版。

邹华：《中国美学的历史重负》，安徽教育出版社 2009 年版。

左玉河：《从四部之学到七科之学：学术分科与近代中国知识系统之创建》，上海书店出版社 2004 年版。

［英］H. G. 韦尔斯：《世界史纲》，梁思成等译，上海人民出版社 2005 年版。

［美］H. 艾布拉姆斯：《镜与灯：浪漫主义文论及批评传统》，郦稚牛等译，北京大学出版社 2004 年版。

［美］艾尔曼：《从理学到朴学——中华帝国晚期思想与社会变化面面观》，赵刚译，江苏人民出版社 1995 年版。

［美］艾梅兰：《竞争的话语：明清小说中的正统性、本真性及所生成之意义》，罗琳译，江苏人民出版社 2004 年版。

［英］安东尼·吉登斯：《现代性的后果》，田禾译，黄平校，译林出版社 2000 年版。

［古希腊］柏拉图：《文艺对话集》，朱光潜译，人民文学出版社 2000 年重印。

［德］恩斯特·卡西尔：《人论》，甘阳译，上海译文出版社 2003 年版。

［美］保罗·奥斯卡·克里斯特勒：《文艺复兴时期的思想与艺术》，邵宏译，东方出版社 2008 年版。

［德］鲍姆嘉滕：《美学》，简明、王旭晓译，文化艺术出版社 1987 年版。

［丹］勃兰兑斯：《十九世纪文学主流》，人民文学出版社 1997 年版。

［法］福柯著：《福柯集》，杜小真选编，上海远东出版社 2003 年版。

［美］弗雷德里克·詹姆逊：《马克思主义与形式》，李自修译，百花洲文艺出版社 1997 年版。

［荷］佛克马、蚁布思：《文化研究与文化参与》，俞国强译，北京大学出版社 1996 年版。

［日］沟口雄三：《中国前近代思想之曲折与展开》，陈耀文译，上海人民出版社 1997 年版。

［德］哈贝马斯：《哈贝马斯精粹》，曹卫东选译，南京大学出版社 2004 年版。

［美］韩南：《韩南中国小说论集》，北京大学出版社 2008 年版。

［美］韩南：《中国近代小说的兴起》（增订本），徐侠译，上海教育出版社 2010 年版。

［德］黑格尔：《美学》，朱光潜译，商务印书馆 1981 年版。

［德］康德：《判断力批判》，邓晓芒译，杨祖陶校，人民出版社 2002 年版。

［英］拉曼·塞尔登编：《文学批评理论：从柏拉图到现在》，刘象愚、陈永国等译，北京大学出版社 2000 年版。

［英］雷蒙·威廉斯：《文化与社会》，吴松江、张文定译，北京大学出版社 1991 年版。

［英］雷蒙·威廉斯：《关键词：文化与社会的词汇》，刘建基译，生活·读书·新知三联出版社 2005 年版。

［英］利瑞安·弗斯特：《浪漫主义》，李今译，昆仑出版社 1989 年版。

刘禾：《跨语际实践》，宋伟杰等译，生活·读书·新知三联出版社 2002 年版。

［美］刘若愚：《中国文学理论》，杜国清译，江苏教育出版社 2005 年版。

［匈］卢卡契：《卢卡契早期文选》，张亮、吴勇立译，南京大学出版社 2004 年版。

［英］罗素：《西方哲学史》，马元德译，商务印书馆 1982 年版。

［美］马泰·卡林内斯库：《现代性的五副面孔》，顾爱彬、李瑞华译，商务印书馆 2002 年版。

［捷克］米兰·昆德拉：《被背叛的遗嘱》，余中先译，上海译文出版社 2003 年版。

［捷克］米兰·昆德拉：《小说的艺术》，董强译，上海译文出版社 2004 年版。

［捷克］米列娜：《从传统到现代——19 至 20 世纪转折时期的中国小说》，伍晓明译，北京大学出版社 1991 年版。

［日］木山英雄：《文学复古与文学革命》，赵京华编译，北京大学出版社 2004 年版。

［加］诺思罗普·弗莱：《批评的解剖》，陈慧等译，百花文艺出版社

2006 年版。

［日］坪内逍遥：《小说神髓》，人民文学出版社 1991 年版。

［捷克］普实克：《抒情与史诗》，李欧梵编，郭建玲译，上海三联书店 2010 年版。

［美］乔纳森·卡勒：《文学理论入门》，李平译，译林出版社 2008 年版。

［英］特里·伊格尔顿：《审美意识形态》，王杰等译，广西师范大学出版社 2001 年第 2 版。

［英］特里·伊格尔顿：《二十世纪西方文学理论》，伍晓明译，陕西师范大学出版社 1987 年第 2 版。

［法］茨维坦·托多罗夫编选：《俄苏形式主义文论选》，蔡鸿滨译，中国社会科学出版社 1989 年版。

［美］王斑：《历史的崇高形象——二十世纪中国的美学与政治》，孟祥春译，上海三联书店 2008 年版。

［美］王德威：《被压抑的现代性——晚清小说新论》，宋伟杰译，北京大学出版社 2005 年版。

［美］王靖宇：《金圣叹的生平及其文学批评》，谈蓓芳译，上海古籍出版社 2004 年版。

［美］韦恩·布斯：《小说修辞学》，付礼军译，广西人民出版社 1987 年版。

［美］韦勒克：《批评的诸种概念》，丁泓、余徵译，四川文艺出版社 1988 年版。

［日］狭间直树编：《梁启超·明治日本·西方：日本京都大学人文科学研究所共同研究报告》，社会科学文献出版社 2001 年版。

［日］夏目漱石：《文学论》，张我军译，神州国光社 1931 年版。

［古希腊］亚里士多德：《诗学》，陈中梅译注，商务印书馆 2005 年版。

［美］伊恩·P. 瓦特：《小说的兴起》，高原、董红钧译，生活·读书·新知三联出版社 1992 年版。

［英］以塞亚·柏林：《浪漫主义的根源》，吕梁等译，译林出版社 2008 年版。

［美］詹姆斯·施密特：《启蒙运动与现代性：18 世纪与 20 世纪的对

话》，徐向东、卢华萍译，上海人民出版社 2005 年版。

张灏：《梁启超与中国思想的过渡（1890—1907）》，崔志海等译，新星出版社 2006 年版。

［日］中村新太郎：《日本近代文学史话》，卞立强、俊子译，北京大学出版社 1986 年版。

［日］樽本照雄：《清末小说研究集稿》，陈薇监译，齐鲁书社 2006 年版。

［日］佐佐木健一：《美学入门》，赵京华、王成译，四川人民出版社 2007 年版。

Dewey Melvil, *Decimal Classification and Relative Index*, ed. 13, (Lake Placid club, N. Y.：Forest Press, 1932).

Uganda Sze Pui KWAN, *The Transformation of the Idea of Xiaoshuo in Modern China*（1898—1920s）, A doctral dissertation, the Faculty of Languages and Cultures, SOAS University of Lonodn, 2007.

二　作品集

阿英编：《晚清文学丛钞·小说卷》，中华书局 1960—1961 年版。

吴组缃、端木蕻良等主编：《中国近代文学大系·小说集》，上海书店 1991—1992 年版。

于润崎主编：《清末民初小说书系》，中国文联出版公司 1997 年版。

周欣平等编：《清末时新小说集》，上海古籍出版社 2011 年版。

《中国近代小说大系》，江西人民出版社 1988—1989 年版。

三　中文报刊

清议报（1898—1901）

新民丛报（1902—1907）

新小说（1902—1906）

绣像小说（1903—1906）

月月小说（1906—1909）

小说林（1907—1908）

中华小说界（1914—1916）

新新小说（1904—1907）

扬子江小说报（1909）

中外小说林（1907—1908）

小说月报（1910—1931）

礼拜六（1914—1923）

新青年（1915—1926）

后　记

　　一本属于自己的书即将出版，这于我而言，究竟有些不可思议：我已经能够著书立说了吗？

　　当初，只是凭借一股懵懂的信仰，便不知天高地厚，选择了以读书做生计。经历多年阴晴雨雪，人事乘除，曾经的热情似已稍减，对学术的敬畏之情却愈发强烈。这一本小小的著作，终不敢说是"立言"，权且是对一段时光的纪念吧。

　　平日读书，好作理性思辨，习惯对事件、观念追根溯源，往往一路追踪到范畴体系、知识型及人性层面，继而寻觅到形而上之境，此时往往心中茫然。加之生性忧郁，喜独处不喜与人交接，人生之问题，往复于胸前。以为人生不满百，却如同田间庄稼，茬茬相继。各色人生，诸法诸相，不过都拼一个劫尽，求一种圆满。学术，亦不过将这人生渡过彼岸的一种方式。如今，我刚刚试探着迈出了一步。

　　似乎是巧合，这些年读书学习的地点都有一面北向的窗户，阴面，不见阳光，似乎与晨昏颠倒的作息相配合。楼房的后背没有了阳光的抚摸，人心也会变得苍凉。北窗一致，窗外的风景却几经变换。曾在福州学生街旁的居民楼内，夜间听见猫的嘶嚎，清晨听见鸟声的婉转；也曾听见城市在热浪中的喧嚣，听见不远处闽江不舍昼夜地流逝。读博时，紫荆公寓 W 楼北窗外是轻轨 13 号线，从五道口到上地之间的一段距离。正是每个旅者的不同方向，让我感到惊奇与困惑。许多个深夜，我沦陷于无涯际的想象：北方的辽阔草原上，一列长龙般的火车，白炽的车灯撕开夜幕，一路跌撞，慷慨悲歌。如今，从书房的北窗望出去，是小区的居民楼。楼房规划合理，排列整齐，每一单元中各层的户型皆一致，在北方的天空下洋溢着世俗生活的气息。似乎我们的生活大同小异，都在这样一个个龛笼似的空间中进行。但是，幸福与不幸，都应该有其独特的样式。

清华园求学期间，每每到工字厅东南端，在海宁王静安先生纪念碑前，肃立，默处，感怀先生的学问与人生。毕业后每次到京，总要抽时间到碑前看上一眼。有时会在碑下看到一束已经枯萎的花，让人在孤寂中感到温暖。陈寅恪先生所撰碑文，世人多重其中"独立之精神，自由之思想"的精神品格，我却对"士之读书治学，盖将脱心志于俗谛之桎梏，真理因得以发扬"一句念兹在兹。眼下这本小书能否发扬真理，我不敢知，但"脱心志于俗谛之桎梏"，确实是我的理想——心无挂碍，无有恐怖，远离颠倒梦想。

这部小书是在博士论文基础上修改而成的，感谢格非老师，他的言传身教将使我受益终生。在我心目中，他不仅是一个作家，更是一个真正的文人。

感谢我的硕士导师南帆先生！当初，对学术还是懵懂无知的我有幸忝列门墙，南帆老师的信任和鼓励，一直是我学习的动力。

感谢清华大学中文系的各位先生，尤其是王中忱老师，他一直热切地关心着我的学习和生活，我却从未当面表达过谢意。

感谢东南大学中文系的王珂老师，在我就读福建师范大学文学院期间，他的严格要求让我受益良多，他的直言或委婉的批评使我始终保持必要的清醒。

感谢东北师范大学文学院的王确、刘雨、王红箫、徐强、李洋诸位老师。我不会忘记他（她）们对我的关心和帮助！

感谢我所有的朋友们！

感谢为此书的出版而热情相助的各位师长，尤其是编辑慈明亮先生。他不仅细致地校审稿件，而且提出了许多中肯的建议和意见，我非常庆幸自己的书稿遇到了一位"理想读者"。

最后要感谢的是我的家人。这么多年的求学生涯，没有他们的信任和支持，我是无法走过来的。我一直愧疚自己为他们做得太少，希望这本书的出版，能够给他们带来一点小小的慰藉。

　　　　　　　　　　2015 年 6 月 10 日于心斋